FOLIO POLICIER

Jérôme Leroy

L'ange gardien

Gallimard

Né en 1964, Jérôme Leroy est l'auteur d'une vingtaine de livres. *Le Bloc*, son premier roman à la Série Noire, a reçu le prix Michel Lebrun en 2012. *L'ange gardien* a été récompensé par le prix des lecteurs Quais du Polar-*20 Minutes* en 2015.

À Serge Quadruppani

Quand on cherche ce que sont les Trois, la parole humaine souffre de l'indigence la plus totale. On a dit cependant : trois personnes, non pour exprimer cette réalité, mais pour ne pas garder le silence.

SAINT AUGUSTIN
De la Trinité

Très bien !
Ne changeons rien !
On vit une époque fantastique !

EDDY MITCHELL
Ne changeons rien

UN

BERTHET

C'est une assez mauvaise idée

1

On veut tuer Berthet.

C'est une assez mauvaise idée.

D'abord parce que Berthet s'en est rendu compte, ensuite parce que Berthet ne va pas se laisser faire, et enfin parce que Berthet est un habitué de la chose. Cela le ferait presque sourire, à la longue. La mort violente fait partie de la vie de Berthet depuis très longtemps. Berthet n'irait pas jusqu'à parler d'une habitude car Berthet sait que le soleil ni la mort ne peuvent se regarder en face.

Mais tout de même, à la longue, Berthet relativise. Surtout que Berthet a plus de soixante ans. L'âge légal de la retraite est dépassé pour Berthet. Et comme Berthet a commencé jeune et que son travail doit être, d'une certaine manière, affecté d'un fort coefficient de pénibilité, on pourrait trouver injuste socialement que Berthet soit encore sur la brèche.

En même temps, Berthet n'a jamais cotisé à aucune caisse. D'ailleurs Berthet n'a jamais non plus vraiment, en ce qui concerne la presque totalité de sa vie professionnelle, perçu des salaires ou des traitements. Il ne possède pas de ces fiches de paie, de ces factures et de ces talons de chéquiers sagement rangés dans des dossiers qui prennent la poussière au fond de placards où l'on ne va jamais regarder, sauf quand on devient vieux ou que l'on subit un contrôle fiscal.

Berthet ne se sent pas vieux et Berthet n'a jamais eu le moindre rapport avec le fisc.

À moins que la participation de Berthet à la noyade accidentelle, au milieu des années quatre-vingt-dix, d'un trésorier-payeur général du sud de la France qui avait des ambitions électorales peu souhaitables dans son département et dans son parti ne soit considérée comme tel.

Mais ce serait exagéré.

Malgré le danger imminent, Berthet se souvient pourtant de cette histoire. Une parmi tant d'autres. Tout remonte, en ce moment, c'est drôle.

Berthet s'en souvient sans doute à cause de la chaleur et de la nuit ici même, en ce moment précis, à Lisbonne, qui lui rappellent une autre chaleur, une autre nuit, une autre époque.

Une noyade dans une piscine, donc.

Le trésorier-payeur général avait été membre du Bloc Patriotique, le parti d'extrême droite qui faisait des scores phénoménaux dans le département. Le trésorier-payeur général avait claqué la porte du parti parce que le vieux Dorgelles, le chef du Bloc Patriotique, ne lui avait pas donné de place éligible sur les listes pour les Européennes qui devaient avoir lieu quelques mois plus tard.

Le trésorier-payeur général était un élu de Lancrezanne, la grosse mairie du département conquise par le Bloc Patriotique. Le trésorier-payeur général était entré en dissidence dès qu'il avait su que Dorgelles ne l'avait pas retenu comme putatif député européen. Le trésorier-payeur général avait entraîné avec lui une huitaine de conseillers municipaux et deux adjoints pour créer un nouveau groupe au conseil.

La presse régionale ne parlait que de ça, la presse nationale commençait à embrayer. Dorgelles passait pour un despote arbitraire, ce qu'il était. Les sondages s'en ressentaient. Le Bloc Patriotique perdait des points. L'Unité avait estimé que ce n'était pas une bonne chose dans le contexte actuel. L'Unité avait demandé à Berthet d'éliminer ce haut fonctionnaire fasciste et mécontent. Pas par souci démocratique, évidemment. L'Unité ne faisait pas de politique, ou alors, l'Unité ne faisait que cela. Ce qui revient au même.

Berthet, lui, s'en foutait, en ce temps-là, des raisons de l'Unité. Moins maintenant qu'à l'époque même si ça ne change pas grand-chose au problème. On l'avait contacté par les procédures habituelles, une banale poste restante au nom de Berthet, dans un bureau du XIVe arrondissement, rue Marie-Rose. De minces instructions dans une enveloppe en papier kraft. Des renseignements biographiques sur le trésorier-payeur général, une photographie, des dates encore à l'étude pour l'élimination, un virement sur un des nombreux comptes de Berthet.

En l'occurrence, une succursale de la BNP à Noyon où Berthet avait un compte sous le nom de Jacques Sternberg. Berthet ne se souvenait pas qu'il eût communiqué ce compte à l'Unité. Berthet en avait été fâché. Berthet avait des comptes que l'Unité avait ouverts pour lui avec les identités qui les accompagnaient et puis il y avait les autres, connus de lui seul.

L'Unité signifiait ainsi implicitement à Berthet qu'elle avait découvert celui de Jacques Sternberg, à Noyon. Berthet avait songé qu'il faudrait en ouvrir un nouveau, quelque part, sous une autre identité pour maintenir l'équilibre entre ce que connaissait l'Unité et ce qu'elle ne connaissait pas. Ce petit jeu durait depuis des années. L'Unité était au courant que ses agents assuraient presque tous leurs arrières, à titre personnel. Si l'Unité changeait de dispositions à leur égard, il fallait pour les agents pouvoir disparaître. Même si c'était très compliqué de disparaître quand on appartenait à l'Unité.

Berthet n'en avait jamais eu l'intention, à vrai dire, mais on ne savait jamais. On avait vu tellement de disgrâces soudaines, d'éradications rapides. Parfois on pouvait deviner pourquoi, parfois non. Cette épée de Damoclès était une méthode de gestion du personnel, en fait. À se demander si ce n'était pas l'Unité qui avait inspiré ce management par la terreur, si répandu aujourd'hui, dans les entreprises publiques ouvertes à la concurrence. La confirmation définitive de la décision relative au trésorier-payeur général avait également été donnée selon les procédures habituelles, c'est-à-dire par un message sur un forum Internet consacré aux jeux vidéo.

Berthet était alors passé à l'action. Berthet avait pris un de ces hôtels économiques sur l'autoroute, aux approches de Lancrezanne, où l'on avait seulement des rapports avec des terminaux informatiques. Berthet avait payé avec la carte de crédit au nom de Jacques Sternberg. De toute manière, comme l'Unité connaissait le compte de Noyon, il était inutile de ruser.

C'était l'été. Il faisait très chaud à Lancrezanne. Berthet avait renoncé à faire fonctionner la climatisation défaillante et avait ouvert sa fenêtre sur la nuit. On voyait la silhouette du Mont-Lancre qui dominait la ville. La maison du trésorier-payeur général se trouvait quelque part par là, au milieu des belles villas patriciennes noyées dans la végétation à flanc de colline.

Berthet avait l'ouïe fine et les cloisons étaient minces mais il avait dormi malgré les couples adultères qui baisaient, les VRP qui cauchemardaient comme des enfants sur leurs intenables objectifs et les poids lourds qui changeaient de vitesse à l'approche des échangeurs.

Au bout de trois jours, Berthet avait fait ses repérages et trouvé le moment opportun pour en finir avec le trésorier-payeur général. Le trésorier-payeur général quittait ses bureaux vers quinze heures et revenait chez lui pour se baigner avant de redescendre en ville et faire un tour à la mairie. Le trésorier-payeur général barbotait pendant une petite heure, seul. Berthet avait découvert que la femme du trésorier-payeur général, au même moment, soit s'allongeait sur le divan d'un psychanalyste, soit participait à un atelier de poterie, soit couchait avec un avocat socialiste. Quant à l'enfant unique du couple, une fille, elle poursuivait ses études dans une classe préparatoire d'Aix-en-Provence.

La vie des gens, quand même.

Outre les dangers habituels comme les voisins, la visite impromptue d'un employé du gaz, le retour inopiné de l'apprentie potière analysée et adultère, dans ce type de mission qui touchait aux affaires internes du Bloc Patriotique, Berthet se méfiait aussi du service d'ordre de ce parti, notamment du groupe Delta dirigé par un certain Stanko, ancien skin et ancien para, un nain fou furieux à moitié pédé, dangereux comme un virus émergent. Berthet avait déjà eu affaire au groupe Delta et à Stanko. Interférer avec eux posait toujours des problèmes qui ne se résolvaient le plus souvent que par une violence extrême, parfois irrationnelle et qui, en tout état de cause, attirait l'attention de beaucoup trop de monde.

En même temps, sur ce coup-là, si l'Unité avait ordonné l'élimination du trésorier-payeur général, c'est que Dorgelles n'avait pas décidé pour une raison ou pour une autre d'en finir lui-même avec le rebelle. Sinon l'Unité aurait logiquement laissé faire ce Stanko et ses sbires en les manipulant plus ou moins.

Berthet était monté à la villa du trésorier-payeur général à pied, par les chemins et les routes qui sillonnaient le Mont-Lancre à travers les pins et les bougainvillées, les clématites, la lavande et les chênes-lièges. Ça sentait bon la Méditerranée et la résine. Les cigales faisaient un boucan pire que l'autoroute.

Arrivé à la villa, Berthet avait accompli des gestes simples. Jouer avec l'angle des caméras de surveillance, escalader le mur d'enceinte en évitant les tessons, assommer le vieux bouvier des Flandres, essoufflé par la température, qui venait à sa rencontre en grognant. Le chien se réveillerait plus tard. Il ne fallait surtout pas tuer l'animal. Cela aurait été l'indice trop probant d'une intervention extérieure.

Et puis Berthet s'était présenté au trésorier-payeur général qui devait avoir à peu près l'âge que Berthet a maintenant. Physique entretenu, même pas un début d'embonpoint. Berthet avait, lui, davantage l'air d'un tueur qu'aujourd'hui.

Le trésorier-payeur général avait blêmi sous son bronzage éternel de notable sudiste. Le trésorier-payeur général était en maillot de bain dans un transat, un ordinateur portable posé sur les cuisses.

« Vous êtes un homme de Stanko ? » avait demandé le trésorier-payeur général.

Berthet n'avait pas répondu.

« Je vous préviens, j'ai laissé des instructions s'il m'arrivait quelque chose. Allez plutôt dire ça à Dorgelles, avant de faire n'importe quoi. Et où est mon chien ? »

Ils étaient tous pareils. Ils disaient tous ça. Qu'ils avaient pris des précautions. C'était faux le plus souvent. Et puis ils s'occupaient de détails alors qu'ils allaient mourir. Cela étonnait toujours Berthet.

« Vous vous appelez comment ? avait encore demandé le trésorier-payeur général.

— Jacques Sternberg, avait répondu Berthet.

— Encore un Juif. »

Berthet s'était approché. Berthet avait pris l'ordinateur portable du trésorier-payeur général avec une douceur surprenante et l'avait soigneusement posé sur le sol. Du coup, le trésorier-payeur général n'avait même pas eu de mouvement de recul. Berthet avait ensuite appuyé sur un point précis et mystérieux, quelque part dans une région couvrant la base du cou et le début de l'épaule du trésorier-payeur général.

« Vous me faites atrocement mal, monsieur Sternberg. Je ne peux plus bouger. Je vais hurler, je crois. »

Berthet avait mis son autre main sur la bouche du trésorier-payeur général et avait dit :

« Mais si, vous pouvez bouger. Regardez. »

Berthet l'avait forcé à se lever puis l'avait emmené vers la piscine, à quelques pas, en modulant la pression sur le point précis et mystérieux. Toujours cette impression, dans ces cas-là, de faire bouger une marionnette. Le trésorier-payeur général marchait drôlement, en crabe, la colonne vertébrale tordue et il suait beaucoup.

Berthet avait forcé le trésorier-payeur général à descendre l'échelle de la piscine, du côté où le trésorier-payeur général avait pied.

« Je vous en prie », avait dit le trésorier-payeur général quand Berthet avait retiré sa main de la bouche du trésorier-payeur général.

Berthet maintint sa pression sur le point précis et mystérieux et lui enfonça la tête sous l'eau, mouillant son bras droit jusqu'à l'emmanchure de son polo Fred Perry. Le trésorier-payeur général ne s'était pas débattu car la pression sur le point précis et mystérieux le paralysait. Le trésorier-payeur général ne pouvait que se noyer, ce qu'il fit dans un laps de temps assez court, après avoir bafouillé quelque chose comme « Sale Juif ! » en faisant des bulles avant de ne plus bouger du tout.

Après, Berthet avait fait le chemin inverse, les cigales ne se calmaient pas. La manche de son polo avait séché très vite, au soleil de Provence. Quand Berthet s'était retrouvé dans le centre-ville, Berthet avait bu une mauresque à une terrasse du cours La Fayette, avait regardé les filles, n'en avait vu aucune qui ressemblait à Kardiatou, en avait conçu une légère frustration, avait repris sa voiture de location, l'avait rendue au loueur près de la gare après avoir récupéré son bagage dans le coffre et était monté dans le train de seize heures quarante pour Paris.

2

On veut tuer Berthet.

C'est une assez mauvaise idée.

Et surtout, c'est presque insultant.

Il suffit de regarder qui on lui envoie. Cela sent la sous-traitance. Cela sent même la sous-traitance de la sous-traitance. L'Unité doit avoir des problèmes budgétaires. L'Unité externalise mais l'Unité externalise mal. L'Unité rogne, ergote, bout-de-chandellise.

C'est un signe que la crise économique connaît des profondeurs inédites, pense Berthet en même temps qu'il évalue la situation présente et envisage, sans inquiétude excessive, les stratégies possibles pour échapper à ses exécuteurs affligeants.

Merde, tout de même, l'austérité a des limites. Les États sont à genoux à cause du néolibéralisme. Ces financiers, ces banquiers, des prédateurs en col blanc pires que tous ceux que Berthet a croisés au cours de sa carrière.

Et Dieu sait.

Bien que Berthet sache depuis toujours qu'il ne faut mettre aucune animosité personnelle quand on est un professionnel, Berthet aurait été heureux qu'on lui confie une mission pour buter quelques types de chez Goldman Sachs ou d'autres apprentis sorciers des « marchés » comme ils disent. Depuis la crise de 2008, Berthet a perdu du pognon. Berthet n'aime pas l'idée de se faire entuber. Berthet a sa fierté. Berthet aime encore moins, au fond, l'idée de se retrouver aussi con qu'un médecin généraliste de province qui a placé ses éconocroques en Bourse et se retrouve à soixante piges avec un patrimoine qui a fondu de 40 %. Berthet a tué des tas de gens importants, Berthet a côtoyé des secrets d'État, Berthet a trempé dans des complots tellement bien montés que personne ne s'est jamais aperçu que c'étaient des complots, même les complotistes. Et quand Berthet regarde ses comptes titres et ses portefeuilles, Berthet se dit qu'il s'est fait avoir, et pas qu'un peu. Alors si l'occasion se présente d'avoir à buter un trader, il n'est pas impossible que Berthet mette des raffinements baroques qui ne lui ressemblent pas, au moment de l'exécution, comme une crucifixion ou un écorchage dans les règles de l'art.

Encore des souvenirs qui remontent, du coup, malgré les nuls qui cherchent à lui faire la peau. Des souvenirs à propos de ces problèmes financiers de l'Unité qui vont sans doute lui sauver la vie si, comme Berthet en est de plus en plus certain, il s'agit bien de l'Unité derrière cette tentative idiote.

Berthet se souvient donc d'un comptable de l'Unité, qui avait d'ailleurs une tête de comptable et disait s'appeler Queneau. Mais à l'Unité, on pouvait avoir une tête de comptable et savoir appuyer sur des points précis et mystérieux du corps humain pour forcer des gens à se noyer sans que des autopsies puissent prouver quoi que ce soit et laisser blablater les journalistes sans que cela eût la moindre conséquence concrète. Comme cela avait été le cas pour le trésorier-payeur général, par exemple. Queneau avait déposé un sac Adidas sur la table en Formica rouge de la cuisine, dans l'appartement loué dans une périphérie quelconque d'une ville française tout aussi quelconque, disons Le Mans si vous voulez. Ou Poitiers.

Le sac Adidas contenait une somme d'argent importante pour l'époque. Le début des années quatre-vingt. Cette somme couvrait les frais estimés pour la mission prévue. Implicitement, elle couvrait aussi la rémunération de Berthet lui-même et d'agents qu'il jugerait bon de s'adjoindre. Quand Berthet recevait du liquide, l'Unité laissait toujours Berthet juge de la part que Berthet allait prendre pour lui personnellement pourvu qu'il ne réclame pas de rallonges injustifiées en cours de route.

Berthet revoyait encore le contraste entre le Formica rouge et le sac Adidas qui était bleu électrique avec des reflets vaguement satinés. Cela faisait presque mal aux yeux et aux dents de Berthet. Berthet avait quand même toujours trouvé les années quatre-vingt hideuses. Une décennie esthétiquement inacceptable. Berthet, à titre personnel, avait par exemple beaucoup souffert de l'étroitesse et des couleurs vives des cravates en cuir ainsi que des chansons de Jakie Quartz. Berthet avait compté les liasses sous l'œil de Queneau. C'étaient encore des francs. Les beaux billets avaient des visages humains dessus, pas des paysages virtuels dessinés par ordinateur.

Berthet, histoire de faire la conversation avec Queneau à qui il avait offert une bière tandis que Queneau proposait une de ses gitanes, s'était étonné de cette facilité avec laquelle l'Unité débloquait des crédits alors que l'Unité n'existait pas. Queneau l'avait regardé et Queneau, donc, avait eu cette phrase sibylline et pertinente qui avait plu à Berthet, sans doute davantage par son caractère sibyllin que par sa pertinence car Berthet aime le secret, Berthet vit dans le secret, et le sibyllin est la version poétique du secret.

Et puis Berthet aime aussi la poésie. Il en lit, souvent.

En ce moment, dans la poche de son costume en lin, il y a une édition originale d'*Une vie ordinaire* de Georges Perros. Berthet pense qu'il ferait mieux d'avoir un flingue même si les guignols doivent pouvoir être tués à main nue assez facilement, si Berthet en juge par leur morphologie de lumpenprolétaires non caucasiens, dénutris et manifestement toxicomanes.

Queneau, donc, avait dit, en écrasant sa gitane et en masquant un rot discret, après avoir reposé sa canette de 33 Export :

« Les fantômes n'ont pas besoin d'aller aux toilettes. »

Queneau avait voulu dire qu'une structure qui n'existe pas officiellement mais qui est indispensable à l'État ne connaît pas de contingences administratives ou budgétaires. Oui, Berthet avait trouvé l'image poétique. Cela aurait même pu faire le titre d'un recueil de poésie. *Les fantômes n'ont pas besoin d'aller aux toilettes.* Un jour Berthet écrira. Berthet en éprouve chaque jour un besoin plus grand mais Berthet ne pense avoir ni le temps, ni le talent. Il faudrait trouver quelqu'un. Un nègre. Berthet a peut-être une idée. Mais bon.

Maintenant, pense Berthet, en repérant les jeunes minables qu'on lui envoie pour lui faire la peau, il faut croire que la baisse tendancielle du taux de profit dans les économies de marché et les politiques d'austérité qui en découlent forcent tout le monde à aller aux toilettes, même les fantômes. Plus personne, plus aucune structure ne peut faire comme si elle n'avait pas de besoins.

Même l'Unité.

C'était quoi, déjà, la mission pour laquelle Queneau avait apporté de l'argent ?

Oui, ça y est, Berthet se souvient.

La guerre civile dans un pays du Proche-Orient. Un de nos ambassadeurs assassinés là-bas. L'ambassadeur rentrait avec son chauffeur à l'ambassade après une visite à des réfugiés palestiniens. Un type courageux, un ancien de la Résistance. La capitale du pays était divisée en une multitude d'enclaves dirigées par des dingues à la tête de factions politico-religieuses surarmées et cruelles. Il y avait des barrages à tous les coins de rue en ruine, des checkpoints entre des immeubles grêlés par des rafales de mitrailleuses 12,7. La voiture de l'ambassadeur avait été bloquée par deux vieilles BMW noires. Des types étaient descendus. Encagoulés, bien entendu, et sans insignes distinctifs.

D'après le rapport qu'avait lu Berthet, le chauffeur avait dû verrouiller les portières sur ordre de l'ambassadeur. L'ambassadeur était intelligent et courageux. L'ambassadeur avait compris qu'on cherchait à l'enlever et que ce serait beaucoup plus ennuyeux pour la France qu'il soit otage plutôt que mort. Les assaillants des BMW noires, furieux, pressés, qui voyaient arriver un VAB de l'ONU, avaient arrosé la voiture, une Peugeot 607 même pas blindée, à la kalachnikov. Onze balles avaient été retirées du corps de l'ambassadeur. Un peu moins de celui du chauffeur qui était mort à l'hôpital dans les heures qui avaient suivi.

Étant donné qu'il s'agissait d'une opération ratée, les commanditaires ne s'étaient pas vantés, même officieusement, et on avait eu droit aux revendications les plus fantaisistes. Même les Brigades Rouges avaient voulu faire les malignes alors qu'on ne voyait pas comment ces branquignols qui lisaient Toni Negri et tiraient comme des pieds, infiltrés par la police politique de leur propre pays, auraient pu mener une telle opération dans une capitale en guerre, à deux mille cinq cents bornes de Rome.

Du côté de la DGSE, on s'était assez vite avisé qu'il s'agissait d'une opération montée par les services secrets d'une des puissances régionales impliquées dans le conflit. La puissance régionale trouvait que la France s'engageait un peu trop dans les affaires internes du pays en guerre et favorisait un camp contre les autres. La puissance régionale n'aimait pas la politique néocoloniale de la France.

Évidemment, la DGSE n'avait aucune preuve tangible, seulement de fortes présomptions. Alors la DGSE avait eu la permission de prendre des mesures de rétorsion sur le terrain. Une dizaine de hauts responsables militaires de la puissance régionale étaient morts assez brutalement dans les semaines suivantes. Mais on avait dû trouver en haut lieu que ce n'était pas assez pour terroriser ces salopards.

On avait aussi demandé à la DST de trouver du monde pour frapper des ressortissants de la puissance régionale en question qui se trouvaient en France, histoire de montrer qu'on était aussi méchant qu'eux, et même plus. Ça avait renâclé du côté de la DST. La DST n'avait pas voulu se trouver embarquée dans une nouvelle croisade sans ordres officiels, ordres que le gouvernement de l'époque, évidemment, n'avait pas voulu donner.

On avait juste suggéré, c'est tout.

On avait laissé entendre.

On avait murmuré dans les antichambres.

Et les suggestions, c'était plutôt l'affaire de l'Unité qui n'existe pas mais comprend tout sans qu'on lui explique. De vrais docteurs en euphémismes, litotes, doubles négations, sous-entendus et tout le toutim, à l'Unité.

Bref, Berthet, dans cet HLM de banlieue provinciale avec table en Formica rouge, recevait des fonds pour monter une équipe et mener une campagne de terreur contre les résidents en France de la puissance régionale impliquée dans la mort de l'ambassadeur. Après le départ de Queneau, Berthet avait contacté deux autres agents qu'il aimait bien, Couthon et Desmoulins, en laissant des messages téléphoniques dans une cabine au pied du HLM. On trouvait encore des cabines au pied des HLM au début des années quatre-vingt mais ça n'allait plus durer. Plus tellement.

Couthon et Desmoulins étaient arrivés le lendemain dans le HLM. Couthon, d'abord. Couthon avait sonné dès dix heures du matin. Couthon et son air d'étudiant attardé, avec un jean douteux, un blouson en peau retournée, une chemise sans col, des cheveux longs et mal lavés et des lunettes rondes de trotskiste. Couthon avait un sac à dos et des sacs de supermarché pleins d'aliments industriels et de boissons fermentées.

« Je me suis dit qu'on allait avoir besoin de rester un peu ici, avait-il dit en guise de bonjour.

— Tu as bien fait, avait dit Berthet.

— Alors, c'est toi le capitaine sur cette opération. Il y a quelqu'un d'autre avec nous ?

— Desmoulins.

— J'aime bien Desmoulins. Je ne l'ai pas vue depuis une éternité. Toujours aussi jolie ? »

Desmoulins était arrivée une heure après. C'est vrai que Desmoulins était jolie. Plus jolie que Couthon. Et plus propre aussi. Desmoulins était le sosie de France Dougnac, une actrice bien oubliée aujourd'hui, comme les cabines téléphoniques au pied des HLM.

« Ça va les garçons ? »

Desmoulins sentait bon comme le printemps dehors. Les pointes de ses seins étaient visibles sous le corsage à fleurs. Son pantalon corsaire de tailleur beige, qui s'arrêtait au-dessus de ses chevilles bronzées, avait donné à Berthet des envies de plage.

On s'était mis au travail autour de la table en Formica rouge. Berthet avait expliqué la nature de la mission. On avait étudié les cibles, six, et réparti l'argent du sac Adidas bleu électrique.

On était convenu que le HLM ne servirait pas de base arrière pour toute la durée de la mission. Après, pour finir le ménage avec la dernière cible, on changerait. L'appartement avait été loué par l'Unité et l'Unité pouvait très bien décider d'éliminer Berthet, Couthon et Desmoulins à la fin de la mission. Cela s'était vu. On nettoie les nettoyeurs. Si l'Unité envoyait d'autres agents pour ça, inutile de leur faciliter la tâche. Une fois que l'Unité verrait que l'occasion n'avait pas fait le larron, elle pourrait aussi bien changer d'avis. Ça s'était vu aussi et ça se verrait encore.

Berthet a, à ce moment présent de sa réminiscence, une fugitive pensée couleur d'ébène pour Kardiatou.

Dans les semaines qui suivirent, Berthet, Couthon et Desmoulins provoquèrent des pertes cruelles aux ressortissants de la puissance régionale.

Un conseiller culturel qui présentait un film de son pays dans une MJC de Nogent-sur-Marne se brisa la nuque dans l'escalier de son hôtel, pourtant un trois étoiles, après avoir constaté que l'ascenseur était en panne. En d'autres temps, ce conférencier cinéphile avait été un tortionnaire réputé dans la police politique de la puissance régionale. Écraser des testicules et enfoncer des tessons de bouteilles dans des vagins avait dû finir par lui causer des souffrances nerveuses, ce qui expliquait sa sinécure diplomatique.

Un couple qui tenait une épicerie fine dans laquelle se vendaient des produits proche-orientaux fut asphyxié dans sa chambre à coucher à cause de l'incendie accidentel qui avait ravagé son magasin. Il dormait juste au-dessus. Ce couple, outre la vente de houmous et de ras el hanout, servait de boîte aux lettres pour les activités occultes de la puissance régionale sur le territoire français.

Un autre couple, toujours originaire de la puissance régionale, des touristes fortunés qui avaient une maison à Domme, fut attaqué un soir par une bande de cinq motards connus des services de police qui les torturèrent, les violèrent, les tuèrent et s'enfuirent avec des valeurs et des bijoux. Le couple de Domme n'avait d'autre tort que de faire partie des amis proches du Président-dictateur de la puissance régionale. En même temps, si on ne choisit pas sa famille, on choisit ses amis.

Berthet avait été agacé par ce cas précis. Berthet avait été saisi d'un pressentiment. Berthet s'était senti obligé de repasser derrière les motards, à l'aube. La belle villa avec vue sur la vallée de la Dordogne était dans un grand désordre avec des taches de sang un peu partout. Berthet avait bien fait de se fier à son instinct. Barbares et approximatifs, les motards avaient omis d'achever la femme que Berthet trouva nue, lacérée, accroupie devant la cuvette des toilettes, à vomir du sang.

Elle tourna la tête vers Berthet en entendant ses pas.

Elle avait eu un beau visage de princesse arabe, ce qu'elle était plus ou moins, en même temps qu'un agent d'influence de première importance, comme son mari, dans les sphères des ONG concernées par le conflit où l'ambassadeur de France avait perdu la vie.

Berthet l'acheva en lui fracassant le front sur le rebord de la cuvette.

Le soir, Berthet qui avait passé sa journée au bord de la Dordogne, du côté de Souillac, allongé dans un champ pour lire Paul-Jean Toulet, rejoignit Couthon et Desmoulins dans un restaurant de Sarlat comme cela était prévu dans le déroulement chronologique de la mission. Berthet engueula Desmoulins qui avait commandité les motards.

« Ce n'est pas à moi de repasser derrière toi, Desmoulins, dit-il en vidant un verre de cahors moyen, mais le cahors est souvent moyen.

— Les motards ont été repérés en fin de matinée, informa Couthon. Ils ont résisté à coups de fusil de chasse à canon scié dans une ferme. De vrais fous furieux. Les gendarmes n'ont pas fait dans le détail. Trois sont morts. Un dans le coma. Tu leur as filé de la bonne came, Desmoulins, quand tu les as allumés dans cette boîte de Périgueux…

— Je n'ai aucun mérite. Une saloperie conçue dans les labos de l'Unité. J'en avais gardé au cas où, d'une précédente mission. Le survivant ne se rappellera rien. Mais ce n'est pas la peine d'essayer de me dédouaner, Couthon. Berthet a raison. C'était à moi de vérifier. »

Berthet fit un signe que ça allait. Une après-midi à lire Paul-Jean Toulet en regardant une rivière scintiller au soleil l'avait rendu indulgent.

Malgré tout, Desmoulins se sentait visiblement mal. On ne pouvait jamais savoir. Berthet était le capitaine de cette mission. Il ferait un rapport. S'il disait l'erreur de Desmoulins dans le rapport, Desmoulins pouvait prendre cher.

Berthet acheva sa salade au cou d'oie farci. Les missions dans le Périgord, Berthet n'aimait pas trop. Berthet n'aime toujours pas. À l'époque, alors qu'il n'avait pas encore l'âge du Christ, Berthet devait payer par des heures de gymnastique le moindre écart alimentaire.

« Il faut décider de la suite des opérations, avait-il dit. Il nous reste une dernière cible. Ils ne sont pas débiles en face, ils vont s'apercevoir que ça fait beaucoup de morts dans leur communauté. Ils vont avoir peur, ils vont être en colère, ils vont se méfier. Ensuite, il faudrait aussi décider de ce qu'on fait vis-à-vis de l'Unité. Je répète notre alternative : on quitte la base qu'ils nous ont attribuée ou on leur fait confiance ? »

Couthon releva ses lunettes trotskistes de sa prune de Souillac et regarda Berthet comme si Berthet avait voulu faire une plaisanterie pas drôle.

Desmoulins intervint et dit :

« Je ne suis pas une grande fan du Formica rouge. »

Quand, plus tard, Berthet rédigea son rapport, ce fut en se souvenant de cette phrase que Berthet décida de passer sous silence la négligence de Desmoulins à Domme. Desmoulins ne le sut jamais et quand Berthet repense à ça, Berthet se dit qu'il n'avait pas été dépourvu d'une certaine magnanimité, voire d'une vraie grandeur d'âme. Berthet a de ces accès d'autosatisfaction, parfois. Berthet en est conscient mais Berthet se dit que c'est indispensable de garder une certaine estime de soi quand on est amené à achever une jeune femme nue, déjà martyrisée, dans des toilettes pleines de sang, au nom d'un rapport de force géopolitique somme toute très abstrait.

Berthet, Couthon et Desmoulins avaient donc décidé de trouver une autre planque. La somme contenue dans le sac Adidas bleu permettait largement ce genre de fantaisie prudente. Ils remontèrent dans une ville du centre de la France, une sous-préfecture auvergnate, et louèrent dans une rue étroite mais proche de la gare un appartement meublé de façon désuète, sans Formica rouge dans la cuisine. Volets en bois, façade recouverte de crépi beige, des montagnes rondes et vertes, un ciel un peu gris : le Massif central.

Berthet, Desmoulins et Couthon prirent le train pour Paris et montèrent une expédition rapide pour éliminer la sixième cible, un millionnaire trafiquant d'armes qui vivait dans un hôtel particulier du côté du Vésinet.

Cette nuit-là, ils étaient en treillis et rangers achetés dans un surplus militaire de Saint-Ouen. Ils s'introduisirent dans la propriété, puis dans le garage. Couthon qui était bon en mécanique commença à saboter la Bentley Mulsanne du millionnaire trafiquant d'armes de manière que l'accident à venir parût tout à fait naturel, quitte à porter atteinte à la réputation de la marque anglaise.

Un garde du corps du millionnaire trafiquant d'armes arriva dans le garage avec un petit pistolet-mitrailleur très compact à la main, une Mini Uzi.

« Ça ne te gêne pas de te fournir chez ton ennemi ? murmura Desmoulins en le saisissant par le cou, en lui enfonçant une baïonnette M7 belge dans le dos et en amortissant sa chute sur le sol en béton.

— Merde, dit Berthet qui éclairait les tripatouillages mécaniques de Couthon sur la Bentley Mulsanne avec une lampe torche, tu peux arrêter, Couthon ! Plus personne ne croira à l'accident de voiture.

— On fait quoi ?

— On va tuer le millionnaire trafiquant d'armes comme prévu. L'Unité nettoiera derrière nous ici. Ils nettoieront aussi sur le plan médiatique. Ils ont des spécialistes pour ça, dit Berthet.

— L'Unité ne va pas aimer, dit Conthon.

— C'est pour ça qu'on a bien fait de changer de planque, dit Desmoulins qui essuyait sa baïonnette M7 sur le cadavre du garde du corps.

— Et qu'on a bien fait d'apporter du matériel ! dit Berthet qui sortit d'un sac à dos trois SIG-Sauer P220 intraçables sur lesquels il fixa des réducteurs de son avant d'en distribuer un à Desmoulins et un autre à Couthon et de garder le dernier pour lui.

« On y va. On traîne, là. »

Berthet, Couthon et Desmoulins avaient étudié le plan de l'hôtel particulier du millionnaire trafiquant d'armes dans leur appartement sous-préfectoral et auvergnat, et ils savaient où le millionnaire trafiquant d'armes dormait. Ils savaient aussi que le garde du corps avait en temps normal un camarade. Mais peut-être davantage depuis que Berthet, Couthon et Desmoulins avaient commencé leur opération et qu'on avait dû se rendre compte, chez les ressortissants de la puissance régionale, d'une forte augmentation du taux de mortalité.

Avant de progresser dans l'hôtel particulier obscur, Desmoulins repéra le compteur électrique de la maison, qu'elle coupa. Le système d'alarme, lui, avait déjà été neutralisé ainsi que les fils du téléphone.

Mélancolique, Berthet pense ce soir, tout en surveillant les amateurs qui veulent le prendre en tenaille, que le métier était plus facile avant, qu'il avait fallu faire de gros efforts de formation continue ces trente dernières années pour se mettre sans cesse à niveau en matière d'électronique et d'informatique. Des petits jeunes arrogants, nouveaux dans l'Unité, hackers certainement incapables de sortir sur le terrain, formaient régulièrement les anciens comme lui dans des locaux anonymes, des bureaux de sociétés fantômes qui se trouvaient le plus souvent loués pour l'occasion dans les tours de la Défense ou de ces nouveaux quartiers d'affaires qui avaient poussé un peu partout dans les grandes villes de province auprès des nouvelles gares TGV. Il était bel et bien fini le temps où, pour entrer dans un hôtel particulier du Vésinet, un tournevis, une lime à ongles et une petite paire de cisailles dans un sac à dos suffisaient. Et un peu de savoir-faire, aussi.

Non, il avait fallu dès le milieu des années quatre-vingt, décennie maudite entre toutes, et il le faut toujours aujourd'hui, se rendre comme des cadres vieillissants à ces séminaires dans des salles de réunion aux baies vitrées en verre fumé. Se soumettre à des exercices humiliants derrière des écrans d'ordinateur dans des open space. Accepter d'être surveillé par des gamins malodorants qui vous regardent par-dessus votre épaule vous échiner sur des claviers ou sur les entrailles d'un Smartphone en sirotant des milk-shakes qui chocolatent leur haleine déjà fétide.

Merde alors.

Il y avait eu effectivement davantage de gardes du corps que prévu dans l'hôtel particulier. Cinq, en plus de celui qui gisait déjà près de la Bentley Mulsanne dans un garage du Vésinet alors qu'il aurait sans doute préféré mourir en se battant dans les ruines d'une ville blanche sous le ciel bleu, en plein jour, comme un homme, au milieu du grondement gras de l'artillerie lourde.

Berthet, Couthon et Desmoulins avaient été rapides,

précis, chorégraphiques. Pas besoin de lunettes thermiques comme ces branleurs des forces spéciales aujourd'hui. Juste une écoute attentive de la nuit, un instinct de l'espace et le plan des lieux gravé dans les neurones plus sûrement que sur le quelconque écran d'un terminal programmé par d'autres. Le bon vieux temps.

Berthet, Couthon et Desmoulins avaient tué les gardes du corps vite et bien. Deux au premier étage. Trois au second où se trouvait la chambre du millionnaire trafiquant d'armes. Un seul garde avait eu le temps de tirer une courte rafale qui s'était perdue dans une horloge Boule. Le bruit avait semblé assez fort, mais bon, étant donné la taille du parc qui entourait l'hôtel particulier, il n'y avait pas de quoi s'inquiéter.

Les SIG-Sauer P220 de Berthet, Couthon et Desmoulins, eux, n'avaient été utilisés que parcimonieusement mais efficacement. Le bruit des corps tombant sur les tapis ou s'écrasant sur un fauteuil témoignait de la virtuosité, presque de l'élégance, des trois agents de l'Unité.

Le millionnaire trafiquant d'armes s'était réfugié dans la salle de bains immense de sa chambre tout aussi immense. Avant, il avait fallu éliminer une femme probablement vénale, tétanisée dans le lit démesuré avec un atroce baldaquin baroquisant.

Cette époque bénie sans téléphone portable : le millionnaire trafiquant d'armes éprouvait juste une peur animale et ne s'accrochait pas désespérément à un ultime espoir en tapant frénétiquement sur des touches. Non, le millionnaire trafiquant d'armes était nu et gras près des vasques, il tremblait, marmonnait en arabe puis il s'adressa à eux en français pour, sans surprise, leur proposer de l'argent. Berthet lui expliqua avec lassitude que c'était inutile et Couthon tira.

Il y eut un bref conciliabule, cependant, avant de repartir pour savoir si on ne raflerait pas ce qu'on pourrait trouver en matière de pognon dans la maison. Couthon était pour arguant que l'on prendrait ça pour un meurtre crapuleux, Berthet et Desmoulins contre, Berthet précisant que ce ne serait pas crédible et que de toute façon l'Unité voulait que le meurtre des ressortissants apparaisse de manière implicite aux yeux de la puissance régionale pour une vengeance de l'État français.

« Et les motards de Domme ? remarqua justement Couthon. On les a laissés se servir, non ? »

Ce n'était pas faux. Finalement Berthet autorisa la chose mais Berthet, Couthon et Desmoulins n'avaient pas trop de temps : ils durent se contenter de sommes de moyenne importance dans des tiroirs divers et laissèrent à regret le coffre-fort Hartmann du bureau, planqué derrière un Corot d'une authenticité douteuse comme tous les Corot. Berthet, Couthon et Desmoulins n'étaient pas équipés pour.

Le lendemain, l'après-midi, Berthet, Couthon et Desmoulins étaient dans le salon de l'appartement auvergnat. Ils venaient de rentrer. Ils étaient fatigués, tout de même. Ils répartirent équitablement les sommes trouvées chez le millionnaire trafiquant d'armes puis ils écoutèrent la radio où il était question d'un massacre dans un pavillon du Vésinet sans doute lié à cet interminable conflit au Proche-Orient. Ensuite, ils mangèrent des tripoux et des lentilles du Puy avec un appétit effrayant et burent quatre bouteilles de vin rouge : du saint-pourçain qui leur parut plaisant.

Desmoulins, repue, rota et proposa :

« On pourrait baiser. Tous les trois. À condition que tu prennes une douche, Couthon. »

Berthet, Couthon et Desmoulins baisèrent avec ardeur une bonne partie de la journée et de la nuit qui suivit. Quand Berthet avait joui et laissait sa place à Couthon, il entendait la radio toujours allumée qui passait cette sale musique des années quatre-vingt et les flashs infos sur le massacre du Vésinet. Berthet se demandait comment l'Unité allait prendre le fait qu'ils ne soient pas restés dans la base arrière prévue à attendre autour de la table en Formica rouge, si l'Unité allait interpréter cela comme une preuve de méfiance excessive à l'égard de la hiérarchie ou comme le signe que Berthet, Couthon et Desmoulins étaient des agents intuitifs et prudents.

« Ne t'inquiète pas pour ça », disait alors Desmoulins qui semblait lire dans ses pensées et le reprenait dans sa bouche, son visage couvert de taches de rousseur allant et venant sur sa queue pendant que Couthon, infatigable, la besognait en levrette, remontant de temps à autre d'une main ses lunettes à la Trotski sans interrompre son va-et-vient.

Effectivement, il n'y eut pas de suites défavorables.

Trois semaines plus tard, Berthet avait remis son rapport entre les mains de Losey, son traitant habituel. Losey n'avait fait aucune remarque particulière sur le changement de planque ni sur les vols du Vésinet. Peut-être que Losey n'en savait rien, ou que Losey s'en moquait. Losey avait juste eu l'air raisonnablement content et, après l'entrevue dans le bureau d'une compagnie d'assurances bidon de la rue de Maubeuge, avait absolument tenu à inviter Berthet à manger une choucroute au Terminus de la gare du Nord, bien que ce ne fût pas de saison, la choucroute.

3

On veut tuer Berthet.

C'est une assez mauvaise idée.

Berthet croit comprendre pourquoi on veut le tuer et cela met Berthet en rogne car c'est à la fois prévisible et stupide de la part de l'Unité.

C'est dommage, songe encore Berthet, de se dire que l'Unité souffre comme la SNCF, la Poste ou l'Éducation nationale d'une dégradation dans ses prestations faute d'investissements sérieux. Qu'on le veuille ou non, finalement, l'Unité participe aussi à sa manière, certes un peu spéciale, aux services publics. Même si, en ce qui concerne l'Unité, il s'agit d'un service public extrêmement occulte.

Berthet qui aurait, si l'on prenait la peine de regarder d'un peu plus près les idées politiques qui l'agitent, un tempérament social-libéral en matière économique pense que l'Unité devrait trouver des financements extérieurs à ceux de l'État, faire preuve d'imagination pour attirer, bon gré, mal gré, des partenaires privés. Évidemment, Berthet ne veut pas de ces investissements hasardeux auprès de banques qui ne pensent plus qu'à spéculer, à inventer des produits financiers toxiques et qui vous bouffent 60 % de vos maigres économies en quelques années.

Berthet fait partie des cadres les plus anciens et les plus capés de l'Unité. Berthet estime avoir une certaine légitimité pour juger de son fonctionnement. Il y a cinq ou six ans Berthet a remis à Losey un mémo, à charge pour Losey de le faire remonter aussi haut qu'il voulait. Dans ce mémo, Berthet expliquait que si l'Unité voulait rester performante, il fallait que l'Unité apprenne à s'autofinancer. Autrement dit, qu'on laisse aux agents une certaine marge de manœuvre sur le terrain pour trouver du pognon eux-mêmes. Qu'on couvre des manips qui n'auraient d'autre but que de se créer des cagnottes. D'ailleurs, ça s'était toujours un peu fait. Il s'agissait juste d'officialiser voire d'encourager ce qui se passait déjà souvent dans la zone grise. La zone grise et hypocrite. Le territoire immense et caché dans les démocraties qui ne veulent pas assumer au grand jour ce qu'elles sont obligées de faire pour éviter un mal plus grand encore. L'autofinancement, voire les partenariats public-privé auraient permis à l'Unité de surmonter les contraintes budgétaires et de ne pas sacrifier la qualité des personnels, même en sous-traitance, et donc le bon déroulement des opérations prévues.

Sacrifier la qualité comme c'est le cas maintenant, avec ces guignols que Berthet voit se rapprocher de lui et qui font preuve d'une confiance délirante. À qui croient-ils avoir affaire ? À un touriste, à un second couteau ? Berthet ne voit même pas qui, au sein de l'Unité, a pu commettre une telle erreur et se charger de recruter ces petites frappes, même avec le souci de minorer les coûts. Quelqu'un qui ne le connaît pas assez, sûrement, ou le sous-estime. Quelqu'un qui doit croire qu'un sexagénaire dans un tel métier est forcément un mort en sursis.

Un nouveau ? Losey est peut-être sur la touche. Losey a peut-être laissé sa place à un jeune con passé par les grandes écoles qui s'est dit qu'en finir avec Berthet, il n'y avait quand même pas de quoi en faire une histoire, que la légende de Berthet devait être très surestimée, que les vieux de l'Unité, justement parce qu'ils étaient vieux, exagéraient la difficulté d'éliminer un agent sur le retour même si celui-ci avait été en son temps un excellent élément. Excellent élément, en plus, si on oubliait l'affaire K. K comme Kardiatou. Oui, Losey est sur la touche, ou trop vieux, ou trop las pour s'opposer aux jeunes loups. Ou même pas au courant, tout bêtement.

Berthet passe quelques noms en revue, émet mentalement des hypothèses tout en envisageant comment se débarrasser assez vite des minables qui veulent sa peau, parce que tout de même, il y a des limites et qu'il veut profiter de la femme qui l'attend dans son lit de l'hôtel Duas Nações, rua Augusta.

Berthet s'aperçoit qu'il n'a pas d'idée, qu'il ne connaît pas trop les nouveaux, que ce soit chez les agents, les cadres, les chefs comme Losey. Berthet voit de moins en moins de monde.

Cela a commencé avec Kardiatou, bien sûr, mais cela n'a fait que s'accentuer avec les années, Kardiatou ou pas. Un désir d'effacement. Pas seulement pour échapper à l'Unité, mais pour échapper au monde. Pour échapper à lui-même. Pour échapper à l'âge. Berthet tâte la poche de son costume en lin. L'édition originale d'*Une vie ordinaire*. Berthet éprouve la texture du papier cristal dont il a recouvert le livre. Berthet est heureux, un bref instant. L'âge. Il faut vieillir pour trouver du bonheur dans une couverture en papier cristal sur un texte aimé.

Berthet avance dans la nuit vers la gare du Rossio, Berthet n'oublie pas les clowns qui le suivent, et font semblant de se confondre avec la foule clairsemée aux terrasses des cafés de la Baixa mais Perros lui dit :

J'ai fait en sorte qu'on me laisse
Très en paix dans mes souterrains

Berthet a beau se dire que cet amateurisme va sans doute le sauver, Berthet est décidément presque en colère que l'Unité en soit réduite à de tels expédients. Ils espèrent quoi ? Que ces maladroits vont pouvoir quelque chose contre lui ? Sur un coup de chance ? Il y avait une époque où jamais l'Unité n'aurait misé sur la chance, où l'Unité ne se comportait pas comme la Française des jeux.

Losey, qui trouvait Berthet intelligent, avait lu son mémo. Losey en avait parlé avec Berthet. Losey avait dit à Berthet, sans plus entrer dans les détails, que l'Unité avait déjà eu recours à ces partenaires privés qui payaient cher certaines prestations offertes par l'Unité. De la protection rapprochée d'émirs ou de seigneurs de la Bourse. Mais l'autofinancement sur le terrain par les agents eux-mêmes, non, on avait peur des dérives vers le grand banditisme.

« Et vous savez à quoi je fais allusion, Berthet, n'est-ce pas ? »

Berthet avait regardé ailleurs.

Losey avait poursuivi. Losey avait expliqué :

« Votre mémo, c'est amusant, pose les problèmes qui agitent l'Unité au plus haut niveau. Et je ne peux que vous résumer la chose. D'abord parce que je n'appartiens pas au plus haut niveau et ensuite parce que le secret, je ne vous l'apprends pas, est notre métier. »

Berthet savait que Losey mentait au moins sur un des deux points. Berthet avait compris avec les années que Losey était un des grands manitous. Un fondateur. Mais cela n'empêchait pas Losey d'être menacé comme n'importe quel agent. À la longue, la seule analogie que Berthet voyait pour expliquer le fonctionnement de l'Unité, c'était le stalinisme. Sauf qu'il n'y avait pas de Staline à l'Unité. Le stalinisme ou le management moderne, ce qui revenait au même.

Il y avait deux tendances, avait continué à expliquer Losey ce jour-là, dans les cercles dirigeants de l'Unité. Deux tendances qui recoupaient l'éternel clivage entre les Anciens et les Modernes. Les Modernes pensaient qu'une ouverture au privé était le seul moyen de rester hautement compétitifs et même de faire de l'argent car après tout, le temps des moines soldats était passé.

Il n'y avait pas de raison, d'une certaine manière, que l'Unité ne récompense pas ses agents au mérite, que les chefs les plus brillants ne bénéficient pas de revenus dignes de ce nom. Dans le privé, il y avait bien des stock-options, des golden parachutes, des retraites chapeaux. Les Modernes ne voyaient pas pourquoi, eux qui avaient entre les mains des responsabilités énormes, qui avaient changé parfois le cours de l'histoire récente, qui jouaient avec la vie de centaines, voire de milliers de personnes, devraient finir leur carrière avec une pension de chef de bureau calculée sur l'échelle indiciaire de l'administration préfectorale. Même s'ils avaient amassé une belle cagnotte par ailleurs.

Les Anciens, eux, de leur côté, soulignaient les risques de transformer peu à peu l'Unité en agence privée, en une sorte de multinationale pour barbouzes comme il y en avait déjà aux États-Unis. Pourquoi pas à ce moment-là, comme aux États-Unis toujours, ne pas imaginer des entreprises du genre de Blackwater, de vraies armées privées composées de mercenaires ? Les Anciens ne le souhaitaient pas. Ils estimaient que l'Unité pouvait vite avoir tendance à oublier le service de la Nation, à devenir un monstre, une entité au fonctionnement tellement opaque et complexe que plus personne ne pourrait vraiment contrôler quoi que ce soit et que l'Unité finirait par travailler dans l'intérêt exclusif de l'Unité. C'était déjà parfois le cas, alors si ça devenait la règle communément admise…

Ce n'était pas très sain, ces États dans l'État. Pas très républicain, avait même dit Losey qui aimait toujours la choucroute et avait donné cette fois-ci rendez-vous à Berthet chez Bofinger.

« Nation », « républicain », il n'y avait plus que Losey pour dire des mots comme ça. Aussi *old school* que la choucroute, que Bofinger, que la lumière qui tombait de la verrière et leur donnait l'impression d'être dans un aquarium confortable où l'on se gavait de nourritures à la fois grasses, délicieuses et consolantes comme la choucroute paysanne.

Cela signifiait aussi, avait continué Losey, que d'autres Unités pourraient apparaître dans un tel contexte et que la concurrence serait meurtrière, forcément meurtrière. On ne parlait pas de vendre du bordeaux aux Chinois, des Airbus ou même des centrales nucléaires, là, on parlait de secrets d'État, de sécurité nationale, d'intérêts géopolitiques.

Losey avait englouti une saucisse jurassienne en deux bouchées. Losey avait vidé son verre de riesling. Losey avait eu soudain un regard infiniment mélancolique.

« Mais est-ce que le service de l'État a encore un sens ? avait-il demandé à Berthet. Est-ce que l'Unité n'est pas en train de vivre, par ricochet, la fin des

États-nations et donc son inadaptation à une époque mondialisée ? »

Losey avait soupiré. Losey avait continué :

« Finalement, est-ce que l'Unité est plus utile, sous sa forme actuelle, que l'administration des Douanes surveillant des frontières qui n'existent plus ? Il n'y a plus d'enjeux purement étatiques, si ça se trouve, Berthet. Et ce qu'on appelle l'"État profond" en prend acte. Peu importe désormais qu'une multinationale de l'uranium soit publique ou privée. Si la multinationale est menacée dans ses intérêts ou son approvisionnement, on n'hésite plus à déclencher une guerre. On le savait depuis longtemps mais c'est devenu éclatant avec la deuxième guerre d'Irak. Un citoyen même moyennement informé a bien compris ce qui se passait. Des conquêtes de marchés pétroliers, rien d'autre. Défense de la démocratie, mon cul. C'est ce que veulent acter les Modernes. Moi, vous l'aurez compris, Berthet, je suis plutôt un Ancien. Un Ancien qui doute… En plus je vieillis. Je sens bien que l'Unité change sans moi, malgré moi. Je m'aveugle. »

Puis Losey avait eu un geste étrange, la main pointant une direction vague au-dessus de sa tête, comme s'il voulait désigner de très hautes sphères, au-delà de la verrière de la brasserie. Un geste comme un aveu, comme si Losey admettait qu'il se sentait un peu dépassé.

Losey avait respiré, fortement. Puis Losey avait paru se reprendre.

Berthet s'aperçut pourtant que Losey derrière son embonpoint, son teint de brique, ses yeux noyés et son impeccable costume sur mesure devenait effectivement un vieux monsieur dans un monde qu'il avait cru dominer et qui lui échappait, un vieux monsieur presque désorienté. Alors que Losey avait pourtant depuis si longtemps ordonné à Berthet d'organiser un bon nombre de choses innommables, sans trembler, sans jamais donner l'impression d'être en proie au doute.

Losey avait versé de nouveau du riesling pour Berthet et lui. Losey avait bu et avait enfin retrouvé son visage et son ton habituels. L'instant de faiblesse était passé. Losey avait affirmé, presque fièrement cette fois-ci :

« Moi, je suis du côté des Anciens. Il faut nous débrouiller davantage pour trouver de l'argent, c'est vrai, mais on ne va pas oublier en route ce pour quoi l'Unité est là. Sa mission première. »

Losey avait alors parlé des Anciens. Ceux qui avaient fondé l'Unité à l'aube de la Ve République, quand Berthet n'était encore qu'un môme en blouse allant au cours élémentaire de l'école Pierre-Larousse rue d'Alésia. Losey aimait à rappeler périodiquement à Berthet qu'il savait tout de Berthet, absolument tout, y compris la mauvaise note à sa rédaction de CM1. Sujet : l'arrivée de l'automne.

Certains agents, dont Berthet, avaient été pionniers en matière d'autofinancement sauvage. Berthet, et c'était ce à quoi Losey avait fait allusion davantage qu'à la rapine au Vésinet, avait braqué un casino dans une petite station balnéaire, sur la côte d'Albâtre, en 87, pour financer plus confortablement une mission de déstabilisation d'un candidat à l'élection présidentielle. Berthet avait trouvé la dotation trop juste. Même pas de quoi recruter un Couthon ou une Desmoulins.

Berthet avait alors pris contact avec trois truands havrais, Berthet avait monté la chose intelligemment, avec des repérages et tout ça, mais les trois truands havrais étaient de vrais abrutis. Il y avait eu des morts.

Berthet revoit la scène. Les Havrais et lui avaient récolté environ trois cent mille francs, en liquide. Le casino était modeste, mais plein. On était entre Noël et le jour de l'An. Tout se déroulait sans accrocs. Une R25 volée attendait devant l'entrée. Mais un des Havrais, alors que les sacs étaient remplis et qu'on se dirigeait vers la sortie, avait voulu faire le malin avec une MAT 49. Ou peut-être que ça le frustrait, ce con, d'avoir une arme et de ne pas l'utiliser. Il avait tiré une rafale en guise de signature, au-dessus des têtes présentes et blêmes des joueurs. La MAT 49 est chargée d'histoire glorieuse mais c'est surtout un vieux pistolet-mitrailleur qui demande une dextérité toute militaire si l'on ne veut pas la transformer en arroseuse imprécise.

La rafale du Havrais maladroit avait coûté la vie à un croupier et à deux joueurs autour de la table de la Boule.

Un des deux joueurs était une joueuse, en fait, une joueuse blonde, solitaire et belle. Son allure soignée, sa quarantaine altière et son regard bleu avaient plu à Berthet. Pendant le braquage, Berthet avait détaillé son visage et sa silhouette à travers les ouvertures de sa cagoule.

Berthet, romanesque et sentimental, avait pendant quelques secondes d'éternité imaginé une autre vie avec elle dans une maison à colombages, un de ces chalets balnéaires à l'architecture compliquée et charmante, sur les hauteurs de Saint-Valery-en-Caux. Berthet aurait regardé la mer en caressant cette femme de longues heures et puis ils auraient souvent fait l'amour, surtout les jours de pluie. Du gris et de l'écume se seraient encadrés dans le bow-window du salon alors qu'ils auraient joui l'un de l'autre dans des proportions considérables avant que ne revienne le silence essoufflé de l'après-midi, seulement troublé par les gouttes sur le toit et les vitres.

Un chardonnien sensuel et contrarié, Berthet. Il avait imaginé tout cela jusqu'à ce que les balles havraises de 9 mm défigurent la blonde et éclaboussent de sang et de morceaux de chair et de dents le tapis vert de la Boule, notamment les zones délimitant la couleur rouge, l'impair, le manque et les numéros 2 et 4.

Berthet avait prévu de toute façon de tuer les truands havrais dans une villa abandonnée au fond d'une valleuse près d'Yport, juste après le braquage. L'endroit devait servir pour un partage de butin qui n'aurait jamais lieu. Mais après avoir exécuté les deux premiers d'une balle dans la tête, Berthet prit son temps avec l'homme à la MAT 49. Berthet lui explosa chaque genou et chaque coude. Berthet attendit en le regardant que le Havrais mourût dans la souffrance mais aussi l'incompréhension et l'angoisse car Berthet resta muet le temps de l'agonie.

Berthet était conscient que cette attente était imprudente alors que la police sillonnait déjà le coin, comme le lui indiquaient les grésillements du scanner posé sur le parquet poussiéreux. Mais Berthet éprouvait une certaine colère à avoir vu son rêve de maison à colombages avec vue et de grande femme blonde amoureuse s'interrompre si brutalement. Et la colère n'est pas conseillée quand on doit échapper à la police par des itinéraires compliqués et de nombreux changements de véhicule.

L'Unité n'avait pas apprécié ce braquage. On trouvait l'initiative de Berthet hasardeuse. Surtout avec six morts, trois dans le casino et trois dans la villa de la valleuse. L'Unité ne doutait pas que Berthet avait agi dans un but désintéressé, l'Unité connaissait sa conscience professionnelle, mais là, il ne faudrait pas que ça se reproduise, n'est-ce pas. Berthet savait que Losey avait sérieusement pesé pour que tout cela se limite à des remarques acerbes et non à une balle dans la tête, dans un parking.

Losey aimait Berthet, au fond.

4

On veut tuer Berthet.

C'est une assez mauvaise idée.

Même si Berthet, sans doute à cause de la soixantaine, a de plus en plus de réminiscences qui le déconcentrent. L'âge, pense une nouvelle fois Berthet. Ou la nostalgie.

Berthet est un nostalgique. Berthet le sait. Berthet n'a pourtant pas grand-chose à regretter dans une vie consacrée au meurtre, à la torture, au chantage, à la déstabilisation, à la manipulation, à l'intoxication psychologique, au viol, à la mutilation, aux attentats, aux enlèvements. Mais c'est comme ça, Berthet est quand même un nostalgique.

La fin des années cinquante pour l'enfance, les années soixante pour l'adolescence, les années soixante-dix comme jeune flic puis comme agent de l'Unité, les années quatre-vingt-dix et la rencontre de Kardiatou qui remplit sa vie désormais depuis vingt ans. Pas les années quatre-vingt, en revanche. Les années quatre-vingt sont définitivement aussi vilaines qu'un sac Adidas bleu électrique sur une table de cuisine en Formica rouge. C'est comme ça.

En même temps, la connaissance de soi dans le métier

de Berthet est aussi indispensable que le maniement compétent de toutes les armes existant sur le marché ou de toutes les techniques pour tuer des êtres vivants à main nue : hommes, femmes, enfants, animaux, communistes, islamistes, gauchistes, néonazis. Berthet doit en oublier. Berthet a connu beaucoup d'agents qui n'étaient pas morts à cause des hommes, des femmes, des enfants, des animaux, des communistes, des islamistes, des gauchistes et des néonazis qu'ils devaient tuer, mais tout simplement parce que eux-mêmes ne se connaissaient pas assez. Eux-mêmes s'étaient perdus de vue, pour toujours, retirant leurs masques les uns après les autres, de plus en plus vite, de plus en plus paniqués, à la recherche de leur vrai visage qu'ils ne retrouvaient jamais, qui n'avait peut-être jamais existé.

Les planques. Les identités multiples. Les mêmes chambres d'hôtel. VRP de l'Unité qui, comme les autres VRP qu'ils côtoient dans les soirées étapes, prennent la formule du soir, boivent leur quart de côtes, remontent dans leur chambre et regardent un quart d'heure le film porno de la chaîne payante avant de l'éteindre, leur mélancolique branlette ayant atteint son terme. Les mêmes bureaux discrets dans les ambassades ou les consulats quand ils sont à l'étranger et qu'ils se livrent à des interrogatoires poussés. Les visages des morts qui se confondent. Les mêmes séances d'entraînement périodique dans des fermes du Berry ou de l'Aveyron, par groupes de quatre ou cinq, sous les ordres de deux instructeurs qui, eux, ne sont jamais les mêmes. Les mêmes rêves, les mêmes cauchemars, les mêmes souvenirs déchirants et brefs d'avant, de la vie d'avant l'Unité, la silhouette d'une fille dans la cour d'un lycée, ou un retour à l'aube, le bac en poche, après une dérive alcoolisée avec les potes, alors que les oiseaux deviennent fous dans les arbres à l'approche de l'aube rose et bleue.

Ceux qui rusent avec tout ça, ceux qui n'assument pas, ils finissent toujours par faire une connerie. Ça circule comme des légendes noires quand les agents de l'Unité se croisent le temps d'une mission. Tu sais qu'X s'est fait sauter le caisson ? Oui, dans un hôtel de Brno. Il avait pourtant réussi son opé. Tu sais qu'Y est morte en attaquant toute seule, sans appui tactique, la maison bourrée de gardes du corps de ce financier présumé d'AQMI, sur la Côte ? Elle en a buté la moitié jusqu'au bureau du type. Et quand elle a vu la deuxième vague arriver, elle a dégoupillé trois grenades défensives, s'est servie du mec comme d'un bouclier et a foncé dans le tas. Non, elle n'était pas obligée. Il paraît que ça a été un bordel monstre pour maquiller la chose en attentat d'une faction islamiste adverse. Les nettoyeurs de l'Unité étaient furax. Mais pourquoi elle a fait ça, Y ?

Et là on hausse les épaules, on baisse les yeux, on passe à autre chose.

Un agent de l'Unité est un fantôme qui travaille pour des fantômes, comme l'avait bien vu le comptable Queneau. Là où le comptable Queneau se trompait tout de même, c'était pour la question des toilettes. Mais pour le reste, le comptable Queneau avait compris. Les agents de l'Unité n'existent pas. Berthet a parfois du mal à se souvenir qu'il s'appelle Berthet, par exemple. Cette apesanteur sociale peut se révéler des plus angoissantes. Un malaise, une nausée qu'il ne faut pas confondre avec la culpabilité. Berthet ne se sent pas coupable. Berthet s'est racheté avec Kardiatou. Berthet en a la certitude au plus profond de lui-même. Il ne faut pas confondre non plus ce malaise avec la peur de vivre en permanence dans le danger. Non, c'est autre chose. C'est comme une dématérialisation progressive qui a quelque chose à voir avec la fréquentation assidue du secret.

Une vie fantôme, oui, c'est ça.

Un autre souvenir. Berthet laisse faire. C'est la soirée. Lisbonne est un fil conducteur.

Un souvenir de vie fantôme. On pourrait croire que ça ne concerne que les hommes de l'ombre, les vies fantômes. On se trompe. En 1992, peu de temps après qu'il eut signé son Yalta personnel avec l'Unité à propos de Kardiatou, Berthet avait été chargé de l'exécution d'un Lambda.

À l'Unité, un Lambda, c'est un citoyen ordinaire qui doit être exécuté. L'Unité ne fournit pas d'explication ou de motif. Juste un ordre par les voies habituelles : la poste restante de la rue Marie-Rose ou un rendez-vous fixé dans un bar. Pas de pourquoi. L'Unité a ses raisons. Et puis on vous paie assez bien comme ça pour éviter les questions. Berthet n'aimait pas ça. Il en avait parlé à Losey, des opérations Lambda. Losey avait eu l'air gêné. « Je n'aime pas ça non plus, Berthet. » Berthet avait attendu un « mais » qui n'était pas venu. Berthet avait eu droit à des explications foireuses de Losey. Berthet avait toujours soupçonné que les opérations Lambda, la plupart du temps, étaient un moyen pour l'Unité de s'assurer de la loyauté de ses agents.

C'est comme ça qu'on se retrouvait à étrangler un notaire d'Arpajon avec un fil à couper le beurre après s'être planqué sur le siège arrière de sa berline haut de gamme ou à tirer une balle dans la tête d'une vendeuse qui sortait d'un magasin de fringues du XIXe arrondissement. On avait beau tenter de se rassurer en se disant que le notaire d'Arpajon était un ancien des réseaux Gladio et qu'il savait trop de choses sur les manips anticommunistes de la guerre froide ou que la vendeuse des Buttes-Chaumont avait été à une époque une sympathisante d'un groupe terroriste d'extrême gauche, on n'avait aucune certitude. On pouvait même sérieusement en douter.

En 92, donc, Berthet s'était retrouvé avec un sixième Lambda sur les bras depuis le début de sa carrière à l'Unité. Un médecin généraliste de la banlieue de Rouen. Berthet avait désobéi. Berthet avait pris des risques. Ça avait déjà tenu à pas grand-chose que Berthet ne finisse définitivement et prématurément sa carrière quelques mois auparavant, quand il avait rencontré Kardiatou.

Berthet n'avait pas exécuté sa cible. Pas tout de suite. Berthet l'avait enlevée à la sortie de son cabinet, le soir. Un coup sur la nuque, le corps dans le coffre et puis un appartement dans une tour de la Grand'Mare. Le généraliste s'appelait Patrick Lefèvre, comme tout le monde, et il avait quarante ans. Pratiquement l'âge de Berthet à l'époque. Patrick Lefèvre, contrairement à Berthet, avait une existence terriblement normale. Une jolie femme qu'il ne trompait apparemment pas, deux enfants, un chien, une belle maison à Mont-Saint-Aignan. Pas de dettes de jeu, pas d'engagement politique. Un Lambda pur. Patrick Lefèvre avait été choisi au hasard dans l'annuaire, ce n'était pas possible autrement.

En l'amenant dans l'appartement presque vide de la Grand'Mare, Berthet avait voulu lui faire cracher le morceau. Sinon, Berthet s'était dit qu'il aurait du mal à tuer Patrick Lefèvre. Ou que ça allait le poursuivre. Et Berthet ne voulait pas de culpabilité, surtout pas de culpabilité. La culpabilité est un poison à effet retard pour n'importe quel agent.

Berthet avait bandé les yeux du généraliste et l'avait attaché sur une chaise. Puis Berthet s'était assis devant lui. Berthet avait attendu qu'il reprenne connaissance en lisant *La vie dans les plis* qui venait de reparaître en Poésie/Gallimard. C'était la période Henri Michaux de Berthet.

Je crache sur ma vie. Je m'en désolidarise.
Qui ne fait mieux que sa vie ?

« Pourquoi ? Pourquoi vous me dites ça ? » avait demandé Patrick Lefèvre qui sortait du coaltar.

Berthet ne s'était pas rendu compte qu'il avait lu à haute voix. Berthet avait été encore plus déstabilisé quand Patrick Lefèvre avait dit, la voix pâteuse

« C'est du Michaux, non ? *La vie dans les plis* ? »

Merde alors. Tuer un lecteur de Michaux. Cela devenait de plus en plus dur, cette histoire. Tuer un lecteur de Michaux, non mais. Berthet regardait, bouche ouverte, Patrick Lefèvre qui ne pouvait pas voir Berthet.

« Pourquoi ? » avait demandé Patrick Lefèvre.

Berthet s'était demandé s'il n'aurait pas fait aussi bien, tout de suite, de prendre son Sig-Sauer P220 dans son holster de ceinture, de visser le réducteur de son et de tuer Patrick Lefèvre. On n'en aurait plus parlé. Là, c'était encore plus dur. Un lecteur de Michaux. Quand même. Un lecteur de Michaux, l'Unité croyait qu'il y en avait combien en France ?

« Pourquoi ? » avait répété Patrick Lefèvre mais cette fois-ci, avec un fond de panique dans la voix.

Berthet avait refermé la nouvelle édition de *La vie dans les plis* qui sentait l'encre fraîche et l'avait rangée dans une poche intérieure de son costume. Et Berthet avait dit :

« Si vous criez, monsieur Lefèvre, je vais être obligé de vous bâillonner.

— C'est un enlèvement ? Je n'ai pas plus d'argent que ça. Mais je vous le donne.

— Non, ce n'est pas un enlèvement.

— C'est quoi, alors ? Pourquoi je suis là ? »

Que pouvait répondre Berthet, sérieusement ? Vous êtes un Lambda. Probablement choisi au hasard par une organisation occulte afin que je lui prouve ma loyauté en vous tuant sans me poser de questions. Impossible. Berthet avait besoin d'une raison. Berthet avait tenté le tout pour le tout.

« Vraiment, vous ne voyez pas, docteur ? Cherchez bien. »

Patrick Lefèvre s'était tortillé sur sa chaise. Patrick Lefèvre avait eu des mimiques douloureuses qui indiquaient une intense réflexion. Berthet avait prié pour que Lefèvre avouât avoir passé des renseignements au KGB pendant son service militaire ou quelque chose de ce genre. Mais non, rien ne venait.

« C'est pour Milena ? avait dit Patrick Lefèvre après deux heures. Je savais bien que je paierais un jour. Même si je ne vois pas le rapport avec vous. De toute façon, je ne pouvais plus vivre comme ça. C'est une vie fantôme. »

Berthet avait sursauté à l'expression. Berthet était étonné et rassuré. Étonné parce que le généraliste Patrick Lefèvre avait employé l'expression qui hantait déjà Berthet quand Berthet avait besoin de qualifier sa propre vie. Et ensuite il y avait un secret dans la vie de Lefèvre. Ouf. Ce serait moins dur.

« Milena ?

— Oui, Milena. »

Et le docteur Patrick Lefèvre avait raconté une histoire de secret. Une histoire de vie fantôme. Mais une histoire qui n'avait aucun rapport avec la vie secrète de nos sociétés spectaculaires marchandes et les violences démentielles qu'elles engendrent.

Pendant ses études de médecine, Patrick Lefèvre avait rencontré une Tchèque venue étudier à Rouen. Ils avaient eu une liaison. Puis Milena avait eu un enfant. Mais ça, Patrick Lefèvre ne l'avait pas su. Pas tout de suite. Milena avait disparu du jour au lendemain de la fac. Patrick Lefèvre avait continué ses études et épousé une fille de la bonne bourgeoisie rouennaise. Avec l'argent de la belle-famille, Lefèvre avait repris une des meilleures clientèles de la ville.

C'était à ce moment-là que Milena avait envoyé une lettre et avait expliqué la situation à Patrick Lefèvre. Milena ne voulait pas l'embêter. Mais Milena se rendait compte qu'elle aimait toujours Patrick. Milena avait une petite fille de cinq ans et travaillait dans un dispensaire de Montigny-lès-Metz. Pourquoi ne pas se rencontrer, une fois par an, à mi-chemin, du côté de Reims ? Au moins une fois. À cette perspective, Patrick Lefèvre s'était aperçu qu'il aimait toujours Milena, qu'il n'avait jamais aimé qu'elle.

Et Patrick Lefèvre, dont les larmes coulaient sous ses yeux bandés, avait raconté à Berthet ces rendez-vous annuels, ces rendez-vous que Patrick Lefèvre attendait, chaque 13 avril. La date correspondait à l'anniversaire de la fille qu'il avait eue avec Milena et que Milena n'amenait jamais. Seulement des photos d'elle, une par année, que Patrick Lefèvre cachait au retour dans sa bibliothèque. Tenez, si ça se trouve, il devait bien y en avoir une dans le rayon poésie, dans les pages de *La vie dans les plis.*

Pendant deux jours, Milena et Patrick Lefèvre se

promenaient dans la Champagne puis revenaient à la même auberge de charme de Warmeriville où ils faisaient l'amour, buvaient du Drappier et se quittaient jusqu'à l'année suivante. Cela durait depuis près de quatorze ans et pendant ces quatorze ans, Patrick Lefèvre avait soigné ses patients, s'était montré bon époux et bon père de famille mais se savait comme un fantôme, comme si la seule vraie vie qu'il vivait était cette unique journée annuelle, avec Milena. Patrick Lefèvre, pour justifier ses absences, inventait des congrès avec des labos, un vieux copain de l'armée. Sa femme n'avait jamais remarqué la date qui était la même chaque année. Mais elle ne remarquait plus grand-chose, en général. Sa femme n'éprouvait aucun intérêt pour les copains de régiment de son mari ou les raouts des labos pharmaceutiques. Sa femme trouvait en Patrick un mari parfait, ennuyeux ce qu'il fallait pour la rassurer et faire bonne figure dans la bourgeoisie rouennaise.

Quatorze fois prendre la voiture. Quatorze fois s'embrancher sur l'autoroute de l'Est. Quatorze fois rapporter un cadeau, un livre ou un bijou. Quatorze fois se demander si Milena serait là car il avait été convenu de ne pas communiquer durant l'année. Il n'y avait pas encore Internet, les téléphones portables et quand bien même, cela faisait partie du défi. Une fidélité bien plus forte que toutes les fidélités.

« Pourquoi vous ne quittez pas votre femme ? avait demandé Berthet

— Vous m'avez enlevé pour ça ?

— Non, mais je voudrais savoir. »

Patrick Lefèvre ne quittait pas sa femme parce que… parce qu'il était lâche, que tout était déjà tracé quand Milena était réapparue, qu'il avait ses amis, sa famille à Rouen. Et Milena ? Milena vivait seule, avec sa fille. Avec leur fille. C'est ce qu'elle disait et il n'avait pas de raison de ne pas la croire.

Berthet avait failli dire à Patrick Lefèvre que non, il n'était pas lâche. Pas plus que lui, Berthet, qui acceptait depuis sa jeunesse de faire les pires saloperies pour l'Unité. Que lui, Berthet, avait aussi une vie fantôme, que l'Unité lui avait fait perdre à jamais la vraie texture du monde. Qu'il n'avait même pas une Milena un jour par an. Que la seule personne que Berthet aimait, Kardiatou, ne connaissait pas sa propre existence.

« Je ne sais pas au juste ce que vous me voulez, mais finalement, c'est assez logique. On ne peut pas vivre comme un fantôme, n'est-ce pas ? »

Arrête, arrête ça maintenant, avait pensé Berthet qui était surpris de sentir sa gorge se serrer. L'Unité était vraiment une bande d'enfoirés. Ils n'avaient aucune idée évidemment de cette histoire. Ils avaient choisi Patrick Lefèvre parce que c'était un Lambda et qu'il fallait vérifier que Berthet était bien une machine à tuer. Et voilà. Berthet allait faire quoi, maintenant ? Michaux, Milena. La vie fantôme. *La vie dans les plis*. Merde.

Berthet avait débranché son cerveau pour ne pas devenir fou. Berthet avait dégainé son Sig-Sauer P220, vissé le réducteur de son et tiré une balle dans le front de Patrick Lefèvre.

Puis Berthet avait nettoyé l'appartement.

Puis Berthet avait attendu la nuit en lisant Michaux face au corps assis et affaissé de Patrick Lefèvre.

Puis Berthet avait enveloppé le corps dans des sacs-poubelle, l'avait descendu par les escaliers, l'avait remis dans le coffre de la voiture et était allé l'enterrer en forêt de Roumare.

C'était seulement quand Berthet avait repris l'autoroute de Paris que Berthet s'était rebranché.

Et que Berthet avait pensé à Milena.

Milena qui attendrait seule dans l'auberge de Warmeriville l'année suivante.

Alors Berthet, pour l'unique fois de sa carrière, s'était mis à pleurer comme un veau quand était passée *Alice* d'Eddy Mitchell sur Radio Nostalgie, la seule fréquence que cet autoradio pourri, dans cette bagnole de location tout aussi pourrie, parvenait à capter.

Et Berthet sait cette nuit à Lisbonne que s'il n'est pas devenu fou, et donc imprudent, et donc mort, tué à cause de la vie fantôme, c'est grâce à Kardiatou.

5

On veut tuer Berthet

C'est une assez mauvaise idée.

Le souvenir de Patrick Lefèvre, de Milena, le met dans une humeur mélancolique et impitoyable. Berthet a envie de tuer aussi. Ça ne saurait plus tarder.

Berthet va maintenant s'asseoir dans la nuit lisboète à la terrasse d'un café qui fait l'angle avec la rua Santa Justa et son ascenseur construit par Eiffel. Fauteuils bas, parasols beiges, globes lumineux qui mangent la nuit, nuées de moucherons, idiomes touristiques, essentiellement européens et asiatiques, avec une forte dominante pour le français. On ne repère plus trop d'accents américains. L'euro est trop cher. Berthet commande une bière. Elle est fraîche. On entend, dans les rues transversales de la Baixa, le bruit des derniers tramways et Berthet rêve de rester à Lisbonne une fois pour toutes.

Les trois suiveurs ont soudain l'air désorientés. Cap-verdiens ou angolais. Ils font semblant de discuter devant la terrasse en jetant des œillades exorbitées vers Berthet. Il y a encore beaucoup de passants dans les artères piétonnières de la Baixa.

Berthet peut les détailler pour la première fois depuis

qu'il est sorti de l'hôtel Duas Nações. Berthet évite de croiser leur regard. Qu'ils ne sachent pas que Berthet sait déjà. Que Berthet sait depuis ses premiers pas rua Augusta quand Berthet est sorti pour se rendre à son rendez-vous de minuit et demi, gare du Rossio, devant un kiosque qui reste ouvert toute la nuit.

Berthet regarde sa montre. Berthet est encore à l'heure pour son rendez-vous. Berthet n'est même pas pressé. Et puis son contact pourra attendre. À moins que ce ne soit son contact qui ait commandité les trois pieds nickelés. Ils ne sont vraiment pas brillants. Édentés. Maigres. Des tee-shirts sales. Deux en bermuda, un dans un jean qui flotte sur ses hanches osseuses. Les yeux rougis.

Derrière ses lunettes avec des verres neutres qui donnent à Berthet une allure de vieil universitaire distrait, Berthet, qui a toujours une vue aussi perçante qu'à vingt ans quand on le repéra comme tireur d'élite à l'armée, distingue même les gencives sanguinolentes des guignols. Gingivite des consommateurs de crack. L'Unité se moque du monde.

Les trois gugusses ne savent pas quoi faire. Ils ne sont visiblement pas armés, enfin pas avec des flingues. Sinon, ils auraient déjà tiré. À la sortie de l'hôtel Duas Nações, ou bien quand Berthet remontait la rua Augusta, ou bien même maintenant à cette terrasse. Ils ont l'air assez allumés pour ça. Des petits toxicos, recrutés près de la gare Santa Appolonia ou même sur le Rossio. Ils doivent quand même avoir des lames sur eux.

Berthet jurerait aussi que l'un d'entre eux a une photo de lui enregistrée sur un téléphone portable. Un de ceux en bermuda. Il ne cesse de crisper sa main maigre sur un iPhone dernier modèle et de faire le va-et-vient entre ce qu'il voit sur l'écran et Berthet qui boit sa pression. Pour encore accentuer son indifférence feinte, Berthet sort son édition originale d'*Une vie ordinaire* de Perros. Papier cristal. Vélin doux. Berthet ouvre au hasard. Berthet lit :

La vie et la mort vont ensemble
bras dessus et puis bras dessous
Vierges et puceaux gardez-vous
quand le sexe un peu vous démange.

Trop cher pour eux, l'iPhone, pense Berthet. Le recruteur le leur a donné. En prime. Combien ont-ils reçu ? se demande Berthet. Comment savaient-ils pour le Duas Nações ? Berthet n'en a parlé à personne. Sauf à son contact. Berthet boit à petites gorgées sa Sagres.

En même temps, tout le monde à l'Unité sait qu'il suit Kardiatou à la trace depuis… depuis tellement longtemps. Et Kardiatou est à Lisbonne pour un voyage officiel de trois jours. Si on veut trouver Berthet, on cherche Kardiatou. Et vice versa.

À ça aussi, il va falloir réfléchir. Pour la sécurité de Kardiatou et pour celle de Berthet aussi.

Berthet aime Lisbonne

quand le sexe un peu vous démange.

Lisbonne est la ville selon le cœur de Berthet, la capitale d'une nation périphérique et rêveuse, aux ciels changeants et dont le degré de violence est plutôt moindre que partout ailleurs dans le monde occidental. « Révolution portugaise ne tue pas », dit un vieux dicton.

Ça viendra aussi, ça vient toujours, la violence, mais Berthet se dit qu'il y a dix à vingt ans de bon, encore.

Et donc, pour Berthet, si Berthet pouvait trouver un successeur pour Kardiatou, Berthet aurait un endroit où se poser, où accepter que se dénoue ce point de contraction entre les épaules. Un point que seuls partagent les taulards et les hommes de l'ombre.

Peut-être se lèverait aussi ce poids sur le plexus solaire que Berthet sait être plus personnel, intime et qui est comme le remords d'une autre vie possible, de choix refusés, ce poids sur le plexus qui ne se lève plus jamais depuis des siècles ou alors avec beaucoup d'alcool, ou beaucoup de benzodiazépine ou beaucoup de sexe ou un coucher de soleil sur la mer de Paille qui transforme l'univers en or fondu.

Mais Berthet refuse, dans la mesure du possible, les addictions. Ou alors, celles qu'il accepte, il les contrôle, notamment en matière de sexe et de poésie.

Berthet pense alors à la femme dans son lit.

Amina.

Amina Bâ. Une Toucouleur très, très sexy. Pas l'ethnie de Kardiatou. Kardiatou est une Sérère. Mais la même odeur que Kardiatou. Oui. L'âge de Kardiatou, aussi. Berthet a dit à Amina, comme pour les deux soirs précédents depuis leur arrivée à Lisbonne, qu'il allait sortir faire un tour. Amina ne pose pas de questions. Amina se contente du plaisir de ce séjour avec un homme plus âgé qu'elle, courtois, qui lui fait bien l'amour et dont la seule exigence est une promenade solitaire, aux alentours de minuit, pour aller chercher de la presse française. Amina ne lui fait pas remarquer qu'il pourrait se servir de son ordinateur pour ça, ou d'un de leurs deux smartphones. Amina le pense peut-être. Ou peut-être pas. Amina prend ce qui vient. Amina pourrait être une femme idéale. Même s'il n'y a pas de femme idéale.

Berthet se repasse sa rencontre avec Amina trois mois plus tôt, au début de l'été. Berthet a assez vite cerné Amina. Dès que Berthet a senti qu'Amina l'attirait, Berthet a mis toutes ses antennes en action. Berthet rêverait de retrouver une certaine innocence dans la rencontre amoureuse mais la déformation professionnelle de Berthet est trop grande. Et puis a-t-elle jamais existé cette innocence, chez lui, après avoir été repéré par l'Unité ?

La science de Berthet sur les hommes et les femmes de son temps, sur leurs manies sexuelles, sur leur degré de solitude affective, sur leurs habitudes festives, sur leur consommation de drogues, d'alcools et de médicaments psychotropes vient évidemment de sa minutieuse et empirique connaissance du terrain depuis plusieurs décennies. Berthet a traversé tous les milieux sociaux, ce qui devient plutôt rare dans un monde de plus en plus cloisonné.

D'un point de vue plus théorique, cette science provient également des rapports épais, toujours reliés comme s'il s'agissait d'une production universitaire avec une couverture pelliculée rouge, austère, mais sans mention d'auteur, ni d'année, ni d'organisme. Ces rapports sont des compilations très fouillées sur l'état de la France, de l'Europe et de ses habitants. Avec parfois des aperçus thématiques sur une région du monde, un courant politique ou religieux. L'Unité a ses contacts au CNRS, à l'École pratique des hautes études, à l'INSEE, dans de multiples ministères, de grandes entreprises et ailleurs. Enfin, un peu partout où ça réfléchit, où ça analyse, où ça conceptualise, où ça décide, aussi.

L'Unité fournit un rapport par an aux agents. Par la poste ou lors des séances d'entraînement dans les fermes ou encore lors des pénibles formations en nouvelles technologies de la communication. Il n'y a pas de titre sur la couverture. Les agents ne sont pas obligés de les lire. Il n'y a pas d'interrogation écrite. Mais c'est mieux, tout de même, de les lire. Quelqu'un qui ne serait pas de l'Unité et qui les lirait attentivement aurait en économie, en sociologie, en politique, en urbanisme, en matière de revenus moyens, de patrimoine, de taux de chômage, de perspectives économiques, écologiques et géopolitiques des connaissances qui pourraient le faire participer à tous les talk-shows des chaînes infos. Et même à y briller, ce qui en même temps n'est pas très difficile vu les têtes de mort qui monopolisent la parole de leur incompétence niaise ou de leur postfascisme plus ou moins soft et de plus en plus à la mode depuis que les choses se compliquent visiblement dans les sociétés de marché.

Berthet, lui, fait son miel de ses rapports. Il les garde dans une de ses planques, sur un rayonnage dans une cave. Bien qu'ils n'aient pas de millésime, Berthet les a rangés de manière que chaque année soit repérable. Une fois, Berthet a confié cette habitude à Losey et Losey lui a confié qu'il avait la même. Exceptionnellement, Berthet et Losey ne mangeaient pas une choucroute mais des sashimis au restaurant de l'hôtel Nikko.

« Mon cholestérol, avait dit Losey. Vous devriez faire gaffe, Berthet, vous n'êtes plus tout jeune non plus. Je peux vous indiquer un médecin ami pour un check-up. »

Berthet s'était demandé s'il fallait entendre par médecin ami un médecin ami personnel ou un médecin de l'Unité. Sans doute les deux à la fois. Losey avait continué en trempant un morceau de tataki de thon dans la sauce au wasabi.

« Oui, je suis comme vous avec ces rapports. Ce sont des synthèses extraordinaires, des montages de toutes les connaissances les plus pointues. Et aujourd'hui, c'est le montage qui est important. Ce que les autres appellent le secret, c'est en fait du montage, comme au cinéma. Rien n'est caché en ce monde, c'est une illusion romanesque. C'est l'erreur des complotistes. Tout est visible, su, analysé. Mais de manière anarchique, séparée, non hiérarchisée et ce qui est vraiment important est noyé dans un flux continu. Il faut une organisation comme la nôtre pour agencer tout cela et donner son vrai visage au monde. Tout montage renvoie à une métaphysique, Berthet, et il n'y a de vérité et de sens que dans la métaphysique. Tenez, servez-moi un verre de ce pouilly de chez Dagueneau, on va pas se laisser mourir de soif, tout de même. »

Quand Berthet, ce qui est de plus en plus souvent le cas, a l'impression que le monde est très majoritairement peuplé de fous furieux, de sadiques professionnels, de consommateurs décérébrés, de malades du pouvoir, d'hommes cupides jusqu'au délire ou fanatiques jusqu'à la mort, il incrimine dans un premier temps sa subjectivité : sa fatigue, son âge, son adaptation de plus en plus difficile aux caractéristiques nouvelles des missions demandées, son pessimisme réactionnaire. Alors, pour se persuader qu'il ne devient pas fou lui aussi, ou simplement un vieux con, il lui arrive de descendre dans la cave de cette planque où les rapports annuels de l'Unité sur l'état du monde sont sagement classés et indiquent à Berthet qu'il a déjà une longue carrière puisque plus de trente volumes s'alignent et que des couches variables de poussière poissent le Rhodoïd de leur couverture. Berthet en feuillette un ou deux à la recherche de données qui pourraient être utiles pour ce qu'on lui demande de faire. Et puis Berthet se laisse entraîner et va d'un rapport à l'autre, un détail lui en rappelant un autre, une donnée le surprenant et le poussant à vérifier dans un volume précédent.

À la fin, Berthet se retrouve assis à même le sol de la cave, Berthet est entouré de tous ces rapports ouverts autour de lui. Son costume montre ici et là des traînées de poussière grasse et Berthet, légèrement abruti, ayant oublié depuis longtemps l'objet originel de sa recherche, ne peut tirer chaque fois qu'une seule conclusion : depuis trente ans, depuis les années quatre-vingt (tiens, tiens), le monde court à sa perte, visiblement.

Cela fait apparaître le rôle de l'Unité sous un jour nouveau. Organiser l'apocalypse, ou tout au moins s'arranger pour que ses aspects les plus saillants ne soient pas trop visibles. En un gros quart de siècle, l'Unité est passée d'un maintien de l'ordre occulte à la dissimulation plus ou moins habile d'une évidence toujours plus évidente pourtant : il n'y a plus d'ordre, plus grand-chose n'est encore sous contrôle de qui que ce soit et il appartient à l'Unité et à des organisations étrangères du même genre d'empêcher que trop de fuites sur cet état des choses ne provoquent un bordel encore plus grand et finalement ne hâtent la fin inéluctable.

Alors si Berthet pouvait passer les dernières années de sa vie à Lisbonne, une fin de vie qui coïncidera probablement avec la fin du monde tel qu'on le connaît, ce ne serait pas plus mal. Mais le moment n'est pas encore venu.

Berthet revient à Amina.

Bien entendu qu'il a cherché Kardiatou dans cette odeur, ce sexe rose et doux. Épilé, aussi, ce qui a légèrement décontenancé Berthet. Berthet est d'un monde où les toisons des femmes enchantaient encore les hommes.

Berthet a vu Amina pour la première fois dans une librairie. Comme toutes les femmes que Berthet a eues. Avant et après Kardiatou. Les librairies. Les librairies l'après-midi. Les femmes seules ne sont fréquentables que dans les librairies désertes. Les librairies et les musées. Quoique pour les musées, depuis que Berthet a vu *Pulsions* de Brian de Palma, Berthet se méfie un peu plus. Mais Berthet garde un a priori favorable pour les femmes qui traînent dans les librairies, pour autant que l'on peut avoir confiance en un être humain.

La librairie Charybde, rue de Charenton, se trouve à quelques dizaines de mètres de la planque parisienne principale de Berthet, un appartement avenue Daumesnil avec vue sur le viaduc des Arts. Quand Berthet entra dans Charybde, un peu par hasard, la libraire lui apprit que la librairie était spécialisée dans la fiction pure, tous genres confondus, littérature générale, polars, science-fiction. On pouvait éventuellement proposer à Berthet de la poésie ou des essais mais ce ne serait que quelques volumes appartenant à la bibliographie d'écrivains venus signer ici dans des rencontres avec des lecteurs. Berthet fut un peu déçu, Berthet a de plus en plus de mal avec ce qui n'est pas de la poésie.

Ou les rapports annuels de l'Unité.

Mais l'ambiance de l'endroit lui plut. Ce n'était pas très grand, mais c'était clair, ça sentait les livres neufs, la résine des rayonnages en bois naturel et, sembla-t-il à Berthet, le thé à la vanille que devait sans doute se préparer la libraire dans l'arrière-boutique. La vanille, en revanche…

« Vous en voulez une tasse ? lui demanda la libraire

comme si elle avait lu, mais mal, dans les pensées de Berthet.

— Non, je vous remercie. »

Berthet avait un problème avec la vanille. Berthet n'allait pas expliquer à la jeune libraire que la vanille, c'est l'odeur qui se dégage des corps incinérés, des os réduits en poussière par le feu, enfin bref, une odeur pour laquelle Berthet n'avait plus grande sympathie pour l'avoir beaucoup trop respirée.

Berthet regarda, au-dessus de la vitrine, les affiches des auteurs qui étaient venus signer. Berthet avait déjà dans l'idée de trouver un écrivain pour raconter son histoire. Pour éviter d'être un fantôme.

Voire, qui sait, pour que ce manuscrit, publié ou pas, lui serve d'assurance-vie face à l'Unité.

Berthet avait déjà des noms en tête. Berthet prendrait plutôt un auteur de polars. Non pas parce que leurs univers seraient proches : les auteurs de polars, même les bons, n'avaient aucune idée de ce que pouvait être la vie d'un agent de l'Unité, de ce qu'était l'Unité. Les meilleurs le soupçonnaient mais mettaient la barre trop haut ou trop bas. Pour employer le vocabulaire de Losey, ils ne trouvaient pas le bon montage.

Non, si Berthet songeait et songe encore ce soir-là à la terrasse de son café lisboète sous la surveillance inquiète, impatiente et désorientée des trois Noirs drogués à trouver un auteur de polars pour faire office de chroniqueur personnel, c'est que Berthet a remarqué que les auteurs de polars, majoritairement, avaient gardé un savoir-faire un peu oublié dans le roman aujourd'hui. Ils savaient raconter des histoires.

Oui, il fallait que Berthet trouvât un nègre. Et pas du genre des trois charognards pas dégourdis qui lui collent au train. Il ne faudrait pas un auteur trop connu, qui n'aurait pas de problèmes d'argent. Ceux-là ne sont pas forcément les meilleurs, d'une part. Et d'autre part, l'habitude du succès les désinhibe. Ils deviennent des grandes gueules avec des avis sur tout. Ils ne résisteraient pas au plaisir de bavasser, de faire les intéressants et il faudrait encore que Berthet se montre violent, cruel, voire homicide. Non, l'idée de Berthet, c'était plutôt de trouver un bon, mais un bon qui tire le diable par la queue. Un qui n'aurait pas le choix, un qui jouerait le jeu.

Berthet, chez Charybde, avait continué son examen des affichettes. On ne savait jamais. Il trouverait peut-être là. Berthet s'était ainsi attardé sur la tête d'un certain Martin Joubert. D'après la photo, Martin Joubert avait dix ou douze ans de moins que Berthet mais dix ou douze kilos de plus. Berthet feuilleta les romans et les nouvelles de Martin Joubert. Pas mal. Et puis ce qui lui plut, c'était que Martin Joubert avait aussi publié de la poésie.

Berthet y vit un signe. Raconter des histoires violentes mais savoir respirer avec la poésie. Comprendre les liens secrets entre la mort et le poème. Comme le faisait Berthet depuis des années. Sauf que Berthet ne racontait pas d'histoires violentes, ne savait pas les raconter mais les avait vécues, les vivait et que les poèmes, de la même manière, Berthet ne les écrivait pas, le résultat de ses rares tentatives l'en ayant vivement dissuadé, mais en lisait chaque jour.

Berthet resta un long moment à traîner devant les tables et les rayons en songeant à tout ça, et à d'autres choses que son âme tourmentée charriait à flots continus mais qui ne nous intéressent pas pour l'instant. Se rappeler Martin Joubert. Se renseigner à l'occasion. Parce que quelque chose intriguait vaguement Berthet, à propos de Joubert. L'impression que le nom ne collait pas au visage. Le nom de Joubert ne disait rien à Berthet mais le visage, si. Cela remontait à loin et le visage avait sans doute changé mais Berthet s'agaça de ne pas voir tout de suite à quoi tout ça correspondait.

La soixantaine : le cerveau qui ralentit, poussif.

Amina était alors entrée dans la librairie.

Et Berthet avait aussitôt placé dans un coin de sa mémoire ce visage de Martin Joubert qui ne correspondait pas forcément à ce nom-là.

Amina Bâ.

Amina avait un corps long, évident, puissant et fin à la fois. Une Malienne, probablement, ou une Sénégalaise comme Kardiatou, s'était dit Berthet. Amina était vêtue d'une robe rouge et courte. Amina portait des bijoux sonores, un chignon sage fait de cheveux décrêpés et Amina avait un regard d'une grande tristesse. De cette tristesse que personne ne sait voir sauf les tueurs, les amoureux et les gens aussi tristes qu'Amina. Berthet était un tueur, Berthet n'était pas amoureux mais commençait à être séduit et Berthet ne voulait pas se l'avouer mais Berthet était aussi triste qu'Amina. Trois bonnes raisons de voir la tristesse derrière la beauté.

Du coup, quelque chose circula tout de suite entre eux deux. Cela rendit les choses aisées entre ce sexagénaire portant beau et cette trentenaire noire, éclatante et légèrement désespérée.

Amina n'avait pas l'air, elle non plus, d'être une habituée de la librairie. Amina erra d'un rayon l'autre et Berthet fut encore surpris par cette capacité, la même que Kardiatou, à mouvoir un corps avec une grâce aussi parfaite dans un espace aussi restreint.

Berthet prit des paris sur ce qu'il pouvait deviner d'Amina. Amina était une femme de son temps. Amina vivait seule. Amina était surdiplômée et mal payée. Amina travaillait dans une banque, pas aux guichets, juste l'échelon au-dessus, chargée de clientèle. Berthet n'avait pas de mérite. Berthet avait vu la tristesse. Berthet avait un rapport presque animal avec la tristesse des femmes.

Berthet allait avoir confirmation de ses intuitions peu de temps après, quand Amina et Berthet allèrent prendre, en sortant de la librairie, un verre dans le jardin de Reuilly, à la terrasse d'une buvette. Bien sûr, Berthet confirmerait encore tout ça le soir en faisant tourner des logiciels de l'Unité sur l'ordinateur de son appartement, avenue Daumesnil. Berthet aurait pu trouver cela mesquin ou déloyal, estimer que son éventuelle relation avec Amina en serait forcément faussée mais en même temps, Berthet ne s'en voulait pas car Berthet n'avait pas le choix : se méfier surtout quand on commence à être séduit est une règle élémentaire. Comme de mettre un préservatif lors des premiers rapports sexuels avec un partenaire inconnu. Et Berthet, le soir, alors que sa bécane tournait et crachait les infos, dut bien s'avouer qu'il avait été beaucoup plus systématique, au cours de sa vie amoureuse, dans le retapissage informatique de ses conquêtes que dans l'utilisation des capotes.

Berthet termine sa Sagres.

Berthet ne lit plus les vers de Perros, même si ses yeux restent fixés sur le livre. Berthet garde à peine les tueurs au coin de son champ de vision. Imprudent. Berthet le sait.

Mais là, il se revoit avec Amina dans le jardin de Reuilly. Berthet aime les jardins publics, les grands parcs urbains : des réserves d'espace, des cris d'enfants, la forme blanche des bâtiments sur le ciel bleu que l'on distingue à travers les hauts arbres, la circulation automobile dont le bruit est étouffé mais que l'on sait présente et qui renforce comme par contraste le calme du lieu et du moment.

Berthet et Amina avaient comparé leurs achats sur une table vert bouteille, entre deux citronnades. Berthet s'était contenté d'un recueil de Martin Joubert, *Sauter les descriptions*, histoire de voir ce que ce type avait dans le ventre. On peut faire illusion avec un polar, pas un poème.

Amina, elle, selon ses propres mots, « *avait fait ses courses pour les vacances* » : un Omnibus avec des polars de McBain, et puis un autre contenant *Les Trois Mousquetaires*, *Vingt Ans après* et *Le Vicomte de Bragelonne.* Pour Amina, pas question de passer voir ce qui restait de sa famille lointaine au Mali ou bien proche, dans la banlieue de Lyon. Amina préférait prendre ses vacances seule avec une copine du boulot. C'était une copine idéale, dit Amina, elle passait ses journées à faire du vélo sur les routes du Morbihan et laissait Amina lire sur une chaise longue dans le jardin de la petite maison que les deux filles louaient à Crac'h.

Oui, dans cette conversation, Amina s'était livrée beaucoup, d'elle-même. C'est que Berthet a un physique honteusement rassurant quand on sait ce que Berthet peut faire à main nue d'un être humain.

Berthet ressemble à l'identité qu'il a donnée à Amina. Berthet ressemble à un professeur d'université, un rien excentrique, un rien dandy, sur le point de prendre sa retraite avec quelque chose d'anglo-saxon dans l'allure. Les cheveux blonds cendrés en bataille, un peu trop longs, les lunettes en écaille avec verres blancs qui semblent noyer ses yeux bleus dans une rêverie incessante, les costumes d'été souples, confortables et bien coupés, les mocassins beiges Weston, la voix enjôleuse.

Berthet est toujours surpris par le son de sa propre voix. Berthet parle si peu, quand on y pense. Amina avait raconté son quotidien devant un citron pressé. Ce n'était pas une banque mais Berthet se dit qu'il n'était vraiment pas tombé loin : une agence postale à la gare de Lyon où elle travaillait dans la partie bancaire, chargée d'étudier les demandes de prêts ou d'inciter vivement les clients à régulariser leurs découverts.

La solitude de cette génération, tout de même.

Une jolie femme de trente-cinq ans, avec un boulot. Seule. Elle était noire d'accord, mais bon quand même, on n'en était plus à *Devine qui vient dîner ?* de Stanley Kramer. Berthet avait raccompagné Amina jusqu'à la porte de son domicile, rue Beccaria. Il faisait beau, la soirée serait interminablement belle. Amina transpirait légèrement entre les seins. Berthet voulut regarder ailleurs. Berthet proposa alors qu'Amina tapait sur le digicode :

« On devrait déjeuner si vous voulez, Amina. Un de ces jours prochains. J'ai du temps libre, vous savez, je ne donne plus que quelques heures de cours. Avant que vous ne partiez en vacances.

— Vous êtes quelqu'un de très gentil, Alain. Ce sera avec plaisir. »

Berthet ne sursauta pas à ce prénom qui n'était pas le sien. Un prénom de vie fantôme pour un fantôme. Amina et Berthet convinrent d'une date et d'un lieu, pour la semaine suivante. Berthet était certain qu'Amina était libre le soir même et sans doute celui du lendemain mais Berthet l'avait laissée consulter son agenda sur son Smartphone et prendre une mine soucieuse.

Berthet revient au présent. Berthet se concentre de nouveau sur les trois camés homicides. L'un d'eux, celui à l'iPhone, se gratte frénétiquement le bras. Ils n'ont dû recevoir que la moitié de la somme. La came manque déjà. Ça va être trop facile.

Et pourtant.

Berthet un instant se dit qu'il pourrait se laisser faire. Que s'il n'y avait pas Kardiatou, il se laisserait faire.

À Lisbonne. Mourir à Lisbonne.

Berthet pourrait faciliter la tâche à ces Noirs drogués. Ne pas aller à son rendez-vous du Rossio, continuer à pied en montant jusqu'au Bairro Alto, puis vers le Jardim do Príncipe Real, là où les invertis noctambules s'amusent. Dans le Bairro Alto, Berthet passerait une dernière fois devant l'appartement qu'il a acheté sous le nom d'Alain Derville il y a quelques années, avec un compte bancaire au même nom. Alain Derville, l'identité sous laquelle le connaît Amina. Mais Berthet n'a pas parlé de cet appartement à Amina, évidemment. C'était une de ces quelques planques de Berthet que, jusqu'à preuve du contraire, personne ne connaît, même pas l'Unité.

Jusqu'à preuve du contraire…

Trois pièces au dernier étage d'un vieil immeuble avec un toit terrasse. À quelques pas du Miradouro de São Pedro de Alcántara. La plus belle vue sur Lisbonne qu'on puisse imaginer. Un bout du Tage entre toits et collines, qui change de couleur avec les heures, le vent, le temps qu'il fait.

Au Jardim do Príncipe Real, il suffirait de se laisser faire par les trois nuls.

Une mort fantôme après une vie fantôme.

Berthet imagine les flics de Lisbonne se pencher sur son corps allongé dans un massif de lauriers-roses. Les sirènes bleues, les ambulances, les pédés contrôlés, l'habituel barnum des morts violentes. Si les drogués sont malins, ou si on leur a donné la consigne, ils prendront l'argent, le portable, l'édition originale de Perros et les papiers. Ils ne laisseront rien sur son corps. Surtout les papiers. Sans papiers, le cadavre de Berthet sera beaucoup plus long à reconnaître.

Et si le trio toxico ne pense pas aux papiers, on peut s'attendre à tout avec ces nazes, l'identité de Derville conduirait les flics à un compte à la banque Pinto & Sotto Mayor, et le compte à l'achat d'un appartement dans le Bairro Alto, un appartement meublé avec des antiquités et des livres de poésie en français ou en portugais. Mais pas beaucoup plus loin non plus puisque qu'il n'y a aucun Alain Derville en France qui possède un compte et un appartement au Portugal. Aucun Alain Derville qui soit professeur d'université, enseignant l'histoire médiévale à la Sorbonne.

Vie fantôme, mort fantôme.

Amina, qui finirait bien par contacter la police, ou l'inverse, leur parlerait d'un homme rencontré dans une librairie, à Paris. Est-ce qu'elle pleurerait ? Ils auraient beau faire tourner tous les ordinateurs, tous les fichiers de toutes les polices du monde, il n'y aurait rien sur Derville ni sur Berthet. Et même si un flic un peu tenace, portugais ou français, voulait aller plus loin, l'Unité interviendrait aussi vite pour calmer les ardeurs. Et les ardeurs se calmeraient.

Vie fantôme, mort fantôme.

6

On veut tuer Berthet.

C'est une assez mauvaise idée.

Berthet n'a plus envie de mourir. Berthet n'ira pas s'offrir au Jardim do Príncipe Real comme une victime expiatoire lasse de sa propre vie. Les pulsions pasoliniennes, ça va cinq minutes.

Et puis Berthet voit soudain avec une précision particulièrement érotique le corps d'Amina qui l'attend à l'hôtel Duas Nações. Comme Berthet revoit, alors que Berthet règle sa Sagres, le corps de Kardiatou en septembre 92, ce corps de quatorze ans sous un ciel gris à Roubaix.

Kardiatou a encore besoin de Berthet, plus de vingt ans après, même si elle ne le sait pas, même si elle n'en a jamais rien su. Si on cherche à avoir la peau de Berthet, c'est que Kardiatou est peut-être en danger. Sa seule mission, sa vraie mission, celle que Berthet s'est fixée à lui-même, n'est pas terminée. C'est, à long terme, une bonne raison de vivre encore un peu, Kardiatou.

À plus court terme, de surcroît, Berthet a envie de baiser. Berthet n'aime pas l'idée de sombrer dans le néant avec le regret de n'avoir pas, une dernière fois, fait l'amour à Amina. Berthet a le goût de ses seins aux mamelons roses et ronds comme les bonbons de l'enfance qui lui revient, sans prévenir, et ça fait bander Berthet. Comme le sexe rasé qui ne le désoriente plus, maintenant.

Au contraire.

Donc pas de grand saut ce soir.

Il avait emmené Amina dîner chez Casimir, la première fois qu'ils s'étaient revus, un bistrot rue de Belzunce, pas loin de la gare du Nord. On se retrouvait dans un calme presque surnaturel, tout d'un coup. Une rue de province, qui longe le dos de l'église Saint-Vincent-de-Paul. Une école primaire pas loin. La demi-lune de la place Franz-Liszt en contrebas, entre les arbres.

On était dans un de ces interminables et émouvants crépuscules de juin. Berthet et Amina avaient passé la soirée en terrasse. Berthet et Amina avaient bu, un peu trop, surtout Amina qui avait trouvé dans le mauzac pétillant de Plageoles des profondeurs insoupçonnées, dorées, joyeuses.

Ensuite, Berthet avait accepté le coup de tête d'Amina qui vers minuit avait voulu voir la mer. Berthet avait récupéré sa voiture du moment, une BMW série 1, garée rue Bossuet, et deux heures après, Amina et Berthet qui avaient écouté sur la route un concert de Loussier retransmis par France Musique, étaient dans le grand lit de la suite n° 5 de l'hôtel du Golfe à Étretat.

Berthet avait eu un sourire quand il avait vu sur un panneau indicateur le nom de la station balnéaire où il avait réalisé son hold-up en 87. Quand Losey lui avait sauvé la mise, déjà.

Évidemment, comme chaque fois, Berthet avait imaginé en faisant l'amour que c'était Kardiatou qui était là, et même la Kardiatou de quatorze ans, la gamine poussée en graine dans le Roubaix de 1992. Amina, elle, se montra attentive, exigeante, assez peu portée sur les préliminaires cependant, malgré l'insistance de Berthet à lui lécher le sexe et surtout ses mamelons mauves.

Mais ce que voulait Amina, avant tout, c'était une bite en elle. Une bite qui ne faisait pas dans le détail.

Amina apprit à Berthet, par la suite, qu'elle avait échappé de peu à l'excision dans sa cité de Lyon. Une assistance sociale au bon moment. Mais Amina en avait gardé une espèce de culpabilité. Ce clitoris intact, c'était plus ou moins une trahison culturelle. Amina savait que c'était absurde, que c'était elle la victime dans cette histoire, mais elle éprouvait un malaise à jouir de cette façon. Berthet, depuis qu'il ne couchait pratiquement plus qu'avec des Noires, depuis Kardiatou, avait entendu plus d'une fois cette histoire. Mais Berthet était patient, obstiné et Berthet aimait le sexe des femmes comme on aime une patrie ou une plage où l'on revient pour les vacances.

Berthet réussit, à force de patience, à amener Amina à jouir vraiment de cette façon. Et tout s'était débloqué. Enfin Berthet l'espère parce que Berthet sait que le plaisir des femmes est plus secret que toutes les archives de toutes les Unités du monde.

La veille au soir, encore, dans la chambre de l'hôtel Duas Nações, Berthet s'était perdu avec la bouche dans le sexe d'Amina qui avait joui dans des spasmes rieurs et rauques. Berthet adore s'égarer dans une chatte. Berthet se souvient toujours quand il fait ça de ce que disait un des poètes qu'il aime lire, Mandiargues, sur l'huître et la rose qui sont les deux extrémités de la femme.

Le lendemain, à Étretat malgré une légère gueule de bois, Berthet et Amina se plaisaient encore et ils refirent l'amour. Berthet passa le premier dans la salle de bains et poussa un soupir de soulagement en voyant que l'hôtel du Golfe, en bon palace, avait, parmi les affaires de toilette offertes au client, prévu un nécessaire pour se raser. Berthet porte très bien sa soixantaine, mais il suffit qu'il soit mal rasé pour qu'il prenne dix ans. Ensuite, après la rituelle promenade sur les falaises, Berthet et Amina revinrent à Paris. Cette fois-ci, sans doute rendu sentimental par le sexe et troublé par l'odeur d'Amina, la peau chauffée par le soleil normand, le sel, la mer, Berthet mit une compilation de Jean Ferrat et Amina qui ne connaissait pas le duo de Ferrat avec Christine Sèvres dans *La matinée* demanda à Berthet de le remettre plusieurs fois. Les paroles étaient concons et belles à pleurer, ce sont des choses qui arrivent. « Le monde abandonné, je le donne aux poètes », Berthet aurait bien voulu mais il était payé pour savoir que si le monde était abandonné, il ne serait pas donné aux poètes, plutôt à toutes sortes de prédateurs dont Berthet faisait partie.

Par la suite, Berthet et Amina se virent tous les soirs, parfois chez Amina, parfois chez Berthet mais pas dans sa planque principale avenue Daumesnil. Dans un appartement impersonnel au dernier étage d'une tour du XVe arrondissement, dans le quartier du Front-de-Seine. Amina s'étonna du décor, discrètement, et Berthet inventa comme un salaud un veuvage récent avec un air douloureux et le désir de se débarrasser de tous les souvenirs.

« Je préfère passer le plus de temps possible dans mon bureau de la fac. »

Et Amina avait redoublé de tendresse. Elle proposa

d'annuler ses vacances à Crac'h avec sa copine, des vacances qui commenceraient bientôt. Berthet refusa, inventa encore : une fille dans le Berry, des petits-enfants.

« La famille... », avait dit songeusement Amina, sans que Berthet pût deviner s'il s'agissait d'envie, de regret, de colère. Sans doute un peu des trois.

En fait Berthet allait passer une partie de l'été dans un des centres d'entraînement de l'Unité, histoire de s'entretenir. On avait même demandé à Berthet d'intervenir auprès des recrues pour que Berthet raconte sa participation à l'assassinat de Pierre Goldman. Pas de quoi être fier, pourtant. Et puis c'était si vieux, Berthet était si convaincu.

Mais, deux jours avant le départ d'Amina pour la Bretagne, Berthet avait contrôlé l'agenda électronique de Kardiatou que Berthet avait « craqué » depuis belle lurette et que Berthet consultait le plus souvent possible.

Berthet avait vu ce voyage officiel de trois jours à Lisbonne. Berthet avait proposé une escapade en amoureux à Amina et Berthet avait été surpris de la gratitude qui s'était peinte sur le visage d'Amina. À croire que jamais un homme ne lui avait proposé ce genre de chose. C'était peut-être le cas, après tout.

Et voilà pourquoi, maintenant, Berthet continue de remonter la rua Augusta vers le Rossio, partagé par l'envie de tuer et celle de faire l'amour.

Bon. En attendant, les trois Noirs le suivent de près, de plus en plus près.

Berthet ralentit encore le pas.

Un des Noirs remonte à la hauteur de Berthet, regarde Berthet et Berthet cette fois-ci croise le regard légèrement halluciné du tueur putatif.

On arrive sur le Rossio.

La grande place a des terrasses désertes, avec des serveurs à l'air désorienté qui attendent et des vitrines à l'éclairage pauvre.

La crise.

Même la façade du Teatro Nacional est bien moins illuminée que d'habitude. Quant au vieux palace historique de Lisbonne, le Métropole, c'est à peine si une fenêtre sur trois est allumée. La statue de Dom Pedro IV en haut de sa colonne est indistincte. Les rois n'ont plus de pouvoir sur ce monde, même leur souvenir ne dit plus rien à personne. L'Histoire s'en va, les vieilles nations ne sont plus que des entités administratives chargées de simplifier le commerce mondial.

Mais la foule habituelle est quand même là, dense dans la pénombre postdémocratique de la récession imposée à l'Europe nouvelle. Berthet, enfant des années cinquante, qui avait connu les derniers tickets de rationnement, n'aurait pas cru que tout cela reviendrait si vite. Retour vers le futur.

La foule ne consomme plus, c'est tout. Elle va et vient, elle se heurte sans faire attention, sans but apparent, dans un mouvement brownien.

Peu de rires de jeunes filles, semble-t-il à Berthet.

Berthet vit sur un continent où le rire de jeune fille est une espèce en voie de disparition.

Berthet se souvient des zombies, dans un film de Romero, un truc des années soixante-dix. Les zombies continuaient à agir comme avant et cherchaient à entrer dans un supermarché. On en est là.

Il y a des gens qui dorment sur le sol. Il n'y a pas de flics, seulement une patrouilleuse immobile, gyrophare bleu au ralenti, assez loin, vers la Praça da Figueira, qui surveille le passage avec le Rossio.

Les trois Noirs vont attaquer maintenant.

Berthet le sent physiquement.

Berthet ferait la même chose si Berthet était à leur place

Des ondes se dégagent de celui qui est remonté sur sa droite et marche à sa hauteur.

Il y en a maintenant un autre sur sa gauche.

Berthet anticipe.

C'est comme si Berthet avait une machine qui lui permet de voir dans un futur proche, une machine qui lui permet d'étudier sous tous les angles possibles la minute qui vient, « la minute prescrite pour l'assaut ».

Apollinaire. Penser à relire Apollinaire. Il n'y a pas que Perros dans la vie. Ou Mandiargues.

Alors voici ce que pressent Berthet.

Les trois Noirs vont se rapprocher de Berthet et le troisième arrivera de dos.

Berthet sent leur transpiration entêtante.

Berthet sera immobilisé un instant par les deux premiers, le troisième le plantera au bas de la colonne vertébrale puis ils s'éloigneront en courant chacun de son côté.

Le bruit des fontaines, tout comme les joueurs de guitare crasseux près de ces mêmes fontaines, couvrira les cris éventuels de Berthet.

Et aussi le brouhaha constant des petits vendeurs de gâteaux, des petits vendeurs de came, des petits vendeurs de gadgets lumineux pour les enfants, des petits vendeurs d'œillets pour les nostalgiques des révolutions oubliées, des cireurs de chaussures qui se promènent avec leur attirail sur l'épaule, des touristes qui consultent des guides et des plans en essayant de se repérer à l'éclairage chiche de la place, des mendiantes défigurées par l'impétigo et des vieux lisboètes qui prennent le frais comme le dernier luxe qui leur est permis.

En plus, pas de lune, et tout ce petit monde-là ne verra rien ou ne voudra rien voir. La vie est bien assez compliquée comme ça. La survie même.

Les deux ou trois caméras de surveillance que Berthet a repérées ne fonctionnent visiblement pas pour qui connaît ce genre d'appareils. Et Berthet connaît ce genre d'appareils. C'est son métier, après tout.

Les trois Noirs vont attaquer.

Les trois Noirs attaquent.

Les trois Noirs vont mourir.

Pour commencer, contre toute logique apparente Berthet s'immobilise. Les deux premiers Noirs qui s'apprêtaient à le serrer se retrouvent épaule contre épaule et ne comprennent plus.

Berthet le fantôme.

Berthet se retourne et fait face à celui qui lui arrive dans le dos.

Il ne s'y attend pas. C'est celui qui avait l'iPhone et qui tient maintenant un cran d'arrêt.

Berthet d'une fourchette de la main droite lui crève les yeux. Berthet sent les globes oculaires du probable Cap-Verdien céder puis exploser mollement. L'humeur cristalline colle maintenant à l'index et au majeur de Berthet.

Humeur cristalline est un joli nom. Berthet pense que l'humanité aurait peut-être été sauvée si elle avait été d'une humeur cristalline depuis sa création. Un joli nom pour une matière glaireuse déjà sanguinolente.

Le cran d'arrêt tombe.

Le Noir aussi, la bouche édentée ouverte pour un hurlement qui n'aura pas lieu car le genou de Berthet remonte à la rencontre de la mâchoire qui explose.

Deux secondes.

Berthet se retourne de nouveau.

Berthet marche sur les deux autres.

Ils cherchent à sortir des couteaux mais Berthet immobilise le bras de l'un pendant qu'il brise la nuque de l'autre. On croirait trois copains qui s'enlacent dans la pénombre pour manifester leur fraternité virile après un but marqué par leur équipe favorite.

Quatre secondes.

Berthet brise la nuque du dernier comme si Berthet le prenait par le cou pour mimer une lutte amicale. D'ailleurs Berthet sourit et Berthet donne à d'éventuels curieux l'impression qu'il s'amuse innocemment.

Ça craque.

Six secondes.

Trois morts.

« Bon rendement, Berthet… », murmure Berthet.

La foule du Rossio ne voit rien ou ne comprend pas ou ne veut pas comprendre, pas tout de suite en tout cas.

Berthet voit bien dans un éclair ce regard de petit garçon, mais bon, Berthet devine que le môme est encore à l'âge où l'on ne distingue pas bien la réalité d'un film ou d'un jeu et déjà le môme revient à l'espèce d'araignée lumineuse au bout d'un fil, comme un yoyo, que ses parents viennent d'acheter à un petit vendeur.

Psychologie élémentaire des foules contemporaines.

Surtout à la fin de l'été quand la foule sent que la rentrée qui vient sera pire que la précédente. La foule préfère toujours le déni quand la violence fait irruption dans sa vie quotidienne sauf si la violence devient totale comme dans un attentat. Là, la foule ne peut plus faire autrement. Mais une agression dans un transport en commun, une rixe dans un coin de rue la nuit, la foule ne voit pas. Des mécanismes de défense qui se mettent en place d'autant plus facilement que cette foule moderne dispose en moyenne de trois cents chaînes de télévision et que la réalité n'est jamais que la trois cent unième. Et pas la plus passionnante. Aussi triste qu'un documentaire est-allemand sur l'industrie lourde, en fait.

Alors, pour la foule, il suffit de zapper.

Berthet a eu des cours là-dessus, il y a longtemps. Quand les cours dispensés par les formateurs de l'Unité étaient plus intéressants que les tripatouillages électroniques des geeks arrogants dans des bureaux anonymes. Ils auraient fait quoi, les geeks, avec les trois boucaques camés décidés à leur trouer la peau, dans une rue de Lisbonne ? Ils auraient demandé un repérage satellite sur leur téléphone portable et l'intervention d'un drone depuis une base aérienne ? Ha ha ha.

Sans technologie, ils ne sont rien. Berthet aurait été curieux de les voir se servir de leurs petits poings blêmes pour éviter que les lames ne s'enfonçassent dans leurs torses cachectiques. Berthet comprend qu'il les méprise beaucoup plus, en fait, ces mecs, que les trois Noirs qu'il vient de tuer. Eux n'étaient pas derrière un écran qui éloignait le monde en donnant l'impression fausse que cet écran les en rapprochait. Non, les trois Noirs essayaient de survivre dans l'incroyable violence du réel, celle d'un monde visiblement en phase terminale. Échoués à Lisbonne à force de désordres géopolitiques, toxicomanes, misérables, ils avaient en plus été manipulés par bien plus cyniques qu'eux pour s'attaquer à Berthet.

Berthet prie muettement pour leurs âmes et pour la sienne. Berthet s'éloigne tranquillement des corps et Berthet se fond dans la foule et sa psychologie pour disparaître.

Berthet se dirige vers la gare du Rossio, au-delà de la place. Berthet arrive à la gare par la Praça das Restauradores et entrevoit la longue perspective de l'Avenida da Libertade, émouvante la nuit comme toutes les grandes avenues européennes avec leurs arbres sur les contre-allées, le disparate des silhouettes des immeubles d'autrefois qui la bordent, les phares des voitures qui passent et renvoient Berthet à des pensées sur le destin, les vies que l'on ne connaîtra pas, l'infinité des possibles, tout ça.

Vaguement héraclitéen, Berthet, cette nuit.

On ne se baigne jamais dans le même fleuve, on ne voit jamais deux fois la même Praça das Restauradores, la même Avenida da Libertade et sa pente douce et longue vers les hauteurs de la ville. On ne voit jamais deux fois la même façade néomanuéline de la gare du Rossio qui semble soutenir sur ses épaules, au-dessus d'elle, les premières ruelles du Bairro Alto, avec là aussi encore beaucoup de gens qui se promènent sans but au bout d'un continent en fin de course.

Portugal, années dix.

Et, effectivement, il y a de quoi être présocratique : de fait, Berthet revient pour le troisième soir voir son contact et la gare du Rossio n'est plus la même gare du Rossio. Comme le fleuve. Hier encore, elle était comme une promesse rassurante. Le contact allait donner à Berthet des nouvelles de Kardiatou, des détails sur la journée de Kardiatou. Berthet en est conscient, Berthet a des demandes presque gâteuses. Non seulement Berthet veut avoir des détails sur la chambre du Sheraton où dort Kardiatou, qui n'est d'ailleurs pas très loin, sur l'Avenida da Libertade, mais il veut aussi savoir ce que Kardiatou a mangé, si Kardiatou a bien dormi, si Kardiatou n'abuse pas du Lexomil comme cela lui arrive parfois, si Kardiatou a toujours avec elle cette édition reliée des *Illuminations* de Rimbaud sur la table de nuit dont elle ne sait pas que c'est un cadeau de Berthet, si Kardiatou a fait bonne figure aux dîners officiels ou dans les rencontres avec ses homologues, si Kardiatou a ri, si Kardiatou a pris une douche ou un bain, si Kardiatou a téléphoné à sa mère, si cela a rendu Kardiatou triste comme c'est souvent le cas.

Mais ce troisième et dernier soir change la gare du Rossio. Elle n'est plus une consolation, elle est un piège. Kardiatou termine son voyage officiel le lendemain et le contact, qui est un des deux officiers de sécurité de Kardiatou mais aussi un correspondant occasionnel de l'Unité, est peut-être le commanditaire du trio nègre.

Berthet entre dans la gare. Fraîcheur des voûtes blanches qui luisent vaguement dans l'obscurité. Derniers voyageurs qui font résonner leurs pas comme pour se rassurer et parlent dans cette langue d'oiseaux qui enchante l'oreille de Berthet depuis toujours : le portugais.

Berthet se dirige vers le kiosque à journaux.

Berthet sait que les premiers instants seront décisifs. Il faudra bien regarder le contact. Voir s'il a l'air inquiet, surpris, enfin bref s'il laisse transparaître autre chose que son calme habituel et félin d'officier de sécurité bien entraîné doublé d'un contractuel de l'Unité. Et s'il le fait, savoir que cela ne durera en tout état de cause que quelques secondes avant qu'il se reprenne.

Berthet le voit le premier.

Avantage.

Et Berthet comprend.

C'est lui. Bien sûr que c'est lui.

Cette façon imperceptiblement tendue de regarder

autour de lui. Cette cravate lissée de la main alors que ce geste n'était pas habituel chez lui les deux soirs précédents.

Berthet s'approche.

Berthet essaie de ne pas surjouer le gars détendu.

« Salut, Simon…

— Berthet, je ne t'attendais plus. »

Tu parles, pense Berthet. Sale fils de pute.

Berthet a entrevu le léger désappointement chez Simon Polaris, officier de sécurité auprès de Kardiatou Diop, secrétaire d'État aux Échanges culturels européens auprès du ministre des Affaires européennes.

Mais Simon Polaris s'est repris.

Simon Polaris est vraiment un bon professionnel et cela rassure Berthet paradoxalement. Kardiatou est bien protégée. Une secrétaire d'État black, par les temps qui courent, ça ne va pas de soi. Quoi qu'on en dise.

Quand Berthet gougueulise quotidiennement Kardiatou, Berthet tombe tout aussi quotidiennement sur des choses assez épouvantables. Des sites de « réinformation » en ligne, en fait des officines racistes à la parole « libérée » difficiles à poursuivre car elles sont hébergées à l'étranger. Et Kardiatou, jeune, belle, intelligente, venue des quartiers, est le cauchemar à la mode du petit Blanc paupérisé qui vote pour le Bloc Patriotique de Dorgelles, pour les néoréacs qui trustent les médias à la faveur d'une crise économique qui rend tout le monde à moitié dingue.

Et depuis que le petit Blanc, le retraité poujadiste, la punaise de sacristie négrophobe, l'imam intégriste que la musulmane athée Kardiatou Diop si éminemment sexuelle rend fou, bref, depuis que toutes ces blattes dysorthographiques ont appris à se servir d'un clavier et se croient en même temps autorisées, derrière leur anonymat, à proférer des saloperies qui feraient passer le Ku Klux Klan pour un groupe de centristes sociaux, Berthet redouble d'attention. C'est fou, ce que ça donne de boulot à Berthet qui, dès qu'il s'agit de Kardiatou, ne prend rien à la légère.

En même temps, si Simon Polaris doit être par la suite chargé par l'Unité d'une élimination de Kardiatou, sa compétence deviendrait angoissante.

Il faut donc à tout prix que Berthet sache ce qui se passe exactement, si c'est uniquement lui qui était visé ce soir-là par l'Unité ou une fraction de l'Unité, ou si son élimination est le premier étage d'une quelconque manip anti-Kardiatou qui se retrouverait à poil sans son ange gardien, lui, Berthet.

Simon Polaris fait un bon mètre quatre-vingt-cinq. Simon Polaris porte un costume gris anthracite qui lui va très bien et Simon Polaris a l'âge de la secrétaire d'État dont il a en charge la sécurité, environ trente-cinq ans.

Simon Polaris est affreusement beau gosse. Parfois, Berthet a peur que Kardiatou ne couche avec lui. Mais Berthet ne le croit pas vraiment. Kardiatou préfère les intellectuels qui la rendent malheureuse, parfois des hauts fonctionnaires qu'elle quitte à un moment ou à un autre car à un moment ou à un autre, même très polis, ils laissent percer leur mépris de classe. Berthet a bien senti ça avec certains hauts responsables de l'Unité, même Losey, pourtant si bienveillant et courtois.

Berthet est soulagé, à chaque nouvelle liaison de Kardiatou, de n'avoir jamais eu à la mépriser dans le choix de ses amants. Berthet pense bien entendu qu'il serait peut-être temps que Kardiatou ait un enfant. La peur de Berthet, c'est que dans un instant d'égarement ou de lassitude, Kardiatou ne fasse un enfant avec un type comme Simon Polaris.

Un genre de syndrome Stéphanie de Monaco. L'horreur. Berthet aurait fait tout ça depuis vingt-cinq ans : en arriver à mépriser sa seule raison de vivre. Et là, quand Berthet est honnête avec lui-même, Berthet s'aperçoit que c'est lui qui fait du mépris de classe.

« Je ne t'attendais plus, répète Simon Polaris.

— Me voilà pourtant, Simon. »

Berthet et Simon Polaris se serrent la main. Berthet et Simon Polaris s'éloignent de quelques pas du kiosque. Berthet a eu le temps de photographier mentalement quelques unes de journaux.

Avante !, le quotidien communiste, dénonce la dictature de la Troïka qui demande un nouveau plan d'austérité au Portugal pendant que le *Diário de Notícias* explique que ces sacrifices sont nécessaires si le pays veut se moderniser pour rester dans l'euro.

Berthet a déjà lu ces journaux plus tôt dans la journée, sur la plage de Cascais, pendant qu'Amina resplendissait au soleil et attirait le regard des hommes et des femmes, fascinés par son corps au point parfait, miraculeux, de la maturité, de la plénitude. Et c'est vrai qu'Amina était plastiquement sublime dans son bikini rose quand elle sortait de l'eau et ramenait ses cheveux en arrière. Même les cuisses presque trop épaisses contribuaient à l'excitation de Berthet qui masquait sa bandaison avec la presse lusitanienne.

Berthet avait acheté ces journaux pour les pages intérieures, en fait, les pages Culture, où le voyage des ministres européens réunis à la Fondation Calouste Gulbenkian pour discuter de l'avenir du jeune cinéma européen n'occupait que quelques lignes. Une photo d'agence montrait les ministres et secrétaires d'État concernés réunis pour l'occasion dans le jardin japonais du centre. La photo était floue. Kardiatou était la plus grande et la seule Noire.

Berthet se secoue.

Berthet revient pleinement dans l'instant présent.

Simon Polaris, c'est autre chose que les trois drogués africains. Berthet ne peut pas se permettre un instant de distraction, encore moins une petite escapade pour battre les chemins de ses souvenirs.

Berthet devine que Simon Polaris sous le costume a son arme de service. Et Berthet n'a que son édition originale d'*Une vie ordinaire* de Perros. Léger, quand même.

« Je ne t'ai pas remercié, Simon, pour ces rendez-vous.

— Tu parles, Berthet, je te dois bien ça.

— La journée de Kardiatou s'est bien passée ?

— Aucun problème. Mme la Secrétaire d'État est en pleine forme. Mme la Secrétaire d'État s'est un peu ennuyée aujourd'hui. Le colloque sur les aides au jeune cinéma européen n'a pas passionné Mme la Secrétaire d'État. Tu seras heureux d'apprendre que lors du cocktail de clôture et au dîner officiel, elle a été outrageusement draguée par le directeur de la cinémathèque portugaise mais qu'elle a héroïquement repoussé ses avances et que maintenant, elle potasse ses dossiers dans la chambre en buvant de l'eau gazeuse sous la surveillance de mon collègue.

— Pourquoi je serais heureux, Simon ?

— Bah, je pensais que tu préfères Mme la Secrétaire d'État seule qu'entre les bras d'un bellâtre, même cinéphile. »

Berthet a envie d'être agressif, de dire à Simon Polaris que Simon Polaris ne connaît rien de leur histoire, à Kardiatou et à lui.

Mais c'est ce que cherche Polaris.

Déstabiliser Berthet que Polaris ne s'attendait pas à voir là, persuadé que les drogués auraient réussi à buter Berthet. Polaris n'est peut-être pas si bon que ça finalement. Parce que, en vrai, Simon Polaris, même s'il ne connaît pas les détails, est au courant de la nature des relations entre Kardiatou et Berthet. Tout le monde le sait, à l'Unité. L'étrange histoire de Berthet et de Kardiatou Diop, d'un agent d'élite avec une adolescente des quartiers devenue secrétaire d'État. Au moins les grandes lignes. Il n'y a que le vieux Losey, toujours lui, qui sache vraiment tout.

Une histoire comme ça. Et Berthet toujours vivant. Quoique…, pense Berthet. C'est peut-être en train de changer, justement.

« On va boire un verre ? » propose Polaris.

Simon Polaris veut finir le travail ce soir, on dirait.

« Et pourquoi pas ? » dit Berthet.

7

On veut tuer Berthet.

Ce n'est pas une très bonne idée.

Car Berthet a déjà remonté un maillon de la chaîne de ceux qui cherchent à avoir sa peau.

Après les trois Noirs dont les cadavres près d'une fontaine du Rossio ont fini, si l'on en croit les sirènes de police et d'ambulance, par attirer l'attention d'un badaud qui avait encore un reste de civisme ou de respect humain, maintenant, c'est Simon Polaris, sa belle gueule, son costume impeccable, sa cravate qu'il lisse sans arrêt et son arme de service, un Glock si Berthet se souvient bien, qu'il faut faire parler et éliminer.

« Qu'est-ce qui se passe du côté du Rossio ? » demande Simon Polaris, faux cul comme ce n'est pas permis.

Berthet décide de l'être tout autant. Berthet répond à la question de Simon Polaris par une autre question :

« On va le prendre au Sheraton, ce verre ? »

Berthet sait très bien que Simon Polaris, si Simon Polaris veut le tuer, ne pourra le faire dans l'hôtel où il garde la secrétaire d'État Kardiatou Diop depuis trois jours.

« Ça m'embête, dit Simon Polaris, les bars d'hôtel

comme le Sheraton, c'est impersonnel. On pourrait trouver un coin pittoresque. Et puis si mon collègue te voit, ça peut bavarder. Je ne suis pas sûr que l'Unité aimerait ça. Mais tu connais un peu Lisbonne, Berthet, non ? »

Berthet se dit que Simon Polaris le prend vraiment pour un con.

Vraiment.

Un coin pittoresque, c'est-à-dire un coin où Simon Polaris pourra pousser Berthet dans une impasse et lui tirer une balle dans la tête avant de rejoindre le Sheraton et de repasser les contrôles, le lendemain matin, en compagnie de Kardiatou, à l'aéroport.

Seulement, Simon Polaris ne sait pas pour l'appartement au nom d'Alain Derville, dans le Bairro Alto.

Ce qui agace un peu Berthet, c'est que cette histoire, d'une manière ou d'une autre, lui gâche Lisbonne. Sa ville refuge : l'attente possible de la fin de l'histoire avec vue sur le Tage, les promenades dans le Cimetière des Plaisirs, comme celle que Berthet a faite avec Amina, le jour de leur arrivée, et cette vue unique, entre les mausolées, sur le pont du 25-Avril, les après-midi de lecture, entre deux missions, sur un banc près de l'Estufa Fria, à ces heures tellement chaudes qu'il n'y a plus que les vendeurs de billets de loterie et les chiens qui se promènent dans un accablement torpide et ne sursautent même plus aux cris des singes et des oiseaux venus du Brésil.

Va savoir quand Berthet pourra y retourner. Si même, il pourra y retourner.

Berthet a toujours eu l'impression que ce serait à Lisbonne, par une après-midi de ce genre-là, qu'il parviendrait à rencontrer les fantômes de ceux qu'il avait aimés ou qu'il avait connus et à qui il n'avait pas su, pas voulu ou pas pu dire qu'il les avait aimés.

Amina, quand Berthet lui a dit son amour de Lisbonne, a parlé à Berthet des films d'Alain Tanner. Amina s'était étonnée qu'un érudit comme Berthet, professeur d'histoire médiévale, n'ait jamais eu connaissance de *Requiem* ou *Dans la ville blanche*.

Berthet s'en est tiré en disant que justement, c'est parce qu'il est un érudit spécialiste du *Jeu de saint Nicolas*, un mystère en franco-picard du XIIIe siècle, qu'il est si nul en cinéma.

« Nous, les universitaires, sortis de notre spécialité, tu sais… »

Amina a dit en souriant à Berthet, alors que sa nudité noire tranchait sur les draps blancs et les azulejos de la chambre, qu'elle se ferait un plaisir d'offrir à Berthet les deux DVD en question d'Alain Tanner dès qu'ils seraient de retour à Paris.

Un instant, Berthet a été touché comme jamais par cette gentillesse simple, évidente.

Un instant, Berthet a pensé : « Amina… Pourquoi pas elle ? Il faut savoir faire une fin. J'ai assez d'argent et de solutions de repli pour disparaître avec elle, très loin. »

Oui, mais encore faudrait-il qu'Amina le voulût et qu'il n'y eût pas Kardiatou.

Pour cacher son émotion dont Berthet était le premier surpris, Berthet est revenu vers le corps d'Amina qu'il a pris dans un élan de douceur alors que par la fenêtre ouverte, au-dessus des toits de la Baixa, dans le ciel matinal d'un août bleu et or, le son de la sirène d'un ferry abordant au Terreiro do Paço ajoutait à leur étreinte une mélancolie portuaire de fin de saison et un fort sentiment d'irrémédiable.

En attendant, Berthet est surtout préoccupé par Simon Polaris.

« Je connais un bar dans le Bairro Alto, si tu veux. *O Fragil*. C'est plein de jolies filles branchées. Pas mal de pédés aussi.

— C'est OK pour moi, Berthet. Mais pas trop tard, notre vol de retour sur Paris décolle à sept heures quarante-cinq avec notre adorable secrétaire d'État. Et tu connais le genre du gouvernement. Les ministres sur des vols réguliers. Biseness classe, mais quand même.

— T'inquiète, Simon. »

Berthet et Simon Polaris pénètrent dans le Bairro Alto par le dernier étage de la gare du Rossio. À Lisbonne, on passe d'un quartier l'autre comme on passe d'un étage l'autre : par des ascenseurs et des escaliers. On a l'impression d'être autant dans une ville que dans une maison.

Berthet réfléchit à la meilleure manière de neutraliser Simon Polaris.

Simon Polaris réfléchit à la meilleure manière de neutraliser Berthet.

Berthet sait que Simon Polaris réfléchit à ça.

Polaris est sans doute sur le point de savoir que Berthet pense à ça aussi.

Que Berthet a compris.

Insensiblement, dans le labyrinthe pentu du Bairro Alto, Berthet entraîne Simon Polaris à proximité de son appartement mais Berthet évite les rues trop désertes car Berthet sait que Simon Polaris saisira la première occasion.

C'est compliqué mais Berthet connaît bien le quartier de plus en plus boboïsé où, en moins de vingt ans, les putes et les taudis ont disparu, tués par la monnaie unique et la gentrification. Berthet se souvient qu'il s'était fait encore sucer en escudos à Lisbonne, l'année de l'exposition universelle, en 98, dans l'arrière-cour d'un bistrot de la rua da Atalaia.

Par une Angolaise. Évidemment.

Cette année-là, Berthet devait tuer un mafieux bosniaque qui profitait du pavillon de son jeune pays pour vendre des armes à des réseaux islamistes de la région de Marseille. Comme les Bosniaques étaient les idoles de toute l'intelligentsia parisienne, et que le mafieux avait un rang d'ambassadeur à l'Unesco, rien n'était possible officiellement ou ça aurait pris des années et les cellules dormantes de Marseille auraient eu le temps de se trouver équipées comme de petites armées. La DGSE avait refilé le bébé à qui voulait, à qui pouvait.

Alors, évidemment, l'Unité. Losey avait dit, tout aussi évidemment devant une choucroute, mais pas terrible, dans une taverne pseudo-alsacienne du côté de la place d'Italie :

« C'est bien, le Portugal, Berthet, vous verrez. Et Lisbonne. Ah mon vieux, Lisbonne. Vous qui aimez la poésie, vous connaissez Pessoa ? »

Sur le coup, ça avait un peu emmerdé Berthet, cette mission. Berthet avait envie de repos. Et puis Berthet aurait voulu rester à Paris pour s'occuper de Kardiatou. En 98, Kardiatou bossait dans un McDo à Saint-Michel et un de ses frères en délicatesse avec les stups de Roubaix squattait la chambre de bonne de sa sœur, rue Muller.

Le frérot, Boubacar, s'était aussitôt acoquiné avec les dealers de Barbès et de la Butte et emmerdait sa sœur en lui réclamant du pognon ou en ramenant ses nouveaux potes dans la piaule. Berthet avait failli massacrer le frère quand il avait vu un coquard sur le visage de Kardiatou mais ce n'était pas une bonne idée, en fait. Il fallait réfléchir à une autre solution.

Et là, Losey qui lui demandait de partir à Lisbonne, pour aller éliminer, « si possible de manière spectaculaire et déshonorante », un mafieux « bosnioule », comme on disait alors dans les services.

« Ça ne m'arrange pas, avait dit Berthet, de mauvaise humeur, ça ne m'arrange pas du tout. Et cette choucroute n'est pas bonne.

— Je ne vous demande pas vraiment votre avis, Berthet. Je vous l'ordonne. Et je vous paie très bien pour ça. Plus que la normale. Je vous ai beaucoup sollicité ces derniers temps, c'est vrai. Mais là, nous sommes en crise de personnel. Il n'y a que vous. Et puis, faut-il vous rappeler que je vous ai sauvé la mise et que je vous la sauve encore avec votre Kardiatou Diop ? Sinon, vous avez raison pour la choucroute, elle n'est pas bonne. C'est la dernière fois que cette brasserie me voit.

— Justement…

— Justement quoi ? La choucroute ?

— Non, Kardiatou.

— Quoi, Kardiatou ?

— J'ai des soucis.

— Racontez toujours, Berthet. »

Berthet avait raconté. Losey avait écouté en se curant les dents.

« J'arrange ça. Pourquoi ne l'avez-vous pas dit plus tôt ? Je fais arrêter le frangin, le commissaire du XVIIIe est le pote d'un pote d'un pote. On renvoie le Boubacar à Roubaix, vite fait bien fait…

— Ça va faire de la peine à Kardiatou…

— Vous m'emmerdez un peu, Berthet, pour tout vous dire. Ça va lui faire de la peine de ne plus avoir des camés dans sa piaule qui l'empêchent de faire ses études, la prennent pour une bonniche et la cognent à l'occasion ? »

Berthet avait dû convenir que Losey avait raison.

Berthet était parti au Portugal et avait monté sa petite affaire sur place. L'exposition universelle lui avait semblé d'un toc achevé mais il était resté fasciné par la ville.

Ça avait été facile, la mission.

Le mafieux bosniaque allait avec ses deux porte-flingues dans les boxons du Cais do Sodré tous les soirs. Ces cons commençaient par se pignoler dans des cabines de peep-show.

Ils avaient eu la désagréable surprise, pour ce qui serait leur dernière visite libidineuse, de voir apparaître sur la scène tournante Berthet à la place du couple de lesbiennes habituelles. Berthet avec un PM Scorpion. Berthet aurait pu se contenter d'un bon vieux Sig-Sauer P220 avec réducteur de son, son arme favorite, mais Losey avait parlé d'être spectaculaire et déshonorant. Et même, si Losey estimait l'élimination suffisamment spectaculaire et déshonorante, il y aurait une prime pour Berthet.

Un PM Scorpion qui fait exploser les vitres sans tain de cabines de peep-show, des putes nues attachées dans les coulisses, trois cadavres de diplomates bosniaques truffés de 9 mm, dont celui responsable des actions extérieures du pavillon de son pays à l'exposition universelle, la queue déjà sortie de la braguette, cela avait été considéré comme assez spectaculaire par Losey même si on fit beaucoup pour étouffer l'affaire puisque, c'est bien connu, les méchants du moment, c'étaient les Serbes qu'on allait bientôt bombarder, d'ailleurs.

Berthet avait rendu compte de manière codée, à partir d'une cabine téléphonique dans l'Alfama, à un responsable de l'Unité. Celui-ci n'avait fait aucun commentaire mais avait juste dit : « Votre ami amateur de choucroute a réglé le problème de la rue Muller. » Berthet s'était senti soulagé et Berthet avait profité de Lisbonne.

Berthet y était même resté près de quinze jours. D'après ce qu'Amina avait raconté à Berthet du film *Dans la ville blanche*, Berthet devait avoir souffert du même syndrome que le marin joué par Bruno Ganz. Berthet avait erré, trouvant dans Lisbonne l'écrin parfait de sa vie fantôme. D'où cette décision d'acheter, pour une bouchée de pain, d'ailleurs, cet appartement au nom d'Alain Derville, près du Miradouro de São Pedro de Alcántara.

Cet appartement où, maintenant, Berthet tente de rabattre Simon Polaris. C'est presque réussi, il faut juste laisser passer ces deux filles en minishort qui fument des joints démesurés.

Voilà, ça y est, elles sont passées, il reste une odeur de shit surdosé en THC mêlée à Euphoria de Calvin Klein, un des parfums pour femmes que préfère Berthet. Le parfum que met ou mettait la jolie Desmoulins qui ressemblait à France Dougnac. Berthet ne l'a pas vue depuis un temps fou, en fait. Prendre de ses nouvelles, savoir si elle est encore dans le circuit, si elle ressemble toujours à France Dougnac.

« Il est où ton bistrot, Berthet ? »

Berthet se retourne.

Simon Polaris comprend quelque chose.

Simon Polaris se penche légèrement en avant.

Simon Polaris a la poche de sa veste lestée avec un bout de plomb, de manière que le simple fait de se pencher en avant permette de dégager le holster.

Marrant, pense Berthet, que ce vieux truc soit encore à la mode chez des jeunots comme Simon Polaris.

Berthet est plus rapide. Berthet est déjà sur Simon

Polaris. Un bateau mugit sur la mer de Paille dans la nuit, loin en contrebas, invisible. D'une main Berthet bloque celle de Simon Polaris qui s'apprêtait à dégainer, de l'autre Berthet appuie sur son cou et Simon Polaris s'évanouit.

C'était moins une.

Un groupe de fêtards et une théorie de voitures débouchent d'un coude de la rue. Éclats de rire gras, crissement de pneus martyrisés par la chaleur et les pavés.

Berthet soutient Polaris comme si Polaris était saoul. Ça fait rigoler les fêtards qui lancent quelques insultes que le portugais de Berthet lui permet de comprendre. Il est question d'ivrognerie, d'homosexualité aussi.

Devant son appartement, Berthet songe connement qu'il n'a pas les clefs.

Berthet grogne.

La porte d'entrée est ouverte. Bon.

Cinq étages sans ascenseur. Bon.

Tommettes, murs blanchis à la chaux. Bon.

Berthet largue le corps de Simon Polaris devant la porte de l'appartement. Berthet se refuse à admettre que Berthet est essoufflé.

Simon Polaris gémit.

Berthet agacé lui balance un coup de mocassin Weston dans la tempe. Berthet bricole sa propre serrure avec un stylo Mont-Blanc que Berthet esquinte définitivement. Pour se désénerver, Berthet remet un coup de Weston dans la tronche de Simon Polaris qui gémit encore.

Un coup pas trop fort : il faut que Simon Polaris parle.

La porte de l'appartement cède enfin.

Berthet traîne Polaris à l'intérieur.

Berthet referme.

Berthet déleste Simon Polaris de son arme, effectivement un Glock que Berthet glisse dans sa ceinture.

Berthet remet le compteur pour l'eau et l'électricité et Berthet va à la cuisine boire dans un verre poussiéreux une eau du robinet tiédasse.

Berthet regarde sa montre. Berthet pense « Merde, Amina va s'inquiéter ». Berthet songe à l'appeler, dire une connerie sur des amis rencontrés par hasard. Berthet sort son smartphone, Berthet hésite, Berthet renonce. Amina a son numéro. Si Amina était inquiète, réveillée, Amina aurait appelé.

Berthet veut le croire.

D'abord faire parler Simon Polaris.

Berthet va dans le fond de l'appartement.

Pour ce faire, Berthet longe un couloir. Sur la gauche, le couloir donne sur deux grandes pièces que Berthet a meublées peu à peu depuis 98, à chacun de ses séjours à Lisbonne, en chinant sur le marché aux puces de Feira da Ladra ou encore chez les brocanteurs et antiquaires du Bairro Alto.

Sans que Berthet l'ait vraiment voulu, l'appartement de Berthet ressemble maintenant à celui d'un petit-bourgeois portugais du temps du dernier roi du Portugal, vers 1910. Disons que la dominante est austère, sombre, avec buffets, consoles, tables et chaises qui hésitent entre le néogothique et le néomanuélin tout en gardant une manière de componction dans l'efflorescence. Dans la chambre, le lit est à baldaquin et c'est Berthet qui a remplacé la vieille frise d'azulejos qui court tout autour du mur par une plus fraîche, mais d'époque, presque carreau par carreau, se transformant en carreleur chaque fois qu'il trouvait un lot de carrés à son goût chez un broque.

Sur les murs du couloir, pour égayer, si l'on peut dire, Berthet a trouvé des scènes de naufrages qu'il a préférées aux tableaux représentant des scènes rurales. Ou des cartes géographiques. On trouve aussi de belles cartes marines. Oui, Berthet fut cet enfant amoureux de cartes et d'estampes, ce qui ne va pas l'empêcher de torturer à mort un autre homme dans les minutes qui viennent.

Seuls, dans la pièce qui sert de salon, deux éléments indiquent une note propre à Berthet, au rêve que Berthet poursuit : il y a les deux fauteuils clubs en cuir et les rayonnages colorés par les tranches des livres d'une bibliothèque ne comportant presque que de la poésie. Si nous avions le temps, nous constaterions que ces livres sont les mêmes que l'on pourrait trouver dans les autres planques que Berthet juge sûres, personnelles en quelque sorte, c'est-à-dire une dizaine, comme avenue Daumesnil.

Berthet achète toujours les recueils de poésie qu'il aime en plusieurs exemplaires, dans des librairies différentes. Berthet se comporte avec la poésie comme avec les armes ou les substances dangereuses. Varier les endroits où se procurer le matériel, ne pas dépendre d'une seule source d'approvisionnement.

Sans être particulièrement paranoïaque, juste parce que Berthet connaît l'Unité, la manière de raisonner de l'Unité et les nouvelles méthodes de l'Unité qui jure énormément par la surveillance électronique et le recoupement des fichiers, Berthet imagine tout à fait un geek entrant dans le bureau d'un supérieur et disant : « J'ai un truc bizarre sur un de nos agents, il a acheté douze exemplaires de *Récitatif* de Jacques Réda chez Gibert. Ce ne serait pas un code ou quelque chose ? Ou tout simplement qu'il devient psychotique ? Vous vous rendez compte, je me suis renseigné, c'est de la poésie contemporaine, monsieur ! Oui, de la poésie ! Et il en achète douze. Il est fou, non ? »

Si Losey ou quelques autres anciens passaient par hasard à ce moment-là, ils expliqueraient. Ils n'expliqueraient pas que la poésie aujourd'hui est devenue une substance clandestine, suspecte, qui a à voir avec le secret, la mort, la fuite, toute chose que n'importe quel membre de l'Unité devrait comprendre et ne comprend plus. Non, ils n'expliqueraient pas car cela passerait nettement au-dessus de la tête du geek et de ses chefs de moins de quarante-cinq ans, une génération qui n'a pas eu besoin de trop de culture générale pour entrer dans les grandes écoles.

Mais Losey et les anciens raconteraient que c'est tout simplement important, les livres, pour Berthet, et que Berthet a envie quand il se retrouve dans une de ses planques de lire de la poésie, qu'il aime plutôt feuilleter Perros ou Réda que de jouer avec les applis de son Smartphone ou prendre de la drogue. Que la poésie, c'est sa came, à lui.

Mais même ça, pense Berthet, même ça, ce serait retenu contre lui dans le contexte actuel.

Dans le fond de l'appartement, il y a un cagibi avec une serrure codée sur une porte blindée. Que des cambrioleurs entrent dans l'appartement pendant les longues absences de Berthet, piquent la vieille télé, brisent quelques-unes de ses faïences de Caldas ou d'Alcobaça, ça embêterait un peu Berthet mais bon. En revanche, qu'ils trouvent ce qu'il y a dans le cagibi serait plus ennuyeux.

Berthet appuie sur les touches, il se souvient du code du premier coup. Berthet se souvient d'une cinquantaine de codes différents qui ne sont écrits nulle part. Comme ça, Berthet saura assez vite s'il est atteint par la maladie d'Alzheimer ou s'il est frappé par un AVC.

Dans le cagibi, il y a, soigneusement conditionnés :

Des grandes bâches en plastique.

Une tenue NBC orange.

Deux Sig-Sauer P220 en pièces détachées.

Des instruments chirurgicaux.

Des seringues.

Des produits pharmaceutiques et chimiques conditionnés en flacons sans étiquette.

Des produits ménagers et des chiffons.

Berthet s'habille avec la combinaison orange, puis, avant d'enfiler le masque et les gants, Berthet choisit les instruments chirurgicaux dont il a besoin, quelques seringues ainsi qu'un détachant puissant.

Berthet emporte avec lui également une corde et des chiffons.

Puis Berthet revient vers le corps de Simon Polaris toujours gémissant dans le couloir.

Berthet va vite. Berthet est pressé. Berthet déloque entièrement Polaris et met ses vêtements en tas. Berthet avait eu un corps comme ça, pense-t-il avec nostalgie.

Berthet déplace des meubles dans le salon, Berthet étale une grande bâche plastique. Berthet ramène le corps nu de Simon Polaris sur la bâche. Berthet s'en veut d'un réflexe stupide qui consiste à regarder la bite de Polaris et à s'apercevoir qu'elle est nettement plus petite que la sienne. Berthet n'a pas changé depuis l'école élémentaire Pierre-Larousse d'Alésia. Cette permanence rassure Berthet.

Et puis évoquer des souvenirs d'enfance, de petits garçons en blouse et aux oreilles décollées, moineaux perdus dans la fin des années cinquante, ce n'est pas forcément une mauvaise idée quand on s'apprête à torturer un homme.

Simon Polaris reprend connaissance. Simon Polaris est écartelé, les membres solidement attachés à de lourdes armoires portugaises elles-mêmes fixées au mur.

Berthet dans sa tenue NBC orange se penche sur la saignée du coude de Simon Polaris, cherche une veine, la trouve et injecte un petit mélange mis au point dans les labos de l'Unité.

« Pourquoi tu fais ça, Berthet ? C'est inutile. On est entraîné toi comme moi pour résister aux produits élaborés par nos propres services.

— On verra, Simon, on verra.

— Connard. Pédophile. Tout le monde sait à l'Unité que t'es un pédophile refoulé avec ta Kardiatou. Tiens, je n'ai pas voulu te le dire, mais il y a un mois, elle était tellement en manque que je l'ai baisée, la secrétaire d'État... Une bonne, une gourmande. Une vraie bouche de suceuse. Tu sais bien, les Blacks. T'aimes bien la chatte nègre à ce qu'on raconte, Berthet. Hein ? Il paraît que quand on y a goûté une fois, on peut plus s'en passer, comme les voitures allemandes. C'est pour ça que t'es venu à Lisbonne avec une autre négresse, non ?

— Allons, tu crois vraiment que ce jeu-là va marcher avec moi, Simon ? Tu crois vraiment que je n'ai pas suivi les mêmes formations que toi ? Que je ne sais pas que là, tu es juste en train d'espérer que je me foutrai en rogne et que je te tuerai afin de t'épargner d'avoir à souffrir avant de te répandre comme une fiotte. En même temps, comme tu as dit des choses fausses et vexantes, je vais te montrer que je peux te punir sans pour autant te tuer. »

Berthet contourne le corps de Polaris, se penche. Polaris tente de relever la tête mais son écartèlement ne lui permet pas grande latitude. Berthet coupe l'oreille droite de Polaris au scalpel, met l'oreille dans la bouche de Polaris qui veut hurler et enfonce un chiffon par-dessus. Berthet n'a pas vu les films de Tanner, mais il a vu les premiers de Tarantino.

« Fais attention à ne pas l'avaler, quand même », dit Berthet en aspergeant d'alcool à 90 la plaie béante sur le côté du crâne.

Berthet songe, pendant que tressaute Simon Polaris, que tout de même, bien sûr qu'il n'a pas tout à fait tort. Pédophile sûrement pas, Berthet n'a jamais touché Kardiatou mais... nabokovien ? Une seule chose inquiète Berthet dans la provocation désespérée et méthodique de Simon Polaris, c'est la référence à Amina.

Ça, en théorie, Polaris ne devrait rien en savoir. Il est juste censé être au courant que Berthet serait à Lisbonne en même temps que Kardiatou et qu'il y aurait des rendez-vous quotidiens vers minuit près de ce kiosque dans la gare du Rossio. En même temps, si on a demandé à Polaris d'éliminer d'une manière ou d'une autre Berthet, il n'était pas compliqué de savoir quand et avec qui Berthet quittait Roissy.

Berthet se relève. Dans un buffet, il y a une bouteille d'*aguardente*. Berthet en boit trois gorgées qui le brûlent.

Berthet revient vers Simon Polaris.

« Une question, une réponse. Ou le bistouri. »

Berthet retire le chiffon et l'oreille de la bouche de Simon Polaris qui tousse. Le regard vitreux indique que le produit fait effet.

« C'est toi qui as commandité les trois drogués pour ma pomme ?

— Oui. Putain, j'ai mal.

— Ça pourrait-être pire, remercie ce que je t'ai

injecté. Comment tu as fait ? Parce que tu as eu un recrutement merdique.

— Je sais. J'ai fait avec ce que j'ai pu. Le nom d'un petit caïd local que m'a indiqué un type de l'Unité. Et un budget de cinq mille euros. Ça te vexe, ça hein, Berthet, cinq mille euros ? »

Berthet pense à lui lacérer sa belle gueule avec le bistouri mais ce serait lui donner raison.

« Ça ne me vexe pas parce que tu as foiré, abruti. C'est donc que cinq mille ne suffisaient pas. Ne fais pas passer ton incompétence derrière des restrictions budgétaires. Qui à l'Unité t'a demandé de monter cette opération ?

— Je ne sais pas. Un coup de téléphone, des instructions authentifiées dans une poste restante. Tu connais aussi bien que moi la marche suivie dans ce genre de choses.

— Est-ce qu'on en veut à Kardiatou, est-ce que l'Unité est chargée de l'éliminer, elle ?

— Je n'en sais rien. Moi, on m'a donné des ordres pour toi. Depuis plus d'un mois, l'Unité veut ta peau.

— Losey ?

— Connais pas.

— Te fous pas de ma gueule. Tout le monde connaît Losey. Pourquoi as-tu accepté de te charger de mon élimination ?

— T'es un pédophile mais t'es une légende vivante, Berthet. Celui qui aura ta peau dans la discrétion est assuré d'une promotion express. J'en ai marre d'avoir la double casquette administrative : flic au Service de protection des hautes personnalités et correspondant de l'Unité, simple correspondant. Je veux en devenir un agent à part entière.

— Tu veux devenir un fantôme à plein temps, quoi…

— Qu'est-ce que tu racontes ? »

Berthet hausse ses épaules moulées dans l'orange de la combinaison NBC.

« Aucun intérêt… Alors, à ton avis, est-ce qu'on veut ma peau pour être certain que Kardiatou n'ait plus d'ange gardien ?

— Je te répète que je n'en sais rien, Berthet. Non, je n'en ai pas l'impression. Mais j'en sais rien. Elle est plutôt bien en cour, ta protégée. Le Président est content, le Premier ministre est content. Elle s'engueule un peu avec la ministre de la Culture parce que leurs compétences se chevauchent, mais c'est tout.

— Tu me parles des politiques, là. Je te parle de l'Unité.

— Je ne fais pas encore partie pleinement de l'Unité, de l'"État profond". Je te dis ce que je vois, ce que j'entends, ce que je recoupe. Pourquoi je n'ai pas mal à mon oreille ?

— Remercie les chimistes de l'Unité, je te dis. »

L'État profond.

Berthet n'a pas entendu cette expression depuis un bout de temps sinon dans la bouche de Losey, pour parler à la fois de l'Unité et de ceux qu'elle servirait. À moins que ce ne soit l'inverse. À moins que les deux ne se confondent.

L'État profond, celui que les apparents changements de régime ne touchent pas, celui qui, comme le pense Losey, commence à trouver en l'Unité une forme presque obsolète pour parvenir à ses fins.

La voix de Simon Polaris est de plus en plus pâteuse et pour les deux ou trois questions suivantes, il détourne la conversation, il fait perdre du temps à Berthet qui pense à Amina.

Berthet se dit qu'il a peut-être surdosé son mélange.

Alors Berthet se dit qu'il doit rappeler Polaris à la douleur et Berthet lui coupe assez haut les deux narines ainsi qu'une paupière, la gauche. Berthet remet le chiffon dans la bouche de Polaris qui vomit aussitôt. Berthet est heureux d'avoir une combinaison NBC. Berthet retire le chiffon. Quand Polaris termine de vomir, Polaris veut hurler et Berthet remet le chiffon.

Le corps de Simon Polaris tressaute.

Berthet maintient la main sur la poitrine de Polaris et le regard fou de Polaris ne rencontre que le regard vide de Berthet.

Polaris sue et saigne beaucoup.

Berthet montre la seringue. Polaris fait signe que oui. Berthet injecte. Berthet sait que presque instantanément si la douleur reste intense, elle rejoint néanmoins un palier acceptable. « Sois sage, ô ma Douleur, et tiens-toi plus tranquille. » Le recueil doit être quelque part dans les rayonnages de l'appartement.

Le regard de Berthet revient sur Polaris.

« Tu vas me dire des choses intéressantes, maintenant ? »

Polaris acquiesce. Son regard n'est plus fou. Juste brisé.

Berthet retire le chiffon. Polaris tousse. Polaris dit d'une voix changée, les cordes vocales brûlées par l'acide gastrique :

« Ta Kardiatou, il est question qu'ils la présentent aux élections municipales, pour lui trouver un ancrage local comme ils disent. Enfin, c'est encore officieux.

— Où ?

— Je sais plus. Un défi pas facile, qu'elle dit tout le temps à ses conseillers. »

Berthet applique une baffe sans colère sur l'endroit de la tête de Simon Polaris où il y avait jadis une oreille.

Polaris gémit :

« Merde, tu me fais mal.

— Allez !

— Je crois qu'ils veulent parachuter ta négresse dans une ville menacée par le Bloc Patriotique. Ils rêvent d'un duel entre Kardiatou Diop et Agnès Dorgelles. À Brévin-les-Monts. »

Tout d'un coup, Berthet comprend.

Et ce que Berthet comprend ne lui plaît pas du tout, mais alors pas du tout. Berthet espère qu'il se trompe.

Mais en même temps, le fait qu'on veuille le tuer, lui Berthet, quelques mois avant un tel scénario, la secrétaire d'État black contre la nouvelle égérie de l'extrême droite, aurait tendance à confirmer Berthet dans l'idée que ça pue.

Que ça pue vraiment.

8

On veut tuer Berthet.

Ce n'est pas une très bonne idée.

Car maintenant Berthet sait sans le moindre doute.

L'Unité.

L'Unité ne veut plus avoir Berthet dans les pattes car l'Unité a des projets pour Kardiatou Diop et que Berthet, quand il s'agit de Kardiatou, est toujours là. C'est donc que les projets de l'Unité pour Kardiatou ne plairaient pas à Berthet. Par exemple, Kardiatou sans couverture dans un combat politique à haut risque qu'on voudra peut-être lui faire perdre. Ou pire.

Berthet regarde le corps de Simon Polaris.

Bon, il faut en finir.

Berthet soulève la tête de Polaris presque doucement et glisse un sac en plastique sur son visage.

Simon Polaris meurt vite.

Berthet ensuite saigne Simon Polaris et le découpe en morceaux à l'aide d'une scie à métaux et de seaux en plastique qu'il est allé chercher dans le cagibi et d'un couteau à viande dans la cuisine.

C'est fastidieux mais Berthet est doué.

Après que Berthet avait eu passé son certificat d'études à l'école élémentaire Pierre-Larousse, il avait été apprenti loucherbem, le temps d'avoir l'âge légal pour faire son service militaire et, dans la foulée, passer les concours de la police.

Une boucherie près de Saint-Lazare. Le patron l'aimait bien. Si Berthet s'était coupé deux doigts avec une feuille, à l'époque, pas d'armée pour cause de réforme donc pas de repérage par les recruteurs infiltrés, pas d'entrée dans la police et pas d'Unité. Quelle vie, alors ?

Réflexions stériles, Berthet le sait, mais qui hantent Berthet avec l'âge et surtout réflexions qui permettent de penser à autre chose quand on découpe un tibia ou que l'on va vider un seau de sang humain dans le bac à douche.

Il faut une demi-douzaine de sacs-poubelle de 45 litres pour oublier Simon Polaris. Encore une demi-douzaine d'autres pour jeter les vêtements de Simon Polaris, la combinaison NBC, les gants, les outils, les produits de nettoyage qui ont servi à effacer les traces diverses et l'odeur de charnier.

Berthet ne parierait pas sur son avenir si la police scientifique se ramenait dans l'appartement lisboète d'Alain Derville mais encore une fois, on ne voit pas pourquoi la police viendrait justement ici pour résoudre l'affaire de la disparition d'un officier de sécurité français.

Berthet va être obligé de voler une voiture.

Aller récupérer celle qu'il a louée avec Amina et qui est garée dans le garage de l'hôtel Duas Nações prendrait trop de temps.

Berthet range bien les sacs-poubelle dans le couloir de l'appartement. Berthet prend une douche rapide à l'eau rouillée et froide. Berthet remet son costume en lin. Perros dans la poche droite est complété par le Glock de Polaris dans la poche gauche.

Berthet descend dans la rue.

Trois heures du matin.

Berthet fait cinq cents mètres avant de trouver ce qui convient.

Près de la Pastelaria Sá Carneiro où Berthet a mangé plusieurs fois de délicieux pastéis de nata, il y a une vieille camionnette, avec deux PV dont un qui date de trois jours.

Très bien.

Berthet pénètre sans peine dans la camionnette Isuzu qui sent le plâtre. Berthet la tripote au niveau du démarreur, vérifie la jauge et la fait ronronner.

Berthet revient devant chez lui, enfin, devant chez Alain Derville.

Berthet fait plus de six voyages pour les sacs-poubelle. Sans ascenseur. Soixante piges et mèche. Merde.

Berthet referme la porte du cagibi. Berthet reprogramme le code.

Berthet referme la porte d'entrée de l'appartement. Penser à appeler l'agence et dire que la serrure est abîmée, qu'on a cherché à la forcer et prière de la changer et de renvoyer un jeu de clefs et la facture avenue Daumesnil.

Berthet sillonne à petite vitesse le Bairro Alto et se débarrasse des sacs qui contiennent le matériel de manière aléatoire, entre décharges sauvages et containers à roulettes. Bénie soit Lisbonne, encore un peu du monde d'avant, et qui n'est pas passée au tri sélectif des ordures.

Pour les sacs contenant ce qui fut Simon Polaris, Berthet quitte Lisbonne, prend la route côtière vers Sintra et s'arrête au niveau de la Boca do Inferno, la bouche de l'enfer. Paysage grandiose, même dans la nuit noire, bruit furieux de l'Océan qui couvre tout. Grandiloquent à vrai dire. Un décor pour un poème d'Hugo. Berthet n'est pas un grand amateur de Victor Hugo.

C'est pourtant là, songe Berthet, que tous les agents de l'Unité, leurs chefs et les chefs de leurs chefs devraient terminer. Une falaise très haute, excavée, et une mer toujours furieuse qui s'engouffre à l'intérieur. Une impression de tremblement de terre permanent. Le Tartare pour les Titans du mal.

« Ce n'est pas parce que je viens de découper un homme que je suis obligé d'être emphatique, quand même », murmure Berthet.

Berthet jette les sacs un par un dans l'abîme.

Berthet s'arrête cependant quand une voiture passe. Berthet masque alors le sac. Et Berthet prend l'auguste position du mec qui pisse au bord de la route parce qu'il n'en peut plus.

Ensuite, Berthet revient sur Lisbonne.

Berthet peut se laisser aller à l'inquiétude.

L'allusion à Amina. Le fait aussi que Polaris, finalement, n'avait pas tant que ça offert de résistance. Comme s'il savait que Berthet ne lui survivrait pas longtemps. Berthet regrette de n'avoir pas pris un voire les deux Sig-Sauer P220 du cagibi.

Le Glock de Polaris, surtout avec un seul chargeur, ça risque d'être un peu court le temps d'entrer dans la clandestinité totale.

Et puis Amina.

Merde.

Amina au jardin de Reuilly, Amina penchée sur les livres de la librairie Charybde, Amina amenant les mains de Berthet sous son tailleur, amenant dans ses mains noires ses vieilles mains de tueur vers son sexe épilé et rose.

Merde.

Berthet laisse l'Isuzu près du complexe commercial Amoreiras et ses tours qui ressemblent à des vaisseaux spatiaux. Le genre d'endroit où les geeks de l'Unité aiment faire les cadors. Bourré de caméras de surveillance, sans doute, mais c'est là que Berthet a le plus de chances de trouver un taxi pour revenir vers le centre. Effectivement, Berthet n'attend pas deux minutes. C'est un des derniers taxis noirs aux toits vert anis, les autres étant remplacés progressivement par des voitures aux teintes beigeasses, aussi ternes que partout ailleurs.

Sur la banquette arrière, Berthet hésite. Si Berthet a raison, il est trop tard pour Amina et s'il a tort, Amina se croira trahie par un salaud, encore un. Dans les deux cas, Berthet ferait mieux de dire au taxi de l'emmener vers un loueur de voitures. Berthet regarde sur son Smartphone après avoir demandé au chauffeur d'attendre. Pas d'appels d'Amina. Berthet fait ensuite s'afficher un plan de Lisbonne. Il y a un loueur ouvert vingt-quatre heures sur vingt-quatre à Setúbal.

Prendre une bagnole et filer loin.

Mais Amina.

Berthet veut savoir. C'est suicidaire. Berthet saura bien assez tôt. Mais Berthet veut savoir maintenant. Berthet se demande s'il ne transfère pas sur Amina tout l'amour qu'il a pour Kardiatou, toutes les peurs, tous les espoirs, tous les combats qu'il a menés pour elle depuis 1992, et s'il n'est pas en train de lier de façon totalement irrationnelle le destin des deux femmes.

C'est là que Berthet comprend qu'Amina l'a accroché beaucoup plus que Berthet ne l'aurait cru.

Amina.

Amina à Étretat. Amina à Cascais. Amina tendant ses mamelons vers la bouche de Berthet. Amina parlant des films d'Alain Tanner. Amina constatant dans un rire que la troisième bouteille de mauzac est vide.

Amina.

Et merde, en route vers la mort.

« Praça do Comércio, se faz favor ! »

Berthet sourit au chauffeur alors que Berthet est fatigué, dévasté, amoureux d'il ne sait plus qui.

Berthet croise le regard du chauffeur dans le rétro.

Berthet sait ce que voit le chauffeur de taxi. Un homme mûr, au costume bien coupé mais fripé, aux lunettes d'intellectuel, qui revient d'une fête arrosée dans un des appartements chics des Amoreiras avec d'autres intellectuels. Pas un type qui a tué quatre personnes dans sa soirée et découpé la dernière en morceaux après l'avoir torturée.

Berthet sait que le chauffeur de taxi le photographie parfaitement et fera un témoin de première bourre. Surtout que Berthet, par faiblesse, par fatigue, se laisse aller avec lui à une conversation sur la crise, sur la misère qui s'abat sur le pays, sur les jeunes qui repartent à l'étranger, ils ne comprennent pas, les Portugais, ils ont tout fait bien comme a dit Bruxelles, pas comme ces feignasses de Grecs, et voilà, c'est la même chose qui leur arrive, on n'est plus soigné à l'hôpital, les gamins s'évanouissent de faim dans les écoles, il faudrait un nouveau 25-Avril, ou un nouveau Salazar, il ne sait plus trop, le chauffeur de taxi, il félicite juste Berthet pour son portugais, prend Berthet pour un Anglais.

Berthet voit qu'il est près de quatre heures et demie du matin et que le jour semble vouloir venir de l'autre côté du Tage quand le taxi dépose Berthet sur la Praça do Comércio qui ressemble toujours autant à une toile de Chirico.

Berthet tourne le dos au Terreiro do Paço, au pont du 25-Avril, au Christ-Roi qui pourrait lui pardonner pour peu qu'Il existât.

Berthet entre dans la Baixa par la rua Augusta sous une arche monumentale. Lisbonne, théâtrale et intime. Reviennent à Berthet ses pensées plus tôt dans la soirée. Mourir à Lisbonne. Bien sûr.

Mais Kardiatou.

Mais Amina.

Berthet veut se rassurer. Tout est calme dans l'aube lisboète. Si quelque chose était arrivé à Amina, il y aurait déjà des flics un peu partout.

Sirènes et compagnie.

Berthet est à moins de cent mètres de l'hôtel.

Berthet voit l'enseigne du Duas Nações dans le petit jour. Son pas résonne sur les mosaïques noires et blanches des trottoirs.

Un premier tramway passe devant lui, Berthet aime ce bruit, ces étincelles, c'est la ligne que Berthet a prise avec Amina le deuxième jour pour lui faire voir l'essentiel de la ville, du château Saint-Georges au Cimetière des Plaisirs.

Sauf que maintenant, Berthet comprend qu'il ne reverra plus jamais Lisbonne.

Jamais.

Pour une raison somme toute assez simple.

Berthet a repéré le premier tireur d'élite qui vient tout juste de se mettre en place au troisième étage d'un magasin fermé comme il y en a tant dans les immeubles XVIIIe de la Baixa, austères comme un rêve d'utopiste.

Un magasin de tissus.

Ces détails inutiles que Berthet enregistre, tout de même.

Le dispositif ne doit pas être encore complet, sinon

Berthet n'aurait pas remarqué l'homme qui a paru surpris de le voir arriver.

La Baixa est un rêve pour les flics. Des rues à angles droits, des immeubles identiques, un damier atlante.

Berthet entend une arroseuse municipale derrière lui. C'est le bruit des petits matins dans le Sud. Berthet a toujours aimé ça. Mais Berthet parierait son édition originale de Perros contre un deuxième chargeur pour le Glock de Simon Polaris que l'arroseuse municipale de la Baixa n'est pas conduite par des arroseurs municipaux.

Berthet ne se retourne pas. Berthet a juste la main sur la crosse du Glock.

Berthet entre dans le hall du Duas Nações.

Ce n'est pas le réceptionniste des deux jours précédents. On pourrait toujours croire que c'est le réceptionniste de nuit. On pourrait. Sauf que le premier soir, Amina et Berthet sont rentrés très tard d'un dîner dans l'Alfama, et que le réceptionniste de nuit était une jolie fille qui lisait, crayon en main, un manuel de droit.

Berthet devrait fuir.

Mais Berthet veut savoir pour Amina.

Ce n'est pas professionnel.

Berthet s'en branle. Berthet a tort de s'en branler.

Des ombres sur le côté et le faux réceptionniste qui a maintenant un flingue à la main.

En même temps, ça sent la souricière hâtive, à peine en place. Berthet a une petite chance.

Berthet ouvre le feu sur le faux réceptionniste avec le Glock de Polaris. Le faux réceptionniste prend la balle en plein front. Le faux réceptionniste est projeté en arrière, le faux réceptionniste crispe son doigt sur la détente et deux balles de son Beretta vont faire exploser un lustre.

Berthet se plaque au sol dans le même temps sous une jolie pluie de cristal.

Berthet se retourne sur le dos.

Berthet allume en tirant quatre fois sur les deux autres flics, en civil, qui l'attendaient dans le hall. Une douille du Glock retombe sur la joue de Berthet et le brûle.

Quand ça veut pas, ça veut pas…

Des sirènes commencent à hurler de partout, des alarmes, des cris.

Profiter du bordel. Parce que l'arrestation tranquille, pour les flics, c'est raté.

Des clients sortent, pleurent, paniquent. Des Latins.

Berthet qui monte les escaliers à contresens voit parmi eux un autre flic, flingue en pogne au-dessus des têtes endormies, qui ne sait pas quoi faire avec ces femmes qui sentent le sommeil et ces mecs en calbute, bref, avec tout ce monde qui encombre le couloir de manière chaotique.

Berthet, lui, sait.

Le flic prend une balle de 9 mm dans la bouche.

Berthet a mal à la joue.

Berthet entre dans la chambre 19, celle qu'il occupait avec Amina.

Amina est là. Égorgée sur le lit.

Noir, rouge, blanc.

Et le bleu-rose du matin qui arrive par la fenêtre.

Berthet réfléchit très vite. Berthet ne s'occupe même pas des larmes qui lui montent aux yeux et coulent sur son visage. Berthet se débarrasse juste de ses lunettes à verres neutres.

Le corps d'Amina a dû être découvert il y a très peu de temps. Un coup de fil anonyme au réceptionniste. Qui voit. Qui appelle les flics. Les flics, eux, mettent un dispositif en place au cas où le suspect plus que probable, Alain Derville, serait assez con pour revenir mais ont dû en même temps balancer un avis de recherche européen, bloquer les frontières, les gares, les aéroports.

Berthet va caresser la joue d'Amina, tiède encore. Berthet trouve les quinze mille euros en liquide dans l'enveloppe que Berthet avait laissée en évidence sur le bureau, au milieu de papiers divers, de journaux, d'un ordinateur. Berthet sait que la théorie de la lettre volée, vu le faible nombre de lecteurs d'Edgar Poe dans le personnel hôtelier européen, a encore de beaux jours devant elle. Mais Berthet laisse tous ses papiers qui ne lui servent plus à rien. L'identité de Derville grillée, ça veut dire aussi qu'il faut dire adieu non seulement à l'appartement de Lisbonne mais aussi à celui de l'avenue Daumesnil. Berthet s'occupera de son patrimoine immobilier un autre jour.

Berthet ressort, monte les étages. Quand il voit des clients qui sortent, Berthet se fait passer pour un flic et, l'arme à la main, hurle des ordres de rassemblement dans le hall. Pour achever d'énerver tout le monde, Berthet déclenche l'alarme incendie.

Berthet monte sur le toit du Duas Nações par un Velux. Berthet a dans la tête le plan très simple de la Baixa, composée de blocs d'immeubles à toits plats, tous de taille sensiblement identique.

Berthet rampe dans les merdes de pigeons et de mouettes jusqu'à l'autre extrémité du bloc où se trouve l'hôtel Duas Nações. Berthet arrive sur le toit d'un autre hôtel, le Santa Justa, que Berthet connaît pour y avoir dormi une fois, il y a quelques années. Berthet repère une lucarne, une bonne vieille lucarne, ce qui est plus facile à ouvrir de l'extérieur qu'un putain de Velux.

En bas, dans les rues, le bruit est hallucinant. Cette

fois-ci, les voitures de police et les ambulances affluent et un hélico se pointe depuis le Parque Eduardo VII.

Il faut se dépêcher, là, Berthet. Le chagrin, ce sera pour plus tard. Dans dix secondes, l'hélico sera au-dessus du bloc. Berthet sait que si la police portugaise l'arrête vivant, Berthet sera suicidé le soir même ou les jours suivants dans sa cellule par l'Unité, d'une manière ou d'une autre.

Berthet protège son visage de la main.

Berthet tire sur la fermeture de la lucarne.

Le coup de feu n'est même pas audible dans le volume sonore qui semble encore monter. Il y a maintenant, en plus, des haut-parleurs qui braillent pour éloigner la foule.

Berthet se reçoit sur du lino. Il est à l'étage du personnel. Il ouvre la première porte. La piaule pue le fauve. Les unes de *A Bola* sur les murs.

Une chambre qui pue, et des fouteux au mur, Berthet est désolé pour la théorie du genre mais c'est une chambre de mec. Berthet ouvre une penderie. Pas de pot, le mec doit faire un mètre soixante-cinq à tout casser.

Berthet essaie une autre chambre. Grand bordel mais odeur de frais. Une femme. Une chambre de femme peut aussi servir à un fugitif mâle. Berthet a vite repéré dans les affaires de toilette une teinture noire, sans doute pour cacher les premiers cheveux gris de la coquette. Et un rasoir, pour les poils disgracieux.

Berthet pose le Glock, se regarde dans la glace de la minuscule salle de bains. La brûlure faite par la douille est vilaine. Une allure de furoncle violet dont Berthet aurait tenté de se débarrasser maladroitement en pressant trop dessus. Ça démoralise Berthet, ce narcissique, davantage que d'avoir présente toute la police de Lisbonne dans un rayon de cent mètres et de savoir, en plus, qu'il a l'Unité au cul. Berthet retire sa veste qui sent la sueur et les excréments divers, et sa chemise Charvet qui ne vaut guère mieux.

Berthet se rince le visage, l'essuie avec une serviette parfumée au Monoï. Instant de paix. Berthet se rase les cheveux et abandonne sa crinière clairsemée d'intellectuel vieillissant pour une brosse qui fait apparaître à quel point Berthet a blanchi sous le harnais de la barbouzerie.

Berthet applique la teinture noire. Vingt minutes à attendre. Ça ne va pas être possible, monsieur. Berthet vide son Smartphone de toutes les infos possibles puis retire la batterie et écrase à coups de pied cette saloperie plus donneuse dans son genre qu'une pute en manque de crack.

Berthet ressort torse nu, avec son Glock, et l'enveloppe aux quinze mille euros dans la poche arrière.

Une troisième chambre. Là, des fringues de loufiat qui lui vont à peu près. Chemise blanche, nœud pap' noir, veston noir, pantalon noir. Berthet garde ses Weston. Il y a bien une paire de chaussures noires mais du 40, ça ne va pas être possible. Mourir en ayant mal aux pieds, non merci. Déjà, avec sa gueule ravagée par la douille et ces vêtements en synthétique qui commencent à irriter sa peau…

Berthet se regarde. Si Berthet se fond dans le bordel ambiant, ça peut aller. Berthet transfère le pognon et le flingue dans des poches intérieures. Berthet descend les étages de l'hôtel Santa Justa, désert.

Tout le monde doit être dehors ou dans le hall qui donne tout près de l'ascenseur Eiffel. Berthet file par les cuisines, ressort sur une cour de service qui donne sur la rua da Prata.

Un flic en uniforme est à la sortie. Il se retourne. Il

demande à Berthet ce qu'il fait là, il dit que le secteur est bouclé, il dit qu'il doit voir ses papiers. Berthet fait signe que c'est d'accord, Berthet s'approche, le flic a une moustache et des yeux globuleux. Berthet espère que c'est un sale con car Berthet n'aime pas ce qu'il va faire. La nuque se brise entre ses mains, la casquette tombe et Berthet tire le corps derrière les poubelles.

Berthet écoute un instant la radio que le flic avait en bandoulière. Berthet en tire des enseignements intéressants.

Berthet sort rua da Prata, c'est toujours la foule énervée, affolée qui désigne le côté où se trouve l'hôtel Duas Nações. Berthet tourne le dos à tout ce bordel et remonte Praça da Figueira. Là aussi, de la foule et beaucoup de flics mais on fait moins attention à un serveur sexagénaire qui se teint mal pour faire plus jeune. Berthet se dirige à nouveau vers le Rossio et descend dans la station de métro.

Des flics. Berthet passe calmement, Berthet est un serveur portugais trop vieux pour travailler, Berthet l'est vraiment, Berthet en est convaincu lui-même parfaitement quand les flics le suivent du regard.

Berthet est passé. Berthet prend la direction Campo Grande après avoir sagement acheté son ticket. Berthet essaie de ne pas se toucher les cheveux, Berthet n'a pas envie que la teinture s'en aille mais ça lui démange le cuir chevelu.

Plus tard, après être descendu à Alameida, Berthet marche pendant des heures au hasard, partant du principe que si lui ne sait pas où il va, les autres le sauront encore moins.

Le ciel est sillonné d'hélicoptères. Berthet a quand même tué cinq flics sans compter qu'on lui attribue aussi le meurtre d'Amina.

Berthet entre dans un bistrot de quartier. Il est treize heures. Une chaîne d'infos continues le montre à l'écran, enfin montre Alain Derville et Amina Bâ côte à côte. Le présentateur dit qu'on ne sait rien de bien précis sinon que cinq policiers ont été tués quand ils sont venus arrêter un universitaire français qui est le premier suspect dans la mort d'Amina Bâ.

Mais on n'exclut pas que ce banal fait divers se soit confondu avec un problème terroriste, des Tchétchènes recherchés séjournant également à l'hôtel Duas Nações. Une malchance tragique pour les forces de l'ordre. On montre des photos de Tchétchènes. Berthet a envie de rire. C'est tout de même marrant que les gens ne s'aperçoivent pas que ce sont toujours les mêmes photos, partout. Parfois, elles sont censées montrer des Tchétchènes, parfois de dangereux récidivistes et si on ajoute des coiffes diverses, elles représentent des Palestiniens du Hamas, des Al-Quaïdistes, des indépendantistes tamouls.

Tiens, tiens ! pense Berthet qui commande une assiette de sardines et de la bière pression, tiens, tiens, comme par hasard.

Ça doit chier actuellement entre la France et le Portugal.

Ça doit se demander des explications entre ministères de l'Intérieur par ambassades interposées.

Si ça se trouve, le départ de Kardiatou a été retardé. Parce que tout de même, la police portugaise reçoit un coup de fil anonyme annonçant qu'un universitaire français vient de tuer sa femme ou sa compagne dans un hôtel de la Baixa. La police arrive, trouve le cadavre de la femme mais pas l'homme, coupable présumé.

Elle lance l'alerte et, au cas où, met en place un dispositif léger pour arrêter Derville si celui-ci était par hasard assez con pour revenir.

Et voilà que celui-ci est justement assez con pour revenir. Le problème qui énerve gravement les Portugais, maintenant, c'est : depuis quand un universitaire français de soixante ans revient sur les lieux du crime pour tuer quatre flics et disparaître dans la nature ?

D'ailleurs, et Berthet imagine la colère de la police portugaise, Alain Derville est en fait une fausse identité avec laquelle ce monsieur était propriétaire d'un appartement dans le Bairro Alto. Et quand on envoie deux inspecteurs, on voit que la porte a été forcée et un des inspecteurs remarque un cagibi blindé.

Si ça se trouve, les flics portugais ont déjà envoyé une équipe scientifique, se dit Berthet en inondant son plat d'huile d'olive et en mangeant ses sardines avec les doigts.

L'Unité doit se faire engueuler par l'Intérieur. Les Portugais ont parfaitement compris qu'il s'agissait d'une barbouzerie française foireuse. Et c'est bien d'une barbouzerie foireuse qu'il s'agit. L'Unité a été au-dessous de tout.

Berthet rote. Berthet redemande des sardines. Berthet échange des propos avec le patron sur le thème « le monde est fou, on nous cache tout », ce qui au demeurant n'est pas totalement faux.

L'Unité a foiré. L'Unité a sous-traité. L'Unité a demandé à Polaris d'en finir avec Berthet pour mettre Polaris à l'épreuve tout en prévenant Polaris qu'elle envoyait aussi un tueur à l'hôtel, au cas où. Saine émulation managériale.

Au Duas Nações aussi, alors que Berthet se faisait suivre par les Noirs camés, l'Unité a dû envoyer un malade, un sous-traitant psychotique : résultat, le mec a égorgé Amina mais n'a pas attendu que Berthet rentre pour le tuer. Il a prévenu les flics en se disant que les flics choperaient Berthet. Celui-là, Berthet, s'il le trouve avant l'Unité, Berthet lui fera la peau avec plaisir.

Berthet sort du bistrot, gavé et malheureux encore plus qu'inquiet.

Il faut se changer.

Les flics ont dû découvrir son passage par l'étage du personnel de l'hôtel Santa Justa, la teinture noire, les cheveux coupés, le Smartphone vidé, les fringues piquées.

Allons-y. Berthet n'en est pas à sa première cavale en milieu hostile après tout.

9

On veut tuer Berthet.

C'est une assez mauvaise idée.

Car ceux qui ont voulu faire ça ont raté leur coup.

On est en octobre et octobre est très beau à Saint-Malo, cette année-là.

Berthet a retrouvé une autre de ses planques. Un appartement, oh juste un F2, sur la plage de Rothéneuf. Berthet se repose. Berthet s'appelle Daniel Darthez. La trace de la douille sur la joue de Berthet ne se voit presque plus.

Berthet n'oublie pas Amina. Berthet n'oublie rien. Berthet sait qu'il va mourir dans cet ultime combat contre l'Unité.

Mais il a compris le destin que l'Unité réservait à Kardiatou. Ce que l'« État profond » avait ordonné. Et Berthet peut sans doute lui éviter ça, à Kardiatou, au seul amour de sa vie, à sa petite fille.

Aux informations, on parle beaucoup de la jeune secrétaire d'État Kardiatou Diop. Le gouvernement bat des records d'impopularité, l'opposition n'est pas crédible. Seul le Bloc Patriotique caracole dans les sondages et sa chef, la Minerve brune Agnès Dorgelles.

On la voit sur tous les plateaux, avec son con de

mec, un grand mou, Antoine Maynard, et surtout Stanko, le chef du service d'ordre, les GPP. Ça va être amusant d'avoir à affronter de nouveau cet ancien militaire d'élite, ancien skin, complètement barré et qui a tué du monde, parfois manipulé sans le savoir par l'Unité. L'Unité a ses contacts au sein du Bloc, comme partout. Non finalement, ça ne va pas être amusant : ce coup-ci, la vie de Kardiatou est en jeu. Parce que Kardiatou, même au gouvernement, est la seule femme politique qui ait une cote de popularité comparable à celle d'Agnès Dorgelles. C'est pour cela qu'on parle d'un duel municipal entre la brune et la Black à Brévin-les-Monts, cinquante mille habitants, sous-préfecture du Centre, oubliée depuis la fermeture des mines, vieille terre socialiste mais dont le maire octogénaire, débordé, à la tête d'une équipe municipale corrompue, ne se représentera pas.

Sur ce coup-là, Berthet a un peu de temps, pas beaucoup mais un peu. Et puis Berthet est tranquille, il n'arrivera rien à Kardiatou avant les élections municipales. Au contraire, tout le monde va bien la protéger, tout le monde a trop besoin d'elle, une partie du gouvernement, sans doute l'« État profond », l'Unité…

Alors Berthet entre deux cross sur la plage, jusqu'au Grand Bé pour aller saluer Chateaubriand, lit de la poésie. Berthet a laissé son Perros dans la chambre d'un loufiat lisboète. C'est dommage, Perros et la Bretagne, ça allait bien. Alors, Berthet lit Toulet, comme à l'époque de la mission avec Desmoulins et Couthon.

La nuit, avec le bruit de la mer, Berthet dort bien, sans cauchemars. Il y a un Sig-Sauer P220 sous l'oreiller, il faut dire. Et puis le Glock de Polaris dans un tiroir de la console de l'entrée. Et des grenades défensives, des poignards de commando et un FAMAS sans numéro de série dans la cave à porte blindée. Tout ça entre les bouteilles de muscadet amphibolite de Jo Landron.

Berthet en ouvre une quand il rapporte un crabe, une araignée ou des huîtres Prat-ar-Coum du marché de Saint-Servan qu'il préfère à celui de Paramé. Berthet mange ça avec du beurre Bordier : c'est son côté bobo.

Le soir, Berthet surfe aussi sur Internet, Berthet rôde sur les réseaux sociaux, Berthet se masque pour entrer sur les forums qui font office sans le savoir de boîte aux lettres pour l'Unité. Les cons de geeks servent tout de même à quelque chose, au bout du compte, car Berthet collecte pas mal d'infos sans se faire repérer par les veilleurs de l'Unité.

Berthet ne lit pas que Toulet, il lit aussi Martin Joubert.

Berthet avait bien aimé *Sauter les descriptions*, acheté le jour de sa rencontre avec Amina à la librairie Charybde. Berthet aime bien les polars de Joubert aussi. Il y a également un essai marrant sur les espadrilles. Et puis Joubert a l'air à la limite de la dinguerie pour qui sait lire entre les lignes. Joubert piaffe. Bientôt cinquante piges, ni succès ni destin mais pas d'aigreur, toujours une colère de jeune homme, du style, de l'intelligence, de l'humour et une espèce de disponibilité pour n'importe quelle entreprise un peu subversive.

Alors Berthet sait qu'il ne va pas tarder à entrer en contact avec lui. Ce qui est amusant, mais il n'y a pas de hasard, c'est que Berthet a enfin compris pourquoi Martin Joubert lui disait quelque chose quand il avait vu sa tête chez Charybde.

Avec vingt-trois ans et trente kilos de moins, Martin Joubert s'appelait Denis Clément et il avait été le prof de français de Kardiatou, au collège Brancion. Au moment où Berthet a rencontré Kardiatou. Enfin rencontré, c'est un grand mot puisque Kardiatou ignore jusqu'à l'existence de Berthet. Joubert est un pseudo de plume pris par Denis Clément quand il a quitté l'Éducation nationale vers 2005.

Il y a un seul moment dans la journée où Berthet, dans son F2 de Rothéneuf, se sent moins bien, presque désespéré. Souvent, Berthet en a même les larmes aux yeux, voire pleure franchement : c'est quand Berthet regarde le soir, en boucle, *Requiem* et *Dans la ville blanche* d'Alain Tanner.

DEUX

MARTIN JOUBERT

Martin Joubert ne va pas bien

1

Objectivement, c'est magnifique : tout est bleu.

Sauf que Martin Joubert ne va pas bien. Sauf que Martin Joubert est fatigué d'être Martin Joubert. Martin Joubert voudrait redevenir Denis Clément, prof de ZEP au collège Brancion à Roubaix. Martin Joubert est fatigué de son pseudonyme d'écrivain. Martin Joubert se demande si Martin Joubert n'a pas fait une monumentale connerie en quittant l'Éducation nationale, il y a bientôt dix ans.

Objectivement, Martin Joubert devrait se sentir bien : Martin Joubert termine trois semaines de vacances à Paros, dans les Cyclades, avec Hélène Rieux.

Hélène Rieux est brune, avec des hanches de Méditerranéenne, des épaules de nageuse, un cul admirable et ample, une taille fine. Hélène Joubert réalise un équilibre parfait entre une féminité exubérante et une allure athlétique. Ou alors, plutôt qu'un équilibre, il faudrait parler d'une manière de correction mutuelle et permanente de l'une par l'autre. On ne sait jamais à quelle femme on a affaire, la nageuse, la voluptueuse ou les deux qui se mélangent dans des proportions variables selon les heures, les saisons, le temps qu'il fait.

Quand Martin Joubert regarde nager Hélène Rieux sur la plage d'Ampelas, comme maintenant, c'est la sportive, la femme aux cinq heures de piscine par semaine qui le fait bander. Mais quand Martin Joubert et Hélène Rieux se retrouvent dans leur maison louée de Prodromos, au cœur d'un labyrinthe de ruelles blanches peuplées de chats et de vieillards et que Martin Joubert et Hélène Rieux se jettent l'un sur l'autre avant même de prendre leur douche, c'est le corps opulent d'Hélène Rieux, quarante et un ans dans quelques jours, qui rend fou Martin Joubert. Un corps avec quatre ou cinq kilos de trop qui en font toute la sensualité.

Hélène Rieux le sait. Hélène Rieux ne s'en chagrine pas. Hélène Rieux est encore un peu du monde d'avant, celui où les femmes ne se sentaient pas obligées, même en faisant du sport, d'avoir des corps de garçons.

Hélène Rieux retire sa culotte de maillot de bain, sa petite robe bleue en éponge, Hélène Rieux se met à quatre pattes sur le sol, Hélène Rieux remonte encore son cul pour mieux l'offrir, pour le faire ressortir, pour le rendre encore plus imposant, Hélène Rieux murmure des invites assez crues et Martin Joubert entre en elle, Martin Joubert regarde sa queue aller et venir entre les fesses blanches dans la touffe noire, abondante, amazonienne d'Hélène Rieux. Tout ça dans une odeur de sel, de sexe, de sueur car même à sept heures du soir et malgré le *meltemi*, la chaleur est encore très forte.

Et Martin Joubert sait qu'Hélène Rieux va jouir, et Martin Joubert sait qu'il va jouir, et Martin Joubert sait qu'il n'aime plus Hélène Rieux et que probablement Hélène Rieux n'aime plus Martin Joubert.

Ou qu'elle n'aime plus Denis Clément, quelle importance, il y a longtemps que Martin Joubert se confond avec son pseudonyme, que plus grand monde ne l'appelle Denis Clément, sa famille peut-être mais sa famille, Martin Joubert ne la voit plus tellement.

Pour l'instant, on n'en est pas encore à la séance de baise.

Il est seulement quinze heures sur la plage d'Ampelas.

Ô temps, suspends ton vol.

Ce sera tout à l'heure qu'ils feront l'amour, quand le soleil énorme donnera une teinte orangée aux maisons blanchies à la chaux de Prodromos.

Martin Joubert et Hélène Rieux n'ont jamais autant baisé depuis qu'ils se sont rencontrés, il y a bientôt sept ans. Ou alors, au tout début de leur relation. Mais Martin Joubert et Hélène Rieux savent tous les deux, sans se le dire explicitement, que ce n'est pas forcément un bon signe, ce regain d'activité sexuelle après les deux dernières années presque pépères sur ce plan-là. Comme si on s'accrochait aux corps quand le reste est déjà parti, absent.

Un regain qui s'accompagne d'incessantes engueulades. De portes claquées. De dérives alcoolisées de Martin Joubert en compagnie de potes écrivains, aussi désespérés que lui, des dérives qui durent deux, trois jours…

Un regain qui va, aussi, pour Hélène Rieux, avec des pratiques et des fantasmes de plus en plus extrêmes.

Hélène Rieux aime de plus en plus souvent que Martin Joubert lui lacère jusqu'au sang avec une ceinture « son gros cul » d'après les propres termes d'Hélène Rieux qui les roule dans sa bouche avec une volupté honteuse et haineuse.

Hélène Rieux rêve ouvertement de plan à trois avec un autre homme ou avec une autre femme. Mais plutôt un autre homme tout de même.

Hélène Rieux parle de boîtes échangistes où Hélène Rieux aimerait se faire prendre par quatre ou cinq mecs devant Martin Joubert alors que Martin Joubert n'aurait que le droit de regarder et de se toucher.

Hélène Rieux a acheté des pinces à seins et des boules de geisha juste avant leur départ en Grèce mais n'a pas osé les prendre dans les bagages de peur que ce ne soit détecté par les douaniers.

Et Hélène Rieux pleure maintenant presque toutes les nuits dans son sommeil.

Quand cela arrive et que Martin Joubert et Hélène Rieux sont à Paris, Martin Joubert se lève, va dans le salon, s'allonge sur le divan, prend un somnifère alors qu'il est trop tard. Un somnifère qui n'aura pas d'effet de toute façon sinon de donner à Martin Joubert une vague gueule de bois toute la journée qui suivra. C'est que Martin Joubert commence à dangereusement s'accoutumer à toutes les substances psychotropes légales : somnifères, anxiolytiques, antidépresseurs qui lui permettent de ouater ses journées et d'éviter de succomber à des crises de panique ou à une sensation de mort imminente trois fois par jour.

En revanche, quand Martin Joubert et Hélène Rieux sont à Paros, Martin Joubert reste les yeux ouverts à côté du corps nu sous le drap fin. Martin Joubert devine les larmes d'Hélène Rieux, Martin Joubert se demande ce qui a pu foirer même si Martin Joubert a des idées assez précises sur la question.

Martin Joubert attend l'aube qu'il verra s'annoncer entre les persiennes par un imperceptible changement du noir en bleu profond, puis du bleu profond en mauve puis du mauve en rose, enfin. Un rose qui fera chanter les coqs, aboyer les chiens et se réveiller les cigales.

Bref, ça ne va pas fort entre Martin Joubert et Hélène Rieux. Et Martin Joubert pense avec de bonnes raisons que c'est sa faute à lui.

Martin Joubert regarde la plage d'Ampelas. On a beau être fin août, il n'y a pas grand monde. Plus aucun Européen n'ose aller en Grèce à cause de la situation économique et des mouvements sociaux. Quant aux Grecs eux-mêmes, ils ont été virtuellement renvoyés à l'âge de pierre et ont plutôt des préoccupations de survie immédiate que de vacances dans les Cyclades.

La crise.

La crise partout.

L'ère postdémocratique. La fin des États. Le secret généralisé. Des instances supranationales qui imposent des politiques sans avoir besoin de coups d'État militaires ou d'occupations coûteuses.

Martin Joubert se promet d'écrire là-dessus, un jour. Mais Martin Joubert se promet d'écrire sur tellement de choses depuis tellement de temps. Si Martin Joubert avait été payé aux projets et aux bonnes intentions, Martin Joubert serait riche et non, comme la Grèce, avec un déficit structurel insurmontable qui l'étrangle et va bien finir par le tuer.

Martin Joubert repose *L'Odyssée* sur la tablette à côté de son transat entre un carnet où Martin Joubert n'a pas pris de notes de l'après-midi et deux chopes de bière vides. Des grandes. *L'Odyssée*, chaque année, sans faute, comme un repère, un amer dans sa vie qui se délite.

Pour l'instant, Hélène Rieux nage encore et c'est beau. Martin Joubert bande. Martin Joubert espère que peut-être, il se trompe, que tout est encore possible pour sauver son couple.

Du coup, Martin Joubert pense qu'il ne faut pas

oublier l'anniversaire d'Hélène Rieux, le 29 août. Dans trois jours, en fait. Le jour même de leur retour à Roissy. Déjà.

Le seul avantage de Paros, c'est de faire perdre la notion du temps.

Mais non, ce n'est pas vrai.

Martin Joubert se fait du cinéma. Paros est joignable donc Paros n'est plus hors du temps.

Les trois semaines annuelles que Martin Joubert s'accorde avec Hélène Rieux, prof de lettres classiques au collège Zéphyrin-Camélinat de Saint-Ouen, depuis qu'ils se connaissent n'ont jamais été pour Martin Joubert un moyen de se détendre complètement. C'est toujours à Paros qu'il a dû terminer ses romans pour ses éditeurs, dans une course contre la montre qui n'encourage pas à la sérénité.

En s'enfermant dans la seule chambre sans fenêtre de la maison de Prodromos. Celle avec un lit de camp et des icônes sur le mur. Celle avec une chaleur à crever.

Tous les ans, le même scénario monastique. Et comme la première année où Hélène Rieux et Martin Joubert sont allés à Paros, déjà dans cette maison, Martin Joubert avait réussi à terminer celui de ses romans qui avait le mieux marché, ou en tout cas le moins mal, une espèce de superstition fait revenir Martin Joubert chaque année, à la même date, dans la même maison. Hélène Rieux a pu comprendre au début cette pensée magique mais là, Hélène Rieux fatigue et Martin Joubert s'en rend bien compte.

Parce que pendant ce temps-là, pendant que Martin Joubert écrit, Hélène Rieux va seule à la plage ou sillonne dans une petite 107 de location, tout aussi seule, les routes de Paros qu'Hélène Rieux finit par connaître par cœur. Hélène Rieux a beau aimer les écrivains, a beau aimer l'idée de vivre avec un écrivain, a beau être persuadée que Martin Joubert pourrait être un type agréable à vivre, Hélène Rieux commence à comprendre que ce n'est pas tenable, en fait. Un hyperanxieux crypto-dépressif qui a un côté Woody Allen dans ses meilleurs jours car Martin Joubert peut être drôle dans son pessimisme. Mais il n'y a pas souvent de meilleurs jours, pense Hélène Rieux dans sa 107 quand elle rétrograde pour gravir la côte à la sortie de Parikiá.

Et Martin Joubert, lui, qui n'aime que la lumière, le bleu, la mer, pour qui l'humanité devrait passer sa vie sur les plages, dans un communisme sexy et balnéaire, écrit là, dans cette piaule, deux jours sur trois, quinze ou seize heures d'affilée.

Martin Joubert écrit allongé. Martin Joubert écrit avec son MacBook Pro posé sur le ventre. Un ventre qui s'arrondit d'année en année. Un ventre de mec qui boit trop, bouffe trop, ne fait pas d'exercice et appartient à cette espèce d'hommes à qui l'hyperanxiété ne donne pas une allure de jeune homme hâve et romantique mais de bibendum bouffi aux yeux trop petits et noyés, avec double menton et ce putain de bide qui ne part plus même quand il arrive à Martin Joubert, rarement il est vrai, de cesser de picoler pendant trois semaines et d'accompagner Hélène Rieux nager à la piscine Aspirant-Dunand ou dans la mer Égée.

« Je ne vois pas pourquoi tu as quitté l'Éducation nationale, reproche souvent Hélène Rieux à Martin Joubert. Tu dis que c'était pour avoir le temps d'écrire dans l'année et ne plus sacrifier les vacances. Il faudra que tu m'expliques ce qui a changé. »

Là, Hélène Rieux est de mauvaise foi. Hélène Rieux a bien vu, depuis sept ans de vie commune, qu'il est tout de même assez difficile d'écrire à Paris, surtout quand on doit trouver de quoi vivre. Ces fameux travaux alimentaires qui bouffent Martin Joubert autant que ses cours à l'époque où il était prof à Brancion.

Martin Joubert regarde de nouveau Hélène Rieux qui nage toujours vers le large. Chevelure noire sur mer bleue, écume, on pourrait croire qu'elle a décidé d'aller jusqu'à Náxos dont les montagnes et les villages blancs apparaissent faussement proches, dans un brouillard doré.

Au début, Hélène Rieux plaignait Martin Joubert, le couvait, l'encourageait, lui disait de tenir. Hélène Rieux l'avait vu successivement travailler à écrire des fascicules pour des DVD de science-fiction vendus en kiosque, puis faire le nègre pour un présentateur de télévision qui voulait publier un livre sur les forces spéciales, puis écrire un porno soft façon *Cinquante nuances de Grey* sous un pseudo de femme américaine, censément sénatrice républicaine se livrant elle-même sous pseudo à ses confessions sexuelles sur les mœurs de membres importants de l'administration Bush.

En plus, Martin Joubert pigeait pour des pages livres de magazines et aussi pour un site Internet, *Boulevard Atlantique*, très à droite, où Martin Joubert était la seule signature de gauche et passait son temps à se faire insulter par les commentateurs. C'était sans doute cela qu'Hélène lui reprochait le plus à la longue. D'accepter ce jeu-là. Hélène Rieux était d'une vieille famille communiste, comme Martin Joubert d'ailleurs mais Martin Joubert avait cessé de militer en s'installant à Paris, au moment où il avait quitté l'Éducation nationale.

Et c'est vrai que tout cela lui prenait un temps fou, et que Martin Joubert se retrouvait à voler du temps pour écrire ses romans noirs, comme à l'époque où il était prof.

Martin Joubert ne veut plus penser à tout ça, au moins un instant. Martin Joubert hésite entre reprendre *L'Odyssée* ou lire un numéro du *Monde* vieux de trois jours.

Hélène Rieux nage de plus en plus loin vers le large et si Martin Joubert ne la savait pas absolument dépourvue de sentiment suicidaire, Martin Joubert aurait un motif d'angoisse supplémentaire.

Martin Joubert lit *vraiment Le Monde* en ce moment, même les avis de soutenance de thèse, parce que tout ce qui peut divertir Martin Joubert de Martin Joubert est bienvenu. Martin Joubert ne supporte plus Martin Joubert, il faut dire. Martin Joubert voit très bien ce que Martin Joubert est devenu, ce que Martin Joubert devient et Martin Joubert n'aime pas ça. Enfin quand Martin Joubert dit qu'il ne supporte plus Martin Joubert « en ce moment », Martin Joubert se ment. Martin Joubert a toujours eu du mal avec lui-même, même à l'époque où Martin Joubert s'appelait encore Denis Clément pour ceux qui le connaissaient et ignoraient que déjà il écrivait.

Alors Martin Joubert va lire *vraiment* ce numéro du *Monde* vieux de trois jours sur la plage d'Ampelas pour ne pas avoir à penser à Martin Joubert. Martin Joubert va le lire avec un acharnement désespéré. Comme tout à l'heure Martin Joubert fera *vraiment* la grille de mots croisés comme si sa vie en dépendait, comme si la possibilité de rester bloqué sur une définition allait signifier une catastrophe inévitable qui le détruirait.

Et plus tard encore, quand le soleil baissera un peu et qu'Hélène Rieux reviendra s'allonger à côté de lui sur un des transats blancs en rang d'oignons, qu'elle demandera invariablement « Tu veux un café frappé ? » et qu'il répondra tout aussi invariablement « Si ça ne te dérange pas, je prendrai plutôt une bière, une grande », Martin Joubert se plongera *vraiment* dans le dernier polar d'un collègue, histoire de voir ce que fait la concurrence, de voir comment le collègue s'y prend. Martin Joubert a perdu toute innocence de lecteur dès qu'il s'agit de lire un polar. Comme un mécanicien pour une belle voiture. Peu importe que la voiture roule bien ou mal, ait une bonne tenue de route ou non, une finition originale ou banale, ce qui intéresse Martin Joubert, c'est de soulever le capot et de regarder comment c'est fait à l'intérieur. Tout, donc, plutôt que de penser à Martin Joubert.

La une du *Monde* fait état d'une nouvelle attaque terroriste sur l'Europe. Des Tchétchènes, comme à Boston. Ça s'est passé à Lisbonne. Martin Joubert lit les différents articles et se dit que ça va être encore du pain bénit pour *Boulevard Atlantique* qui a fait de la menace islamique et du choc des civilisations ses thèmes de prédilection.

Martin Joubert se rappelle alors qu'il n'a pas envoyé d'articles depuis trois jours à *Boulevard Atlantique*, qu'il n'a pas non plus fini de coordonner le dossier sur « Les écrivains de l'Apocalypse » et qu'il va se faire engueuler par le rédacteur en chef pour qui personne n'est jamais en vacances et sûrement pas pour écrire des romans sur une île grecque, non mais, il ne faut pas déconner.

À cette perspective, le ventre de Martin Joubert se resserre et il sent son front perler d'une sueur qui ne doit rien à la chaleur de la plage d'Ampelas et tout aux conditions modernes de travail des intellos précaires. Sauf qu'intello précaire, quand on va avoir quarante-neuf piges, autant dire cinquante, ça commence à peser. Surtout qu'assez lâchement Martin Joubert pense que si sa vie est encore supportable, au moins financièrement, c'est grâce au salaire d'Hélène Rieux qui continue bravement à enseigner la grammaire, la poésie et l'ablatif absolu à ces mômes de Saint-Ouen qui sont, comme diraient les commentateurs de *Boulevard Atlantique*, les futurs occupants salafistes de la vieille France chrétienne, qui vont voiler nos filles, piller nos églises et sodomiser nos garçons avec la complicité des élites gauchistes et du lobby homosexuel, ceux qui imposent le politiquement correct et veulent en finir avec les vrais Français.

Du coup, Martin Joubert se demande s'il ne va pas commander une troisième bière dès qu'un garçon passera à proximité de son transat, histoire de dénouer ses tripes, d'avoir cette chaleur douce tout au fond. En plus, Martin Joubert sait qu'il a oublié ses Xanax dans la maison de Prodromos alors que seul un Xanax pourrait temporairement éloigner le spectre de *Boulevard Atlantique*. D'ailleurs, puisqu'on parle de benzos, il est temps que le séjour se termine, Martin Joubert ayant vu le matin qu'il doit lui rester moins d'une demi-plaquette, ce qui est un peu juste à l'approche d'un retour à Paris avec son couple qui se délite, *Boulevard Atlantique* qui le tyrannise et son roman qu'il devait rendre depuis un an et qui n'en est qu'aux trois quarts, malgré des journées entières sur le lit de camp.

Martin Joubert essaie d'oublier tout ça en se replongeant dans *Le Monde* : donc, une fusillade aux motifs assez obscurs avait éclaté dans le quartier de la Baixa entre la police et des terroristes tchétchènes. Il y avait tout de même eu neuf morts, cinq policiers, un universitaire français et sa compagne et les deux terroristes tchétchènes à l'origine du massacre.

On avait cru dans un premier temps que c'était l'universitaire, dont on ne donnait pas le nom pour les besoins de l'enquête, qui avait assassiné sa compagne, mais il s'était révélé bien vite qu'ils avaient été pris en otages et tués par les Tchétchènes quand ceux-ci avaient vu se mettre en place la souricière autour de l'hôtel et la police donner l'assaut.

Parfois, Hélène Rieux ou d'autres reprochent à Martin Joubert d'écrire des romans noirs. Martin Joubert répond en général qu'il n'a jamais eu le désir particulier d'écrire des romans noirs, juste celui de parler de son temps. Ce n'est pas sa faute tout de même, si le simple fait d'écrire un roman aujourd'hui en racontant honnêtement ce qui se passe, ça devient naturellement un polar. Ce n'est tout de même pas sa faute si c'est le réel qui est devenu un roman noir. Et ceux qui lui reprochent ça semblent oublier que Martin Joubert a aussi écrit de la poésie. Pas Hélène Rieux, c'est vrai. Mais bon.

Martin Joubert passe ensuite à un encadré dans le bas de la page 3. L'encadré signale la présence à Lisbonne, le même jour, de la secrétaire d'État Kardiatou Diop. On a craint un instant pour sa sécurité, à elle et aux ministres réunis pour un colloque sur le jeune cinéma européen à la Fondation Calouste Gulbenkian. Mais c'était une fausse alerte.

Kardiatou Diop.

Martin Joubert a un sourire.

Qui verrait ce sourire verrait le Martin Joubert d'avant. Celui qui était arrivé comme un missionnaire dans un collège de ZEP de Roubaix, à vingt-six ans. Celui qui avait une carte du Parti communiste en poche, qui terminait son premier roman, qui allait être édité, celui qui ne prenait pas de benzos, n'avait pas l'impression de se prostituer en écrivant du porno.

Kardiatou Diop. Une ancienne élève à lui. De la sixième à la troisième, quand il avait débuté à Brancion, ça devait être entre 90 et 93, dans ces eaux-là. Kardiatou Diop. Quand Martin Joubert avait vu qu'elle était entrée dans le dernier gouvernement, Martin Joubert avait été absurdement fier. Alors que Martin Joubert est assez lucide pour savoir que lorsqu'on est prof à Brancion de Roubaix comme il l'a été ou au collège Zéphyrin-Camélinat, comme l'est encore Hélène Rieux, on peut dans le meilleur des cas limiter les dégâts.

Bon, disons alors que Martin Joubert avait contribué à limiter les dégâts avec cette fille adorable, paumée dans une famille de six ou sept, personne ne savait au juste, avec une mère seule à la maison. Non, Kardiatou Diop devait tout à son énergie, sa volonté et quand on sait ce que signifiait et signifie encore dans certains quartiers être noire, pauvre et fille à la fois, elle avait dû avoir un sacré ange gardien, en plus, pour lui filer un coup de main. Martin Joubert avait suivi sa carrière de loin en loin, le bac, Sciences-Po, l'engagement dans des associations, puis dans des partis de gauche.

Jusqu'à la consécration politique, même si on sentait bien que son entrée avait quelque chose d'un gadget pour un gouvernement en perte de vitesse.

Cela provoquait toujours une sensation étrange chez Martin quand Kardiatou apparaissait à la télé, le plus souvent brièvement, ces dernières années.

La femme de trente-cinq ans et la gamine de douze ans. Les mêmes. Plastiquement impeccable, le regard incroyablement intense, un regard qui intimidait presque le jeune prof Denis Clément, tant il disait à la fois la violence du monde dans lequel Kardiatou évoluait et sa formidable envie de s'en sortir, son énergie presque impitoyable, féroce.

Soudain, une sensation de fraîcheur humide au-dessus de Martin Joubert.

Hélène Rieux est revenue de sa baignade.

« Tu as l'air bien songeur, Martin, qu'est-ce qui se passe ? »

Martin Joubert s'apprête à parler de Kardiatou Diop à Hélène Rieux. Martin Joubert l'a déjà fait, à l'occasion, mais là, Martin Joubert aurait envie de le faire en détail. Pour se replonger dans les années Éduc'nat', quand Martin Joubert avait la foi. Raconter pour oublier son envie de boire une bière, encore une, d'avaler un Xanax pour oublier son roman, *Boulevard Atlantique*, la cinquantaine qui approche et cette usure angoissée de tout son être.

Mais Martin Joubert sent bien qu'il n'aime plus Hélène Rieux qui n'aime plus Martin Joubert. Et il n'y a même pas d'enfant pour essayer de ressouder tout ça si tant est qu'un enfant ressoude quoi que ce soit dans les couples de notre temps.

Mais si Martin Joubert ne répond pas à la première question d'Hélène Rieux qui n'appelait d'ailleurs même pas de réponse, Martin Joubert répond en revanche à la seconde : « Non, plutôt une bière, en fait, une grande » quand Hélène Rieux, comme prévu, lui demande s'il ne boirait pas un café frappé.

2

Novembre est arrivé.

Le bleu de la Grèce est loin.

Le vent des Cyclades aussi, qui fait tout oublier, à la longue.

Paris ressemble à lui-même en cette saison et Martin Joubert ne va pas bien. Martin Joubert tient une espèce de crève saisonnière, Martin Joubert est légèrement fébrile, dolent. Avant, du temps qu'il était élève, puis prof, Martin Joubert adorait cet état. C'était synonyme de deux ou trois journées au lit, à boire du thé vert, lire les journaux éparpillés sur la couette et de vieilles Série Noire entrecoupées par de la poésie. Ou, plus tard, sur un lecteur DVD, à regarder des films de la nouvelle vague en les faisant alterner avec des films d'horreur de série B.

Maintenant, depuis que Martin n'est plus ni enfant ni prof, ces deux faces d'une même façon d'être au monde, Martin Joubert vit cet affaiblissement passager comme une catastrophe qui fait encore monter le niveau de son angoisse diffuse. Martin Joubert a plein de choses à faire aujourd'hui et Martin Joubert ne se sent pas la force de les faire car Martin Joubert mouche, crache, tousse, sue et Martin Joubert a un mal fou à se concentrer. Dans son cerveau embrumé, encore allongé, la main sur la place d'Hélène Rieux qui s'est levée à l'aube car le collège Zéphyrin-Camélinat de Saint-Ouen, ce n'est pas tout près surtout quand on a cours à huit heures trente, Martin Joubert essaie de faire la liste de ce qui l'attend ce jour-là.

Martin Joubert a promis de rendre les corrections de son roman à son éditeur, ce roman que Martin Joubert a quand même réussi à terminer à Paros et dans les jours qui ont suivi son retour. Martin Joubert a besoin de l'acceptation définitive du manuscrit pour toucher la deuxième partie de l'à-valoir. Ça ne sera pas du luxe, Hélène Rieux, qui tient les comptes, a des mimiques qui ne trompent pas quand elle griffonne sur un carnet, debout derrière le bar américain de la cuisine, en sirotant un thé à la cardamome.

Martin Joubert doit aussi écrire vingt ou trente feuillets d'un *mummy porn* s'il veut tenir le rythme et remettre le manuscrit à un autre éditeur sous son pseudo de fausse sénatrice républicaine avant la *dead line*, dans une semaine. L'argent de celui-là permettra d'acheter une bagnole d'occasion à Hélène Rieux qui n'a plus tellement envie de prendre les transports en commun et d'arriver à pied au collège Zéphyrin-Camélinat. Les ZEP n'ont jamais été des endroits paisibles mais plus la crise durcit, plus les mômes pètent les plombs. Les filles se voilent, les garçons laissent pousser des poils follets en guise de barbe et puis ceux qui ne le font pas ont tendance à se servir eux-mêmes dans les vitrines d'une société de consommation, qui exposent avec insolence ce qu'ils ne peuvent pas consommer.

Mais Hélène Rieux, diraient les commentateurs de *Boulevard Atlantique*, « est une islamo-gauchiste pourrie par la culture de l'excuse et que le jour où elle se fera violer par des zarabs, ce sera bien fait… »

Tiens, à ce propos, Martin Joubert doit ensuite passer en milieu d'après-midi à *Boulevard Atlantique* pour présenter le sommaire des pages humeurs de la version papier du site, réservée aux abonnés. Titre du prochain numéro : *« Boston, Lisbonne : les loups solitaires chassent en meute »*, avec des barbus surarmés en couverture sur fond de montage photographique montrant des villes européennes en ruine.

Tout ça fatigue Martin Joubert à l'avance.

Tout ça le déprime. Il y a dix ans, Martin Joubert aurait pris le téléphone au pied du lit, Martin Joubert aurait appelé le collège Brancion d'une voix exagérément épuisée en disant « Je ne peux pas venir aujourd'hui » puis Martin Joubert serait retourné sous la couette, se rendormant sans benzos, simplement dans l'odeur des cheveux de Sylvie, sa copine d'alors, avec qui il a tout de même vécu trois ans dans un loft du vieux Lille. Cent cinquante mètres carrés.

Et dire qu'à l'époque Martin Joubert, qui avait déjà publié une demi-douzaine de livres, avait l'impression de rater sa vie. *Quel con tu faisais, mon vieux !* pense Martin Joubert en se redressant dans le lit et en constatant qu'il a la gorge irritée comme au temps où il fumait encore et avait abusé de la cigarette lors d'une soirée.

Martin Joubert est dans l'appartement qu'il partage avec Hélène Rieux, au 45 de la rue Boulard, juste au-dessus du restaurant Le Jeu de Quilles, dans le XIVe. La proximité de ce lieu et la vue, en face, sur une école primaire rendent l'endroit supportable.

Et aussi le parfum d'Hélène Rieux qui flotte dans les cinquante-cinq mètres carrés. *La chasse aux papil-*

lons extrêmes. Oui, le parfum d'Hélène Rieux s'appelle comme ça. C'est une eau de toilette plutôt prévue pour l'été mais il se trouve qu'elle continue à bien tenir sur la peau d'Hélène Rieux même quand les jours de grisaille, de pluie et de froid reviennent.

Martin Joubert se demande s'il n'aime pas autant le nom du parfum que le parfum lui-même. *La chasse aux papillons extrêmes.*

Martin Joubert entend, de l'autre côté de la rue Boulard, la sonnerie de la récréation de dix heures à l'école. Martin Joubert est toujours en caleçon avec un tee-shirt rouge que lui a offert Hélène Rieux à la fête de l'Huma, à la mi-septembre, une quinzaine de jours après leur retour de Paros. Un tee-shirt qu'elle a trouvé au stand des amitiés franco-boliviennes sur lequel est simplement marqué, en français, *Vers l'Internationale métèque.*

« Pour ton anniversaire, Martin », lui a dit Hélène en se plantant devant lui alors qu'il signait au milieu de cent cinquante autres écrivains sous la tente surchauffée du village des écrivains. Le 11 septembre. Ça tombait souvent pendant la fête de l'Huma, d'ailleurs. Et puis fêter son anniversaire un 11 septembre permet aux gens de l'oublier moins facilement même si c'est l'autre 11 septembre qui compte vraiment, dans les familles et les entourages d'Hélène Rieux et Martin Joubert, le 11 septembre 1973.

Martin Joubert n'avait pas non plus oublié l'anniversaire d'Hélène Rieux, le 29 août, et Martin Joubert avait acheté dans la zone détaxée de l'aéroport d'Athènes un flacon de *La chasse aux papillons extrêmes.* Quel dommage qu'un publicitaire qui pour une fois avait eu un éclair de poésie ait trouvé un aussi joli nom ! Alors que Martin Joubert pensait que ça aurait pu faire un sacré titre pour Richard Brautigan, par exemple. Ou pour Martin Joubert.

Et pourtant, le couple Martin Joubert Hélène Rieux bat toujours et encore de l'aile.

Martin Joubert et Hélène Rieux baisent toujours comme des dingues. Martin Joubert revoit la soirée d'hier. Hélène Rieux, lassée par ses copies à corriger, a dit « Baise-moi, Martin, baise-moi comme une salope ».

Alors, c'est la silhouette en clair-obscur d'Hélène Rieux, à genoux sur le lit, cambrée, les mamelons serrés dans ses pinces à seins et réclamant chaque fois : « Plus fort, mais je te dis plus fort ! »

Alors, c'est Martin Joubert qui lui lacère le dos et rouvre, à force, des cicatrices plus anciennes et fait perler des gouttes de sang à la surface.

Et dans cette histoire, ce que Martin Joubert n'aime pas, c'est qu'il commence à aimer. À aimer ça. Justement.

Après l'amour, Martin Joubert a entendu au bout d'un certain temps Hélène Rieux reparler de son fantasme échangiste, ou plutôt exhibitionniste et Martin Joubert l'a prise une deuxième fois en lui chuchotant à l'oreille, oui, d'accord, on voit ça bientôt, toi, qui attends des hommes, toi qui les choisis, toi qui en fais jouir deux ou trois à la fois, oui, quand tu veux. Et à nouveau Hélène Rieux qui jouit, et à nouveau Martin Joubert qui se demande si ce ne serait par pour lui non plus le pied ultime que de voir le corps d'Hélène Rieux, le visage d'Hélène Rieux, le sexe d'Hélène Rieux, le cul d'Hélène Rieux, la bouche d'Hélène Rieux, tout cela profané comme si la sage, l'apaisée Hélène Rieux était en fait une actrice de porno.

C'est Hélène Rieux qui est venue vivre dans l'appartement de Martin Joubert cinq ans plus tôt, quand Martin Joubert et Hélène Rieux avaient compris que leur histoire allait durer. Martin Joubert a rencontré Hélène Rieux en venant présenter un roman jeunesse, *Maman était une terroriste*, à une classe de troisième qui avait travaillé sur le livre. La rencontre avait été organisée par Hélène Rieux, une documentaliste et des comédiens qui aideraient les élèves à mettre en scène des dialogues du livre.

Martin Joubert avait eu un sentiment étrange, presque poignant en sortant au métro Porte de Saint-Ouen et en marchant jusqu'au collège Zéphyrin-Camélinat. Entre les rues commerçantes avec leurs étals plus ou moins exotiques, plus ou moins démodés, les enfants en bas âge qui jouaient dehors, les vieux assis aux terrasses, Martin Joubert s'était retrouvé, sans en prendre clairement conscience, dans une atmosphère urbaine proche de celle de Roubaix.

Depuis que Martin Joubert avait cessé d'être prof, les romans jeunesse lui permettaient souvent des rencontres dans les établissements scolaires. Martin Joubert éprouvait bien une petite nostalgie quand il se retrouvait face aux mômes mais un passage par la salle des profs, quand on daignait lui offrir un café, les panneaux avec les circulaires, les conversations énervées devant les casiers ne lui faisaient rien regretter. Après tout, Martin Joubert s'en tirait très bien et Martin Joubert ne regrettait pas ce milieu étouffant où être écrivain devenait suspect car cela signifiait que l'« on ne s'investissait pas assez dans son travail pédagogique ».

C'était pour cela, notamment, que Martin Joubert s'était mis en disponibilité de l'Éducation nationale, que Martin Joubert avait quitté sans regret Brancion, son loft de cent cinquante mètres carrés et sa copine

Sylvie. Sylvie était prof d'EPS et lutteuse, Sylvie transformait chaque séance de sexe en un moment délirant et drôle où Martin Joubert se retrouvait coincé entre des cuisses d'acier, obligé de bouffer une chatte blonde, supplice qu'au demeurant Martin Joubert supportait très bien.

Mais bon, il avait été clair entre Sylvie et Martin Joubert que rien ne durerait vraiment longtemps, qu'il n'était pas question de construire quoi que ce soit de sérieux. Et il n'y avait pas eu d'adieux déchirants, seulement une grande fête dans le loft de Saint-Maurice qui, une fois vendu, avait permis un premier apport pour l'achat de l'appartement rue Boulard, repéré par le seul vrai copain que Joubert avait dans le milieu littéraire, Alex Guivarch.

Alex Guivarch avait quinze ans de moins que Martin Joubert. De toute façon, tout le monde était plus jeune que Martin Joubert depuis quelque temps. Alex Guivarch avait écrit une lettre quand il avait quatorze ans à Martin Joubert qui venait de publier son premier roman, même pas un roman noir, juste le roman d'un jeune homme qui croyait au bonheur d'être triste : *Fin de saison.*

Littéraire, néohussard, avec cabriolet Peugeot et jeunes filles bronzées en pulls bleu marine sur les épaules. Encore une histoire du monde d'avant comme était une histoire du monde d'avant cette lettre d'un lecteur breton de quatorze ans. De jeunes lecteurs passionnés qui écrivent à un écrivain qu'ils admirent. On croirait rêver. En son temps, Martin Joubert avait fait ça aussi avec Manchette, Echenoz, Fajardie, A.D.G.

En ce qui concernait Alex Guivarch, l'admirateur s'était transformé en ami, puis en petit frère aidant son aîné maladroit à se débrouiller dans le maquis parisien, une fois que Martin Joubert avait fait le grand saut en quittant l'Éducation nationale. C'était Alex Guivarch, par exemple, qui procurait à Martin Joubert la plupart de ses boulots alimentaires. Sauf *Boulevard Atlantique*. Alex Guivarch disait à Martin Joubert, et pour une fois Hélène Rieux abondait dans le sens d'Alex Guivarch, que *Boulevard Atlantique* bouffait le temps de Martin Joubert, rendait Martin Joubert nerveux et irritable. Hélène Rieux insistait, presque cruellement : « Tu as découvert à plus de quarante ans le bonheur de la précarité et la violence des rapports de production. C'est dommage que ce soit précisément à ce moment-là que tu aies arrêté d'être communiste. »

Pour être honnête, Martin Joubert devait admettre que ce n'était pas faux. En plus, Hélène Rieux, avant de renoncer devant ses refus réitérés, avait même proposé à Martin Joubert de tout arrêter, de compter uniquement sur l'écriture. Hélène Rieux assurait que le couple pourrait très bien vivre avec comme base le salaire d'Hélène Rieux même s'il faudrait réduire leur train de vie.

Martin Joubert avait chaque fois dit non, presque sèchement. Autant par fierté que pour cacher son émotion. On avait rarement donné à Martin Joubert une telle preuve d'amour. Et Martin Joubert fait partie de ces hommes qui ne savent pas être aimés.

Résultat, Martin Joubert est seul à dix heures du matin, en novembre, dans un appartement du XIVe arrondissement.

Résultat, Martin Joubert a trente-huit de fièvre, un caleçon américain et un tee-shirt rouge *Vers l'Internationale métèque*.

Résultat, Martin Joubert n'a ni envie de faire les

corrections de son roman, ni envie d'écrire son *mummy porn*, ni envie de préparer la réunion et de passer des coups de fil pour *Boulevard Atlantique*.

Résultat, Martin Joubert se demande s'il ne va pas se faire un cocktail à base d'aspirine Upsa 1000, de Dafalgan codéiné et accompagner ça avec quelques Xanax, histoire de se rendormir jusqu'au milieu de l'après-midi et d'évoluer dans un néant noir et cotonneux. Le tout sera que Martin Joubert se réveille avant le retour d'Hélène Rieux, aère la chambre, prenne une douche et fasse semblant d'avoir travaillé.

« Putain, murmure pour lui-même Martin Joubert, je déprime sérieusement. »

Martin Joubert ne renonce pas pour autant à son cocktail qu'il prépare sur la table basse du salon en laissant tomber les gros cachets blancs dans une pinte volée dans un pub de Canterbury, autrefois, du temps de Sylvie, lors d'un voyage scolaire en Angleterre. Martin Joubert remplit la pinte avec une carafe Brita, un de ces gadgets qu'affectionne Hélène Rieux, et qui est censée filtrer et purifier l'eau du robinet.

« Admettons, murmure de nouveau Martin Joubert, admettons. Grâce à ça, nous mourrons en bonne santé. »

Martin Joubert a également posé à côté de la pinte où fondent les cachets deux Xanax roses dosés à 0,50. Martin Joubert hésite. Si Martin Joubert les prend maintenant, se recouche et regarde sur son Mac un DVD tout aussi anxiolytique, par exemple, *Pleure pas la bouche pleine !* de Pascal Thomas, Martin Joubert va connaître un moment de bonheur intense au moment de plonger dans le sommeil. Pour se réveiller trois ou quatre heures plus tard en sueur avec vingt messages sur son téléphone portable.

Martin Joubert commence à boire sa potion en regardant les deux Xanax qui lui font les yeux doux.

Martin Joubert repense à Hélène Rieux.

À leur rencontre. Les cachets roses ne ramèneront pas le passé, hélas.

Le collège Zéphyrin-Camélinat, donc, aussi protégé qu'un QHS, avec au moins trois grilles et deux portes de sécurité avec code. À l'intérieur, la sensation pénitentiaire se poursuivait. Deux étages avec des salles de classe ouvrant sur des coursives, comme des cellules. Des cris de loin en loin. Martin qui avait animé des ateliers d'écriture en taule avait été frappé par la ressemblance au moins apparente, les mêmes sons, la même lumière, le même agencement de l'espace.

Le concierge et deux surveillants l'avaient emmené au CDI à toute vitesse, comme si on risquait une attaque d'un moment à l'autre. C'était là que la rencontre avait lieu. Martin Joubert n'avait eu des contacts que par mails avec les organisateurs et quand il entra dans la pièce, Martin Joubert vit une brune superbe, coiffée d'un carré délicieux, pas du tout habillée « prof », misant au contraire sur une élégance sobre qui signifiait, notamment à l'égard des élèves : « Je vous respecte en m'habillant ainsi, respectez-moi aussi. »

Et il est certain qu'en comparaison de la documentaliste qui avait des cheveux en bataille d'une couleur indéfinissable, une forte odeur de transpiration et un pull informe sur un jean trop large, la brune BCBG et son visage de matin calme avaient ému Martin Joubert plus que de raison.

D'abord parce que Hélène Rieux était belle, que Hélène Rieux respirait l'intelligence, que Hélène Rieux n'avait pas peur alors que l'inquiétude semblait être le sentiment dominant dans tout le collège et chez tous les personnels. On pouvait le comprendre, d'ailleurs, tant les établissements scolaires de ces coins-là reflètent avec violence l'échec de toute une société et que les gens qui y bossent sont comme les soldats d'une guerre qui ne dit pas son nom, des soldats de surcroît vaguement méprisés par la population quand ce n'est pas par leur hiérarchie.

Mais il n'y avait pas de peur, pas d'inquiétude chez cette grande brune à la silhouette impeccable : il y avait juste une pointe de lassitude dans ses yeux noisette et des cernes cachés par un discret maquillage. Martin Joubert espéra que les stigmates de cette fatigue devaient davantage au sexe qu'aux élèves de Zéphyrin-Camélinat.

Et Martin Joubert ne put s'empêcher de s'imaginer au lit avec cette grande brune décidément bien découplée. Cela n'arrivait pas chaque fois à Martin Joubert, ça, quand Martin Joubert rencontrait une femme qui lui plaisait. En général, ce n'était pas seulement le signe d'une attirance sexuelle brute. Si ça arrivait aussi vite, paradoxalement, c'est qu'il y avait autre chose. L'idée d'une vie possible, l'intuition que ça pourrait coller. L'image érotique chez Martin Joubert n'était qu'un symptôme, pas une fin.

Les deux femmes s'étaient aussitôt approchées de lui à son arrivée et s'étaient présentées :

« Hélène Rieux.

— Bastienne Rouget. »

Bastienne Rouget non seulement sentait mauvais mais avait un badge propalestinien, et du Hamas, en plus. En soi, Martin Joubert n'y voyait pas d'inconvénient. Mais dans un collège peuplé à 80 % d'Arabes, ça frisait la démagogie. Martin Joubert aurait parié que Bastienne Rouget militait à l'extrême gauche, genre

NPA, et qu'elle pensait qu'interdire le voile pour les filles relevait du fascisme néocolonial. En même temps, si un collègue masculin laissait sa tasse à café non lavée dans l'évier de la salle des profs, Bastienne Rouget, qui n'avait pas peur des contradictions, hurlerait au machisme patriarcal et à la domination masculine.

Martin Joubert, qui commençait alors tout juste à bosser pour *Boulevard Atlantique*, se disait qu'avec des Bastienne Rouget pour incarner le progressisme et l'anticapitalisme, les néoréacs, comme on commençait à les appeler, avaient de beaux jours devant eux. Ça ne s'était effectivement pas démenti depuis ces dernières années. Il y avait de plus en plus de Bastienne Rouget, il y avait de plus en plus de droitards décomplexés et ce petit monde nourrissait le même goût plus ou moins conscient pour le désastre ambiant et l'atmosphère de plus en plus étouffante de Disneyland préfasciste dans laquelle baignait le pays.

Hélène Rieux, d'ailleurs, disait depuis quelque temps que l'arrivée du Bloc Patriotique au pouvoir n'était qu'une question d'années, voire de mois, depuis qu'il était dirigé par la fille du vieux chef, Agnès Dorgelles, que tout le monde trouvait très fréquentable.

« Et tu y contribues en bossant à *Boulevard Atlantique* », disait à Martin Joubert Hélène Rieux quand leurs discussions, qui mêlaient de plus en plus souvent leur vie personnelle, professionnelle et l'engagement politique, tournaient à la dispute.

Les Xanax roses sourient.

Martin Joubert hésite encore.

Martin Joubert revient à sa première rencontre avec Hélène Rieux, comme si Martin Joubert allait trouver une clef.

« On vous remercie d'être venu, les écrivains

répugnent parfois à se déplacer pour venir nous voir à Zéphyrin-Camélinat », avait dit Hélène Rieux qui portait déjà *La chasse aux papillons extrêmes*.

Martin Joubert recommença, dès qu'elle ouvrit la bouche, à voir Hélène Rieux nue, allongée sur un lit, dans une position proche de la *Maja Desnuda* et Martin Joubert comprit qu'il était amoureux. La rencontre avec les élèves de 3e, qui commença presque aussitôt, ajouta à l'amour naissant de Martin Joubert de l'admiration, ce qui est vivement recommandé, entre autres par Mme de La Fayette, quand il s'agit d'une histoire sérieuse.

Hélène Rieux avait cette autorité naturelle, douce, et imposait presque naturellement le silence à la trentaine de gamins de 3e dont Martin Joubert savait par expérience, tant Zéphyrin-Camélinat recrutait le même public que celui qu'il avait connu à Brancion, qu'ils représentaient un concentré tout à la fois de frustration, de besoin d'amour, de violence, d'élans de générosité qui en faisait un mélange explosif hautement instable.

Autour de la table ronde, au bout de vingt minutes de round d'observation, Martin Joubert sut que la partie était gagnée.

Martin Joubert tenait son auditoire. Martin Joubert avait repéré le petit malin qui mangeait des biscuits en cachette, le don juan, la Kabyle larmoyante trop maquillée qui répétait à voix basse qu'elle était « vénère », mais Martin Joubert avait vu ses trois points d'appui qui devaient être aussi ceux d'Hélène Rieux quand elle faisait cours.

Il y avait la Sénégalaise somptueuse et timide, et Martin Joubert repensa à Kardiatou Diop, il y avait le grand Arabe costaud, celui qui devait être capable du pire et du meilleur mais qui ce jour-là avait opté pour le meilleur et faisait preuve d'un étonnant sens du deuxième degré et, bien entendu, l'inévitable garçon timide à lunettes qui devait lire trois livres par semaine et en qui Martin Joubert salua un lointain petit frère dans le temps. Hélène Rieux donna le signal de la fin de la rencontre et demanda à la classe de remercier Martin Joubert qui fut applaudi et qui en éprouva une sorte de honte à l'idée que finalement, en quittant Brancion, en quittant ces mômes-là, Martin Joubert avait déserté, Martin Joubert ne voyait pas d'autre mot.

Quand les gamins vinrent faire dédicacer leur livre, Martin Joubert, comme en apesanteur, s'entendit demander à Hélène Rieux comment elle rentrait sur Paris pendant que la documentaliste au badge propalestinien proposait gentiment un café en salle des profs.

« Mais j'habite à Saint-Ouen, pas à Paris », lui répondit Hélène Rieux alors que la documentaliste transpirante disait :

« Moi, pour vivre à Saint-Ouen, au milieu des élèves, il faudrait me payer. »

Finalement, Martin Joubert réussit à inviter Hélène Rieux à prendre un verre à la cafétéria de l'Espace 89 qui n'était pas éloignée de plus de deux cents mètres du collège Zéphyrin-Camélinat. Martin Joubert était agité par des sentiments confus et Martin Joubert avait l'impression que seule Hélène Rieux pourrait l'aider à voir plus clair. C'était même un peu plus désespéré que ça.

En voyant Hélène Rieux et ses élèves, en voyant le collège Zéphyrin-Camélinat malgré son allure de maison d'arrêt, les rues de Saint-Ouen qui lui rappelaient celles de Roubaix, pour la première fois depuis qu'il avait quitté l'Éducation nationale, Martin Joubert éprouva un grand vide, un sentiment d'inutilité.

« Vous avez été très bien, vous savez, dit Hélène Rieux. Mais vous avez été prof vous-même, je crois. Vous devez être content de ne plus avoir à faire ce métier, non ?

— Je... Je crois que j'ai surtout besoin de dîner avec vous pour parler de tout ça, justement. »

Hélène Rieux ne se départit pas de son calme. Hélène Rieux donnait et donne encore l'impression de tout comprendre, de ne pas être surprise par grand-chose. Hélène Rieux termina son Orangina sur la table métallique de la cafétéria de l'Espace 89. Martin Joubert n'avait pas touché à son Gini. Martin Joubert n'avait aucune idée de pourquoi il avait commandé un Gini puisque Martin Joubert n'avait jamais aimé le Gini. Hélène Rieux regarda longtemps Martin Joubert. Noisettes perçantes, brillantes, émues, étonnées.

« Je vous invite à dîner chez moi, monsieur Joubert.

— Maintenant ?

— Maintenant. »

Et finalement, Martin Joubert avait compris qu'il était tombé amoureux autant de sa vie d'avant que d'Hélène Rieux elle-même. Cela expliquait pourquoi, sans doute, leur histoire en arrivait aujourd'hui à cette impasse.

Martin Joubert revient dans le présent.

Martin Joubert a les larmes aux yeux.

Martin Joubert s'apprête à prendre les deux Xanax roses quand son téléphone portable posé quelque part sur un des rayonnages de la bibliothèque qui couvre l'essentiel des murs de l'appartement de la rue Boulard se met à sonner.

3

C'est Alex Guivarch.

Martin Joubert est soulagé même si Martin Joubert ne va pas bien.

Martin Joubert fait une véritable phobie téléphonique à une époque où tout le monde passe sa vie au téléphone. Martin Joubert est heureux, dans un ordre d'angoisse décroissante, que ce ne soit pas quelqu'un de *Boulevard Atlantique*, que ce ne soit pas l'éditeur de son prochain polar, que ce ne soit pas l'éditeur du prochain *mummy porn*, que ce ne soit pas la banque, que ce ne soit pas des amis de Lille et de Roubaix, des amis qu'il voit de moins en moins et qui lui manquent, des amis à qui il est plus ou moins obligé de mentir en disant que ça va bien, que chaque année qui passe confirme Martin Joubert dans son idée qu'il a fait le bon choix, que c'est sympa de leur part de l'avoir trouvé bon lors de l'un de ses rares passages télé, que oui ce serait une bonne idée de se voir à Lille ou à Paris, quand vous voulez les gars et, ah, t'es au courant, Sylvie vient d'avoir son troisième enfant, dis donc comme le temps passe…

Non, Alex Guivarch est à peu près la seule personne qui ne couvre pas Martin Joubert de sueurs froides quand il s'agit de décrocher son Smartphone dont Martin Joubert ne sait toujours pas se servir.

« Comment vas-tu, mon vieux camarade ? »

Martin Joubert regarde les deux Xanax roses sur la table basse. Martin Joubert regarde la pinte vide et sent comment l'aspirine et la codéine chassent ses douleurs fébriles.

« Tu appelles pour le *mummy porn* ? »

C'est Alex Guivarch, qui bosse en free-lance pour différents éditeurs quand il n'écrit pas des essais élégants sur les actrices de la nouvelle vague, qui a trouvé à Martin Joubert le plan pour surfer sur *Cinquante nuances de Grey*.

« Mais non ! Juste pour savoir comment tu allais. On s'en fout, si tu es en retard, t'as touché la moitié de l'à-valoir et moi la moitié de ma commission. Je trouve même qu'on devrait se réjouir et tiens, aller déjeuner en bas de chez toi, au Jeu de Quilles. »

Martin Joubert ne peut s'empêcher de sourire. Ce doit être une question de génération. Alex Guivarch trouve qu'il y a de quoi se réjouir quand novembre est gris, quand votre couple implose doucement, quand vos comptes en banque ressemblent de plus en plus à la dette grecque, et pas seulement de profil.

« Ça ne te tenterait pas un Jeu de Quilles ? Allez…

— J'ai une réunion à *Boulevard Atlantique*, à l'autre bout de Paris, à quinze heures.

— Bah on sera sortis, à quinze heures, du Jeu de Quilles.

— Tu sais très bien que ce n'est pas vrai, Alex. Ou alors, on sera bourré comme des coings. Et j'ai plus un rond.

— Mais je t'invite, Martin.

— Tu n'es pas plus en fonds que moi.

— Ce n'est pas faux, papy, mais moi je suis d'une génération où on n'a *jamais* été en fonds. Ça nous préoccupe beaucoup moins que les petits vieux qui craignent pour leur retraite. Nous, on ne l'aura jamais. »

Martin Joubert ne peut pas s'empêcher de sourire. Et puis après tout, merde, Alex Guivarch a raison.

« On dit treize heures, dit Martin Joubert.

— OK, à toute. »

Voilà.

Et ce n'est pas si mal. Déjeuner avec un pote et puis dériver dans l'après-midi, oublier le gris. Blondin, citation approximative : « Au bout de trois verres, il fait beau partout. » Et Martin Joubert a besoin qu'il fasse beau partout, aujourd'hui, ce qu'a dû comprendre Alex Guivarch, d'instinct.

La première chose que fait Martin Joubert, c'est de n'avaler qu'un Xanax sur les deux. Quand même. Ensuite, Martin appelle, deux étages au-dessous, Le Jeu de Quilles. Le patron reconnaît la voix de Martin Joubert.

« Deux couverts pour messieurs Joubert et Guivarch ? Vous avez de la chance, les garçons, je n'avais plus de places mais ça vient de se décommander. Faut prévenir, les cow-boys, ou alors, je mets des places avec des plaques à votre nom ! »

Le lieu est aussi minuscule que la cuisine y est bonne. C'est l'endroit le plus consolant de Paris pour Martin Joubert. Hélène Rieux n'en est pas folle. Hélène Rieux associe Le Jeu de Quilles au mal-être grandissant de Martin Joubert, à sa fuite de la réalité. Et pourtant, Hélène Rieux, question bonne bouffe, n'est pas la dernière.

Martin Joubert prend sa douche. Le seul inconvénient de cet appartement, c'est l'exiguïté de la salle de bains.

Or Martin Joubert en vieillissant a l'impression que la seule pièce où il aimerait vivre dans une maison, c'est la salle de bains. Même plus la bibliothèque, non, la salle de bains. Martin Joubert, plus jeune, n'avait jamais été fan de Jean-Philippe Toussaint, et le succès de *La salle de bains*, dans les années quatre-vingt, à Martin Joubert qui ne jurait que par les hussards ou le néopolar, lui avait semblé artificiel, formaliste, comme si l'auteur n'avait rien à dire. C'était sans doute l'approche de la cinquantaine qui soudain avait fait comprendre à Martin Joubert que l'on peut parfaitement décider de passer un séjour à Venise en ne quittant pas la salle de bains de sa chambre de l'hôtel, pas par snobisme, juste par désir d'être un peu oublié par le monde, même si le monde dehors joue à être beau.

En sortant de la douche, Martin Joubert évite de regarder son ventre et Martin Joubert est content que la buée cache sa silhouette épaisse, son bide, et Martin Joubert s'étonne qu'Hélène Rieux ait encore envie de lui, et même très envie comme c'est le cas ces derniers temps.

Martin Joubert choisit comment s'habiller dans sa garde-robe. Martin Joubert reconnaît chez lui les signes d'une grande fragilité nerveuse depuis des mois, une grande fragilité nerveuse qui va s'agrandissant notamment quand Martin Joubert constate que les détails les plus anodins peuvent détruire sa journée. Martin Joubert a beau savoir que le monde court à sa perte, à cause des islamistes, des syndicats et de l'assistanat si l'on en croit les médias et du capitalisme en phase terminale si l'on en croit Hélène Rieux, Martin Joubert, lui-même ex-prof de ZEP, lui-même ex-militant du PCF et ci-devant écrivain à gages en pleine crise existentielle, ne connaît plus rien des malheurs du monde s'il ne trouve pas la chemise adéquate ou s'il doit cirer ses chaussures.

Le style vestimentaire de Martin Joubert n'a pas tellement évolué depuis ses dix-sept ans. Le look preppy, dans la mesure du possible, ou conseiller du Président Kennedy. Vu le temps qu'il fait, Martin Joubert opte pour un Chino en toile marron foncé, des mocassins bordeaux qui ont connu des jours meilleurs mais qui sont en bien meilleur état que les Church's qu'il a depuis sa rencontre avec Hélène. « Merde, j'ai bientôt cinquante ans et je n'ai pas six cents euros devant moi pour une paire de chaussures dignes de ce nom. » La Rolex, Martin Joubert s'en fout. Martin Joubert a la montre de son père.

Voilà le genre de pensées peu glorieuses qui encombrent l'esprit tourmenté et désorienté de Martin Joubert alors que Martin Joubert s'apprête à déjeuner avec Alex Guivarch.

Martin Joubert choisit ensuite une chemise Brooks bleu ciel, une veste en velours marron et Martin Joubert se regarde dans la glace en rentrant son ventre : ça peut aller. Martin Joubert regarde aussi la montre de son père, il est douze heures trente et Martin Joubert se surprend encore une fois à n'avoir rien fait de la matinée avec cette impression qu'il maîtrise de moins en moins bien le temps.

Martin Joubert dit souvent à Hélène Rieux qu'il lui envie ses horaires fixes, son temps bien découpé et Hélène Rieux envoie Martin Joubert sur les roses en lui répliquant que c'est une question d'organisation et comment il faisait d'abord, quand il était prof et qu'il publiait quand même des livres ?

Bonne question, se dit Martin Joubert, bonne question qui ne voit comme réponse qu'une forme de vieillissement. Ensuite, Martin Joubert met une bonne demi-heure à retrouver les objets indispensables pour sortir, dans une conduite qui oscille aux yeux d'Hélène Rieux pourtant assez peu portée, contrairement à ses collègues, sur la « psy » entre les actes manqués et les troubles obsessionnels compulsifs. Là aussi, et ce n'est pas contradictoire avec ce que dit Hélène Rieux, Martin Joubert voit plutôt un symptôme de sa panique intérieure qui menace toujours d'exploser quand il s'apprête à sortir, même pour un moment aussi agréable qu'un déjeuner avec Alex Guivarch.

« Heureusement que tu baises bien, parce que plus ça va, plus tu es moyennement vivable », dit Hélène Rieux de plus en plus souvent, les yeux au-dessus de ses lunettes de néopresbyte, alors qu'elle corrige ses copies ou lit un roman et que Martin Joubert tourbillonne autour d'elle dans les cinquante-cinq mètres carrés en l'interrogeant sur l'endroit où se trouve son portefeuille, son jeu de clefs, son téléphone portable, ses lunettes de vue, ses lunettes noires, son carnet de notes, la montre de son père. Et Martin Joubert est assez lucide pour savoir que ce qui était attendrissant dans les premières années pour Hélène Rieux est devenu un motif d'agacement croissant.

Là, la quête de Martin Joubert est d'autant plus longue et douloureuse que Martin Joubert est seul et Martin Joubert trouve le moyen d'arriver en retard de dix minutes au Jeu de Quilles alors que Martin Joubert, rappelons-le, habite juste au-dessus.

Alex Guivarch, qui a déjà commandé un Premier Rendez-vous de chez Jousset, se lève et embrasse Martin Joubert. Alex Guivarch évite les questions idiotes comme « Comment vas-tu ? », « Ton roman avance bien ? », « Ils ne te font pas trop de misères à *Boulevard Atlantique* ? » puisque Alex Guivarch connaît les réponses et sait que répéter les mêmes choses ne fait que redoubler l'angoisse de Martin Joubert. Autant dire que c'est à ce genre de choses que l'on peut dire qu'Alex Guivarch, qui verse déjà dans le verre de Martin Joubert le montlouis si plaisant, est un véritable ami et qu'un véritable ami est une douce chose.

« Je vais faire comme toi, dit Martin Joubert, je vais mettre mes lunettes noires. Le ciel gris me dévaste les yeux. Et le moral.

— Ça va les espions ? » rigole le serveur en leur apportant d'autorité un carpaccio de pieds de cochon.

Martin Joubert et Alex Guivarch se rengorgent. Les espions. Pourquoi pas après tout ? Et Martin Joubert et Alex Guivarch, qui commandent encore un Premier Rendez-vous, commencent à pontifier comme chaque fois, c'est-à-dire souvent, qu'ils ont un coup dans le nez avec des propos grandiloquents sur les écrivains qui sont les vrais clandestins de ce temps, sur la littérature qui est le dernier endroit où l'on peut faire circuler les informations cachées, sur le fait que tout est une question de montage.

Ce que Martin Joubert et Alex Guivarch ne savent pas, c'est que dans un F2 de Rothéneuf, à Saint-Malo, Berthet pense la même chose de la littérature et du secret et que Berthet finit de mettre au point sa rencontre avec Martin Joubert puisque c'est bien Martin Joubert qu'il a choisi finalement comme chroniqueur de ses hauts faits à l'Unité depuis si longtemps, si longtemps. Et en plus, il n'est pas impossible que Joubert puisse jouer un rôle dans l'opération de sauvetage de Kardiatou Diop. Berthet trouverait juste ridicule, dans cette conversation entre Martin Joubert et Alex Guivarch, l'affectation mise par les deux écrivains dans leurs propos et surtout le port des lunettes noires.

De plus, Berthet qui a aussi décidé d'aller déjeuner dehors et pour ce faire s'est équipé de son Sig-Sauer P220, car on ne sait jamais avec l'Unité, ne mange pas du carpaccio de pieds de porc mais une araignée avec de la mayonnaise dans une brasserie apparemment quelconque de Dinard où pourtant la carte des vins comporte, vu la qualité moyenne de ce qui est proposé, un surprenant bandol blanc, la Tour du Bon, à un prix ridiculement bas.

On pourra signaler, aussi, que si Berthet porte également des lunettes noires, celles-ci se justifient car c'est maintenant marée haute, le gris s'est levé pour quelques heures et ça scintille, le bleu, le vert et l'or un peu partout sous un ciel d'une incroyable pureté au point qu'on a l'impression que l'île de Cézembre est à portée de main.

Mais Martin Joubert et Alex Guivarch continuent leur cinéma et commandent pour accompagner le cochon de lait du plat de résistance et les shiitake une bouteille de chinon de chez Lenoir, le domaine Les Roches, et comme c'est leur troisième bouteille, Martin Joubert et Alex Guivarch commencent à aller mieux.

Alex Guivarch va fumer une cigarette dehors, Martin Joubert hésite quand Alex Guivarch lui en propose une. Martin Joubert a cessé de fumer depuis dix ans mais non, parfois Martin Joubert craque et Martin Joubert n'aime pas ça, craquer, alors que Martin Joubert pour n'importe quel observateur objectif, y compris Hélène Rieux, craque de partout. Mais enfin Martin Joubert met un dernier point d'honneur à résister le plus possible à la cigarette. On a les héroïsmes qu'on peut, pense Martin Joubert qui pour une fois ne fait pas preuve d'une excessive complaisance à son propre égard.

« On est pas mal, quand même, dit Alex Guivarch en frissonnant et en tirant sur sa Marlboro.

— Oui, on est pas mal », dit Martin Joubert en humant à fond l'odeur chocolatée du cabernet franc car Martin Joubert a pris son verre de chinon avec lui dehors, pour s'occuper les mains et la bouche. Martin Joubert frissonne moins qu'Alex Guivarch. C'est bien le seul avantage de la surcharge pondérale.

Bien entendu, le constat mutuel du bien-être de Martin Joubert et d'Alex Guivarch sur le trottoir devant Le Jeu de Quilles, alors que la récréation de l'après-midi sonne dans l'école en face, doit pour l'essentiel aux vins qu'ils ont bus en quantité notable. La sonnerie de la récréation rappelle soudain quelque chose à Martin Joubert, quelque chose de désagréable.

« Merde, j'ai raté la réunion de *Boulevard Atlantique.*

— Ce serait un drame s'il te virait ? demande Alex Guivarch qui allume une autre Marlboro.

— Ça compliquerait les choses.

— Je les appelle, si tu veux. Je dis que je t'ai accompagné à l'hôpital, que tu as fait une espèce de malaise.

— Tu ferais ça, t'es encore assez à jeun ? »

Alex Guivarch a une mimique assez drôle dans son visage chevelu et barbu qui tient à la fois du pirate malouin et du mystique castillan. Une mimique qui signifie « Eh, oh, pour qui tu me prends, et puis y vont pas non plus nous faire chier, hein, dis », car Alex Guivarch est très doué pour les mimiques polysémiques, en fait.

Alex Guivarch s'éloigne de quelques pas.

Martin Joubert lui s'aperçoit que *Boulevard Atlan-*

tique puis le rédacteur en chef lui-même l'ont appelé quatre fois. Mais comme Martin Joubert a de plus en plus tendance, tellement la sonnerie d'un portable lui donne l'envie d'avaler une plaquette de Xanax, à laisser le sien sur le mode avion, cela, effectivement, limite les contacts.

Alex Guivarch revient vers Martin Joubert, la clope au bec, et là Alex Guivarch a une autre mimique qui dit plutôt « Je les ai bien niqués et en plus je viens de me souvenir d'un truc marrant que j'ai à te dire ».

Martin Joubert et Alex Guivarch rentrent dans Le Jeu de Quilles. Martin Joubert et Alex Guivarch commandent bien évidemment du fromage (mimolette vieille cassante, camembert au lait cru, brie, boulette d'Avesnes et époisses pour ceux que ça intéresse), Martin Joubert et Alex Guivarch ont l'impression que la salle du restaurant, pourtant petite, est plus grande mais c'est normal car, comme d'habitude quand Martin Joubert et Alex Guivarch déjeunent ou dînent au Jeu de Quilles, Martin Joubert et Alex Guivarch sont les derniers clients.

Berthet lui, à deux cent cinquante kilomètres, s'allège de son araignée et de son bandol blanc par un cross sur la plage de Rothéneuf, deux fois l'aller-retour entre les remparts et son immeuble qui est à l'autre bout. Quinze bornes au bas mot. Berthet a dû se changer pour faire ce cross, Berthet a juste gardé son Sig-Sauer P220 dans la poche de son jogging. Berthet, à la fin, s'aperçoit avec plaisir qu'il n'est même pas essoufflé à plus de soixante piges alors que dans la salle du Jeu de Quilles, Alex Guivarch qui en a trente-cinq et Martin Joubert quarante-neuf ne se préoccupent pas de leur souffle et ont une envie soudaine, avec le fromage, de boire une bouteille de Patrimonio d'Antoine Arena au fallacieux prétexte que ce vin corse va mettre un peu de soleil sur ce novembre parisien plus vrai que nature.

« Ils t'ont dit quoi à *Boulevard Atlantique* ? demande Martin Joubert.

— Ils ont gueulé puis ils ont dû se dire que si vraiment tu avais fait un malaise, ils allaient passer pour des monstres, alors ils ont fait semblant d'être inquiets et souhaitent que tu les appelles dès que tu auras les résultats de tes examens. »

Martin Joubert met une épaisseur indécente d'époisses sur un morceau de pain en refusant de penser qu'il n'a pas fait d'analyses de sang depuis au moins quinze ans, on va dire.

« Et puis je me suis aperçu en raccrochant que j'avais oublié de te dire qu'un certain Gruber avait cherché à te joindre par mon intermédiaire pour te parler. Il a laissé un message sur mon portable vers huit heures du mat. Excuse-moi, mais l'air de rien, j'ai eu une matinée de dingue sur fond de gueule de bois, en plus. C'est qui, Gruber, ça me dit vaguement quelque chose. »

Martin Joubert qui commence à être ivre réfléchit mais les anxios ajoutés au vin trouent sa mémoire. Gruber, Gruber…

C'est Alex Guivarch qui s'exclame soudain, en tapant son front et en ramenant sa tignasse en arrière :

« Mais si, Gruber, c'est pas le gars qui était conseiller à la sécurité à l'Élysée sous le précédent quinquennat ? Celui qui avait monté cette opération ridicule contre cette communauté postsitu, là, au-dessus de Brévin-les-Monts. Tu t'étais bien foutu de sa gueule, d'ailleurs, non ? »

Alex Guivarch a raison.

Les événements remontent à six ans, à peu près

au début de l'histoire de Martin Joubert avec Hélène Rieux.

Un groupe postsitu d'une dizaine de jeunes gens s'était installé dans un village du Centre, sur le plateau au-dessus de Brévin-les-Monts. Ils avaient acheté une ferme, créé un café associatif et une épicerie autogérée. Ils avaient monté une bibliothèque et donné des cours du soir pour les mômes qui étaient obligés de se farcir trois heures de ramassage scolaire. Le tout bâti sur un système de troc qui marchait plutôt bien et emmerdait les banques de Brévin-les-Monts qui n'arrivaient plus à vendre des emprunts aux habitants du village.

L'ADV, voilà, l'Alliance du Vivant.

L'ADV avait vite eu une cote folle dans le village qui se mourait doucement. En plus l'ADV avait créé une imprimerie et ils publiaient régulièrement des petits livres qui avaient très vite connu le statut d'ouvrages cultes dans les milieux anarchistes, autonomes, radicaux de tout poil et même chez des profs comme Hélène Rieux.

Hélène Rieux se jetait dessus dès que Martin Joubert en rapportait rue Boulard car Martin Joubert aussi se demandait si ce n'était pas ce petit monde-là qui avait raison, Martin Joubert ne croyait plus vraiment que le système soit réformable ou même qu'on puisse le renverser. Le pouvoir à la fois était trop diffus et disposait de telles technologies de surveillance qu'il était potentiellement invincible. Alors finalement, qui sait si l'attitude la plus intelligente, la plus lucide, ce n'était pas la position du groupe ADV : construire des communautés en marge, à l'écart, agir concrètement à la base et être prêt ou au moins préparé quand l'effondrement arriverait.

Le « best-seller » de l'ADV, d'ailleurs, s'appelait

Vers l'effondrement et en le lisant, Hélène Rieux avait dit à Martin Joubert :

« Et si c'est eux qui avaient raison ?

— Ma communiste préférée ne croit plus au changement par les urnes ?

— Tu parles. Il n'empêche, Martin, ose me dire que tu ne trouves pas qu'ils ont raison, que si on avait vingt ans de moins, on ne partirait pas avec eux ! »

Comme d'habitude, Martin Joubert s'était fait l'avocat du diable.

« Tu te vois avec des poules, des bottes, la cambrousse toute l'année ! En plus, ils sont complètement puritains. Végétariens, Hélène, ils sont végétariens ! Je te rappelle que tu te damnerais pour une côte de bœuf…

— Ils n'obligent personne ! »

Hélène Rieux avait raison. L'Alliance du Vivant n'obligeait personne à quoi que ce soit et ils devaient mener de toute façon une vie moins absurde que de courir la pige et les à-valoir ou d'aller faire cours à Zéphyrin-Camélinat à des mômes que l'on voulait surtout parquer le plus longtemps possible avant de les lâcher dans un monde où ils seraient soit des prédateurs, soit du gibier, et le plus souvent les deux à la fois.

Et puis Gruber, Arnold Gruber, le conseiller à la sécurité du précédent Président, avait lu *Vers l'effondrement*. Il avait vu là le moyen de se faire un nom et surtout de mettre un coup d'arrêt aux envies d'une jeunesse qui était de moins en moins convaincue par ce qu'on lui promettait en guise d'existence. Alors Gruber s'était détourné un instant du péril islamique et il s'était entendu avec le chef de la DCRI pour trouver temporairement une autre cible qui ferait peur aux honnêtes gens.

À eux deux, Arnold Gruber et le chef de la DCRI avaient réussi à convaincre le ministre de l'Intérieur, celui de la Défense et le Président lui-même, qu'il y avait un danger terroriste potentiel avec l'ADV. L'incendie de deux perceptions dans la région de Brévin-les-Monts et l'explosion d'un laboratoire OGM à côté de Châteauroux avaient servi de prétexte à une opération d'envergure de la SDAT qui avait investi le village de l'ADV comme si c'était un repaire de fous de Dieu surarmés.

Les images des reportages, malgré les commentaires des journalistes aux ordres, avaient choqué l'opinion ou au moins l'avaient plongée dans une certaine perplexité. Des paysans endormis sortis de leurs fermes, des gamines en chemise de nuit et nounours qui pleuraient au milieu de Robocops avec fusils d'assaut en bandoulière, ce n'était pas du meilleur effet surtout que la récolte était mince : quelques fusils de chasse, quelques produits chimiques dont des engrais agricoles, une correspondance avec un groupe anarchiste grec responsable d'attentats meurtriers trouvée dans les ordinateurs de l'imprimerie.

De manière assez surprenante, Martin Joubert avait convaincu *Boulevard Atlantique* qui roulait pourtant pour le précédent Président qu'il y aurait forcément une polémique et Martin Joubert s'était retrouvé un des premiers à défendre l'Alliance du Vivant par des articles drôles, insolents et vengeurs sur le site. *Boulevard Atlantique*, lui, avait été très content de corriger son image trop droitière et laisser un écrivain de gauche défendre un groupe soupçonné de terrorisme dans une procédure sujette à caution.

Effectivement, la DCRI s'était couverte de ridicule dans cette affaire. La procédure contre une demi-douzaine de membres de l'ADV qui avaient connu plusieurs mois de détention provisoire s'était effondrée. Le chef de la DCRI avait démissionné et Gruber avait quitté l'Élysée pour fonder un think tank, *Menaces et Ripostes*, chargé d'évaluer les risques intérieurs et extérieurs menaçant la France et l'Europe. Un think tank financé généreusement par les fabricants d'armes et autres industriels de la sécurité qui commandaient à *Menaces et Ripostes* des rapports payés grassement, au moins indexés sur le prix du kilo de truffe blanche, des rapports qui faisaient ensuite la une des journaux pour qui l'insécurité faisait toujours vendre.

« Je me demande ce qu'il me veut ce con de Gruber, dit alors Martin Joubert en proposant à Alex Guivarch de prendre une nouvelle bouteille d'Arena, ce qu'Alex Guivarch accepte avec enthousiasme.

— C'est la dernière, les garçons, dit le patron, je dois fermer et faire des courses. Elle est pour moi.

— Et puis, continue Martin Joubert, je me demande aussi pourquoi il ne me contacte pas directement.

— Pour tâter le terrain, tout le monde me considère un peu comme ton agent en plus d'être ton pote.

— Il disait quoi, Alex, le message de Gruber sur ton portable ? »

La langue de Martin Joubert a failli fourcher sur le nom de Gruber. Martin Joubert comprend que ça y est, il est saoul.

« Bah rien, en fait, c'est pour ça que j'ai oublié de t'en parler. Il me demandait si je pouvais organiser une rencontre.

— Qu'est-ce qu'il me veut à ton avis ?

— Tu veux que j'organise le rencard ? Il y a peut-être de l'argent à prendre ? Parce que ce n'est pas pour dire, mais moi, je commence à tirer la langue sévère.

— Pas mieux. »

Martin Joubert et Alex Guivarch se lèvent de table péniblement. Martin Joubert se sent aussi lourd qu'un sénateur radical-socialiste après un banquet républicain.

« On fait quoi, maintenant ? »

C'est Alex Guivarch qui a posé la question dangereuse. On peut se séparer et rentrer chacun dans le gris. On peut continuer à dériver de bar en bar en suivant un itinéraire incertain, long, homérique qui amènera Martin Joubert et Alex Guivarch, aux premières heures de la nuit, du côté d'Odéon où ils ont des chances de retrouver des compagnons de boisson à l'Avant-Comptoir pour continuer à traverser la nuit.

Pendant ce temps-là, Berthet à Saint-Malo, après une série de pompes dont la moitié sur une main et une douche, continue à surfer sur Internet et à accumuler les données. Toute trace de l'excès calorique engendré par le bandol blanc et la mayonnaise de l'araignée a disparu.

Dans un instant de lucidité, Martin Joubert voit qu'il est déjà cinq heures du soir et comprend qu'il n'a pas envie de faire de peine à Hélène Rieux.

« Je vais te laisser, Alex, j'ai mon compte. Tu vois ce que veut ce con de Gruber et tu me tiens au courant ? »

4

Quand Martin Joubert, le lendemain du Jeu de Quilles en fin d'après-midi, dans les bureaux de *Menaces et Ripostes*, place d'Italie, comprend ce que veut ce con de Gruber, il n'en croit pas ses oreilles.

Martin Joubert ne va pas très bien, du coup.

Alex Guivarch non plus, d'ailleurs.

Ils ont la gueule de bois.

La veille, après avoir vaguement rangé l'appartement de la rue Boulard, refait le lit et rempli la carafe Brita, Martin Joubert a voulu voir un film pour dessoûler tout en vidant Perrier sur Perrier. Martin Joubert s'est allongé sur le divan, a parcouru les chaînes de cinéma à la demande et Martin Joubert est tombé sur le film qu'il lui fallait, *Adieu Philippine* de Jacques Rozier. Jacques Rozier ne brille pas par l'abondance de sa production mais avoir réalisé *Adieu Philippine* suffit à justifier toute une vie d'artiste.

Martin Joubert savait qu'il allait s'endormir.

Martin Joubert savait qu'il aurait mieux fait d'écrire son *mummy porn* ou un article ou même de lire les livres arrivés en service de presse qui attendaient à la poste depuis que la concierge n'avait pas été remplacée l'année précédente.

Martin Joubert savait qu'il aurait mieux fait de préparer à dîner, genre des pâtes fraîches avec un pistou maison pour Hélène Rieux.

Mais Martin Joubert était trop ivre, Martin Joubert sentait la descente postalcoolique avec paranoïa afférente s'amorcer, alors oui, à part boire du Perrier, prendre deux Xanax et regarder *Adieu Philippine*, Martin Joubert ne voyait pas ce que Martin Joubert aurait pu faire de mieux.

Ce qui a réveillé Martin Joubert, vers vingt et une heures trente, c'est le bruit des clefs dans la serrure. Hélène Rieux rentrait de Saint-Ouen. Martin Joubert avait mal au crâne malgré la teneur limitée, voire très limitée, en sulfite du vin qu'il avait bu en compagnie d'Alex Guivarch. Certes, Martin Joubert en avait bu avec excès.

Hélène Rieux avait l'air épuisée, son cartable semblait peser des tonnes et surtout Hélène Rieux avait les yeux rougis mais pas à cause de l'extrême fatigue : Hélène Rieux avait pleuré. En six ans, presque sept, Martin Joubert n'avait vu sa belle nageuse ne pleurer que deux fois, à la mort de sa mère et à l'annonce de l'échec de leur troisième FIV.

« Merci de m'avoir attendue, Martin… »

Le ton était ironique, amer. Hélène Rieux avait parfaitement vu que Martin Joubert avait passé sa journée à boire puis à dessoûler.

« Que s'est-il passé, mon amour ? Pourquoi rentres-tu si tard ? »

Martin Joubert s'aperçut avec horreur à quel point son élocution était pâteuse et son ton sonnait faux.

« Sept heures de cours, la dernière avec les 5e B et un conseil de discipline pour un élève dont je suis la prof principale. Il a sorti sa bite dans le bureau de la

CPE et l'a menacée de la prendre par tous les trous. La perspective a certes déplu à la CPE, mais le ton de la proposition encore plus. Le conseil de discipline a duré trois heures, notamment à cause de la défense acharnée de la documentaliste que tu connais, Bastienne Rouget, qui nous trouve tous trop sévères avec ces enfants en grande détresse sociale. C'est sûr qu'elle est assez peu exposée à ce qui est arrivé à la CPE. Même un 5e shooté aux hormones et au porno sur le Net ne peut pas avoir décemment envie de sortir sa bite devant Bastienne Rouget. Je te l'avais dit ce matin, je crois, pour ce conseil de discipline prévu depuis trois semaines mais tu devais encore dormir. C'est comme maintenant… Je te réveille encore une fois, non ? Tu as dû avoir une journée épuisante… »

Hélène Rieux lança son cartable sur le parquet, sortit un mouchoir de son imperméable et se tamponna les yeux.

« Je déteste le rôle que tu me fais jouer, Martin… »

Martin Joubert voulut se lever pour serrer Hélène Rieux dans ses bras mais entre les vapeurs du vin et les benzos, Martin Joubert retomba lourdement dans le divan.

Hélène Rieux regarda Martin Joubert. Hélène Joubert eut un regard triste mais un rire méchant :

« Décidément, Martin, je pense que tu peux continuer ta nuit ici. »

Martin Joubert avait obéi.

Martin Joubert avait regardé Hélène Rieux retirer son imperméable.

Martin Joubert avait vu Hélène Rieux passer dans la cuisine.

Martin Joubert avait entendu Hélène Rieux parler au téléphone, assez longtemps, sans distinguer ce qu'elle disait mais en se rendant compte de son ton égal, calme, presque indifférent.

Martin Joubert avait entendu Hélène Rieux prendre une douche puis la porte de la chambre se refermer.

Il y eut dans le salon une brève fragrance de bain douche et en arrière-fond, comme un souvenir, *La chasse aux papillons extrêmes.*

Il était près de minuit, les effets de l'alcool commençaient à se dissiper pour laisser place à ceux de l'insomnie. Tachycardie, idées noires, images obsédantes. Martin Joubert préféra zapper sur les chaînes infos en se demandant s'il fallait ou non tenter de rejoindre Hélène Rieux. Mais si Martin Joubert rejoignait Hélène Rieux, en admettant qu'elle acceptât, ça allait être encore un truc violent avec des coups de ceinture tandis que là, Martin Joubert avait surtout envie d'un putain de gros câlin.

Alors, Martin Joubert continua à zapper sur les chaînes infos et vit au moins cinq fois son ancienne élève Kardiatou Diop à la sortie du conseil des ministres dire qu'il n'y avait encore rien de décidé pour sa candidature à Brévin-les-Monts lors des municipales de mars mais que si le gouvernement lui demandait, etc.

Et puis juste après, Agnès Dorgelles, dans son bureau au siège du Bloc Patriotique, dire que pour elle, c'était évident, Brévin-les-Monts serait son point de chute, que cette ville était le symbole de l'incurie et de la corruption socialistes, que des groupes séditieux vivaient aux alentours avec la complicité du gouvernement et que dans cette région du Centre, vieille terre socialiste trahie par les socialistes d'où était issu l'actuel président de la République, la prise de Brévin-les-Monts serait un symbole important pour la reconquête par les Français, pour les Français, de leur fierté. Et qu'elle, Agnès Dorgelles, n'avait peur de personne, certainement pas de la secrétaire d'État Diop qui n'avait aucune expérience politique et dont le passé se limitait à avoir milité dans des associations antiracistes subventionnées par la gauche.

Martin Joubert trouva vers deux heures du matin la force d'aller à son tour se déshabiller, prendre une douche, un somnifère, un caleçon propre et de revenir dans le salon après avoir hésité un instant devant la porte de la chambre.

« Adieu Philippine », murmura Martin Joubert sans vraiment s'en rendre compte

Le matin, Martin Joubert n'avait pas entendu Hélène Rieux partir et, en allumant son portable vers onze heures, vit qu'il y avait une dizaine d'appels, moitié *Boulevard Atlantique*, moitié Alex Guivarch.

Martin Joubert appela directement Alex Guivarch.

« On a rendez-vous avec Arnold Gruber dans ses locaux. À quinze heures. On y va ?

— On y va. »

Et maintenant, autour d'une table, dans une salle de réunion avec vue sur la place d'Italie, il y a Arnold Gruber et un mec en lunettes noires qui porte un blouson de cuir et se donne beaucoup de mal pour avoir l'air d'un rocker.

Alex Guivarch et Martin Joubert l'ont reconnu.

Delrio.

Anton Delrio.

Mi-agent littéraire, mi-éditeur et dirigeant deux ou trois sites d'infos sur le net qui font passer *Boulevard Atlantique* pour des modérés et le Bloc Patriotique d'Agnès Dorgelles pour des centristes.

Anton Delrio, même Agnès Dorgelles évite de le rencontrer en public.

Anton Delrio, c'est l'extrême droite postskin à prétention intello branchée. Avec un pognon énorme, qui ne vient d'on ne sait trop où, on parlait de la Syrie et de l'Irak à une époque mais l'époque était lointaine. On parlait aussi d'oligarques russes. On parlait de beaucoup de monde à vrai dire. Anton Delrio, aujourd'hui, c'est le financier des différentes factions identitaires qui prospèrent sur la droite du Bloc Patriotique depuis que le Bloc Patriotique a été pratiquement dédiabolisé. Anton Delrio sait aussi parfaitement utiliser les identitaires comme supplétifs occasionnels du Bloc Patriotique. Le tout est que ça ne se voie pas trop. En fait, Anton Delrio joue tantôt les identitaires, tantôt le Bloc Patriotique pour que le Bloc Patriotique ne mollisse pas trop, notamment sur les questions ethniques.

Anton Delrio a aussi produit quelques groupes de musique oi ! et de RIF, le rock identitaire français. Des groupes dont deux ont été interdits et dissous par le précédent ministre de l'Intérieur, celui de l'ancien gouvernement de droite, c'est dire… Des groupes genre White War World et son célèbre *Tue la guenon !*

Les pédés qui sont mariés : des guenons !
Les muz qui puent des pieds : des guenons !
Les enniquabées, les emburquées : des guenons !
Les renois rappeurs emperlouzés : des guenons !
Alors toi qui es français,
Tue tue tue la guenon !
Alors toi qui es gaulois,
Tue tue tue la guenon !
Tue tue tue la guenon !
Allez tue encore une fois !

« Vous ne vous êtes jamais croisés, je crois, avec monsieur Delrio, monsieur Joubert ! remarque l'air bonhomme Arnold Gruber, qui attend qu'une secrétaire finisse de servir les cafés.

— Non je ne crois pas, dit Martin Joubert. Je fréquente assez peu les camps de la mort. »

Un froid polaire s'installe dans la salle de réunion. Les grandes baies aux vitres fumées atténuent la grisaille de novembre mais pas la tension qui grimpe en flèche dans la salle de réunion.

Martin Joubert regarde Delrio.

Arnold Gruber regarde Martin Joubert.

Alex Guivarch regarde Arnold Gruber.

Il n'y a que Delrio qui ne regarde personne.

Qui allume une cigarette alors qu'il n'y a pas de cendrier.

« Je vous l'avais dit, Gruber, il n'y a rien à sortir de ce connard de gauchiste. On peut trouver d'autres mecs sur le marché. Et pour moins cher. En plus, je ne vois pas ce que vous lui trouvez, à cette fiotte, il vous a ridiculisé dans les grandes largeurs au moment de l'ADV.

— Écoute-moi, enculé, dit très calmement Martin Joubert, si c'est de moi que tu parles, il vaudrait mieux qu'on quitte ce burlingue. Parce que la fiotte va te la mettre très profond. »

Nom de Dieu, pense Martin Joubert, c'est moi qui ai dit ça. Si Hélène m'entendait.

Pas si costaud, ce Delrio. Si vraiment on doit en arriver là, Martin Joubert compte sur son poids pour écraser cette enflure raciste.

Martin Joubert est décidément fou.

Martin Joubert est paralysé à l'idée de passer un coup de fil à une attachée de presse pour demander un bouquin mais Martin Joubert se sent tout à fait prêt à tomber sur le râble de ce Delrio dont on dit qu'il ne se promène jamais sans un ou deux gardes du corps qui émargent aussi à l'occasion aux GPP, les Groupes de Protection du Parti, le service d'ordre du Bloc Patriotique. On ne veut pas se voir officiellement, mais on s'embrasse sur la bouche avec la langue dans les coins sombres.

« On devrait reprendre sur des bases plus calmes ! » dit Arnold Gruber après avoir bu une gorgée de café et sans se départir de son éternel sourire de technocrate rondouillard. À le voir, on ne devinerait jamais que l'on vient de s'insulter dans les locaux au design ultramoderne de *Menaces et Ripostes* comme à la sortie d'une discothèque de zone périurbaine moyenne-pauvre.

« Tout à fait, dit Alex Guivarch. On peut tout à fait se parler et voir de quoi il s'agit, n'est-ce pas, Martin ? »

Ouais, pense Martin Joubert. Faut vraiment qu'on soit dans une mouise incroyable pour discuter avec un mec comme Gruber et pire encore comme Delrio. C'est pas possible, ils ont eu entre les mains nos extraits de compte.

« Je me suis laissé dire, monsieur Joubert, que vous étiez dans une situation financière difficile ! dit Arnold Gruber comme s'il avait lu dans les pensées de Martin Joubert. Et vous aussi, monsieur Guivarch. En plus, je crois savoir que vous attendez un heureux événement, ce qui ne simplifie pas les choses. »

Tiens, pense Martin, ça tu ne me l'avais pas dit que Catherine était enceinte, mon vieil Alex. Ne me regarde pas comme ça. Je ne t'en veux pas. Je suis même heureux pour toi et pour Catherine. Mais ta délicatesse te perdra, Hélène et moi nous l'aurions su un jour ou l'autre.

Martin Joubert pense qu'Arnold Gruber est une belle ordure.

Qu'Arnold Gruber savait que Martin Joubert ne savait pas pour Alex Guivarch.

Qu'Arnold Gruber savait que c'était la plaie secrète du couple Martin Joubert et Hélène Rieux. Et qu'en balançant ça pendant une réunion Gruber enfonce un coin dans le front formé par Alex Guivarch et Martin Joubert.

Ou au moins les déstabilise.

« Bon, on va pas y passer l'après-midi », dit Delrio.

Martin Joubert est tout de même un peu surpris. Le ton de Delrio. Avec un Gruber, ancien conseiller sécurité de l'Élysée. Ça doit être le fric. C'est toujours le fric qui permet aux gens de mal parler à d'autres gens. Delrio, sa peau vérolée et ses JPS noires qu'il allume les unes après les autres avec un Dupont, ses JPS qu'il écrase dans sa tasse de café, Delrio, l'argent syrien, russe, irakien. Et c'est lui qui doit être le principal bailleur de fonds de Gruber et de la façade respectable de ce think tank qui, a compté Martin Joubert, fait bien bosser une trentaine de personnes.

Cela étant, ces deux ordures, Gruber et Delrio, se dit Joubert, ont la même vision de la société, de ce que doit être une société : hiérarchie, ordre, surveillance généralisée avec, en plus, pour Delrio une note de suprématisme blanc pour pimenter le ragoût. Bref une population qui file droit pendant que le libéralisme à bout de souffle esclavagise la population pour essayer de se refaire une santé qui ne reviendra plus, de toute manière. L'Europe, ou le retour vers l'âge de pierre.

« Voilà, je vous explique en quelques mots, commence Arnold Gruber. M. Delrio, comme vous ne l'ignorez sans doute pas, dirige un site Internet couplé à une maison d'édition. Nous voulons, monsieur Delrio et moi, car nous pensons avec quelques personnes bien placées qu'il faut réveiller les Français, que nos idées cessent d'être marginales et soient entendues du grand public et même aimées par le grand public. Nous avons élaboré toute une stratégie et dans cette stratégie, il y a un élément qui pourrait vous concerner, monsieur Joubert, c'est la sortie d'un livre qui montrerait que la France est à feu et à sang, que les chiffres de la délinquance sont scandaleusement sous-estimés, que ce que nous montrent les médias est un immense mensonge et que les banlieues sont les principales pourvoyeuses en matière de criminalité, notamment à cause d'une immigration à la fois incontrôlée et fortement islamisée, qui d'ailleurs contamine nos propres Maghrébins et nos propres Africains de la troisième, voire de la quatrième génération.

— Je peux sortir pour vomir ? demande Martin Joubert.

— C'est dommage que vous le preniez comme ça. Parce que en fait vous avez assez peu le choix. Nous vous offrons quatre-vingt-dix mille euros. L'institut *Menaces et Ripostes* par l'intermédiaire de votre ami monsieur Guivarch vous fournira toute la documentation dont vous aurez besoin. À vous de faire le montage le plus convaincant possible et de lier tout ça avec votre style. Pour vous, monsieur Guivarch, ce serait dix mille euros. Vous savez, ce que nous vous demandons, c'est uniquement de nous rendre un livre, disons en janvier, qui servira de brûlot pour les élections municipales.

— En gros, Joubert, interrompt Delrio, en écrasant sa neuvième JPS depuis le début de la réunion, l'idée, c'est que le livre en question, plus deux ou trois autres choses qui ne te regardent pas, créent un climat qui fasse gagner une bonne cinquantaine de villes au Bloc Patriotique, voire à des Ligues Identitaires. En plus de celles que les instituts de sondages prévoient déjà. »

Martin Joubert sait qu'il a vraiment envie de vomir, maintenant. Delrio pue affreusement, et pas seulement d'un point de vue moral, et pas seulement à cause de ses JPS et de son haleine caféinée que Martin Joubert sent depuis l'autre bout de la table. Delrio pue le rance et Martin Joubert donnerait n'importe quoi pour plonger son visage dans le cou d'Hélène Rieux, pour se noyer dans *La chasse aux papillons extrêmes.*

« Et pourquoi j'ai assez peu le choix, Delrio ?

— Parce que je possède 35 % de *Boulevard Atlantique* depuis dix jours et que l'institut de Gruber en a quinze et que le salaire de Chinois qu'ils te versent mais qui te fait vivre, il peut disparaître du jour au lendemain, dit Delrio qui passe une main dans ses cheveux gras

— La rédaction de *Boulevard Atlantique* est indépendante, tente Alex Guivarch. Et Martin est une signature de gauche appréciée, même et surtout dans ce titre de droite.

— Toutes les rédactions sont indépendantes, Guivarch, toutes. C'est vrai. Mais jusqu'à un certain point. Et moi je sais où se situe le “certain point” pour *Boulevard Atlantique*. »

Je suis dans la merde, pense Martin Joubert, gravement dans la merde.

Arnold Gruber reprend la parole, plus aimablement :

« Justement, nous ne nions pas que M. Joubert soit une excellente signature. C'est pour cela qu'un livre signé de lui dont le nom est associé à la gauche aurait encore plus d'impact médiatique. Vous seriez une sorte de repenti, voyez-vous, monsieur Joubert. Vous auriez eu la révélation comme Paul sur le chemin de Damas. Et puis vous seriez en bonne compagnie, d'autres écrivains qui n'étaient pas spécialement connus pour leurs livres, excellents au demeurant, ont soudain connu la gloire médiatique en prenant des positions clairement ethniques que les bien-pensants trouvent choquantes.

— Vous voulez parler de celui qui a l'impression d'être le dernier Blanc à Châtelet à six heures du soir ou de celui qui depuis son château voit la France devenue un califat dans vingt ans ? C'étaient de bons écrivains, de très bons, même, effectivement, murmura Joubert toujours étonné de voir à quel point des artistes pouvaient devenir des salauds sans que le talent joue un quelconque rôle de défense immunitaire.

— De très bons écrivains qui tiraient le diable par la queue, dit Gruber.

— Vous les avez achetés ? demanda Martin Joubert.

— C'est toujours plus compliqué. L'argent de M. Delrio et de sa maison a simplement mis au jour des terrains favorables chez certains auteurs… »

Martin Joubert ne sait plus s'il a envie d'un Xanax ou de défoncer la gueule trop placide de Gruber et celle de Delrio qui ressemble à un motard nazi post-apocalyptique dans une série Z.

« Et vous pensez que je vais vendre mon cul pour quatre-vingt-dix mille euros ? Écrire votre saloperie et faire la propagande indirecte pour le Bloc Patriotique juste avant les municipales ? Vous pensez vraiment ça ? Je ne suis pas un "terrain favorable", Gruber, tenez-vous-le pour dit.

— Et pourtant, Joubert, tu vas accepter, dit Delrio, sinon t'es au chômedu et en plus on te pète la gueule, à toi et à Guivarch aussi. Sans compter, Joubert, que ta pute qui bosse à Saint-Ouen dans son collège de bougnoules, il peut vite lui arriver des bricoles. Ça s'est déjà vu et tu seras peut-être moins indulgent avec les musulmans.

— Nom de Dieu, gueule Gruber, vous charriez, Delrio !

— Merde, il est con ou quoi, Joubert ? continue Delrio comme si Martin Joubert n'était pas là. On lui offre une reconversion littéraire et médiatique confortable alors qu'il est un looser qui publie des poèmes et des polars qui ne se vendent pas.

— Vous avez menacé ma compagne..., dit Martin Joubert du ton le plus froid qu'il peut. Et en plus mes poèmes ont eu un prix de l'Académie française. »

Martin Joubert s'aperçoit de son ridicule achevé. Le sourire de Gruber, le rire de Delrio qui dévoile des dents noircies et chaotiques.

« Et si on raconte tout, vos propositions, vos méthodes..., dit Alex Guivarch.

— Vous pouvez, dit Gruber. Vous pouvez. Mais sachez que nous avons une force de frappe communicante qui permettra d'allumer tous les contre-feux. On rappellera, Joubert, que vous vous êtes acharné sur moi dans la presse au moment de l'ADV et on répétera que vous continuez à chercher à me nuire par des propos extravagants issus de vos mauvais polars. Que vous voulez vous faire de la pub... C'est même moi qui pourrais vous intenter un procès en diffamation. Sans compter, comme vous l'a dit M. Delrio, que vous risquez de perdre votre travail à *Boulevard Atlantique*. Il ne vous restera pour vivre que les à-valoir et vous savez comme moi que vous ne trouverez aucun à-valoir de ce montant sur la place de Paris, surtout en ce moment, surtout pour quelqu'un comme vous qui écrit bien mais vend peu. Alors, monsieur Joubert, monsieur Guivarch, votre réponse ? »

Martin Joubert et Alex Guivarch, sans même s'être consultés du regard, répondent en chœur :

« Allez vous faire mettre. »

Martin Joubert et Alex Guivarch se lèvent et sortent.

Juste avant la porte, Martin Joubert lève la main comme s'il avait oublié quelque chose et revient vers Delrio.

Deux baffes.

La JPS et les lunettes noires volent. Delrio qu'on ne voit jamais sans ses lunettes révèle un regard d'albinos et dans ce regard d'albinos une stupéfaction vaguement effrayée.

Alex Guivarch, au même moment, simule une maladresse et fait tomber une dizaine de dossiers sur une table près de la sortie ainsi que la cafetière.

Dehors, malgré l'atmosphère saturée d'humidité glacée, alors que la nuit de novembre s'apprête à tomber, Martin Joubert et Alex Guivarch se regardent et rigolent.

Martin Joubert et Alex Guivarch n'ont plus un rond, Martin Joubert et Alex Guivarch vont avoir de probables problèmes avec ce que Delrio compte comme nervis dans les services d'ordre du Bloc Patriotique, chez les identitaires et les skins. En plus, Martin Joubert va perdre son boulot, enfin le seul fixe qu'il rapportait rue Boulard. Mais Martin Joubert et Alex Guivarch rigolent. On dira que c'est la joie inconsciente, informulée, de n'avoir pas perdu leur âme, ou ce qui en tient lieu.

« Ils n'iront pas jusque-là, à *Boulevard Atlantique*, te virer !... dit Alex Guivarch.

— Je n'en sais rien. »

C'est à ce moment-là que le portable de Martin Joubert se met à vibrer. Martin Joubert sort le téléphone, accommode du mieux qu'il peut son mélange de myopie et de presbytie derrière ses lunettes pour déchiffrer le SMS.

Martin Joubert passe son Smartphone à Alex Guivarch.

« Tu lis la même chose que moi ?

— "Ta conduite dans les bureaux de Menaces et Ripostes où tu devais rencontrer Arnold Gruber a été absolument inqualifiable et porte atteinte à l'image de Boulevard Atlantique. Nous ne pensons pas renouveler ton contrat de pigiste forfaitaire. Le rédac' chef." T'avais un contrat ?

— Même pas…

— Putain, ils ont fait vite, Delrio et Gruber. Tu pourrais leur foutre les prud'hommes au cul, à *Boulevard Atlantique*…

— Tu crois pas qu'on ferait mieux d'aller boire un coup, pour l'instant ?… » dit Martin Joubert.

5

Après forcément, les choses se compliquent, Martin Joubert ne va pas très bien et se demande quand est-ce que ça va aller mieux ou si ça ira mieux un jour.

Pour commencer, Martin Joubert rentre assez ivre vers vingt-trois heures dans l'appartement de la rue Boulard.

Il y a bien l'odeur de *La chasse aux papillons extrêmes* dans l'appartement mais il n'y a pas Hélène Rieux. Il n'y a plus Hélène Rieux. Dans la chambre, la grosse valise rouge avec laquelle ils partent à Paros n'est plus là, sous le lit. Et dans le placard d'Hélène Rieux, à part les affaires d'été, tout a disparu. Martin Joubert s'aperçoit qu'il a les larmes aux yeux, Martin Joubert prend une culotte de bikini, Martin Joubert plonge le nez dedans mais ça ne sent que l'adoucissant et là, Martin Joubert pleure franchement.

Dans la salle de bains minuscule, la même razzia a été faite sur les produits de toilette et de beauté. Plus de *Chasse aux papillons extrêmes*. Martin Joubert fouille dans la corbeille de linge sale, Martin espère une petite culotte oubliée, Martin Joubert fouaille comme un sanglier pitoyable et paniqué, un sanglier qui répéterait Hélène, Hélène, Hélène, ce qui on en conviendra n'est pas fréquent et quand Martin Joubert en trouve une, Martin Joubert plonge son visage dedans, c'est Hélène, Hélène est là, Martin Joubert libère sa queue du pantalon chino et Martin Joubert se branle furieusement et jouit tout aussi furieusement.

C'est déplorable : cet homme de presque cinquante ans qui a fait de belles études supérieures, un service militaire honorable, s'est révélé un enseignant dévoué et un militant de gauche sincère à une certaine période de sa vie, qui a écrit une vingtaine de livres dont quelques-uns, à défaut d'avoir connu le succès, sont devenus cultes auprès d'un petit lectorat, cette homme donc est dans une salle de bains trop petite du XIVe arrondissement, il est assis sur le sol près du bac à linge sale et vient de se masturber en respirant la petite culotte de la femme qui vient probablement de le quitter pour toujours.

Martin Joubert se relève, se lave les mains et la queue au lavabo puis pisse dedans, après tout Hélène Rieux n'est plus là, tant pis pour elle et cette pensée fait à nouveau sangloter Martin Joubert.

Ensuite Martin Joubert voit bien que les affaires d'école d'Hélène Rieux ont disparu et des livres aussi et son ordinateur portable. Quelqu'un a dû l'aider à déménager. C'était prémédité. Comme un assassinat. Martin Joubert s'apitoie et Martin Joubert allume son propre ordinateur. Il y a des mails, des dizaines de mails. Ceux de *Boulevard Atlantique* qui réclame des articles, des explications pour l'absence à telle réunion puis, passé l'heure du rendez-vous avec Gruber, des mails qui lui confirment que l'on ne désire plus avoir recours à ses services à l'avenir. Puis d'autres mails, de l'éditeur, qui attend les corrections de son dernier polar, puis des invitations à des salons, des rencontres dans les librairies, dans les écoles, puis un mail d'Hélène Rieux.

Martin Joubert l'ouvre mais ne se sent pas la force de le lire. Le mail a l'air long, très long, doux, élégant, amer et inflexible. Comme Hélène Rieux. Et puis si Martin Joubert répond, comme Martin Joubert est ivre, le mail sera ridicule, incompréhensible, larmoyant avec une logique interne que seuls peuvent saisir les ivrognes. Et encore quand ils sont vraiment très ivres.

Martin Joubert se déshabille, se glisse dans le lit avec un espoir vite déçu. Hélène a pris le temps de changer les draps. Martin Joubert ne sait pas s'il doit attribuer ce geste à la parfaite ménagère qu'est Hélène Rieux ou au désir d'Hélène Rieux d'effacer les traces de ce que fut son corps, ici, au 45 de la rue Boulard, pendant cinq ans.

Alors Martin Joubert quitte le lit. Si Martin Joubert fait le bilan de la journée, Martin Joubert a perdu Hélène Rieux, Martin Joubert a perdu son boulot à *Boulevard Atlantique*, Martin Joubert a Delrio aux miches. Martin Joubert connaît au moins trois petits éditeurs et une demi-douzaine d'écrivains qui ont soit été ruinés par des procès car Delrio est un procédurier effrayant soit se sont retrouvés à l'hôpital sans que rien puisse être prouvé.

Comme Martin Joubert n'a pas d'argent, Martin Joubert pense qu'il a plus de chances de se retrouver à l'hôpital.

Au moins, si Hélène Rieux est partie pour toujours et si cette rupture vient aux oreilles de Delrio, les menaces que ce fumier a fait peser sur elle s'éloigneront. Enfin, il faut espérer.

Donc, on y est bien arrivé, au désastre.

J'étais quand même plus tranquille quand j'étais prof

à Brancion, se dit, toujours larmoyant, Martin Joubert qui enfile un peignoir et qui commande par téléphone une quantité astronomique de sushis et de sashimis. Pour les accompagner, il sort une bouteille, deux à la réflexion, de cheverny blanc de chez Villemade du frigo. Et puis les Xanax de l'armoire à pharmacie. Et puis le DVD du *Guépard* dans sa version intégrale restaurée. Ce qui assure à Martin Joubert, une fois que le dispositif est en place, plusieurs heures de flottaison heureuse, de confusion entre le rêve et la réalité

Martin Joubert s'endort vraiment vers six heures, six heures quinze du matin.

Les bouteilles de Villemade sont vides.

Trois ou quatre Xanax ont été consommés.

Sur l'écran, le DVD du *Guépard* fait depuis longtemps tourner et retourner sa présentation.

C'est vers huit heures quinze que les choses se compliquent.

Un bruit de serrure. Du fond de son coaltar, Martin Joubert a un fol espoir. Hélène Rieux revient.

Martin Joubert se dresse en titubant.

Ce n'est pas Hélène Rieux.

C'est un sexagénaire baraqué, l'air sportif, les cheveux en brosse, un costume chic sans ostentation, dans les bleu marine.

« Vous avez dû vous tromper, monsieur…

— Je suis bien chez Martin Joubert ?

— Oui et…

— Je me présente, je suis Daniel Darthez, dit Berthet.

— Comme chez Balzac ?

— Je ne sais pas, c'est mon nom… Je lis plutôt de la poésie, sinon…

— C'est bien aussi, la poésie, dit Martin Joubert.

Mais ça ne m'explique pas pourquoi vous entrez chez moi comme ça, monsieur Darthez.

— Parce que vous n'ouvriez pas. Je sonne depuis vingt minutes.

— Je n'ouvrais pas parce que peut-être, enfin moi, je dis ça comme ça, peut-être parce que je n'avais pas envie d'ouvrir, monsieur Darthez. Ou que je n'étais pas là.

— Ne compliquez pas tout, monsieur Joubert. Vous êtes dans une grande confusion mentale. »

Joubert suit le regard de Berthet qui se pose sur la table basse du salon :

« J'approuve assez le cheverny de chez Villemade, en revanche beaucoup moins les benzos.

— Je ne me sens pas bien…, dit Martin Joubert en se rasseyant. Monsieur Darthez, vous êtes tout de même entré chez moi par effraction, non ? Parce que je ne répondais pas…

— Techniquement non, dit Berthet en agitant un trousseau de clefs. J'ai quelques compétences en serrurerie. J'ai absolument besoin de vous parler, monsieur Joubert, et seul à seul.

— J'aurais très bien pu être avec ma femme, ce matin.

— Impossible, elle est déjà en cours de latin avec les 4e A du collège Zéphyrin-Camélinat de Saint-Ouen. »

Martin Joubert se relève. Martin Joubert est heureux de constater qu'il titube moins et aussi que sa voix est plus ferme :

« Nom de Dieu, comment savez-vous ça, Darthez ?

— Dans une époque pré-électronique, cela m'aurait au moins coûté deux jours d'enquête. Depuis que les geeks ont appris aux vieux comme moi à se servir de l'informatique, j'ai dû en avoir pour trente secondes montre en main à accéder à toutes les données du dossier professionnel d'Hélène Rieux sans compter l'agenda électronique de son Smartphone. L'Éducation nationale est juste derrière le Quai d'Orsay, question nullité contre les intrusions informatiques. C'est quand même plus inquiétant pour le Quai, même si j'ai un grand respect pour la mission qui est celle de votre femme et qui fut, à un moment, la vôtre. Donc j'étais sûr de vous trouver seul ce matin, monsieur Joubert, voilà…

— Sortez. J'ai assez d'emmerdes comme ça. Sortez, Darthez ou qui que vous soyez. En plus vous vous plantez, ma femme m'a quitté hier. Alors, hein ?

— Je ne vais pas sortir, monsieur Joubert, parce que j'ai besoin de vous dans les mois qui viennent. Je vais vous donner beaucoup d'argent et vous allez pouvoir larguer votre boulot à *Boulevard Atlantique*.

— Décidément, vous êtes à la fois très bien renseigné et en même temps vous retardez. Je suis viré de *Boulevard Atlantique* depuis hier aussi.

— C'est vrai que vous traversez une mauvaise passe, dites donc, Joubert…

— N'est-ce pas ?

— Vous me laissez vous expliquer ? » demande Berthet.

Martin Joubert réfléchit ou, plus justement, tente de réfléchir. L'inconsistance propre aux excès d'alcool et de tranquillisants se lève un peu et va faire évoluer Martin Joubert dans une zone grise indolente dans laquelle Martin Joubert pourra entendre à peu près n'importe quoi sans que la panique revienne tout dévaster.

« Pourquoi pas ? Expliquez-vous, Darthez, dit Martin Joubert. Après tout…

— On pourrait peut-être prendre un café ou un thé, monsieur Joubert. Je vous assure que les sashimis à cette heure-là, ce n'est pas forcément l'idéal.

— Oh, oui, d'accord, je vois ! C'est bon, je débarrasse. Vous pouvez m'aider, d'ailleurs. »

Dans la cuisine, ce matin-là, Martin Joubert s'aperçoit qu'Hélène Rieux a aussi pris la carafe Brita et la machine à expresso. Oui, c'est sûr, on l'a aidée. La carafe Brita, Martin Joubert s'en remettra. La machine à expresso, moins.

« Du thé, ça vous dit ? Du thé vert chinois, insiste Martin Joubert, du Oolong. »

C'est à ce moment-là que de nouveau on entend un bruit de clefs dans la serrure.

« Votre épouse ? interroge Berthet en regardant Martin Joubert qui fait bouillir l'eau, derrière le bar américain.

— Non, elle s'est vraiment barrée, je crois.

— Merde. Si c'est pas elle… »

Et Martin Joubert comprend que sa vie bascule, cette fois-ci pour de bon.

L'homme qui dit s'appeler Darthez vient de sortir de son dos une arme à feu, un Sig-Sauer P220, ce n'est pas que Martin Joubert soit un expert en armes de poing, mais bon, Martin Joubert a écrit des romans noirs et suivi les leçons de Jean-Patrick Manchette sur cette question des armes à feu en particulier et du réalisme en général dans la littérature noire.

Quatre hommes entrent dans le salon de l'appartement de la rue Boulard.

Ça commence à faire beaucoup de monde, vraiment. Trois ont une tenue qui ne laisse pas de doute sur leur spécialité dans la vie, rangers, jean, polo noir Lonsdale, bombers kaki, crâne rasé, tatouages crypto-nazis.

Le quatrième est un peu plus vieux, il a un costume et semble faire office de chef. On sent néanmoins qu'il a dû faire partie de la gentille mouvance d'où sortent les trois garçons qui le suivent.

Mais, malgré sa tenue de cadre bancaire ou à cause d'elle, il fait encore plus peur qu'eux. Son costume, pourtant bien taillé, peine à contenir les muscles et sur le crâne de l'homme, bien qu'il ne soit plus rasé, on voit une trace étrange qui sort sur le front. Un tatouage effacé, ou une maladie de peau. En tout cas, ça a une forme de flamme.

« Berthet, dit le petit mec en costume et au tatouage effacé en voyant Berthet, qu'est-ce que vous foutez là ?

— J'allais vous poser la même question, Stanko...

— Vous ne vous appelez pas Darthez ? » demande Martin Joubert, scandalisé, et qui regrette vraiment d'être en peignoir au milieu de tous ces gens agressifs, voire armés, entassés dans son salon d'écrivain pauvre qui vient de se faire larguer.

Merde.

« On doit casser la gueule à M. Joubert. Ordre de Delrio.

— Je croyais que vous étiez une des nouvelles têtes des GPP, vous faites des infidélités au Bloc Patriotique et à Agnès Dorgelles, maintenant ? Vous n'êtes plus le premier toutou de la Walkyrie ?

— Mêlez-vous de ce qui vous regarde, Berthet. Il n'y a pas d'infidélités qui tiennent. Je ne suis pas un mercenaire comme vous, une barbouze qui sert on ne sait trop qui.

— Vous avez vu ? dit Berthet en montrant son arme. C'est un Sig-Sauer P220 et il est braqué sur vous. Alors vous allez m'expliquer pourquoi vous devez casser la gueule à Martin Joubert. »

Un des skins, avec sa gueule d'abruti, croit malin d'entamer une manœuvre de contournement vers le bar de la cuisine où se trouvent de part et d'autre Berthet et Martin Joubert.

Berthet voit la manœuvre.

Berthet regarde sur le bar.

Berthet voit les baguettes avec lesquelles Martin Joubert a dîné hier soir.

Tout en tenant Stanko et les deux autres sous la menace de son arme, en deux enjambées rapides, Berthet est devant le skin qui se croit rusé.

Berthet lui enfonce d'un coup vif, précis et haut, une baguette dans la narine droite. Cela cause d'appréciables dégâts cérébraux chez la crapule suprématiste qui s'effondre.

« Vous êtes dingue, dit Stanko.

— Non, je suis précis et vous, vous êtes jaloux car vous êtes trop petit pour faire ça et espérer que la baguette ne se cassera pas. Car vous n'avez pas assez d'allonge, petit bras.

— Je vais vous tuer, Berthet.

— Mais vous ne vous appelez pas Darthez ! » insiste Martin Joubert, toujours en peignoir, qui s'efforce de ne pas vomir ni de sombrer dans la panique ou les deux à la fois alors qu'il y a un skin mort dans son salon et des gens qui ont l'air de se connaître et d'avoir un goût assez exagéré pour la violence.

« Non, dit Berthet excédé, non je ne m'appelle pas Darthez. Mais vous ne vous appelez pas non plus Martin Joubert que je sache, monsieur Denis Clément…

— Mais c'est un pseudo d'écrivain, ça n'a rien à voir, c'est du temps où j'étais prof !

— On dit ça, on dit ça…, dit Berthet surtout pour

dire quelque chose en pointant son Sig-Sauer P220 sur le dénommé Stanko et les skins survivants.

« Alors, vous crachez le morceau, pourquoi Delrio veut esquinter Joubert ? »

Stanko et Martin Joubert se mettent à parler en même temps mais Berthet comprend l'histoire.

« Et vous, Joubert, vous avez préféré perdre quatre-vingt-dix mille euros, votre boulot certes minable et mettre en danger votre intégrité physique, voire celle de votre amie pour ne pas aider l'extrême droite à gagner des mairies ?

— Oui, on peut résumer ça comme ça », dit Martin Joubert qui se sent fier, moins paniqué, mais a toujours envie de vomir.

Et puis Martin Joubert est aussi et surtout très occupé, préoccupé même, par le cadavre du skinhead. La preuve des tempéraments dépressifs est leur incapacité à hiérarchiser les problèmes qui leur tombent dessus. Par exemple, en ce moment précis, la principale préoccupation de Martin Joubert est que le cadavre du skin, à moitié tombé sur le divan avec juste un bout de baguette qui lui ressort du nez comme une morve solidifiée, ne salope pas le nubuck avec du sang.

« Stanko ?

— Oui, Berthet ?

— Il y a deux choses qui ne m'arrangent pas.

— Allez-y…

— Premièrement, j'ai besoin de Martin Joubert en bonne santé, et pour longtemps.

— Et deuxièmement ?

— Deuxièmement, ça ne m'arrange pas que vous alliez rapporter à Delrio que vous m'avez vu et que je m'intéresse à Joubert.

— Vous êtes en délicatesse avec vos potes barbouzes, Berthet ? Vous ne voudriez pas qu'ils lancent les recherches ?

— Les recherches sont déjà lancées depuis septembre. Disons que j'aimerais qu'ils ne redoublent pas d'efforts.

— Oui mais moi j'obéis aux ordres. Je ne peux pas vous aider.

— Je sais, Stanko, je sais que vous avez été un excellent para.

— Ne vous foutez pas de ma gueule, Berthet…

— Je dis ça sans ironie. Mais à quels ordres vous obéissez sur ce coup-là ? Agnès Dorgelles ou Delrio et son copain Gruber ? Qui manipule qui, là-dedans ? »

Stanko plisse son front. La marque de l'ancien tatouage précise sa forme de flamme, de langue de feu.

C'est à ce moment-là que Berthet, d'un geste si naturel que personne ne se rend compte de quoi que ce soit, tend la main vers le poste de radio sur le bar américain de la cuisine. Berthet tombe sur France Culture.

Berthet augmente significativement le volume.

On parle d'Histoire, de la façon dont on concevait le sale et le propre, le miasme et la jonquille, dans les siècles passés. Ce serait intéressant en d'autres circonstances.

Berthet sort de sa poche droite un réducteur de son que Berthet visse sur son Sig-Sauer P220.

Berthet vise.

Berthet atteint en plein front le deuxième et le troisième skin qui tombent sans trop faire de bruit.

Ensuite Berthet avance vers Stanko.

Berthet applique l'arme sur le front de l'ancien skin et dit calmement alors que ça sent un peu la cordite dans l'appartement :

« Tout responsable du service d'ordre du Bloc que

vous soyez, Stanko, je suis dix fois meilleur que vous, même avec vingt-cinq ans de plus. Je sais que vous avez tué des gens, de manière parfois atroce mais vous ne savez pas à quel point cela m'impressionne peu, à quel point j'ai fait pire. Ce n'est pas pour me vanter, c'est pour que vous compreniez le rapport de force entre nous. En plus, je ne vais pas vous demander de trahir le Bloc Patriotique ni Agnès Dorgelles. »

Berthet s'interrompt.

Berthet se tourne vers Martin Joubert en gardant le canon du Sig-Sauer collé sur le front de Stanko.

« Joubert, baissez le son et cessez de déglutir, s'il vous plaît. Allez plutôt vomir dans votre salle de bains, prenez une douche et n'essayez pas d'utiliser votre Smartphone pour appeler qui que ce soit, je l'ai sous les yeux. »

Martin Joubert s'exécute.

Martin Joubert vomit dans la cuvette des toilettes.

Puis Martin Joubert se demande si finalement se retrouver avec des cadavres de skins dans son salon est plus dur à supporter que de se faire traiter comme une pute par des Gruber et des Delrio.

Alors, Martin Joubert se douche et Martin Joubert trouve ça bon. Quand Martin Joubert revient dans le salon, pantalon de toile, chemise Brooks bleu ciel, Church's marron, Martin Joubert voit que le nommé Stanko et le nommé Berthet sont toujours en pleine conversation au milieu des skins morts par terre et des rayonnages des bibliothèques de l'appartement.

Berthet a encore son pistolet collé sur le front de Stanko. Berthet explique :

« Je résume. Primo : si vous parlez de moi et de Joubert à Delrio, je balance l'affaire Marlin publiquement. Le Bloc vous lâchera. Vous finirez en taule ou buté par des flics d'une police parallèle. Et je m'y connais. Je veux que vous sachiez que sur cette affaire, mes ex-amis et moi, nous avons les preuves. Toutes les preuves. Secundo : à Brévin-les-Monts, quand Agnès Dorgelles sera opposée à Kardiatou Diop, on a intérêt à collaborer, ou au moins à ne pas se tirer dans les pattes. Si vous avez bien compris la manip que ces enfoirés préparent, avec Kardiatou, il n'y a pas de raison que ça ne joue pas à ce petit jeu du côté du Bloc Patriotique. Les politiques réagissent toujours de la même manière. Les hommes comme nous, Stanko, nous sommes presque des angelots en comparaison. Si, si. Alors regardez de votre côté si on ne prépare pas chez Gruber, Delrio ou même chez des responsables officiels du Bloc Patriotique jaloux de l'ascension de Fifille une saloperie symétrique. Je veux dire symétrique à celle qui se prépare contre Kardiatou Diop. Vous comprenez ? À la limite, que votre patronne gagne la ville, je m'en fous. Je ne veux pas que Kardiatou Diop y laisse sa peau. Pour des raisons qui me regardent. Et je suis certain que vous pouvez mener cette enquête avec vos gonzes de la section Delta.

— Vous connaissez la section Delta, Berthet ? Normalement, c'est un groupe clandestin, officieux.

— Stanko, ne soyez pas naïf. Si je suis au courant de l'affaire Marlin, vous vous doutez bien que votre petite garde prétorienne, je la connais et que même sans le savoir, elle a travaillé pour nous.

— Vous ? C'est qui, vous ? »

Berthet pense à l'Unité. L'Unité n'a rien tenté contre lui depuis Lisbonne. Mais Berthet sait que ça ne va pas tarder à recommencer dès que Berthet reviendra dans le sillage de Kardiatou Diop pour la protéger.

Les élections municipales. Premier et second tours 8 et 15 mars.

« Ça ne vous regarde pas et ça ne vous dirait rien, de toute façon. Alors vous avez compris, Stanko ? »

Stanko cligne plusieurs fois des yeux. Berthet relève son Sig-Sauer P220 et dévisse le réducteur de son.

« Joubert, sans vous commander, ce serait bien que vous retrouviez les deux douilles que j'ai tirées.

— Dites, Berthet, et les corps de mes skins ? On fait comment pour s'en débarrasser ?

— C'étaient des potes à vous ?

— Pas vraiment. La jeune génération. Un couchait plus ou moins avec Delrio.

— Vous allez expliquer ça comment à Delrio, justement ?

— Joubert est parti en voyage. J'ai donné leur congé aux gars quand on a vu qu'il n'y avait personne. Après, ce que les gars sont devenus…

— Vous avez raison, Stanko, le plus simple c'est ce qu'il y a de plus malin. *La lettre volée* de Poe, comme toujours …

— Quoi ?

— Vous demanderez à votre pote Maynard, le mari d'Agnès Dorgelles. L'intello.

— OK, mais les corps, quand même, dit Stanko, on fait quoi ?

— Si je peux me permettre une suggestion. Pour les corps, je veux dire », intervient Martin Joubert en levant le doigt et en montrant au passage que les douilles sont posées sur la table basse.

Stanko et Berthet ont un lourd soupir typique des professionnels à qui les amateurs viennent faire perdre leur temps par des suggestions saugrenues.

« Dites toujours…, acquiesce aimablement Berthet.

— Mon appartement est au-dessus d'un restaurant. Il y a une arrière-cour qui donne sur les cuisines du restaurant et sur le rez-de-chaussée par deux entrées différentes. On fait entrer une camionnette en marche arrière comme si c'était un fournisseur du Jeu de Quilles et vous chargez les corps à l'abri des regards et des caméras de surveillance de la rue et de l'école en face. »

Stanko et Berthet regardent Martin Joubert, presque surpris.

« Bah oui, c'est une bonne idée, dit Berthet.

— Et même une idée excellente », dit Stanko.

6

Pour attendre l'heure de fermeture au Jeu de Quilles, l'après-midi, c'est-à-dire approximativement entre trois et cinq, Martin Joubert et Berthet regardent les rayonnages de la bibliothèque de la rue Boulard tandis que Stanko passe des coups de fil et puis joue à des jeux sur son Smartphone. Martin Joubert ne va pas très bien, la gueule de bois, l'atmosphère de violence, alors Martin Joubert boit du citrate de bétaïne et se contente d'un demi-Xanax rose, de temps à autre.

Parce que, avec tout ça, il n'est jamais que onze heures à peine et il faut tout de même faire comme s'il n'y avait pas trois cadavres de skinheads dans la maison.

« Ça n'a pas l'air de vous impressionner plus que ça, monsieur Joubert », dit Berthet qui consulte en ce moment avec envie l'édition originale des *Contrerimes* de Paul-Jean Toulet que Joubert avait reçue pour l'anniversaire de ses trente ans.

Une autre fille avec qui Martin Joubert avait vécu en couple, avant Sylvie la lutteuse. Martin Joubert se sent vieux.

« Ce n'est pas un grand papier, dit Martin Joubert comme pour s'excuser.

— Ce n'est pas un grand papier mais tout de même », dit Berthet.

Berthet feuillette avec une émotion visible le petit volume à damiers paru en 1921 aux Éditions du Divan et Émile-Paul Frères.

Berthet relève les yeux, récite de mémoire :

Dans le silencieux automne
D'un jour mol et soyeux,
Je t'écoute en fermant les yeux,
Voisine monotone.

Puis Berthet insiste :

« Monsieur Joubert, tout de même des inconnus arrivent chez vous et s'entre-tuent. C'est le Xanax qui vous rend comme ça, ou quoi ? »

Martin Joubert se retient de dire que c'est surtout Berthet qui en a tué pas mal. Tous en fait.

« Et alors ? Je ne vais pas bien, monsieur Berthet. Bien sûr, je pourrais avoir un cancer mais bon. Je fais ma crise de la cinquantaine. Dans le monde d'avant, les quinquagénaires pour oublier qu'ils étaient quinquagénaires achetaient des voitures de sport et prenaient des maîtresses. Je n'ai pas d'argent, je suis précaire, chaque journée qui commence est un cauchemar angoissé, je me gave de tranquillisants, j'ai raté mon œuvre et ma compagne vient de me quitter. Alors que je n'avais même pas de maîtresse, en plus. Elle m'a quitté juste parce que je suis chiant, et qu'on n'était plus certain de s'aimer. Alors, vos skins étalés dans mon salon, vous savez… Ce sont des brutes décérébrées, des SA en puissance, des abrutis du lumpenprolétariat qui confondent conscience de classe et formule sanguine, qui boivent de la mauvaise bière, écoutent de la musique pourrie, ont probablement une hygiène déplorable et s'enculent faute de filles assez connes pour traîner avec eux. En plus, ils venaient pour me casser la gueule.

— Visiblement », dit Berthet.

Parfois, Stanko cesse de jouer avec son Smartphone car on l'appelle et Stanko répond à une vitesse variable quand il découvre le numéro. Parfois, Stanko ne répond pas du tout et Stanko se remet à jouer. Dieu merci, il a choisi le mode silence.

Alors que Berthet continue de feuilleter l'édition originale des *Contrerimes*, Martin Joubert baisse le ton et dit à Berthet :

« Ce type, là, il est vraiment inquiétant, non ? Je veux dire, je sais bien que l'habit ne fait pas le moine, mais tout de même…

— En même temps, oui, on peut dire qu'en ce qui le concerne l'habit fait le moine.

— C'est le chef du service d'ordre du Bloc Patriotique, c'est ça ?

— C'est ça, dit Berthet. Très proche de la chef, Agnès Dorgelles, et de son mari Antoine Maynard. Un collègue à vous, Maynard, non ? Un écrivain…

— Oui, on a fait partie de la même génération "néohussard" au début des années quatre-vingt-dix. J'ai même fait quelques dérives avec lui. Plutôt sympathique. Et puis il est tombé amoureux d'Agnès Dorgelles et il a pratiquement arrêté d'écrire. Il s'est enfermé dans l'opprobre et l'abjection en devenant la plume du Bloc Patriotique. Je crois qu'il adore ça, en fait. Un vrai écrivain porte en lui une forte charge de négatif. Une envie de mourir, de se détruire à ses propres yeux et à ceux des autres. La haine de soi, quoi.

— Je comprends tout ça, dit Berthet sans que cette

phrase revête une quelconque arrogance ou une quelconque impatience.

— Vous savez beaucoup de choses, monsieur Berthet ou monsieur Darthez.

— Appelez-moi Berthet, ce sera plus simple.

— Vous me voulez quoi, au juste ?

— Je vais tout vous dire, bien sûr. Mais pas maintenant. Je vais vous raconter plein de secrets d'État avec une belle histoire en prime. Vous allez adorer. Vous allez même peut-être enfin écrire le grand roman dont vous rêvez grâce à moi.

— Je vous ai entendu parler de Kardiatou Diop, la secrétaire d'État. Je l'ai connue, vous savez, dans une autre vie. Que vous connaissez aussi, apparemment. Quand j'étais prof et que je m'appelais Denis Clément.

— Oui, je sais tout ça aussi, monsieur Joubert, mais on en parlera quand Stanko nous aura débarrassés et de ses skins décédés et de sa présence. »

Martin Joubert a la désagréable impression d'être rembarré comme un gosse qui veut se rendre intéressant par un adulte poli et excédé qui masque son impatience. Martin Joubert pense que Martin Joubert s'écrase trop. Martin Joubert est chez lui, merde.

Martin Joubert s'apprête à poser une question plus ferme à Berthet quand Stanko s'approche. Martin Joubert regarde Stanko. La veille encore, l'idée de rentrer dans le lard d'une crevure comme Delrio ne provoquait aucune peur chez Martin Joubert. Au contraire. Mais l'idée de faire la même chose avec ce type ramassé comme un bouledogue paralyse complètement Martin Joubert.

« J'ai eu des gars sûrs au téléphone. Ils amènent une camionnette à quinze heures trente précises. S'il y a encore du monde dans l'arrière-cour, ils attendent. Si c'est bon, ils font sonner mon portable. On descendra les corps.

— Qui ça, "on" ? s'exclame Martin Joubert. Je ne descends personne.

— C'est vous qui avez eu l'idée, rétorque Stanko.

— J'ai eu l'idée parce que je ne veux plus voir trois cadavres de skinheads dans mon appartement, dit Martin Joubert.

— Vos gars sont vraiment sûrs ? demande Berthet pour changer de conversation.

— Oui, Berthet, puisque je vous le dis. Je joue ma peau aussi, là-dessus. Ou au moins de très grosses emmerdes avec Delrio. Et puisque vous savez tout, ce sont des gars du groupe Delta. Je les ai formés moi-même. »

Puis Stanko se tourne vers Martin Joubert et Martin Joubert réprime un frisson. Martin Joubert a l'impression que Stanko fait partie de ces hommes dont on ne sait pas s'ils vont vous demander du feu ou vous briser la nuque. Peut-être qu'eux-mêmes ne le savent pas.

Martin Joubert achève son citrate de bétaïne pour se donner une contenance. Martin Joubert repose le verre sur le rebord d'une bibliothèque, cela fera une trace blanche et Hélène Rieux sera furieuse. Il y avait comme ça deux ou trois choses qui agaçaient de manière démesurée sa nageuse si calme pour tout le reste : les traces de verres sur le bois des meubles, les gens qui faisaient des boules avec la mie de pain au restaurant, le maquillage « pouffe » chez les collégiennes. Seul le premier point concernait Martin Joubert qui a été bien élevé et ne joue pas avec la nourriture de même qu'il n'éprouve pas le besoin, encore, de se travestir pour retrouver la femelle en lui.

Ces derniers temps, ça n'aurait d'ailleurs pas dérangé

Hélène Rieux qui voulait explorer les extrêmes, en tout cas ça l'aurait moins gênée de voir Martin Joubert en string La Perla que de le laisser saloper les meubles avec des traces de rond de verre.

Et Stanko demande :

« Combien d'appartements entre le vôtre et l'arrière-cour ? J'en ai compté trois en montant, en dehors du vôtre. Deux au premier, le vôtre et un en face. Au rez-de-chaussée, une porte qui donne sur la réserve du restaurant et l'ancienne loge de la concierge qui est à louer. C'est ça ?

— C'est ça, confirme Martin Joubert qui en fait n'avait jamais envisagé son immeuble sous cet angle-là.

— Et les autres appartements sont occupés ? »

Là, c'est Berthet qui pose la question.

« Une vieille au premier, droite. Un jeune couple parti toute la journée en face de la vieille. Et personne en face de chez nous. »

Martin Joubert a un coup au cœur en disant « chez nous » et Hélène Rieux lui manque. Hélène Rieux lui manque encore plus quand Martin Joubert voit la trace blanche et poudreuse du verre de citrate sur le rebord de la bibliothèque. Alors Martin Joubert, sans transition, se met à pleurer.

Cela déroute beaucoup Stanko, un peu moins Berthet.

« Qu'est-ce qu'il a ? demande Stanko.

— Pour aller vite, il change de vie et il se retrouve plongé dans un bain de violence de manière assez soudaine, dit Berthet.

— Si j'avais dû chouiner chaque fois que j'ai changé de vie et que j'ai été plongé dans un bain de violence… Merde, alors. Les intellos de gauche sont vraiment des tafioles.

— Et puis il va bientôt avoir cinquante ans, ajoute Berthet en tapant sur l'épaule de Martin Joubert. Et il n'a pas beaucoup d'argent et encore moins de Rolex.

— Quarante-neuf », dit Martin Joubert entre deux sanglots.

Martin Joubert voudrait bien aller s'allonger sur le divan. Martin Joubert voudrait bien prendre son ordinateur portable. Martin Joubert voudrait bien écrire pour s'oublier, c'est bien le seul avantage d'être écrivain de romans noirs qui est un métier de chien par ailleurs. Mais Martin Joubert ne peut pas, il y a un skin avec l'extrémité d'une baguette plantée dans la narine droite dont la tête repose sur un accoudoir. Martin Joubert arrête aussi vite de pleurer et se demande combien de Xanax il s'est enfilés depuis l'arrivée de Berthet, de Stanko et des skins morts. Trop.

Mais ce n'est pas le moment d'entamer seul un sevrage des benzos. Hélène Rieux voulait que Martin Joubert fasse ça. Hélène Rieux disait que Martin Joubert allait finir prématurément gâteux, avec les benzos.

Stanko va dans la cuisine, Stanko fouille dans le frigo, Stanko gueule parce qu'il n'y a pas de bière et rapporte du Triple Zéro de Jacky Blot.

« C'est quoi ça ?

— Un pétillant de Loire. Un vin naturel, dit Martin Joubert

— Du mousseux quoi, pas la peine de vous la péter.

— Non, dit Martin Joubert, ce n'est pas du mousseux. C'est un vin pétillant sec préparé selon des méthodes naturelles. Rien à voir avec les saloperies que vous buvez les soirs de victoire ou de départ à la retraite au siège du Bloc Patriotique.

— Joubert en sait beaucoup, Berthet, dit Stanko en regardant Berthet. Et il est insolent.

— C'est ça, continuez à parler de moi comme si je n'étais pas là, j'adore ça. Il n'empêche que j'ai bien connu Maynard, le mari d'Agnès Dorgelles, et que lui au moins, il n'aurait pas appelé le Triple Zéro de Jacky Blot un mousseux. »

Stanko respire à fond. Stanko ouvre un placard, Stanko voit qu'il n'y a que des aliments.

« Sous le bar », dit Martin Joubert.

Stanko remonte trois verres INAO des dessous du bar américain. Stanko ouvre la bouteille.

« Pas pour moi », dit Berthet.

Martin Joubert s'en veut. Martin Joubert accepte. Martin Joubert vide son verre. Martin Joubert en accepte un second et Martin Joubert s'aperçoit qu'il est toujours aussi angoissé mais qu'il accepte cette angoisse comme un organe surnuméraire.

Martin Joubert revient vers Berthet toujours debout accoudé à la bibliothèque, toujours feuilletant *Les contrerimes* et Martin Joubert se fait la remarque que Berthet a davantage l'air d'un universitaire que de… De quoi, au fait, une barbouze de la DCRI ou de la DGSE, un ancien des forces spéciales, un tueur surentraîné qui se loue au plus offrant, un genre de *rônin*, quoi ?

Stanko, lui, est retourné aux jeux de son Smartphone.

Il se passe un temps assez long dans l'appartement de la rue Boulard. Novembre persiste dans sa grisaille derrière les rideaux. On entend vaguement la sonnerie de l'école en face qui indique la fin de la matinée et puis la rumeur rieuse et étouffée de la clientèle qui rentre au Jeu de Quilles pour le déjeuner.

Le téléphone de Martin Joubert vibre. Martin Joubert va vers le bar de la cuisine. Martin Joubert brandit le téléphone vers Berthet :

« Je peux répondre ? C'est mon ami Guivarch.

— Oui, avec le haut-parleur.

— Merde, dit Stanko. Je sais que Delrio lui a envoyé une seconde équipe pour le punir de ses insolences envers Gruber et lui. »

Martin Joubert regarde la bouteille vide de Triple Zéro avec regret, Martin Joubert déglutit, Martin Joubert décroche et Martin Joubert met le mode haut-parleur :

« Martin, je suis dans une grosse merde, là. »

La voix d'Alex Guivarch est paniquée.

Martin Joubert a toujours trouvé qu'Alex Guivarch était le garçon le plus cool de la terre. Sans doute le fait d'être né après les chocs pétroliers. Sans doute d'avoir connu comme réalité depuis sa naissance un monde où le sexe, la bouffe, l'air qu'on respire, tout ça présente des risques sanitaires qu'il faut accepter en même temps que le chômage de masse et le management par la terreur. Alex Guivarch est habitué aux champs de ruines, il ne se souvient du monde d'avant que par ces films français des années soixante-dix dont il est si friand.

Et c'est la première fois que Martin Joubert entend Alex Guivarch avec cette voix-là. Martin Joubert a toujours pensé que l'on avait plusieurs voix en soi. L'habituelle et puis les voix qui ne nous servent que dans des situations extrêmes. La souffrance, le plaisir, la peur. La voix d'Hélène Rieux dans le plaisir. Martin Joubert sait qu'il n'entendra plus jamais la voix d'Hélène Rieux dans le plaisir.

Martin Joubert déraille.

Martin Joubert a un ami qui appelle au secours, là, et même son seul ami.

« Tu es où ?

— Sur les quais, je fais les bouquinistes, là, à la Mégisserie. J'ai trouvé un roman de Gégauff en édition originale, tu te rends compte, et pour pas grand-chose. C'est bien ma veine.

— Respire, Alex. C'est quoi le problème ?

— Il y a trois mecs qui me suivent depuis dix minutes et qui n'ont pas des gueules à faire les bouquinistes. C'est Delrio, j'en suis sûr. Ils vont me sauter dessus dans pas longtemps. T'as des échos, toi ? »

Martin Joubert regarde autour de lui.

L'appartement avec les trois cadavres de skins.

Les douilles sur la table basse. Berthet et Stanko près des rayonnages de la bibliothèque et Berthet qui a encore l'édition originale des *Contrerimes* à la main.

Et Berthet et Stanko qui tous les deux mettent un doigt sur la bouche, dans un geste d'une similitude comique et atroce.

« Non, pas encore », ment Martin Joubert avec un visage honteux qui le vieillit.

Et puis, ça va vite.

Par le haut-parleur du Smartphone, on entend des cris, des mouvements, des chocs, une voix de vieux qui dit Arrêtez, vous allez le tuer ! Une autre voix, de femme jeune, qui dit qu'il faut appeler les flics, une ambulance.

Et puis plus rien.

« Il faut faire quelque chose pour lui, dit Martin Joubert.

— C'est trop tard.

— Merde, je vous emmerde tous les deux, toi le gros facho et toi la barbouze. Vous me faites braire. Je me casse.

— Je ne crois pas, dit Berthet.

— Moi non plus », dit Stanko.

Martin Joubert leur fait un doigt d'honneur, enjambe un corps de skin, va vers l'entrée.

Martin Joubert sent soudain une pression à la base de son cou.

Le champ visuel de Martin Joubert se restreint.

Martin Joubert n'a pas mal, au contraire, Martin Joubert se sentirait presque bien.

Et puis plus rien n'a d'importance et Martin Joubert sombre dans quelque chose de bleu et d'infini, quelque chose comme la mer Égée.

7

Martin Joubert se réveille. La nuit est là. On est encore dans l'appartement de la rue Boulard.

Martin Joubert ne va pas très bien. Martin Joubert a un léger mal de tête. Et puis à la réflexion, Martin Joubert va cesser de se plaindre, Martin Joubert ne se sent pas si mal. Martin Joubert referme les yeux quelques instants. Martin Joubert s'aperçoit qu'il est allongé sur le divan. Martin Joubert rouvre les yeux. Le skin mort avec la baguette dans le nez n'est plus là.

Martin Joubert entend la voix de Berthet.

« Stanko nous en a débarrassés. Des trois.

— Personne n'a rien vu ?

— Il faut croire que non. Sinon, il y aurait eu de fortes chances que votre rue se soit transformée en lieu de carnage. Vous savez que j'ai habité pas très loin, enfant. J'allais à l'école Pierre-Larousse, rue d'Alésia.

— Il a fait ça quand, Stanko, le transport des skins morts ? demande Martin Joubert assez peu sensible à la nostalgie presque audiardienne de Berthet.

— Vers seize heures, pendant que vous dormiez…, répond Berthet sans se formaliser. Avec deux de ses gars. Vous aviez raison, c'est vraiment une heure creuse. Il n'y a pas eu de problèmes. Maintenant

Stanko et ses sbires doivent avoir dissous dans l'acide les trois skins et Stanko ment à Delrio. Reste à savoir si Delrio le croira ou fera semblant de le croire. Après tout, ce bouquin qu'il voulait vous faire écrire, ce n'est qu'un des éléments d'une stratégie plus importante d'OPA sur le Bloc Patriotique. Alors, Delrio ne va pas faire d'histoire, il ne va pas se brouiller avec la première gâchette d'Agnès Dorgelles. Il trouvera avec Gruber un autre porte-plume.

— Qu'est-ce que vous m'avez fait, vous ou Stanko ? » demande Martin Joubert en se massant le cou et en se retournant sur le flanc pour voir par-dessus le dossier du divan Berthet assis calmement derrière le bureau où habituellement Hélène Rieux préparait ses cours et corrigeait ses copies.

Berthet n'a pas allumé les lumières et Martin Joubert s'avise que l'appartement est plongé dans le noir, qu'il n'y a que l'éclairage orangé du réverbère de la rue qui se diffuse faiblement dans la pièce.

« Moi, en fait. C'est moi qui ai agi. Vous étiez dans un état émotionnel très instable. Stanko, lui, vous aurait ouvert la tête. C'est une âme simple. Moi j'ai utilisé un vieux truc oriental. Pour vous faire perdre connaissance. Ce qui m'a surpris, c'est que c'était censé vous mettre dans les vapes pour quarante-cinq minutes et que vous en avez profité pour roupiller comme un bébé pendant presque huit bonnes heures. J'ai vérifié de temps à autre si je ne vous avais pas tué. Je n'ai pas eu le cœur à vous réveiller. J'ai vu vos somnifères et vos anxiolytiques dans la boîte à pharmacie. Vous savez que ce genre de saloperies finissent pas avoir des effets paradoxaux. Vous ne dormez plus et vous êtes encore plus anxieux.

— Je sais. Mais bon. Quelle heure est-il ?

— Bientôt vingt heures.

— Merde.

— Comme vous dites.

— Et Alex Guivarch ? demande Martin Joubert qui se redresse, Martin Joubert qui s'avise qu'il y a des années qu'il n'a pas dormi sept ou huit heures d'affilée sans interruption.

— Soins intensifs. Ils l'ont bien esquinté. Le pronostic vital est engagé. Et on ne sait rien encore pour l'étendue des dégâts cérébraux. En revanche, s'il s'en sort, il ne pourra plus jamais se passer d'une canne.

— Vous êtes au courant comment ? Encore un de vos contacts de superbarbouze ?

— Ça aurait pu, mais même pas. J'ai juste écouté la messagerie sur votre téléphone. Son épouse Catherine a laissé des messages. Pour vous, le meilleur ami de son mari. Une demi-douzaine. Vous devriez la rappeler.

— Vous n'avez pas eu peur de voir les flics débarquer ici, ou Catherine Guivarch, ou Hélène ? Ce ne doit pas être très prudent pour des gens comme vous de rester une journée au même endroit.

— Ce n'est pas faux, Joubert, fait la silhouette obscure de Berthet dans le contre-jour, avec les rayonnages de la bibliothèque derrière elle. Mais le risque est limité, surtout que votre amie Hélène Rieux vous a quitté. Et je ne veux pas vous faire de la peine, mais vu ce qu'elle a emporté avec elle, ce n'est pas pour aller réfléchir trois jours chez une copine. Ce qui m'a bien arrangé pour tout vous dire. Elle ne risquait donc pas de revenir ici. En même temps, ça contrebalançait la mauvaise surprise Stanko-Delrio-Gruber. Je ne pouvais pas perdre sur tous les tableaux. Je n'avais pas prévu un tel merdier en venant vous chercher, à vrai dire. Je n'avais tué personne depuis la fin de l'été, vous

vous rendez compte ? L'Unité semble m'avoir oublié tant que je me tiens dans l'ombre, à distance de Kardiatou, mais ça ne va pas durer. Parce qu'ils savent que je vais revenir pour les municipales de Brévin-les-Monts. Sinon, Stanko va prendre ses distances avec Delrio. Ce que je lui ai dit sur Agnès Dorgelles n'a pas dû le rassurer. Même si je ne suis sûr de rien. Une intuition. En revanche, pour Kardiatou, j'en suis certain.

— Je ne suis pas sûr de comprendre tout ce que vous me dites, ni ce que vous me voulez vraiment. L'Unité, c'est quoi l'Unité ?

— Ça va venir, Joubert. Il vous a proposé quatre-vingt-dix mille euros, le tandem Gubler-Delrio, c'est ça ? Je vous en propose le triple pour disparaître avec moi dans les quatre mois qui viennent.

— On peut monter jusqu'à trois cent mille ? Pour faire un chiffre rond.

— On peut, dit Berthet. D'ailleurs, c'est déjà fait.

— Pardon ?

— Vérifiez… »

Martin Joubert se relève. Martin Joubert va vers son ordinateur portable. Martin Joubert se connecte à sa banque. Son compte courant est créditeur de deux cent quatre-vingt-neuf mille euros et des poussières. Trois cent mille moins le découvert. Son banquier va avoir un orgasme. Ou une crise cardiaque. Martin Joubert lui-même n'en est pas loin.

« Téléphonez à Catherine Guivarch, maintenant », dit Berthet.

Joubert appelle. Catherine répond. La conversation est pénible et douloureuse. Joubert est habituellement toujours un angoissé du téléphone. Alors là, en plus…

Pourtant un type qui dispose de trois cent mille

euros sur son compte devrait arrêter avec l'angoisse. Catherine dit qu'elle est enceinte, qu'Alex va mourir. Joubert dit que non même si Joubert n'en sait rien. Catherine dit que la police recherche activement les skins. Catherine dit « Mais pourquoi lui ? ». Catherine Guivarch en veut à Martin Joubert comme Hélène Rieux en veut, ou en voulait, à Alex Guivarch. Les femmes n'aiment pas l'amitié entre hommes. Les femmes préféreraient encore que les hommes soient pédés parce qu'un homme qui a un ami est un homme qui risque bien de ne pas trouver essentiel de vivre dans une zone périurbaine avec barbecues dominicaux et réunions de parents d'élèves.

« Je passe le voir à l'hôpital demain, ment Martin Joubert.

— Si tu estimes que c'est indispensable. Il est à l'Hôtel-Dieu. »

Puis Catherine Guivarch raccroche sans donner plus de précisions.

« Dites, il n'y aurait pas moyen de buter Delrio ? Et puis Gruber aussi ? demande Joubert.

— Ce n'est pas ma mission prioritaire, monsieur Joubert. En même temps, j'y songeais en vous entendant parler. Au moins Delrio.

— C'est quoi votre mission prioritaire, à la fin, à part foutre le bordel dans ma vie ?

— Ne me forcez pas à être cruel, monsieur Joubert. Votre vie, à tort ou à raison, vous la vivez comme un échec. Finalement, vous êtes très content de me voir débarquer. Vous me faites penser à ces hommes qui étaient mobilisés pour les deux dernières guerres mondiales. Vous croyez vraiment que le patriotisme suffisait à expliquer cette exaltation ? Mais il y avait déjà des tas de Martin Joubert en 14 et en 39 ! Des hommes malheureux, des hommes fatigués par le travail, les obligations familiales, des hommes qui voyaient leur vie comme une longue ligne droite sans intérêt. Alors la mobilisation, Joubert, c'était pour eux comme des grandes vacances, vous voyez, l'occasion de retrouver des potes et d'oublier les patrons, les contremaîtres hargneux, les récoltes qu'il faut rentrer, les femmes qui se plaignent, les enfants dans les pattes et les engueulades dès qu'on revient un peu ivre du bistrot, après une partie de dominos ou de manille coinchée qui s'est éternisée. Vous êtes comme eux, Joubert, je suis votre mobilisation, je suis votre guerre à moi tout seul, je suis votre chance inespérée de grandes vacances, loin de vos éditeurs, vos rédac' chefs, vos intrigues à trois francs six sous. Et je sens très bien que vous préférez ce que je vous propose même si ce n'est pas encore très clair dans votre tête, même si c'est visiblement dangereux. Vous préférez ça à l'implosion lente et anxieuse de votre existence. En plus vous allez vous faire de l'argent et sûrement en sortir indemne. Dites-moi que j'ai tort, Joubert... »

Martin Joubert se relève.

Martin Joubert pense que non, Berthet n'a pas tort. Mais Martin Joubert ne dira rien. Alors Martin Joubert fait ses bagages.

« Il faudra que je fasse bricoler deux ou trois trucs sur votre ordinateur portable et votre Smartphone. Vous rendre intraçable, Joubert. On fera ça à Limoges. Je connais quelqu'un. On trouvera aussi du matériel chez lui qui nous aidera à nous rendre invisibles. Dans *Sauter les descriptions*, vous avez un joli texte sur l'impossibilité d'être injoignable à notre époque. Sacré poème. Eh bien moi, je vous offre cette possibilité.

— Vous faites partie des cent vingt-neuf lecteurs de ce texte. C'est très gentil de votre part, en tout cas. »

Martin Joubert boucle son sac de voyage. Martin Joubert pense avec nostalgie à la grande valise rouge, celle des voyages avec Hélène Rieux.

« Finalement, c'est décidé pour Delrio, dit Berthet. Je veux bien l'éliminer. C'est un chien galeux et vu le nombre de personnes ou d'organismes étrangers qui le paient, l'enquête sera complexe et sensible. Tellement complexe et tellement sensible qu'il se peut bien qu'il n'y ait pas d'enquête du tout.

— Un peu comme pour Gérard Lebovici. Qui n'était d'ailleurs pas un chien galeux. Au contraire. »

Berthet sursaute, comme indigné :

« Je n'y suis pour rien, pour Lebovici. Je connais les gars qui ont fait ça mais je n'y suis pour rien.

— Votre fameuse Unité ?

— Oui… Enfin, plutôt une coproduction. Avec l'extrême droite italienne et la CIA. Mais je n'étais pas du tout partie prenante. Et puis ce n'est pas à vous Joubert que je vais dire que c'est bien la preuve de la décadence d'une époque, quand on compare Gérard Lebovici et Delrio, pourtant tous les deux producteurs et éditeurs.

— Oui, surtout que Lebovici n'était pas une saloperie de crypto-nazi suprématiste.

— En principe, un agent de l'Unité ne fait pas de politique. L'Unité, c'est autre chose. Je l'ai vue prendre des décisions qui favorisaient la gauche voire l'extrême gauche et d'autres qui semblaient aller dans le sens inverse. Mon avis, c'est que l'Unité ne sait plus trop qui elle est. Elle roule pour elle. C'est dangereux, je trouve. Mais sur ce point précis, Lebovici, je dois vous donner raison, Joubert. Lebovici, c'était tout de même autre chose. Parfois je me demande s'il n'avait pas des rapports avec l'Unité. Mais on en reparlera. Quand je vous dis qu'un agent de l'Unité ne fait pas de politique, je veux dire que j'ai tué sur ordre des gens que parfois j'estimais beaucoup, pour des raisons diverses.

— Celui que vous regrettez le plus ? Enfin je veux dire comme assassinat…

— Pierre Goldman… Enfin pas sur le coup. Sur le coup, j'étais convaincu.

— Pas glorieux, effectivement. "Honneur de la police"… Et votre préféré ?

— Je n'ai pas de préféré. Il y en a qui m'ont fait plus plaisir que d'autres. Comme Salivert. Vous savez, le numéro 2 de Roland Dorgelles au Bloc Patriotique, dans les années quatre-vingt. Il est mort d'un accident de la route. L'Unité avait décidé que Roland Dorgelles était le plus à même de fédérer le Bloc et d'en faire une force pour une grande alternance. On était encore dans la guerre froide et certains estimaient que la France n'était pas assez couillue face aux Soviets. Quand on voit trente ans après les scores de sa fille, Agnès, on comprend qu'ils ne se sont pas trompés sur les capacités de Dorgelles. C'était le meilleur pour créer une extrême droite durable… Quand je pense que ce pauvre Stanko enquête depuis des années avec son groupe Delta sur cet accident en espérant mouiller vingt-cinq ans après des opposants d'Agnès Dorgelles au sein du Bloc… Qu'est-ce que vous avez à me regarder comme ça, Joubert ?

— Je crois que j'ai compris ce que vous me voulez, en fait. Je crois que vous voulez que j'écrive vos Mémoires et je crois aussi que cette Unité veut votre peau. Je crois en plus que tout ça est lié de près ou de loin aux élections municipales de Brévin-les-Monts et à Kardiatou Diop. »

Berthet a un petit sifflement admiratif :

« J'avais peur que les benzos et l'alcool vous aient diminué mais non, en fait, pas du tout. Vous avez presque tout bon, à quelques nuances près. »

Berthet et Martin Joubert se taisent. On entend les rires des fumeurs qui vont en griller une devant Le Jeu de Quilles.

« C'est bien, Le Jeu de Quilles ? demande Berthet qui semble pour une fois être gêné par le silence.

— Oui, c'est bien. C'était notre cantine préférée avec Alex.

— Il va s'en sortir, votre ami.

— Vous n'en savez rien. Mais se faire Delrio me consolerait avant que nous disparaissions tous les deux.

— Vous vous prenez pour un cador, Joubert. Vous croyez qu'on dégomme les gens comme ça ?

— Je vous ai vu tuer trois skins dans mon salon. Alors oui, je crois. Trois skins, Berthet. Dont l'un avec une baguette qui m'avait servi à manger un tataki de thon. J'adore le tataki de thon, Berthet. Et je ne sais pas si je pourrai à nouveau manger un jour du tataki de thon. Je pourrais vous réclamer des dommages et intérêts.

— Très drôle. Mais arrêtez de m'emmerder. Je vous ai dit que c'était d'accord pour Delrio.

— Ce soir ?

— Vous êtes chiant, Joubert. Vraiment. Surtout que si je fais ça ce soir, je vais être obligé de vous trimballer avec moi parce que juste après je veux faire fissa et rejoindre Brévin-les-Monts avec vous. Enfin disons un endroit que j'ai prévu pour nous dans une ville voisine. Et puis, vous n'avez jamais été sur le terrain. »

Martin Joubert hausse les épaules et se contente de dire :

« Je suis prêt, là. »

Berthet ne comprend pas si Martin Joubert lui signifie qu'il est prêt à partir ou qu'il est aussi prêt pour Delrio.

« Alors on y va. »

Martin Joubert regarde sans doute pour la dernière fois autour de lui. Cet appartement de la rue Boulard. Martin Joubert y a été heureux, mais heureux par fragments. Martin Joubert se dit que dans cette histoire, il va autant en apprendre sur Berthet, sur cette Unité, sur le secret qui domine le monde que sur lui-même.

C'est ça, Martin Joubert a été heureux par fragments ici. Ici et depuis qu'il est né. Une incapacité au bonheur, à la tranquillité d'esprit sur le long terme, à l'ataraxie comme dirait sa délicieuse nageuse helléniste Hélène Rieux. En revanche, Martin Joubert a su arracher des moments rares à la vie, des moments d'autant plus intenses que Martin Joubert devinait qu'ils étaient comme ces îles que la marée haute recouvre entièrement : la sortie de son premier livre, des petits matins d'automne quand il entrait dans la cour de Brancion à Roubaix, que les peupliers faisaient des taches jaunes et pourpres sur les murs de brique des friches industrielles, le profil des gamines, ses années avec Sylvie tellement tranquilles dans le loft où il adorait lui faire l'amour quand elle revenait d'un cross et qu'elle était ruisselante de sueur, ses après-midi qui échappaient au temps sur une plage déserte de Sérifos, une île voisine de Paros où Hélène et lui lisaient nus, allaient se baigner, faisaient l'amour. Puis lisaient encore, se baignaient encore, faisaient l'amour encore, buvaient trop de vin blanc glacé, rataient le dernier ferry et dormaient sous les tamaris comme des adolescents.

Au bout du compte, ce n'est pas certain que tout

cela soit un échec complet. Ou alors, si Martin Joubert était vraiment sur le point de le penser, de couler, Berthet est là maintenant.

Berthet devrait l'effrayer. Berthet est un tueur, une barbouze, un de ces hommes qui n'ont plus d'âme ou qui l'ont oubliée quelque part dans un lieu inaccessible.

Pourtant Berthet semble à Martin Joubert l'image la plus proche de ce qu'on pourrait appeler une rédemption.

C'est paradoxal.

C'est pourtant incontestable.

Martin Joubert et Berthet sortent dans la nuit de novembre. Martin Joubert voudrait passer vite devant Le Jeu de Quilles. S'ils l'aperçoivent, avec son sac de voyage, Martin Joubert devrait donner des explications en buvant une quille. Ou deux. Berthet le comprend d'instinct. Berthet fait écran avec sa haute taille et voilà, Martin Joubert et Berthet sont loin dans la rue Boulard, déjà.

Berthet prend un itinéraire incroyablement compliqué qui fait souffler Martin Joubert avec son sac. Martin Joubert sent ses vingt kilos de trop.

Tout ça pour se retrouver tout près, rue Marie-Rose, devant un crossover Infiniti. Le haut de gamme.

« C'est pas franchement discret, comme véhicule, remarque Joubert.

— J'ai soixante piges bien sonnées, j'ai le droit à de belles bagnoles. En plus, c'est une idée reçue, les bagnoles trop luxueuses qui attirent les regards des flics. Mon crossover à Aubervilliers, je ne dis pas. Mais dans le XIVe avec mon costume Hugo Boss et votre allure d'écrivain américain des fifties, on est parfaitement dans le ton. Montez, plutôt que de raconter des conneries.

— On va buter Delrio, alors ?

— C'est une obsession, chez vous, mon vieux.

— Je pense à Alex. Je pense à ce que ce porc voulait me faire faire.

— Ce livre pour affoler la France et le Net, avec un auteur converti à l'idéologie sécuritaire, ils le feront de toute façon. Gruber trouvera un autre éditeur, d'autres financiers. Un autre mec dans votre genre qui tire la langue. Le livre fera du buzz sur le net parce qu'il sera tellement dégueulasse et raciste que la télé n'en parlera pas. Gruber hurlera au complot, au "politiquement correct". Alors la télé en parlera pour se dédouaner et plein de monde sera persuadé en France qu'on est au bord de la guerre civile. Pour Gruber en plus, et l'auteur, et Delrio, ce sera une affaire très juteuse. Votre refus et celui de Guivarch vous honorent mais les cimetières sont pleins de gens irremplaçables, Joubert. Je vous parie que d'ici janvier, le livre paraîtra quand même. Qu'on ait buté Delrio ou pas.

— Et si on butait Delrio *et* Gruber ? Pendant qu'on y est.

— Je vous ai dit que pour Delrio, on n'aura personne au cul, ou pour la forme. Gruber, c'est autre chose.

— Bon Delrio seulement, alors. Mais vite. »

Berthet soupire.

« Vous avez fait votre service militaire, je crois.

— Oui. Une PMS. »

Berthet regarde le bide de Martin Joubert. Martin Joubert se sent humilié. Berthet recule légèrement le siège chauffeur de l'Infiniti et dégage un Glock 9 mm.

« Vous en avez parlé dans vos romans, mais bon. Je préfère vous dire que ça marche comme le Mac 50 que vous avez utilisé pendant votre service. C'est plus léger, donc attention, ça peut vous surprendre et vous rendre imprécis. Il appartenait à un salopard, sinon, mais un salopard qui a la chance d'avoir sa sépulture éparpillée dans le plus beau pays du monde.

— Lequel ?

— Le Portugal, dit Berthet avec une pointe de regret dans la voix qui surprend Martin Joubert.

— Je suis d'accord avec vous pour le Portugal, dit Martin Joubert en éprouvant le poids oublié d'une arme de poing. Mais j'aime autant la Grèce. »

Et Martin Joubert pense à Hélène Rieux, aux papillons extrêmes, à Paros.

« Mauvais souvenir de la Grèce, dit Berthet.

— Une mission qui a mal tourné ?

— Non, une intoxication alimentaire avec des baklavas. Du coup, je n'ai pas pu me faire l'attaché d'ambassade roumain prévu. Je suis resté trois jours sur les chiottes du palier d'un hôtel pourri du Pirée.

— Alors la mission a mal tourné…

— Pas vraiment. J'ai appris après que j'aurais été abattu juste après la mort de l'attaché.

— Par l'Unité ?

— Oui, par l'Unité.

— Et vous trouvez ça normal ?

— Ça fait partie de la règle du jeu.

— Je sens que ça va être intéressant, vos Mémoires.

— N'est-ce pas ? »

Berthet démarre. Il se met à pleuviner. Novembre est mou et humide.

Martin Joubert regarde le Glock et une sale idée traverse Martin Joubert.

« Je vais devoir le faire *moi-même* ? Je veux dire tuer Anton Delrio. Je n'ai jamais fait ça, moi.

— Pas forcément, Joubert, mais on ne sait pas sur

quoi on va tomber. Je ne suis pas un surhomme. Je fais ça parce que ça va foutre le souk au Bloc Patriotique et que tout ce qui fout le souk au Bloc m'arrange pour Kardiatou. Elle n'aura plus qu'à se battre sur un front, là-bas. »

Le crossover s'engage sur l'avenue du Général-Leclerc.

« Elle n'est même pas encore candidate officiellement à Brévin-les-Monts, dit Joubert.

— Si. Pendant que vous dormiez. J'ai eu l'alerte info sur mon iPhone. Elle s'est déclarée à dix-sept heures trente. Dans la cour du ministère de la Culture.

— C'est quoi l'autre front sur lequel elle va devoir se battre ?

— Ben voyons, Joubert ! Ses propres amis. Ça me semble évident, non ? »

Berthet conduit le crossover calmement sous la pluie fine qui rend la circulation compliquée. Berthet trouve que si l'époque a un avantage, un seul, c'est la conduite des véhicules. Tout le reste, c'est le règne de Big Brother mais Berthet qui a conduit des voitures depuis la fin des années soixante sait bien la différence entre les monstres de lourdeur aussi maniables que des paquebots survireurs de ces années-là et les salons sécurisés d'aujourd'hui auxquels on fait faire demi-tour d'un doigt.

Bien sûr, il faut au préalable désactiver quelques joujoux comme le GPS si vous voulez éviter qu'un drone piloté à vingt mille kilomètres de là vous balance une bombe sur la tronche ou, plus vraisemblablement, que l'on vous suive sur une carte aussi sûrement que si on vous avait collé une balise sous le pare-chocs, l'un n'excluant pas l'autre, par ailleurs.

En matière automobile, là encore, se dit Berthet, les années quatre-vingt se désignent à l'historien par leur laideur et marquent une uniformisation dans les silhouettes, comme chez les femmes. Même les Jaguar n'ont plus eu l'air anglaises, ce qui est un genre d'exploit négatif rarement atteint. Toutes les voitures des années quatre-vingt se sont mises à ressembler à Grace Jones, en fait, c'est dire.

« On peut le trouver où, Delrio, à cette heure-là ?

— Je ne sais pas, Berthet. Chez lui ?

— Vous ne savez pas où habite Delrio ? demande Berthet.

— Je m'étais dit que vous… »

Le lion de Denfert-Rochereau apparaît dans la pluie.

« Je n'ai pas la science infuse, Joubert. Et puisque vous avez l'air de comprendre un peu les choses, je ne suis plus franchement en odeur de sainteté auprès de mes anciens employeurs et collègues. Ils veulent ma peau, en fait. Et depuis que Kardiatou est officiellement candidate à Brévin-les-Monts, ils vont se remettre sur le sentier de la guerre. Et son numéro de téléphone, à Delrio, vous l'avez ?

— Non plus. Guivarch l'avait.

— On ne va pas aller à l'Hôtel-Dieu fouiller dans les affaires d'un… »

Berthet hésite. Martin Joubert se tend.

« … d'un blessé grave, complète Berthet.

— Mais avec les années, dit Martin Joubert, vous n'avez pas votre propre réseau ?

— Aucune envie de le griller. Il est peut-être déjà grillé d'ailleurs. Je n'ai repris contact avec personne depuis la fin septembre. Sauf mon contact limougeaud.

— J'ai une idée, dit Joubert.

— Ah…

— On pourrait passer à *Boulevard Atlantique*. C'est sûrement dans les ordinateurs. J'ai encore les clefs. »

Berthet regarde sa montre.

« Vingt et une heures ? Il n'y a pas encore du monde ? »

Martin Joubert dit que non, que c'est un site en ligne qui publie un hebdomadaire, que les locaux ne servent que pour les réunions et les bouclages. Martin Joubert indique l'adresse. Trois pièces au deuxième étage, dans un vieil immeuble, rue des Bourdonnais.

Berthet se gare au parking des Halles.

Martin Joubert et Berthet marchent côte à côte. Martin Joubert remonte le col de sa veste en tweed. Martin Joubert aurait dû prendre son imper.

Le code, puis l'escalier jusqu'au deuxième. Les clefs. « Le moins de bruit possible », a chuchoté Berthet en examinant les traces éventuelles d'un système d'alarme. Berthet et Martin Joubert entrent à la lumière de la Maglite de Berthet dans ce qui fut autrefois sans doute un appartement.

Le secrétariat et le marketing : trois postes informatiques.

La salle de réunion avec les affiches représentant les unes du journal « Vers la guerre civile », « Les identités dangereuses », « Agnès Dorgelles, le recours ? » : cinq postes informatiques où travaillent un journaliste de garde pour le site et des stagiaires.

Et puis une dernière pièce, deux bureaux plus grands, des fauteuils ergonomiques : la direction de la rédaction.

« C'est presque trop facile, dit Berthet. Même pas de code pour ouvrir les ordinateurs. »

Martin Joubert, lui, fouille dans des agendas, des dossiers. À la limite, Martin Joubert en oublie Delrio. Martin Joubert veut savoir… veut savoir quoi ? Pourquoi il en est arrivé à cambrioler son employeur ? Parce que *Boulevard Atlantique*, ce n'était pas seulement pour une question de survie économique. Il faut être honnête. Il y a un fond de masochisme, là-dedans, un désir d'être en permanence dans une sorte d'inconfort moral, histoire à la fois de masquer ses contradictions sans les résoudre et de payer pour d'autres échecs, d'autres lâchetés : ne pas avoir eu d'enfants avec Hélène Rieux, ne pas être resté prof à Brancion là où il était utile mais aussi, une fois Brancion quitté, ne pas avoir uniquement écrit ses romans, ses poèmes. Avoir cherché à survivre en faisant le nègre, le chroniqueur à gages, le pigiste qui prenait ce qu'il trouvait par désir de se trahir. Pasolini au petit pied. Genet des bacs à sable. Il aurait fait un excellent pédé. Enfin du temps où les pédés travaillaient dans le négatif et ne voulaient pas se marier.

« J'ai trouvé, dit Berthet. Anton Delrio. Le portable, l'adresse, tout. J'ai même mieux. Un échange de mails pour un rendez-vous avec le directeur de rédaction. Il avait proposé ce soir à Delrio. Et Delrio a dit non. Dit qu'il a d'autres obligations. Un rendez-vous pour une conférence avec les SNB. Il s'en vante même, ce provocateur à deux balles.

— Les Soldats de la Nation Blanche…, murmure Martin Joubert.

— Oui.

— Je suis certain que ce sont deux ou trois de ces salopards qui ont dû massacrer Alex.

— Il y a des chances.

— Et ils y sont encore, à votre avis, Berthet ?

— Sans doute. Dans leur bar associatif en sous-sol, rue de Maubeuge.

— Oui, je sais. Le SNBar. Vous les avez utilisés, avec votre Unité, ces skins ?

— Oui. Bien sûr. Pas moi personnellement mais oui. Et puis le Bloc Patriotique les a utilisés. Les RG aussi, à l'époque où ça existait encore. Même les patrons de clubs de foot via des boîtes de sécurité. De belles variables d'ajustement, ces petits prolos paumés.

— Ils ont quasiment tué Alex, Berthet. J'ai la compassion en berne, là.

— Allez, on sort », dit Berthet après avoir soigneusement effacé les passages de ses intrusions informatiques.

Berthet et Martin Joubert reviennent vers les Halles.

« Vous comptez-vous y prendre comment ?

— Eh bien on va descendre tous les deux dans le SNBar et on va défourailler à tout-va. Un peu comme dans *La horde sauvage*, vous voyez, Joubert ?

— Arrêtez de vous foutre de ma gueule.

— Il va falloir faire vite en tout cas. Si je fais ça, je vous le répète, n'allez pas imaginer que c'est parce que je vous trouve sympathique et que vous avez été un gentil prof avec Kardiatou Diop », dit Berthet en montant dans le crossover.

Les lourdes portières claquent.

Joubert a la sensation étrange que Berthet parle de Kardiatou et de lui comme si rien n'avait bougé depuis les années quatre-vingt-dix.

« Non, insiste Berthet comme pour se convaincre lui-même, je fais ça pour foutre le bordel entre le Bloc Patriotique et sa propre extrême droite, pour occuper Stanko, pas pour vos beaux yeux. C'est parce que je pense que vous serez le meilleur chroniqueur possible de ce qu'a été ma vie de fantôme au service de l'Unité. Pour le reste, je vous trouve un peu veule et geignard, pour tout dire. Bon, en même temps, vouloir venger votre ami part d'un bon sentiment.

— Allez vous faire foutre, Berthet. »

Berthet sourit. Berthet démarre.

« Vous allez vous y prendre comment ? demande Martin Joubert.

— Ouvrez la boîte à gants.

— Mais bordel, qu'est-ce que c'est ?

— Des grenades, Joubert, des grenades. Vous n'en avez pas vu lors de votre service militaire ?

— Pas des comme ça.

— C'est normal, ce ne sont pas des modèles homologués. Vous pouvez me passer celle qui ressemble à une bombe désodorisante pour les toilettes ? »

Martin Joubert obéit.

« C'est une grenade incendiaire. On va la lancer dans le local du SNBar en passant devant, voilà, ce n'est pas plus compliqué que ça. »

Pas plus compliqué que ça, se répète mentalement Martin Joubert qui est vraiment passé dans une autre dimension et ne s'en trouve pas plus mal. Martin Joubert remarque d'ailleurs qu'il n'a pas songé à prendre un Xanax depuis son réveil.

L'Infiniti est déjà sur zone.

Berthet fait un premier passage.

L'entrée du bar souterrain est gardée par un gros bras. Il obstrue l'escalier qui y descend. C'est ennuyeux. Berthet tourne autour de la station Poissonnière, reprend la rue de Maubeuge. Deuxième passage. Pas de voitures banalisées qui sont comme toutes les voitures banalisées éminemment reconnaissables. Les flics ont autre chose à faire ou bien ce sont les restrictions budgétaires. Ça simplifie, en tout cas.

Alors Berthet arrête le crossover Infiniti devant l'entrée du SNBar et Berthet dit à Martin Joubert, sans avoir l'air de trop y croire : « Couvrez-moi. »

Berthet descend du crossover, la grenade incendiaire dans une main et son Sig-Sauer P220 dans l'autre.

Berthet tire une seule balle en plein front sur l'épais skin qui bouche l'entrée.

Berthet dégoupille ce qui ressemble à une bombe désodorisante.

Berthet attend quelques secondes qui paraissent atrocement longues à Martin Joubert.

Berthet lance la grenade incendiaire tandis qu'on voit des silhouettes remonter à cause du coup de feu.

Berthet se retourne et ne fait pas attention au *vlouf* et à la vague de chaleur que Martin Joubert a l'impression de ressentir jusque dans l'habitacle climatisé du crossover. Berthet, qui sent le chaud et l'essence, remonte dans le crossover, un mur de flammes rouges et des hurlements derrière lui, et il dit :

« Alors, Joubert, heureux ? »

Assez vite, ensuite, Berthet et Martin Joubert quittent Paris par la porte d'Orléans.

Et vers Orléans, comme chaque fois que Martin Joubert passe sur cette autoroute, il regarde les restes des structures d'essai de l'aérotrain, un projet pompidolien. Et comme chaque fois que Martin Joubert les voit et qu'il est en compagnie de quelqu'un, Martin Joubert explique :

« Je me demande toujours si c'est ça qui a servi de décor pour le métro aérien dans *Fahrenheit 451* de Truffaut, vous savez, pour son adaptation de Bradbury. »

Berthet fait remarquer qu'il n'est pas fou de Truffaut, en fait, et tiens, qu'il a commencé à bosser sous Pompidou, tout jeune flic appartenant déjà à l'Unité à l'insu de ses collègues, infiltré dans les groupes gauchistes, surtout maoïstes puis autonomes et qu'également il mentait à tout le monde et qu'il rendait compte à un certain Losey. Losey devait être bien vieux maintenant et encore si Losey était toujours vivant car Berthet n'avait pas réussi à le joindre depuis qu'on avait essayé de tuer Berthet à Lisbonne.

Plus tard, Berthet et Martin Joubert se découvrent des goûts communs pour la poésie de Perros, vers Montargis.

Puis Berthet et Martin Joubert se taisent et écoutent le programme de Radio Classique. Ça roule bien.

Au large de Vierzon, Berthet et Martin Joubert apprennent par un flash info qu'un « lieu », comme on dit aujourd'hui, un lieu skin, donc, a été visé dans la soirée par un engin incendiaire, qu'il y a cinq morts et trois blessés très graves dont Anton Delrio, un producteur de rock et éditeur controversé, propriétaire de plusieurs sites Internet d'extrême droite. Un homme dont le rôle de passerelle entre le Bloc Patriotique et les identitaires était connu.

Il avait fallu l'intervention des pompiers pour maîtriser le début d'incendie qui avait gagné les étages supérieurs de l'immeuble où se trouvait le SNBar. Berthet et Martin Joubert écoutent aussi une interview de Kardiatou Diop. Kardiatou Diop indique que sa candidature à Brévin-les-Monts est d'autant plus indispensable qu'il est clair que l'extrême droite devient un facteur de troubles dans le pays et qu'il serait temps que sa rivale à l'élection, Agnès Dorgelles, sache prendre ses distances avec ces gens-là. La secrétaire d'État précise pour finir qu'un peu plus tôt dans la journée un jeune écrivain, Alexandre Guivarch, est décédé après une agression skinhead, sur les quais.

Berthet pose sa main sur le bras de Martin Joubert et dit :

« Je suis désolé, vraiment.

— Vous êtes sévère avec Truffaut, je trouve. »

Martin Joubert dit cela parce que cela lui donne l'impression absurde que tout est normal et qu'Alex ne vient pas de mourir.

Plus tard encore c'est la Creuse et ensuite Limoges où Berthet sort de l'autoroute, va dans le centre et se gare en haut de la rue Haute-Vienne qui est piétonne. Berthet demande à Martin Joubert son Smartphone et son MacBook Pro, descend, sonne à une porte au milieu de la rue, près d'un caviste, reste une demi-heure à l'intérieur, revient au crossover et dit à Martin Joubert :

« Ces deux machins sont intraçables maintenant, vous pourrez appeler qui vous voudrez, envoyer les mails que vous voudrez aussi, on ne vous géolocalisera plus. Moi, j'y repasserai plus tard prendre du matos. »

L'idée paraît séduisante à Martin Joubert qui s'aperçoit aussi, presque aussitôt, qu'il n'a plus envie de joindre qui que ce soit, en fait.

Oublier Hélène. Oublier Alex.

À l'aube, Berthet et Martin Joubert arrivent dans une jolie maison en pierre de taille avec jardin et garage, de la rue Alsace-Lorraine, à Brive-la-Gaillarde.

Et Berthet, presque détendu, dit en ouvrant le gaz et en mettant l'électricité :

« Voilà notre base arrière, Brévin-les-Monts est à cinquante kilomètres. Alors maintenant, au travail. »

TROIS

KARDIATOU DIOP

Une note de douceur à la fin

1

Ma Kardiatou.

Ton prénom, j'en détache chaque syllabe. Chaque fois que je le prononce pour moi, à voix basse, comme un mot de passe, un talisman.

Ma Kar-dia-tou.

Et cela me fait toujours penser au bruit de ton cœur qui bat, au rythme de ton sang que j'écoute dans la nuit, la tête posée sur tes seins, mes mains ramenant vers moi ton corps aux hanches larges, aux cuisses musclées presque trop fortes mais si rassurantes, pour que je laisse ma bouche près de ton oreille dessinée comme un coquillage, quand nous nous endormons en cuiller.

Je te protège dans ton sommeil depuis que nous sommes ici. Je te chuchote : « Je suis là, je t'aime, dors… » Je pourrais te dire : « Je te protège comme Berthet a su te protéger, ton ange gardien », mais je ne le dis pas. Parce que ce n'est pas vrai. Je ne saurais pas te protéger, pas comme ça. Parce que je ne suis même pas certain d'arriver à t'aimer comme il t'a aimée et Dieu sait pourtant que je t'aime.

Ma Kardiatou.

Ma Kar-dia-tou.

Avec une note de douceur à la fin, une manière d'apaisement dans la pulsation de la dernière syllabe.

Avant Brévin-les-Monts, nous préférions au contraire que ce soit toi qui m'enveloppes, les rares nuits où nous pouvions dormir ensemble. Moi, j'adorais sentir ton grand corps tiède collé derrière moi, sentir ta toison sur mes fesses, tes seins s'écraser sur mon dos. J'adorais sentir ta respiration sur mon cou.

Je me réveillais parfois, et ce n'était pas par angoisse, je me réveillais parce que j'étais fou de bonheur et d'étonnement qu'une femme que j'aimais, une femme que j'aimais enfin, une femme qui me rendait prêt à tout pour elle était la femme que je sentais derrière moi, collée, dans la nuit, et c'était comme si plus rien de mauvais ne pouvait m'arriver, jamais. Comme si j'allais me fondre en toi, littéralement. Devenir un léger renflement vivant quelque part du côté de ton aine ou à la base de ton cou, près de la clavicule.

Au chaud, là, pour toujours.

Berthet, qui d'après ce que dit le manuscrit de Joubert, aimait la poésie, aurait sans doute pensé à Baudelaire, au poème *La Géante*. C'est un vague souvenir du lycée pour moi, je ne suis pas comme Joubert ou Berthet, je ne connais pas des centaines de vers par cœur. En vieillissant, je le regrette. Mais il n'est pas trop tard et puis j'ai des excuses, la poésie, chez moi, n'était pas considérée comme un truc sérieux, juste un élément de culture générale comme un autre qui pouvait servir dans les concours aux grandes écoles, lors des oraux.

Parfois, avec cette prescience des amants, tu devinais que je ne dormais pas, tu murmurais à mon oreille quelques mots en sérère qui se terminaient en un rire rauque dans la nuit, ce rire joyeux qui n'a pas été pour rien dans ta popularité médiatique. Je peux en attester, ma Kardiatou, tu riais de la même manière sur un plateau télé quand tu renvoyais un adversaire à ses contradictions que dans la moiteur de notre lit qui sentait le sexe heureux de nos transpirations mêlées.

Tu n'as jamais voulu me traduire en français ces mots sérères. Tu invoquais à moitié sérieuse à moitié rigolarde une formule secrète qui te venait du marabout de ta grand-mère. Une formule pour décupler le plaisir sexuel, une formule qui me rendrait impuissant si j'en connaissais le sens exact.

C'est fou ce que tu aimais bien « faire ta négresse » à l'occasion, comme tu le disais toi-même.

Pour provoquer, pour énerver.

Tu y réussissais assez bien. Et avec un monde fou. Berthet n'était pas de trop quand on y pense rétrospectivement pour te protéger de loin.

« Faire ta négresse » pour provoquer les cons, ceux des sites Internet plus ou moins ouvertement racistes et leurs forums où tu devenais la cible préférée, le symbole de ce gouvernement de pédés vendus aux islamistes. Mais tu aimais bien « faire ta négresse », aussi, pour provoquer d'autres cons, moins évidents mais non moins pervers : ceux des associations ultra-communautaristes noires qui la rejouaient guerre des races, mort aux Blancs, mort aux leucodermes, pour qui tu étais une négresse blanche, une tata Tom, une traîtresse, une noix de coco, noire à l'extérieure, blanche à l'intérieur.

Sinon, il y avait également les cons glorieux et prévisibles de l'opposition qui « dérapaient » à l'occasion sur la secrétaire d'État pas assez entrée dans l'histoire surtout quand tu devais, une fois de temps en temps, répondre à la séance des questions au gouvernement, à l'Assemblée. Tu le faisais coiffée comme Angela Davis, ce qui est une chose, mais aussi habillée comme une star de la blaxploitation, ce qui en est une autre, corsage échancré, minishort et collants colorés sur chaussures à semelles compensées. Ça huait, ça hurlait et le Premier ministre faisait la gueule, il ne t'a jamais aimée celui-là, quand tu prenais le micro depuis les bancs du gouvernement. Sans compter ton ministre de tutelle, à la Culture, qui lui, ne te supportait carrément pas, homosexuel intégriste venu de l'industrie du luxe et ancien adjoint à la mairie de Paris.

J'ai toujours eu peur, je te l'avoue ma Kardiatou, ma guerrière sérère, que tu ne fasses à ce moment-là le geste de trop, le geste des Courées Rouges, ton quartier de Roubaix, de tous les quartiers, c'est-à-dire un doigt d'honneur à l'ensemble des bancs de la droite. Mais non, tu étais une politique, une vraie, contrairement à ce qu'on disait de toi. Tu as toujours su jusqu'où ne pas aller trop loin.

Et c'est là, sans doute, quand j'ai vu une Pam Grier au sourire ironique pousser à la faute un vieux député de Vendée cramoisi, à la limite de l'apoplexie, que j'ai commencé à te trouver bien plus intéressante que prévu. Le regard que tu avais eu, plein d'innocence outragée et feinte à la fois, quand tu t'es tournée vers le perchoir, parce que le vieux chouan en question avait crié : « Va te rhabiller, gourgandine ! » Il avait dû penser « salope » mais question d'âge ou d'éducation, c'était le suranné « gourgandine » qui lui était venu à la bouche. Et il s'en était tiré par un simple rappel au règlement bien moins sévère que les caricatures dont il fut l'objet dans les semaines qui suivirent.

Le comble, c'est qu'au retour, comme si ça ne suffisait pas, tu demandais à l'officier de sécurité qui faisait aussi office de chauffeur de la simple DS4, tu n'étais que secrétaire d'État après tout, de mettre un CD appelé *Enjoy your funk*, je crois bien. Tu montais à côté de lui et moi j'étais sur la banquette arrière, et c'est comme ça que je t'ai vue te dandiner, assise, sur Isaac Hayes et les Delfonics en repartant vers la rue de Valois et le Palais-Royal. J'ai pensé que tu venais de loin, pour manifester une telle énergie, une telle folie contrôlée. Et ça m'a bouleversé.

Alors que je sais très bien que tu ne te sens vraiment à l'aise, d'habitude, que dans des tailleurs-pantalons, parfois dépareillés, assez stricts quoique moulants et qui ne viennent pas de grands couturiers mais de ces marques qui te faisaient rêver, adolescente, quand tu traînais à Roubaix, du côté des magasins d'usine et que Berthet, dans ton sillage de gamine, te voyait regarder avec regret les vitrines de Zara ou de H&M. Évidemment, ça en énerve certaines et certains de voir que tout te va à trente-cinq ans sans que tu aies besoin de dépenser des fortunes.

Sais-tu — je t'ai vue feuilleter distraitement malgré ton état le manuscrit du roman de Martin Joubert mais je ne sais pas ce que tu en as retenu — que Berthet entrait souvent peu de temps après que tu étais passée avec tes copines dans ces magasins et, avec un œil très sûr, achetait des vêtements « pour sa nièce qui avait environ quinze ans » ? Ensuite, Berthet allait dans la chambre meublée qu'il louait à la semaine à l'Alma-Gare, fabriquait un colis avec de fausses étiquettes et tapait à la machine une lettre type genre « Votre nom a été tiré au sort pour les dix ans de notre marque et nous sommes heureux de vous faire ce cadeau ». Et il envoyait le tout par la poste chez toi pour que tu n'aies pas d'ennuis ou de questions gênantes auxquelles répondre. Comme tu n'avais que des frères, en plus, et que ta mère seule à la maison était plus que ronde et n'aimait que les boubous, on ne risquait pas de conflits. Est-ce à ce genre d'épisodes auxquels tu faisais allusion quand tu m'as dit, lorsque j'ai commencé à travailler avec toi :

« Vous savez, je n'ai pas tant de mérite que ça. J'ai toujours eu l'impression que j'avais la baraka. J'ai eu de la chance. Vraiment. Pour des petits trucs comme des trucs plus graves… Comme si j'avais un ange gardien, vous voyez ? » ?

Et puis, pour finir, « faire ta négresse » était aussi un moyen de provoquer les cons du gouvernement et de ton parti qui ne t'épargnaient pas non plus. Ces belles âmes progressistes étaient capables d'un mépris inconscient qui n'était pas forcément du racisme mais un léger énervement à voir une jeune femme noire être au conseil des ministres uniquement parce qu'elle était jeune, femme et noire. La secrétaire d'État gadget qui piquait la place d'un autre.

Je le sais, Kardiatou, c'est ce que j'ai ressenti moi-même quand on m'a dit, lors du dernier remaniement ministériel, que je serais ton chef de cabinet…

J'ai pris ça comme un coup de massue, une punition. On avait créé ce secrétariat d'État aux échanges culturels européens uniquement pour toi, parce que tu te retrouvais sous la tutelle de deux ministres, Culture et Affaires européennes, et que tu n'aurais rien à faire sinon de la figuration intelligente.

Ils se sont trompés, je me suis trompé. Tu as marqué ton territoire. Ta cote de popularité a encore grimpé. Les seuls qui ne t'attaquaient pas, même quand tu « faisais ta négresse », c'était le Bloc Patriotique. Ils égratignaient ton côté gadget, mais sans plus. Ce n'est un paradoxe que pour les cons. Agnès Dorgelles, et on l'a bien vu par la suite à Brévin-les-Monts, sait faire de la politique. Elle avait compris qu'on te mettrait sur son chemin, et que les attaques sur ta couleur te renforçaient.

Tu as eu, de plus en plus souvent, des missions qui dépassaient largement les attributions de ton secrétariat d'État et le pédé de la Culture a été obligé de te déléguer bien plus de choses qu'il ne l'aurait voulu.

Mais je me revois le jour du remaniement. J'étais décomposé. J'avais fait auparavant un parcours parfait. Je sortais du cabinet du ministre du Budget. Un copain de ma promo de l'ENA, qui dirigeait une jeune chaîne d'infos continues, m'avait fait participer à des talk-shows hebdomadaires, je commençais à avoir un nom et je pensais à me trouver une circonscription ou une mairie lors des prochaines échéances électorales. Et alors que j'étais persuadé que le remaniement serait pour moi l'occasion de rejoindre le secrétariat général de l'Élysée, voilà que le Premier ministre, tout heureux d'avoir sauvé sa peau, me téléphone personnellement. Je me suis dit que c'était bon, si c'était lui qui appelait. En fait c'était surtout pour me consoler. Enfin comme peut te consoler un mec qui a le charisme d'un prof de maths en zone rurale, ce qu'il avait été d'ailleurs :

« Mon vieux, je sais, ce n'est pas amusant. Mais c'est la volonté de l'Élysée. Kardiatou Diop entre au gouvernement. Que voulez-vous, son association CitéRépublique fait des miracles, elle a la cote auprès de la gauche radicale tout en se disant socialiste et européenne. Parcours parfait et profil idem. Sciences-Po, issue des quartiers, et avant ces conneries de discrimination positive. Non, mon vieux, elle nous est indispensable. Elle sera le seul membre du gouvernement à pouvoir se promener dans une cité sans déclencher une émeute. Alors, en même temps, on n'a vu que vous pour la driver. Éviter qu'elle dise des conneries, vous voyez ? Contrôler sa communication. Vous serez son chef de cabinet, son directeur aussi d'ailleurs… Restrictions budgétaires obligent… Mais je vous promets mon vieux que vous serez récompensé. J'en fais une affaire personnelle pour la prochaine fois. Et je ne vous oublie pas pour les prochaines législatives. »

Tu parles.

Et je me suis retrouvé avec toi et moins de quinze personnes, dans cinq bureaux mansardés et les portables qui ne passaient pas toujours très bien.

Mais je préfère, cette nuit, ma Kardiatou, en revenir au sexe avec toi. À cette formule rituelle prétendument en sérère qui annonçait toujours des délices qui me font bander, là, tout de suite et je m'écarte un peu de toi, je ne veux pas te réveiller, pour une fois que tu as l'air de passer une nuit tranquille.

Ma Kardiatou, mon amour, sans changer de position, tu commençais d'abord à jouer avec mes tétons, les pincer, les faire rouler entre la pulpe de tes doigts. C'était une chose assez nouvelle pour moi, puis ta main discrètement manucurée descendait sur mon ventre jusqu'à la rencontre de mon sexe.

Je bandais aussitôt : même dans l'obscurité, je voyais le contraste troublant de tes doigts noirs sur ma queue blanche. Tu jouais avec mes couilles, tu riais encore, je me retournais, je voyais ton grand sourire éclatant, c'était presque toi qui me ramenais sur toi et c'était vraiment toi qui dictais ton rythme, allais me chercher en soulevant très haut ton bassin avant qu'une pression plus forte de tes mains sur mes fesses ne soit le signal implicite que je pouvais jouir en toi si je le souhaitais car pour toi, il était arrivé, ton plaisir.

Mais moi aussi, à la longue, je savais qu'il était là, ton plaisir, parce que tu as fait de la gymnastique pendant douze ans et qu'il t'en reste une démarche, un port et surtout la capacité à faire de ton vagin l'enveloppe vivante, vibratile qui se moule parfaitement sur mon sexe en toi. Ton vagin qui se contracte autour de ma queue selon le rythme que tu choisis, un rythme que tu contrôles parfaitement. Jusqu'à ce que ta chatte me serre très fort quand tu vas jouir, incroyablement fort, comme si c'était une main qui s'emparait de moi.

Tu te souviens, ma Kardiatou, mon amour noir, tu savais à l'occasion me faire jouir sans même bouger : tu te mettais au-dessus de moi, tu ne faisais entrer que mon gland en toi, jusqu'à cette zone si sensible du frein, il était interdit pour moi d'aller plus loin, et tu t'amusais à le masser avec ton sexe sans que ni toi ni moi ne bougions. Nous appelions ça « faire le calamar » et je n'ai jamais pu regarder, depuis, certaines cartes de restaurant sans avoir un sourire idiot et remercier les entraîneurs de gymnastique du monde entier.

Et puis nous reprenions instinctivement dans le sommeil cette position de la cuiller avec ta présence derrière moi.

Je découvrais à trente ans, enfin, avec toi ma Kardiatou, que le sexe n'était pas ce prolongement vaguement ennuyeux que les énarques ou les hauts fonctionnaires qui se marient entre eux pour des raisons de carrière se sentent obligés de vivre sans enthousiasme excessif. Que le sexe pouvait avoir cette dimension subversive, essentielle, dévastatrice.

Je n'avais évidemment parlé à personne de notre histoire, ma Kardiatou, ma rebelle des Courées Rouges, tu me l'avais interdit et même, au début quand nous avons cru que ce serait une simple passade, tu m'avais dit :

« Même pour la suite de ta chère carrière, ce sera mieux, si on ne sait rien pour nous deux. Je ne parierais pas forcément beaucoup sur ma longévité politique. Le jour où ils n'auront plus besoin de moi, ils me jetteront. »

Tu ne croyais pas si bien dire, ma Kardiatou, ma Kar-dia-tou, cela a même été pire que ce que nous aurions pu imaginer.

Et puis, nous nous sommes vite aperçus que ce n'était pas une simple passade, nous deux. Ça continue même encore plus fort, dans tout ce chaos, cet amour-là, alors que je surveille ton sommeil. Ton sommeil cerné par les cauchemars.

Je ne crois pas que Berthet ait eu le temps de savoir pour nous deux.

Et pourtant Berthet savait tout de toi.

Ou alors peut-être s'est-il rendu compte de quelque chose pendant la campagne de Brévin-les-Monts, mais avant, non, puisque notre histoire a commencé à Lisbonne, souviens-toi, ma dormeuse, mon ombreuse, souviens-toi ma Kardiatou, ma Kar-dia-tou. Et que c'est précisément avec Lisbonne que Berthet avait compris qu'il n'avait plus besoin d'être aussi près de toi pendant quelques mois. Au contraire, qu'il te serait plus utile en entrant en clandestinité totale pour préparer la suite des opérations, jusqu'à la campagne municipale de Brévin-les-Monts.

Encore Berthet.

Toujours Berthet.

Je devrais le remercier. Ou le maudire parce que son ombre sera désormais pour toujours sur notre histoire, quoi qu'il arrive.

Sans lui, je ne t'aurais pas rencontrée parce que tu ne serais peut-être pas devenue ministre. Tu n'aimes pas que je dise ça. Tu as raison. Berthet ne t'a pas faite mais Berthet a été là chaque fois que tu as eu besoin de lui, sans même le savoir, chaque fois que l'on a voulu te faire du mal. Depuis que tu avais quatorze ans, là-bas, à Roubaix. Et que tu ne l'aies jamais su jusqu'à une date toute récente, ou que tu l'aies juste pressenti ou deviné sans pouvoir l'expliquer, ne change rien à l'affaire. Et c'est bien à Lisbonne que nous sommes devenus amants. Et c'est bien Berthet qui y avait mis le boxon.

Tout est devenu soudain très compliqué, ce matin de fin septembre, tu te rappelles ?

Comme dans tous les moments de crise.

Où l'on s'aperçoit qu'il n'y a jamais un seul front. Que ce serait trop simple. Mais que le danger soudain vient de partout en même temps, même si rien n'est concerté. Comme à Brévin-les-Monts.

Je t'avais réveillée assez tôt en frappant à la porte de ta chambre du Sheraton de l'Avenida da Libertade. Un de tes officiers de sécurité, Simon Polaris, je crois, n'était pas à son poste et ce n'était pas le moment.

Vraiment pas le moment.

Parce que, en plus, on parlait d'une attaque terroriste tchétchène dans la Baixa. Un hôtel pris d'assaut. Boston était encore dans toutes les mémoires. Des loups solitaires qui faisaient un carnage dans les chambres et le quartier, d'après ce qu'on disait.

C'était à vol d'oiseau à quelques centaines de mètres à peine de l'endroit où l'on se trouvait. L'officier de sécurité, celui qui restait, a aussi eu peur d'un scénario à la Bombay, novembre 2008 : des attaques simultanées par des commandos suicides un peu partout dans la ville, notamment les grands hôtels. Il t'a demandé de ne pas rester dans le cadre de la baie vitrée.

Comme d'habitude, tu n'as pas paniqué. Tu ne paniques jamais. Tu pleures parfois, mais jamais en public. Je ne sais pas comment tu fais.

Roubaix, les Courées Rouges sans doute.

Puis l'officier de sécurité a dégagé son arme de son holster et vérifié le chargeur. Maintenant on entendait des coups de feu, effectivement, et des sirènes, et un hélicoptère à basse altitude.

J'ai appelé l'ambassade qui a envoyé à toute vitesse deux gendarmes en civil au Sheraton.

J'ai appelé Paris.

Tout le monde a joué la prudence. Là-bas, on voulait que tu ne bouges pas de l'hôtel et que tu attendes un vol spécial. Mais ce ne serait pas avant la fin d'après-midi, histoire de voir avec les Portugais comment se stabilisait la situation. Il y avait des ministres européens en ville, en plus, après cette rencontre à la fondation Calouste Gulbenkian. C'était un peu la panique.

Les gendarmes en civil, eux, avaient l'air calmes et compétents et ils étaient remarquablement aimables. Ils ont retiré leurs Ray-Ban Aviator, t'ont saluée poliment. Ils avaient apporté un gilet pare-balles pour toi, avec un regard désolé pour moi et l'officier de sécurité :

« On n'avait que ça à l'ambassade. »

Eux-mêmes en portaient visiblement sous leurs costumes qui n'étaient pas de saison. Ils avaient en plus des pistolets-mitrailleurs très compacts qui m'ont rassuré, moi qui déteste habituellement les armes. Des policiers portugais sont aussi arrivés dans la chambre. J'ai dû leur passer l'ambassade car ils n'avaient pas l'air très contents de voir des hommes armés dans ta chambre.

Paris t'a rappelée : on n'avait pas envie que le dernier membre du gouvernement qui avait encore une popularité correcte prenne un mauvais coup. Ils insistaient pour que tu ne bouges pas du Sheraton. De toute façon les analystes étaient en train d'écarter un scénario à la Bombay 2008 donc tu n'avais pas à craindre d'attaque. Il te fallait juste attendre le vol spécial.

En fait, avec ce que l'on sait maintenant, c'était pour certains *encore trop tôt* pour que tu prennes un mauvais coup. Pour certains, mais lesquels ? Officiellement, on n'en a toujours aucune idée. Mais on a des doutes, non, mon amour, ma sommeillante ?

Tiens, d'ailleurs, je t'apprendrai une bonne nouvelle quand tu te réveilleras. Le ministre de l'Intérieur, celui que tu détestais le plus au gouvernement, celui que tu surnommais méchamment Bobonaparte, à cause de sa petite taille et de ses relations branchées alors qu'il la jouait ancien élu de banlieue qui savait y faire avec la caillera, eh bien Bobonaparte vient enfin de démissionner.

J'ai vu l'alerte info sur mon iPhone alors que les somnifères t'avaient enfin endormie.

La mise en examen devrait suivre assez vite.

Les derniers fusibles avaient sauté dans son administration. Son conseiller spécial pour les questions de renseignement, le patron de la DCRI, et un vieux bonhomme qui était inamovible à Beauvau dans tous les cabinets depuis au moins le retour de De Gaulle, un certain Losey dont le nom est apparu dès les premiers *Berthetleaks* et qui est très reconnaissable dans le manuscrit de Joubert.

Tous démissionnaires, tous mouillés dans ce qu'on appelle un peu partout désormais l'affaire de l'« État profond ». Tous en détention provisoire. Atteinte à la sûreté de l'État. On se croirait revenu pendant la guerre d'Algérie ou dans l'Italie des années de plomb.

J'ai eu le temps aussi, avant de te rejoindre au lit, de faire défiler rapidement les unes de la presse française et européenne : « La France malade de ses services secrets », « Une loge P2 à la française », « Comment meurent les démocraties », « En France, le scandale de l'Unité menace la République ».

La même chose depuis des semaines, des mois. Le même cauchemar. Impossible de savoir, depuis que le scandale a éclaté, qui agit pour se couvrir ou pour se défendre, qui n'y est pour rien, qui a toujours été loyal, qui a parfois été un peu mouillé, qui s'est contenté de regarder ailleurs, qui est franchement complice ou partie prenante. Ça se joue à tous les niveaux de l'État, mais aussi chez les décideurs économiques, les syndicats, dans certains secteurs de l'armée, notamment dans les forces spéciales.

À Lisbonne, donc, ma Kardiatou, il y avait tout à coup plein de monde dans ta chambre, l'officier de sécurité, les gendarmes en civil, les flics portugais, et puis maintenant une autre collaboratrice paniquée qui était une ancienne de ton association, une beurette du nom de Nouara. Elle avait quand même fait HEC et avait lâché son job dans la finance pour te suivre. Une Roubaisienne aussi. Mais plutôt mon âge, tout juste la trentaine. Je l'ai tout de suite trouvée assez étonnante quand on a constitué ton cabinet. Des points communs avec toi. Une rage de survivantes, de lionnes qui ont fracassé tous les déterminismes sociaux sans rien demander à personne.

Tu étais encore dans un peignoir siglé au chiffre de l'hôtel et tu as ordonné à tout le monde de sortir.

Sans énervement mais fermement.

Sauf à moi.

Tu voulais que je rappelle Paris.

Au calme.

Devant toi. Avec le haut-parleur.

Tu étais tendue. Les coups de feu avaient cessé mais il y avait encore plus d'hélicoptères et de sirènes. Boston. Bombay ou non. Il fallait savoir, demander des précisions.

J'ai appelé. Il y avait un peu de sueur qui perlait entre tes seins. J'ai eu envie de la lécher. Je me suis surpris moi-même. Je me suis dit que ce devait être l'ambiance. On dit que le pouvoir est aphrodisiaque. C'est faux. Le pouvoir est ennuyeux. Ce qui est aphrodisiaque, ce sont les situations de tension générées par le pouvoir. Les crises à gérer.

J'ai eu Paris.

On m'a répété que l'hypothèse Bombay était exclue. Ce qui inquiétait Paris, surtout, c'était la coïncidence entre la disparition de ton officier de sécurité, Simon Polaris, et cette attaque terroriste.

Après, quand la communication a été terminée, tu as pris ta douche, ma Kardiatou, mon cœur battant.

Kar-dia-tou.

J'ai repensé à la sueur entre tes seins.

Paris nous rappellerait quand l'avion serait arrivé. Et pour faire bonne mesure, on poserait un hélico dans les jardins du Sheraton pour te conduire avec l'officier de sécurité jusqu'à l'aéroport.

La valetaille, c'est-à-dire Nouara et moi, prendrait un taxi au Terreiro do Paço. On aurait même le droit à une note de frais, avec de la chance.

Je te récapitulai tout ça en essayant de couvrir de ma voix le bruit de la douche. Pour masquer mon trouble.

Tu es sortie de la salle de bains.

Tu étais nue.

Ma Kardiatou, radieuse, puissante, vivante.

Aujourd'hui, je me demande si Berthet t'avait déjà vue comme ça. Si ton ange gardien invisible avait su à l'occasion être un voyeur. Si tu es consciente du caractère bizarre, d'un point de vue psychologique, et même sexuel, de cette histoire. Du caractère nabokovien, dit ce prétentieux de Martin Joubert dans son manuscrit.

Tu étais nue. Tu étais noire.

Je n'avais jamais vu de fille noire nue. Je n'avais jamais vu de corps comme le tien. Athlétique et féminin à la fois.

Tu étais nue. Tu étais noire.

Et tu me regardais.

« J'ai le choix entre prendre un Lexomil et baiser avec vous. »

Tu as montré du doigt le plafond. Il y avait toujours des hélicoptères au-dessus de la Baixa.

« Si vous ne voulez pas... Baiser, je veux dire, je n'insisterai pas. Je vous apprécie beaucoup comme dircab'. Je préférerais qu'il n'y ait pas de malentendu ni d'histoire de harcèlement sexuel entre nous. »

J'ai pensé à la fille qui provoquait à l'Assemblée nationale déguisée en Angela Davis. J'ai regardé les gouttes d'eau sur ton corps. On aurait dit une toile d'Hilo Chen.

Je ne connaissais pas de corps comme le tien, décidément.

Cette façon de poser tes mains sur tes hanches, ou de marcher, en mettant un pied dans la trace de l'autre, comme seuls le font les chats et les gymnastes.

Les corps que je connaissais, et je n'en connaissais pas tant que ça, inutile de faire le faraud, étaient ceux que connaît forcément un fils de la bonne bourgeoisie de l'Ouest parisien. Je connaissais le corps des filles rencontrées dans les rallyes, presque trop moelleux malgré la pratique du sport. Carrés blonds, chignons, ventre rond, seins aux aréoles translucides, évanescentes.

Un corps comme celui de cette fille avec un nom à particule de ma promotion de l'ENA, et qui anime un think tank libéral tout en pantouflant dans une banque d'affaires. Une fille que j'ai terriblement déçue en la quittant comme j'avais déçu ma famille, boulevard de la Reine, à Versailles, déjà heureuse de ce mariage programmé.

Parce que même si nous ferions tout pour rester discrets, madame la Secrétaire d'État Kardiatou Diop, même si rien ne devait transparaître, je savais, alors que nous roulions sur le lit qui avait encore ton odeur de la nuit, alors que les hélicoptères filaient dans le ciel lisboète, alors qu'un gilet pare-balles traînait sur le parquet vitrifié et que deux gendarmes en civil avec des PM veillaient à la porte de ta chambre, ma Kardiatou, je savais que plus rien ne serait comme avant.

Ma Kar-dia-tou.

2

Tu dors toujours. Tu ronfles même légèrement, mais un ronflement de bébé, avec une note de douceur à la fin.

Je crois bien que c'est ta première nuit sans cauchemar depuis les événements de Brévin-les-Monts. Ta première nuit sans cauchemar depuis que les révélations de Martin Joubert sur l'Unité, sur l'« État profond », sont tombées et que les *Berthetleaks* filtrent dans la presse ou sur les sites Internet du monde entier, et que je découvre comme tout le monde noir sur blanc, comme des faits incontestables, tout ce que je pensais être des conneries paranoïaques et complotistes qui couraient parfois comme des légendes urbaines dans les couloirs de l'ENA, dans les cabinets ministériels ou dans les dîners des clubs de décideurs.

Joubert les dose, les *Berthetleaks*, Joubert fait durer le suspense. Joubert a une assurance-vie.

Ton ancien prof…

Mais j'attends que le jour se lève pour être certain, ma Kardiatou, que tu auras eu une nuit enfin paisible. Et il ne va pas se lever tout de suite, le jour. On a encore du temps avant l'aube.

On a de la chance d'une certaine manière, il fait beau

en ce début d'été au Touquet, dans la villa de mes parents, au cœur de la pinède. Et qu'il fasse beau au Touquet, même au début de l'été, n'a jamais rien eu d'évident, ma Kardiatou.

On aurait pu peut-être, qui sait, se croiser sur la plage, moi encore gamin, toi adolescente, il y a vingt ans. L'idée me plaît : moi, petit garçon avec un pull bleu noué sur les épaules, un bermuda blanc et des docksides, venant du boulevard de la Reine, Versailles, Yvelines, au Touquet-Paris-Plage pour des vacances ou des week-ends que je jugeais inévitablement, et souvent avec raison, pluvieux, ennuyeux, si ce n'est le char à voile dont nous avions trois modèles sagement entretenus par les employés du yacht-club. Un pour mon père, un pour mon frère aîné, un pour moi. Des Seagull, évidemment, la Rolls du char à voile.

Je me demande si nous ne devrions pas en faire demain ou dans les jours prochains, toi et moi. Tu en as déjà fait, m'as-tu dit, une fois, lors d'une sortie de Brancion à Stella-Plage pour récompenser les délégués de classe. Pendant les quatre ans au collège, tu as été élue par ta classe. Tu m'as souvent dit que le goût du militantisme, du combat, de la défense des autres, t'était venu là. Cette journée de char à voile avait été organisée par la copine de Joubert avec qui il vivait à Lille à l'époque, prof de gym à Brancion, une certaine Sylvie, Sylvie Marcinkovski.

Oui, le char à voile. Filer tous les deux d'une traite jusqu'à Berck, dans une grande gifle salée, avec le bruit des cordages sur le mât en aluminium, le claquement de la voile et puis faire le chemin inverse contre le vent, en tirant des bords qui nous épuiseraient d'une bonne fatigue avant, le soir venu, de plonger dans le sommeil, un sommeil sans somnifères, après avoir fait l'amour doucement, ma Kardiatou.

On pourrait aussi aller acheter des crabes, on dit des dormeurs par ici, au marché, sous les halles, tu vois, celles qui sont carrelées d'un jaune pâle, et des crevettes, et des palourdes, des langoustines, enfin tout ce que tu veux. Je n'ai aucune idée de ce qui est de saison. Je suis un analphabète gastronomique. La plupart des hauts fonctionnaires, tu sais, ceux dont tu me dis qu'ils t'ont méprisée depuis Sciences-Po, sont de vrais analphabètes dans ce domaine-là, effectivement. Quand je pense qu'un tueur comme Berthet en savait, tout comme un ancien prof écrivain à la ramasse et journaleux de bas étage comme Joubert, tellement plus sur la manière de s'habiller, de manger, de boire que moi, que nous, les hauts fonx, tellement surentraînés technocratiquement qu'on en finit par oublier que le réel a un goût, une texture, des couleurs et des saisons.

Nous sommes compétents, et le plus souvent honnêtes, contrairement à ce qu'aime bien dire l'opinion, mais nous n'avons plus aucune idée de ce que peuvent aimer les corps qui sont derrières nos graphiques et nos statistiques, nos rapports, nos notes de synthèse. Nous mangeons mal et cher dans des restaurants où il faut manger, nous ne lisons plus que des essais politiques, nous sommes devenus aussi cons que des traders. Nous baisons moyennement bien d'autres hauts fonx, nous faisons des enfants parce que ça se fait, nous gérons tout en fonction de nos carrières. La vie est un tableau d'avancement avec comme couronnement la direction d'une grosse entreprise, d'une administration régalienne, et si on fait de la politique directement, c'est pour devenir député, chef de parti, ministre et, qui sait, président de la République.

Une vie fantôme, comme disait Berthet, d'après Joubert. Et c'est avec toi, ma Kardiatou, que je m'en suis rendu compte, que j'ai réappris un peu le réel.

Je me souviens de la première fois. C'était en te voyant visiter un squat d'artistes de Copenhague avec ton homologue danois, et la fête que vous avez faite après dans la ville libre de Christiana, alors que tu explosais ton agenda en buvant de la bière, en écoutant des groupes de rock, en riant, en fumant de l'herbe et que moi, je priais pour que personne ne filme ça et le mette sur YouTube tout en me demandant comment j'allais faire pour expliquer ton absence au cocktail donné par l'ambassadeur. Avant de me laisser aller aussi, quand une blonde s'est amusée à me faire picorer des sushis qu'elle me donnait elle-même à manger au bout de ses baguettes.

Alors je me dis que je peux bien t'offrir en échange, demain, une virée en char à voile et, le soir, lécher le sel sur ta peau, ma Kardiatou, ma Kar-dia-tou.

Mais non, je sais qu'on ne pourrait pas, en fait.

Problèmes de sécurité.

Même aller simplement sur la plage, se promener, marcher ou faire du vélo jusqu'à Hardelot en longeant le golf, les gendarmes vont trouver à y redire. Les touristes commencent à arriver, attirés par le soleil de la Côte d'Opale, si beau parce qu'il est si rare quand il se faufile entre les gros nuages blancs et lumineux sur un bleu intense.

On pourrait te reconnaître. La situation est encore confuse. On ne sait jamais. Un dingue. Ou un type de l'Unité qui aura reçu ses derniers ordres, c'est-à-dire nettoyer par le vide, faire le plus de mal possible avant que tout ne s'effondre pour eux.

De toute manière, le niveau de danger reste relativement élevé même si avec chaque jour qui passe, les *Berthetleaks* qui sortent et qui sont repris partout deviennent ta meilleure protection.

Cadeau posthume de Berthet, via Martin Joubert.

Je poursuis ma rêverie sur une rencontre possible au Touquet, vingt ans plus tôt. C'est plus agréable. Toi venant de Roubaix, de ton quartier, avec une association ou un voyage scolaire. J'aurais vu un peu effaré, un peu effrayé, votre bus se garer sur le parking devant la plage. J'aurais eu dix ans. Tu en aurais eu quinze, au milieu d'une ribambelle de « zyvas » venus des quartiers et sortant du bus en roulant des mécaniques. Parmi les accompagnateurs, il y aurait peut-être eu Joubert. Peut-être même Berthet, d'après ce que l'on a découvert sur la façon dont il a toujours trouvé le moyen de ne pas te lâcher d'un pouce tout en restant invisible.

Nos regards se seraient croisés, juste un instant.

On aurait deviné sans comprendre qu'on se retrouverait un jour, si improbable que cela puisse paraître. On aurait pris rendez-vous sans le savoir, sinon par un vague pressentiment qui aurait duré seulement quelques dixièmes de seconde.

Mais la réalité aurait repris assez vite ses droits. Mon père que j'aurais accompagné pour aller acheter *Le Figaro*, *Le Point* et ses deux Davidoff du week-end, histoire qu'il prenne aussi des BD pour moi, m'aurait vite fait remonter dans le Renault Espace aussi bleu marine que le pull sur mes épaules. Vous étiez si bruyants, si vulgaires, si colorés. Vos casquettes, vos démarches, vos interpellations…

De toute façon, m'as-tu dit, vos rares sorties à la mer se faisaient plutôt à Bray-Dunes, à la frontière belge. D'abord, c'était plus près de Lille et puis c'était une plage de prolos. Vous faisiez moins tache. Ou alors à Malo-les-Bains, près de Dunkerque, pour la journée « Vacances pour tous » que le PCF du Nord organisait chaque année à la fin du mois d'août. C'est lors d'une de ces journées, m'as-tu raconté, que tu as rencontré ton premier amour, un militant des JC.

Tu as eu une jolie histoire avec lui. Jolie et tragique. Malgré tes cons de frères, malgré l'enfermement communautaire qui commençait à devenir une réalité de plus en plus manifeste, ce petit Rouge et toi, vous vous êtes aimés.

Ça a commencé de manière assez calamiteuse, sous une pluie battante, alors que vous tentiez de donner leurs casse-croûte à des plus petits, frigorifiés par une température qui n'avait rien à voir avec celle d'une fin d'été. Mais bon, lors des sorties du PCF à Malo, c'était le cas une fois sur deux, m'as-tu raconté.

J'ai vu une photo de lui, de ton petit Rouge.

De vous deux, ce jour-là.

On prenait encore des photographies dans les années quatre-vingt-dix, je veux dire des photos que l'on faisait développer et que l'on pouvait garder avec soi, pour la vie.

Oui, j'ai vu cette photo, par hasard, alors que tu cherchais je ne sais quoi dans ton portefeuille dont tu étalais le contenu sur ton bureau du ministère. C'était avant Lisbonne.

Avant nous deux.

Je ne savais rien de ta vie sentimentale. Même Nouara, qui venait comme toi de Roubaix, se refusait au moindre commentaire et envoyait bouler les autres membres du secrétariat d'État quand ça commérait sur la question. Elle n'en savait peut-être pas grand-chose d'ailleurs.

Tu es si secrète, ma Kardiatou.

Mais là, j'ai bien vu la photo. J'étais assis en face de toi, à essayer de te convaincre de trouver le temps de déjeuner avec ton ministre de tutelle, le gay richissime et snob et qui te prenait pour une conne alors qu'il se répandait dans la presse en tribunes célébrant la diversité et le combat antiraciste.

Oui, j'ai vu cette photo.

On est en août 95, donc.

En arrière-plan, la mer grise, le ciel plombé et des mômes qui font semblant de s'amuser avec des pelles et des seaux, des ballons, des cerfs-volants qui ne veulent pas monter.

Et puis vous deux.

Plan américain.

Toi, telle qu'en elle-même l'éternité te change, dix-sept ans, l'air d'avoir un peu froid, un petit chapeau de pluie rouge sur tes cheveux coiffés en dreadlocks. Et lui, avec la bonne gueule sérieuse des idéalistes, mais éclairée par un sourire presque surpris. Il a un visage assez poupin, c'est un Flamand blond aux yeux bleus, les cheveux coupés court. Un regard de myope. Il avait dû retirer ses lunettes pour la photo. Des lunettes couvertes de pluie. Il a un badge de Lénine au revers d'un manteau chiné qui n'est pas de saison, qui sent son fripier. Il est en première année de fac d'histoire, à Lille 3.

Il s'appelait Jason Vandekerkove. Il avait dû se battre, à l'école, avec les copains, dans sa famille, pour qu'on évite la prononciation « Djaizone ». Famille communiste d'ailleurs, vivant dans les quartiers populaires de Lille Sud. On le trouvait un peu snob, voire un peu casse-bonbons à reprendre la terre entière avec ses histoires de prononciation. Mais il réussissait bien à l'école, alors, hein...

Est-la première chose qu'il t'ait racontée, pour te faire rire, ce jour-là ? Jason, « Djaizone ».

Tu as lu, ou pas, quand tu as vaguement feuilleté le manuscrit de Joubert que ce serait Berthet qui aurait pris cette photo, avec l'appareil jetable que tu avais acheté dans un bureau de tabac de la Fosse-aux-Chênes, avant de partir.

Berthet ne te lâchait pas d'une semelle. Il s'était présenté comme bénévole. Il s'était fondu dans le paysage, à Roubaix, depuis près de quatre ans, Berthet.

Qu'est-ce qu'il te voulait, « Djaizone », ce jour de sortie à la mer organisée par le PCF ? Te convertir, toi, jeune lycéenne aux bons résultats scolaires, qui allait entrer en terminale ES et qui avait déjà participé à des manifs contre le CIP, le Smic jeune, en mars 94, quand tu étais en seconde et que tu avais adhéré à un syndicat étudiant ? Te faire prendre ta carte aux Jeunesses Communistes ? Ou est-ce que, comme Berthet quelques années plus tôt, il est tombé amoureux de toi, qu'il a oublié complètement le Parti, ses obligations de militant en te voyant sur la plage ? Mais peut-on dire que Berthet était amoureux de toi, ma Kardiatou ? C'est tellement compliqué ce qu'il ressentait pour toi.

En revanche, ce que Jason Vandekerkove et toi avez éprouvé tout de suite l'un pour l'autre, c'était beaucoup plus clair. Il était beau gosse, il était intelligent, il ne te parlait pas avec une commisération presque insultante, comme certaines personnes qui se disaient de gauche.

Si vous n'aviez pas été sur la plage de Malo-les-Bains avec un temps pourri, entourés de toute une marmaille et d'ados surhormonés encadrés par de vieux bénévoles du Secours Populaire et des militants du PCF, vous auriez peut-être fait un remake d'Isabelle Aubret, façon « Et c'était comme si tout recommençait » :

La mer sans arrêt roulait ses galets,
Les cheveux défaits, ils se regardaient,
Dans l'odeur des pins,
Du sable et du thym
Qui baignait la plage.

Tu parles, avec les superstructures industrielles fumantes de Dunkerque à quelques kilomètres, les papiers gras, les gamins qui claquaient des dents... J'ironise, ma Kardiatou, mais voilà, j'ironise parce que je suis jaloux.

C'est affreux, c'est absurde mais je suis jaloux de ce petit étudiant. Parce qu'il a été le premier. Le premier amour, le premier amant.

Joubert dit tout dans son manuscrit. Il imagine sans doute. Il en rajoute. J'ai du mal à croire que Berthet lui ait donné ce genre de détails. Ou c'est Joubert qui les a sollicités. Un écrivain, c'est une commère, une concierge, une pute. Et puis Berthet et Joubert en avaient passé, du temps, ensemble, dans leur maison de Brive-la-Gaillarde, rue Alsace-Lorraine.

Ils avaient dû se découvrir des goûts communs, une certaine vision partagée du monde. Berthet a dû remonter le moral de ce dépressif de Joubert et Joubert a senti, au-delà même des révélations sur l'Unité, sur le complot contre toi qu'il tenait, en plus, une histoire étrange, belle, violente. Toi et ton ange gardien.

Je me dis que Joubert devait écrire son manuscrit pendant que Berthet partait en repérage à Brévin-les-Monts, une fois que tu as commencé ta campagne électorale, à la mi-décembre, et qu'il ne lui montrait pas tout, à Berthet. En tout cas, pas ce que Berthet avait confié de plus intime sur toi et qui devait somme toute lui sembler anecdotique par rapport aux secrets d'État dont il arrosait le dictaphone de Joubert.

Non, Berthet n'aurait pas imaginé que Joubert raconte comment il s'était arrangé, par exemple, pour que ta première fois avec Jason Vandekerkove ne soit pas ratée ou sordide. Genre la banquette arrière de la Super 5 hors d'âge de Jason ou la trouille dans sa chambre chez l'habitant, rue des Postes, à Lille, avec un proprio qui interdisait les filles. Ou dans l'appartement HLM de sa famille à Lille Sud, où c'était à peine moins surpeuplé que dans le tien, aux Courées Rouges.

C'est toi qui m'as appris Kardiatou que ceux qui parlent de misérabilisme dès qu'on évoque devant eux les conditions de vie des pauvres, ceux qui disent toujours, un peu trop vite, « c'est du Zola », ceux-là sont des sales cons. Toujours. De droite comme de gauche. Plutôt de droite, mais de gauche aussi. Comme ton ministre de tutelle. Ton ancien ministre de tutelle. Ce sont pourtant les mêmes qui parlent avec des trémolos dans la voix des films de Ken Loach ou de Guédiguian, qui iront même s'indigner quand un hôtel de marchand de sommeil crame en faisant une dizaine de morts.

Tu m'as même balancé une fois, ma Kardiatou, dans les couloirs de la Commission européenne, alors que je suivais sur écran l'intervention d'un député travailliste anglais sur le mal-logement en Europe et que je trouvais qu'il en faisait trop :

« Vous avez déjà dormi avec votre mère, vous ? Je veux dire : pas simplement parce que vous aviez la trouille ou que vous aviez pissé au lit. Non, parce que vous ne pouviez par faire autrement. Pendant des années. Dans un convertible défoncé qui cassait le dos. Pendant que vos quatre frères roupillaient dans une chambre moins grande qu'une cellule de prison. Oui ? Ça vous est arrivé ? Vous lever systématiquement avant eux pour faire votre toilette et ranger la pièce, l'aérer pendant que votre mère prépare le petit déj ? »

Je me suis tu, je me suis senti merdeux, j'ai resserré mon nœud de cravate.

Berthet, lui, vous avait refait, à Jason et à toi, le coup de tes fringues dans les magasins d'usine. Il avait fabriqué une lettre invitant Jason et la personne de son choix, tous frais payés, dans un hôtel du bord de mer, à Wimereux, par suite à un « heureux tirage au sort ». Un palace. L'hôtel Océan. Chambre avec vue, repas gastronomique déclinant le homard. Berthet avait graissé la patte du réceptionniste aussi, pour qu'il n'ait pas l'air surpris devant le faux courrier que lui apporterait ce jeune couple à l'air égaré. Berthet avait dit avec un bon visage souriant qu'il était un tonton qui voulait faire une surprise à son neveu. Oui, il n'allait pas dire à sa nièce : tu as vu comme tu es noire ma Kardiatou, mon ébène chaud, mon amour…

Berthet devait trouver que vous étiez trop sérieux tous les deux, trop militants. Tu n'avais pas adhéré aux JC mais tu passais ton temps avec Jason et ses copains, dans des réunions, des actions coup de poing contre le recul du pouvoir d'achat, des collages, des tractages, des soutiens aux piquets de grève des usines délocalisées ou aux manifs hebdomadaires de sans-papiers, déjà.

Il ne devait pas trop aimer ça, Berthet, il devait avoir la trouille que tu ne prennes un mauvais coup.

Berthet non seulement savait qu'il y avait l'Unité qui lui demandait ce qu'il branlait à Roubaix et Losey qui l'engueulait chaque semaine, qui le couvrait à condition qu'il parte quand même de temps en temps en mission. Mais en plus, Berthet savait que ces jeunes cons avec qui tu militais pouvaient être, sans le vouloir, eux aussi victimes de l'Unité, pour peu qu'ils fassent trop chier un patron ou un responsable quelconque. Un patron qui en parlerait à un copain flic qui en parlerait à un mec du cabinet du préfet, et le mec en question qui émargerait à l'Unité ferait un rapport en demandant s'il ne serait pas opportun d'agir. Et si l'Unité décidait que oui, alors les accidents se multipliaient, ou les overdoses même si vous ne vous droguiez pas. Et l'ordre revenait. Et on faisait comprendre au patron qu'il était, du coup, un obligé de certaines personnes qui pourraient lui demander, à l'occasion, de menus services.

Pas plus compliqué que ça…

Jason, donc, et on était déjà en octobre, te raccompagnait tous les soirs chez toi à Roubaix, vous vous embrassiez, vous aviez envie d'aller plus loin mais il n'y a pas plus respectueux des filles, jusqu'au puritanisme, qu'un militant des Jeunesses Communistes de ces années-là. Et plus inhibée, tu le dis toi-même, qu'une fille africaine avec des frères qui donnent des leçons de morale alors qu'ils ne glandent rien, un père absent, des voisines en boubou qui font des remarques sur ces filles non excisées qui ne respectent plus les traditions et vont forcément mal se conduire.

Est-ce que Berthet vous observait, garé un peu plus loin, dans une voiture sous la pluie, à l'entrée des Courées Rouges ? Est-ce qu'il voyait vos silhouettes, à Jason et à toi, se découper dans la lumière pauvre d'un réverbère, se rétractant quand passaient les phares d'une autre voiture ? Était-ce de l'amour, du voyeurisme, de la protection rapprochée ? Était-ce tout cela à la fois, comme le dit Joubert dans son manuscrit ?

Vous êtes arrivés à l'hôtel Océan, tout timides, un vendredi 16 octobre. Tout s'est merveilleusement passé, vos deux sacs pris par le garçon d'étage, la chambre plus grande que n'importe quelle chambre que vous aviez vue jusque-là. La découverte de vos deux corps, la douceur de Jason, et toi qui voulais que ça continue encore et encore.

Vous n'avez pas profité du menu homard, en fait, vous êtes restés presque tout le temps dans la chambre. À faire l'amour. Vous vous êtes aussi dit que le luxe, ça ne valait que s'il était partagé par tous.

C'était un slogan publicitaire de ces années-là et Jason te disait que c'était comme ça qu'il envisageait la future société communiste : du luxe pour tous. Tu l'écoutais, tu passais la main dans sa brosse blonde, tu étais heureuse. Pour cette nuit du vendredi 16 au samedi 17 octobre, la météo nationale indique une violente tempête sur la portion du littoral allant de la frontière belge à la Bretagne Nord avec des vents de cent trente kilomètres à l'heure. Cette atmosphère d'apocalypse a dû renforcer votre plaisir d'être seuls au monde, forcément.

Joubert écrit que Berthet était à Wimereux, aussi, ce soir-là. Joubert écrit que Berthet, encore une fois déguisé, avait pris le même hôtel. Et qu'il avait été surpris de ne pas vous voir descendre pour le menu tout homard mais que finalement, il avait souri. Qu'il avait accompagné d'une bouteille de Pur Sang, le pouilly fumé de chez Dagueneau, les trois services du menu : les pinces aux épices Roellinger, le corps grillé au beurre Bordier avec piment d'Espelette, la tête recomposée en une terrine tiède mélangée à de la chair de crabe. Avant de s'offrir un cognac Delamain XO avec son café gourmand.

Je crois que Joubert idéalise Berthet.

Je crois que Berthet, s'il était à Wimereux, et dans la salle de restaurant, a dû avoir le cœur pincé par la jalousie. Qu'il a à peine touché son homard, qu'il n'a pas bu, qu'il devait être d'une humeur de chien avec les serveurs.

Oui, en tout cas, c'est ce que moi, j'aurais ressenti, ce que je ressens encore aujourd'hui, alors que tu dors contre moi, que je t'enveloppe, ma Kardiatou, ma Kar-dia-tou. Ma pulsation. Parce que jamais je ne te connaîtrai à dix-huit ans, jamais je ne serai le premier, jamais je n'aurai cet éblouissement des commencements.

Je n'ai pas eu d'ange gardien, moi, seulement un milieu socio-culturel extrêmement élevé avec un fort capital réel et symbolique. Tu reconnaîtras que c'est plus facile pour réussir mais que c'est beaucoup moins romantique, beaucoup moins sexy qu'un ange gardien.

Après, les choses ont été plus simples pour toi et Jason.

Berthet encore lui, toujours lui, s'est arrangé pour qu'un copain étudiant de Jason Vandekerkove lui laisse un studio pas cher à Wazemmes parce qu'il avait trouvé mieux. Berthet faisait jouer des relations énormes pour des détails. Losey couvrait. Losey demandait une mission en échange. Berthet acceptait.

Même les Lambda.

Ce sont ces Lambda, tiens, qui ont le plus choqué dans les *Berthetleaks*. Que chaque citoyen soit potentiellement la cible d'un tueur de l'Unité, même s'il n'a rien à se reprocher, uniquement pour prouver la loyauté de l'exécutant envers l'organisation. Les noms de victimes lambda, qu'a balancés Joubert, une petite vingtaine, c'est-à-dire ceux que Berthet avait eu à exécuter ou dont il avait eu vent par certains de ses collègues, sont morts effectivement de manière inexpliquée ou dans des montages grossiers. Toutes les enquêtes ont été rouvertes, d'autres noms de Lambda ont été balancés lors des arrestations par des « repentis » de l'Unité.

C'est terrifiant.

D'après *The Guardian*, on en est à près de mille huit cents personnes, en France et dans les pays européens, depuis la fin des années soixante-dix, victimes de cette horreur qui semble avoir été mise en place progressivement par l'Unité ou une fraction de ses chefs. Il y a même des enfants, de ces petits disparus célèbres qu'on n'a jamais retrouvés.

Tu as vécu avec Jason Vandekerkove à partir de novembre 95, mon amour. Juste au moment où les grandes grèves ont débuté contre le plan Juppé. Vous avez été de toutes les manifs. Tu n'allais plus tellement en cours mais Jason te faisait bosser, édifiait ta culture politique, littéraire, philosophique. Tu dis que Sciences-Po Paris que tu as intégré directement l'année suivante parce que tu avais eu une mention très bien au bac, c'est grâce à lui. D'où la photo de vous deux à Malo-les-Bains, par ce jour pourri d'août 95, à laquelle tu tiens comme à la prunelle de tes yeux. La photo qui est toujours avec toi.

En janvier 96, le mouvement social est terminé, tu retournes au lycée, tu mets les bouchées doubles. Tu dis que ta mère a été comme soulagée de te savoir avec un garçon comme Jason, contrairement à ce que tu aurais cru. Tu dis que tes frères n'aimaient pas ça, eux, en revanche. Leur sœur, avec un Blanc. Boubacar et les autres. Boubacar, c'est celui dont t'a débarrassé Losey, plus tard, à la demande de Berthet, quand tu bossais dans un McDo de Saint-Michel, et que Boubacar était venu se mettre chez toi à l'abri des flics de Roubaix, dans ta chambre de boursière de la rue Muller.

Mais je pense que Berthet, d'une manière ou d'une autre, a dû faire peur à tes frères, pour qu'ils te laissent tranquille, dès ce moment-là. Je ne sais pas comment il s'y est pris, le manuscrit de Joubert passe vite sur cet épisode. Intimidation quelconque, de manière indirecte. Berthet était à Roubaix comme un poisson dans l'eau. Il avait des copains dans les bistrots kabyles, les bistrots harkis, les bistrots sénégalais ou les cercles de jeu chinois. Berthet a toujours été capable d'être comme un poisson dans l'eau, partout. Et il a transmis sa science à Martin Joubert, manifestement.

L'art de la disparition, de l'effacement, la vieille science du caméléon…

En revanche, Berthet n'a pas vu venir le coup contre Jason, au mois de mai.

On ne sait pas trop ce qui s'est passé.

Tu commençais à réviser pour le bac. Tu étais en terminale ES. Jason est parti pour une réunion altermondialiste à Arras. Il a pris sa vieille Super 5. Il n'a pas voulu que tu viennes avec lui, tu avais trop de boulot pour tes révisions. Passe ton bac d'abord. Il te parlait déjà de Sciences-Po.

Quand vous distribuiez des tracts, le dimanche matin, à Wazemmes, il y avait déjà eu des problèmes avec les skins de Lille, qui se la jouaient renouveau flamand, qui servaient de troupes de choc au Bloc Patriotique, et pas celui si faussement fréquentable d'Agnès Dorgelles. Non, encore celui du père, Roland Dorgelles. Extrême droite *old school*.

À Wazemmes, le dimanche, c'est le marché. Ça tracte entre les puces et le marché tout court, en face de l'église Saint-Pierre-Saint-Paul.

Les skins, leurs remarques, leurs dents pourries. Tu trahis ta race, mon gars, avec cette guenon sidaïque.

Oui, de ce niveau-là.

Berthet l'a entendu. Berthet était là, évidemment, pas loin, penché sur les caisses des bouquinistes. Joubert écrit que c'est là que Berthet avait trouvé son édition originale d'*Une vie ordinaire* de Perros, le livre qu'il avait à Lisbonne, quand Simon Polaris lui a envoyé les toxicos pour le buter et que l'Unité a perdu le contrôle d'un psychopathe qui a tué Amina Bâ au Duas Nações. C'est un truc de romancier, ça. Pourquoi, justement à ce moment-là, le même livre ? Toujours le même problème du roman, entre le vrai et le vraisemblable. Mais admettons.

Il n'empêche, à chaque distribution de tracts, les mêmes skins, les mêmes agressions verbales. Ils ne frappaient pas. Trop de monde. Des flics en tenue qui passaient à l'occasion.

J'ai dit que tu ne pleurais jamais en public, ma Kardiatou. Mais Berthet te connaissait, Jason Vandekerkove te connaissait. Ils savaient. Ils savaient déjà comme je sais maintenant. Quand tu rentres tes larmes. Que tu te cambres encore plus, gymnaste un jour, gymnaste toujours, même si c'est justement l'année de ton bac que tu arrêtes l'entraînement et la compétition.

Alors bon, après, voir un lien de cause à effet entre l'accident de Jason et ces insultes sur le marché de Wazemmes… Va savoir… Toi, quand je t'en ai parlé hier, tu as dit que tu en es certaine, que Berthet a eu raison de faire le lien.

Joubert aussi, dans son manuscrit, le fait, le lien.

Le 17 mai 1996, Jason prend sa bagnole vers dix-huit heures. Tu es inquiète. Tu es seule dans le studio. Tu ne sais pas pourquoi, tu n'arrives pas à te concentrer sur ce texte d'Hegel, ce texte où il explique que finalement la loi du talion est la première ébauche du droit, derrière sa barbarie apparente.

Berthet ne démentirait pas, s'il était encore là.

La réunion avec les Alter, au centre culturel d'Arras sur la Grand-Place, n'est qu'à vingt heures et il ne faut en théorie que trois gros quarts d'heure pour rejoindre Arras. Mais Jason Vandekerkove a toujours eu peur d'être en retard. Vieille *common decency* de la classe ouvrière. Et puis entre dix-sept et dix-neuf heures, la sortie de Lille est toujours engorgée, notamment sur l'autoroute en direction de Paris.

On pense que la bille d'acier tirée avec une fronde qui a fait exploser son pare-brise a été lancée depuis la passerelle que l'on trouve au niveau de la sortie de Lens. Ce n'est pas la bille d'acier qui a tué Jason. Mais il est évident que c'est elle qui lui a fait perdre le contrôle de la Super 5, que c'est cette bille, ce pare-brise fragmenté, étoilé, qui rendait toute visibilité impossible, qui l'ont fait changer de voie sous le coup de la panique.

Jason Vandekerkove a été percuté de plein fouet par un poids lourd lituanien. Il a fini dans un amas de ferraille sur le bas-côté, après avoir défoncé le rail de sécurité. Le trafic a été immobilisé pendant trois heures. Le temps que les pompiers désincarcèrent le corps de Jason, puis retirent l'épave de la bagnole.

Une bagnole rouge, évidemment.

À part quelques blessés légers dans le carambolage qui s'est ensuivi, Jason a été la seule victime. Mort sur le coup. Pas beau à voir. D'ailleurs, tu n'as pas pu le voir. Tu as suivi l'enterrement, avec ses camarades, sa famille, des copines à toi du lycée. Cimetière de Lille Sud. Ta mère est venue, tu as été surprise.

Tu as eu honte, mais pendant la cérémonie, tu t'es demandé comment tu allais garder le studio. C'est ce que raconte Joubert en tout cas. Tu ne voulais pas, ma Kardiatou, retourner aux Courées Rouges. Tu voulais rester à Wazemmes, tu voulais rester sous la couette où tu faisais l'amour avec Jason Vandekerkove, tu voulais sentir son odeur, encore, jusqu'au bout.

On a chanté L'Internationale devant la tombe. Tu as chanté aussi mais tu n'as pas pleuré. Tu pensais à Hegel, à la loi du talion.

Mais quoi ? Dans ce cimetière printanier, tout le monde y pensait, personne ne voulait le dire explicitement. La dernière altercation avec les skins. Oui. Mais pourquoi pas, aussi, un petit connard désocialisé du bassin minier qui s'était amusé sur la passerelle sans mesurer la conséquence de ses actes ? Il y avait déjà eu des cas. Pas si grave, mais des précédents tout de même. Des poignées de graviers. Alors faire le lien avec les skins flamands, tendance *Terre et Peuple*, personne n'allait jusque-là. Personne n'avait de preuves.

Personne n'allait jusque-là, sauf Berthet.

Et Berthet n'avait pas besoin de preuves.

Berthet ne supportait pas ton chagrin. Berthet devait être présent aussi à l'enterrement de Jason. Un peu à l'écart. Berthet avait sûrement repéré le flic des RG envoyé comme d'habitude à ce genre de cérémonie, quand ça concerne la mort d'un militant politique.

Les flics des RG aussi devaient penser aux skins, mais bon, les coïncidences, ça existe.

Oui, ça existe mais encore une fois, pas pour Berthet.

Joubert raconte que dans les mois qui ont suivi, alors que tu t'absorbais dans les révisions après avoir décroché une alloc qui te permit de rester dans le studio de Wazemmes, sans compter la solidarité des camarades de Jason, il y a eu un fort taux de mortalité chez les skins identitaires. On ne les appelait pas encore comme ça, mais l'idée était là. Pour eux aussi, il a été compliqué de savoir s'il s'agissait d'accidents ou pas.

Les deux brûlés vifs dans l'incendie inexpliqué de leur local associatif, à Lambersart.

Un autre dans la backroom d'un sauna gay près de la gare de Lille, en pleine après-midi. Nuque brisée.

Encore un autre qui s'est noyé en juin en se baignant en Belgique, à La Panne. Il allait se rendre juste après au rassemblement de tous les crypto-nazis européens, à Dixmude. Berthet a raconté à Joubert qu'après celui-là il a pris une bière sur la place de Furnes, une Westmalle triple, avec une petite assiette de gouda au cumin, qu'il a regardé longtemps, alors que le soleil se couchait, l'hôtel de ville, le beffroi, les maisons à pignon avec des sculptures d'animaux au sommet. Un décor de cinéma.

Berthet a raconté également à Joubert qu'il s'était senti mieux seulement à ce moment-là. Que le chagrin de Kardiatou lui était supportable, enfin. Qu'il avait décidé d'arrêter là la vendetta. Que ça pourrait finir par attirer l'attention, énerver l'Unité qui l'était déjà pas mal avec cette lubie pour une négresse.

Que Losey ne pouvait pas tout.

En juin, ma Kardiatou, tu as eu ton bac avec mention très bien et félicitations du jury. Joubert écrit dans son manuscrit que, le jour des résultats, tu étais belle comme une jeune veuve.

Ce con et sa littérature, mon amour, ma dormeuse.

3

L'aube va arriver.

Je le vois à travers les persiennes. De l'encre qui s'éclaircit, se dilue, des oiseaux qui chantent dans la pinède, une lumière calme, avec une note de douceur à la fin.

Même si, ma Kardiatou, ma Kar-dia-tou, tu restes encore aujourd'hui dans la bibliothèque à lire les *Illuminations* de Rimbaud, les volets clos, et que tu n'en profites pas.

Comme j'ai lu le manuscrit de Joubert, je connais l'histoire de ta passion pour les *Illuminations.* Cette jolie édition qui ne te quitte jamais, que tu avais sur ta table de nuit à Lisbonne, et qui n'était jamais très loin au milieu de tes dossiers, sur ton bureau de la rue de Valois.

Une histoire qui mêle encore Berthet, Joubert et toi.

Berthet et Joubert qui ne se connaissent pas. Toi qui étais une belle adolescente.

Berthet et Joubert qui ne se recroiseront que bien des années plus tard, à plus de deux décennies de là.

Et toi, ma Kardiatou, ma Kar-dia-tou, déjà au cœur de tout.

Vous trois.

Berthet s'appelle à ce moment-là Alain Defrance et Martin Joubert s'appelle Denis Clément sauf pour les gens qui ont lu ses deux premiers romans, même pas des romans noirs, et ses critiques dans les pages livres du *Quotidien de Paris*, en fait assez peu de monde, très peu de monde même.

Cette fois-ci, on est en 93, oui, c'est ça, tu es en troisième. C'est un cours de français à Brancion, de quatre à cinq, la dernière heure. En février. La nuit est déjà tombée. Inutile de dire que c'est le bordel. Vingt-cinq mômes de ZEP. Le mélange explosif des hormones et de la rage sociale.

Ce que ne sait pas Joubert, c'est que l'agent de nettoyage de son étage, c'est Berthet. Depuis qu'il a décidé de rester à Roubaix pour Kardiatou, c'est-à-dire depuis le mois de septembre 92, peu de temps après la rentrée scolaire, et qu'il a loué cette chambre meublée sordide dans le quartier de l'Alma-Gare, comme s'il voulait payer quelque chose, expier ou je ne sais quoi, Berthet a réussi à se faire engager depuis janvier par le collège, dans le cadre des emplois aidés.

On est avant l'informatique. Berthet s'est fabriqué sans trop de peine un faux dossier d'adulte handicapé qui lui permet de postuler. Berthet s'est affligé d'un QI à la limite de la débilité et il a passé avec succès les entretiens auprès d'une assistante sociale du conseil général. Berthet a dit qu'il n'avait pas le permis de conduire, que ce serait bien pour lui de rester sur Roubaix et qu'il avait entendu dire qu'on cherchait quelqu'un au collège Brancion où comme les enfants « y z'étaient très durs, y avait beaucoup d'absentéisme dans les personnels. Alors si la gentille dame, elle pouvait accélérer les choses ». Téléphoner au collège pour lui. Il avait un peu peur. Il ne s'exprimait pas bien.

La gentille dame, qui était vraiment gentille pour le coup, a pris son téléphone et appelé le principal de Brancion. Ce n'était pas si fréquent, un adulte dans sa situation qui souhaitait se bouger, se renseignait, voulait s'en sortir.

Et voilà notre Berthet balayeur à Brancion, tout ça pour ne pas te perdre de vue, ma Kardiatou, ma Kardia-tou.

J'ai du mal à imaginer Berthet en balayeur.

La plupart des photos de lui qui circulent maintenant montrent plutôt un physique d'universitaire vaguement british et distrait, à l'élégance désinvolte. Souvent avec des lunettes. Des fausses, aux verres neutres. Berthet était un tireur d'élite, entre autres choses.

Alors le visualiser revêtu d'une combinaison bleue, le dos voûté, se forçant à un léger strabisme comme on le voit sur une autre photo prise lors d'un pot de départ en retraite, c'est surprenant.

Mais Berthet était un bon. Un très bon. Je ne sais pas si tu as fait le rapprochement, ma Kardiatou, mon amour, entre l'homme de Brévin-les-Monts et celui du collège Brancion, mais comme je ne sais pas non plus si tu as vraiment lu le manuscrit de Joubert, je te le demanderai plus tard, quand les choses se seront calmées, si elles doivent se calmer.

Alors nous sommes ce vendredi de février 93 et Joubert a réussi à obtenir un semblant de silence dans sa classe, enfin... Il a fallu un bon quart d'heure. Berthet, lui, nettoie le couloir avec son chariot, ses seaux d'eau, ses balais, ses éponges, ses sacs-poubelle. Surtout, Berthet écoute à la porte.

Joubert distribue *Aube* de Rimbaud en photocopie.

Ça rigole dans la classe.

Joubert gueule.

Ça ne rigole plus.

« Vous lisez le texte. Pour vous. Karim, c'est bien compris ? Abdoulaye, change de place. »

Le silence règne.

Joubert a de l'autorité. Étonnant pour un type aussi geignard dans ses livres. Ses livres de poésie, notamment. *Sauter les descriptions*, quelle merde ! Berthet, une éponge à la main pour effacer de l'autre côté de la porte un graffiti représentant un zob hyperbolique avec comme légende « Ta mère susse des nin », écoute ce qui se passe dans la salle 21 et se récite le texte à lui-même :

J'ai embrassé l'Aube d'été. Rien ne bougeait encore au front des palais…

« Des remarques ? » fait la voix de Joubert.

Silence.

Une ébauche de fou rire.

Et puis le silence de nouveau. Et puis :

« Kardiatou, oui, tu veux dire quelque chose ? »

Quelques sifflets discrets, deux ou trois « fayotte, fayotte » étouffés.

« J'aimerais que Kardiatou puisse s'exprimer… »

Et tu t'es exprimée, ma Kardiatou.

D'après le manuscrit de Joubert, lui à son bureau comme Berthet derrière la porte, vous avez eu le cœur serré. C'était la première fois que tu lisais un texte de Rimbaud et ils sentaient que tu avais tout compris, que Rimbaud ferait partie des écrivains qui changeraient ta vie. Tu en avais les larmes aux yeux, ma Kardiatou, mais tu ne pleures jamais. Tu savais que ce serait l'enfer si tu te mettais à pleurnicher à cause d'un poème. Une vraie « maboula »…

« Tu devrais aller chercher d'autres poèmes de lui

au CDI, Kardiatou, si Rimbaud t'intéresse », avait dit Joubert pour dissimuler sa propre émotion au moment où la sonnerie retentissait.

Seulement voilà, Kardiatou Diop, élève de 3e 4, tu étais dans un collège où le CDI avait beaucoup de littérature jeunesse, beaucoup de bandes dessinées mais dont l'administration et les documentalistes se demandaient s'il était bien pertinent d'engager des crédits pour des classiques qui ne seraient jamais empruntés. Qui allait lire Rimbaud à Brancion, sérieusement ? Et était-ce bien raisonnable d'imposer cette culture bourgeoise à des enfants dont il fallait respecter les origines ?

Parfois, je comprends pourquoi Joubert, qui ne m'inspire aucune sympathie, devait quitter l'Éducation nationale quelques années plus tard.

Quand Berthet a su cela, il est parti à Lille et il a acheté, chez les bouquinistes de la Vieille Bourse, ta jolie édition des *Illuminations*, un petit format du Mercure de France de 1912 dans une reliure assez simple mais très fraîche, en chagrin bleu avec cinq nerfs sur la tranche.

Joubert avait eu la même idée mais s'était contenté d'une édition de poche. Et quand il te l'avait proposée à la fin d'un cours, une semaine après, tu l'avais remercié, tu lui avais dit que tu étais très touchée mais qu'il devrait le donner à un autre élève, qu'il lui était arrivé une chose étrange, comme un signe, ce qui prouvait bien que Rimbaud était un poète magique, un vrai sorcier.

« C'est-à-dire, mademoiselle Diop ?

— J'ai trouvé ça dans la boîte aux lettres de la maison. Il est beau, non ? »

Joubert avait feuilleté l'édition des *Illuminations*

achetée par Berthet. Joubert, dans son roman, dit qu'il avait d'abord vu là une espèce de magie propre aux quartiers difficiles. La seule explication qu'il avait trouvée était qu'un garçon de la classe était amoureux de toi et t'avait fait ce beau cadeau sans oser se faire connaître.

Signe que les choses ne vont pas bien pour toi, Kardiatou, depuis Brévin, c'est que lorsque nous sommes partis au Touquet en urgence, après ta démission et ta conférence de presse où tu annonçais que tu ne pouvais pas rester dans un gouvernement qui n'avait pas été capable de voir le complot mené contre toi, voire dont certains membres étaient peut-être au courant ou même à l'origine, tu as oublié ton édition fétiche dans les locaux de la rue de Valois. Il faut dire que tu en es partie en moins de deux heures, sans même attendre une quelconque passation de pouvoir.

Et sur le perron, face aux journalistes, très maîtresse de toi alors que je te savais complètement dévastée, tu avais déclaré que s'il t'arrivait quelque chose, c'était donc que les *Berthetleaks* disaient vrai, que ce Martin Joubert n'était pas un écrivain mythomane, qu'il était trop facile de mettre les événements de Brévin-les-Monts sur le compte d'éléments incontrôlés de l'entourage du Bloc Patriotique et de sa candidate, Agnès Dorgelles.

Celle-ci, nouvelle maire de Brévin-les-Monts, mais élue avec 50,23 % des voix, moins de deux cents bulletins et une pelletée de recours auprès du Conseil constitutionnel, avait aussitôt tenu une conférence de presse une demi-heure à peine après ta démission. Brune, grande, la clope au bec au mépris de tous les règlements, elle avait parlé depuis le siège du Bloc, le Bunker, à la Défense.

À côté d'elle, il y avait son mari, Antoine Maynard, chargé de la communication, mais aussi Strobel, le numéro 2, et ce petit type hypermusclé et inquiétant qui dirige leur service d'ordre, un certain Stéphane Stankowiak, dit Stanko. Agnès Dorgelles assurait Kardiatou Diop, oui, toi, mon amour, de son respect et comprenait ton inquiétude. Ces scandales autour des *Berthetleaks*, de cette police secrète d'un État confisqué par les mêmes partis et les mêmes lobbies qui depuis cinquante ans jouaient une fausse alternance, prouvaient que le régime était à bout de force. Le Bloc Patriotique était prêt, pour sa part, à assumer ses responsabilités. À nettoyer les écuries d'Augias de l'« État profond ».

Agnès Dorgelles a souri comme le grand fauve qu'elle était et a précisé l'air de rien qu'elle aussi savait ce que c'était de se battre contre son propre camp. Et il y avait eu aussi, du coup, un sourire étrange sur le visage de ce Stankowiak qui ressemble effectivement à ce Stanko et à ce qu'en dit Joubert via les confessions de Berthet.

À un moment, Maynard, avec sa gueule de flic américain des années cinquante fatigué par la malbouffe, a pris la parole, pour préciser qu'il avait connu Martin Joubert à l'époque où ils étaient écrivains tous les deux et que Joubert, bien que radicalement opposé à ses idées, était un type honnête. Et qu'il le croyait quand il balançait les *Berthetleaks*, que lui-même avait été aux premières loges quand ça avait dégénéré à Brévin-les-Monts et que les constatations policières liminaires, avant que le pouvoir ne tente de tout étouffer et notamment le ministre de l'Intérieur, avaient montré que les Groupes de Protection du Parti, le service d'ordre du Bloc Patriotique, n'étaient pour rien dans ces tragiques événements. Que rien de surcroît ne prouvait que cela ne visait pas *aussi* Agnès Dorgelles. Et Stéphane Stankowiak d'opiner ostensiblement, ce qui faisait ressortir cette marque bizarre sur son front.

On a vu cette conférence de presse sur ta tablette, à l'arrière de ta DS4 officielle que tu utilisais pour la dernière fois. Tu tremblais, ma Kardiatou. Tu as pris ma main. L'officier de sécurité, au volant, nous a jetés un coup d'œil dans le rétro. Il a semblé vouloir dire quelque chose, puis il s'est ravisé. Mais je devinais. Nous assurer de sa loyauté, qu'il n'avait rien à voir avec Simon Polaris, avec l'Unité. Mais comme il devinait que nous ne croyions plus rien ni personne, il a préféré se taire. Après, on a reçu un coup de fil de la ministre de la Défense. Tu m'as demandé de prendre l'appel.

« Je suis effondrée, dites-le bien à Kardiatou. Je ne sais plus trop à quels services je peux faire confiance, en ce moment, mais je cherche… »

Je la connaissais. Une énarque protestante, promotion Robespierre. Raide comme un coup de trique. Je ne pouvais l'imaginer liée en quoi que ce soit à l'Unité.

« Vous devriez trouver un coin tranquille, Kardiatou et vous. Attendre que ça se passe. Je peux vous avoir des gendarmes. J'ai confiance dans les gendarmes. Ils n'aiment pas l'Intérieur, surtout depuis qu'ils y sont rattachés. J'ai des liens avec le commandement. »

Elle ne voulait pas dire que son père avait été un directeur de l'EOGN de Melun.

J'ai poussé le bouchon, pour savoir vraiment, pendant que tu serrais les dents avec cette moue que tu as sur des photos d'adolescence, quand tu te préparais à une compétition de gymnastique.

« Madame la Ministre, qu'en dit votre père, honnêtement ? »

Il y a eu une hésitation au bout du fil.

« Il est à la retraite, vous savez…

— Quand même, il a bien une petite idée sur cette histoire d'Unité, non, madame la Ministre ? »

Il y a eu un long silence.

« Croyez-moi ou non, il a toujours entendu des bruits. En même temps, il a toujours fait ce qu'il a pu pour verrouiller les infiltrations possibles, éloigner les officiers qu'il soupçonnait de travailler avec ces gens. Disons qu'il s'est tenu à distance et qu'il a aussi essayé de tenir à distance ses troupes et ses cadres de ce que tout le monde appelle aujourd'hui l'"État profond". C'est pour cela que je vous dis que vous pouvez compter, pour la protection de Kardiatou, sur des éléments sûrs. Oh, seigneur, dire que nous en sommes réduits à ça, à nous demander sur qui on peut encore compter… »

Il y avait une vraie détresse dans sa voix. La mère Tape-Dur comme on la surnommait dans la presse satirique, avec ses tailleurs Chanel et son chignon en béton armé, sa soixantaine sèche presque masculine, découvrait soudain qu'elle vivait au pays du secret et du mensonge alors qu'elle était persuadée de servir la République depuis qu'elle était entrée en politique.

La mère Tape-Dur était une des rares au gouvernement à t'apprécier.

On l'avait même vue avoir des fous rires à l'Assemblée, ce qui avait surpris tout le monde, quand tu « faisais ta négresse ». Et t'applaudir franchement quand le Premier ministre se contentait de frotter mollement ses paumes l'une contre l'autre en faisant la gueule. Tu correspondais à son idée du mérite, à son culte de l'énergie. C'était une ancienne gymnaste, comme toi. Ça a étonnamment compté, pour elle.

Je me souviens d'un dîner, juste avant ta déclaration de candidature. Nous étions quatre dans ses appartements privés du ministère : elle et sa sœur qui était sa plus proche collaboratrice depuis la mort de son mari et puis toi et moi. Vous avez discuté de gym toute la soirée. Tu t'es animée comme jamais, en parlant du club où tu es entrée à six ans et demi, à Roubaix, et qui s'appelait *La Flamme*, dans le quartier des Trois-Ponts.

« J'ai su en entrant que c'était l'endroit où j'avais toujours voulu aller. L'odeur d'abord. Il suffit que je ferme les yeux et je sens la mousse des vieux tapis jaunes pisseux, les bois des espaliers, des poutres, des barres, le cuir du cheval, la sueur des petites filles appliquées. Pas de pointes surannées comme chez les danseuses de la haute mais des corps agiles et flexibles qui se jouent des appareils. Sans limites. »

La mère Tape-Dur t'avait regardée de manière presque maternelle, elle qui n'avait pas eu d'enfant :

« Je vous comprends, Kardiatou. J'ai fait de la gym au gré des affectations de mon père mais ma sœur préférait la danse.

— Oh, je ne voulais pas vous blesser ! » as-tu dit à la sœur qui t'a fait un geste pour te signifier qu'elle avait entendu bien pire sur son compte.

Et la mère Tape-Dur avait repris :

« Oui, j'étais comme vous. J'étais licenciée de la FFG à huit ans. J'ai encore la carte. Elle m'est plus précieuse que celle du parti mais ne le répétez pas. Les barres étaient mon agrès préféré. Les angles, la précision au millimètre, la complexité technique des enchaînements. Je rentrais à la maison avec les paumes en sang. Ma sœur me les enduisait de crème cicatrisante et je les mettais dans des sacs en plastique pour dormir en les posant bien à plat. J'étais couverte de bleus.

— L'odeur de la magnésie me manque…

— Moi aussi, chère Kardiatou. »

Et ce jour-là, alors que tu venais de démissionner, c'était la seule à te tendre la main. Je te l'ai passée, t'obligeant presque à prendre l'iPhone.

Vous avez parlé cinq minutes et tu as conclu, radoucie :

« Oui, madame. Merci, merci pour tout. Vraiment. »

La DS4 nous a conduits à Versailles, au boulevard de la Reine. Tu es restée en bas. Tu étais à nouveau à la limite de la crise de panique. Tu ne te sentais pas d'affronter ma famille et je ne pouvais pas t'en vouloir. Je savais que tu avalerais un Lexomil dès que je serais monté.

Quand j'ai demandé à mon père les clefs de la villa du Touquet, je crois qu'il a compris assez vite ce qu'il se passait. Il vient de terminer une brillante carrière dans l'Aérospatiale.

À un moment, j'ai cru qu'il aurait pu avoir affaire avec l'Unité. Après tout, il avait œuvré dans un secteur sensible, stratégique. Il m'a juste semblé effondré après les premières révélations des *Berthetleaks* qui ont aussitôt suivi les événements de Brévin-les-Monts.

Il m'avait appelé juste après, le jour de Brévin, pour savoir si je n'avais rien. Ma mère avait fait une vraie crise de nerfs en lisant les comptes rendus dans les journaux car il y a eu une sacrée rétention d'images.

Mon père, lui, comme la mère Tape-dur qui était de la même génération, devait se faire une certaine idée de la France, comme disait l'autre, et de la démocratie. Et tout s'était écroulé et s'écroule devant lui à une vitesse incroyable.

La luminosité augmente dans la chambre : tu t'agites un peu. Tu transpires et j'aime ton odeur.

Joubert a écrit que pour Berthet aussi, cela avait été un déclencheur irrationnel, la première fois qu'il t'avait vue.

Du coup, je repense à Martin Joubert. Snowden et Assange à lui tout seul. En plus prudent, plus hypocrite, plus intéressé. Martin Joubert est calculateur. Martin Joubert ne balance pas tout. Ce que Berthet a eu le temps de lui raconter avec, chaque fois, des moyens d'authentifier assez facilement les affaires en question est terrifiant. Tout le pays se remet à lire l'histoire de France depuis soixante ans avec un autre regard. Un autre montage, comme dirait Berthet dans ses enregistrements, expression très juste que Martin Joubert reprend dans son manuscrit.

J'ai beau te répéter de ne pas t'inquiéter, ma Kardiatou, t'assurer que la villa de mes parents est sûre, que les gendarmes qui la gardent sont fiables, sélectionnés par la mère Tape-Dur et son vieux paternel eux-mêmes, tu as dans la journée des crises de panique, tu es persuadée que l'Unité ou n'importe qui d'autre manipulé par elle va venir finir le boulot commencé à Brévin-Les-Monts. Mais non, la gendarmerie est sûre, il apparaît de plus en plus qu'elle a été une des institutions les moins contaminées par l'Unité. La mère Tape-Dur avait raison.

Mais comment t'en vouloir ? Je repense à Lisbonne quand j'étais suspendu au téléphone et que tu étais devant moi, en peignoir, debout, avec cette transpiration entre les seins et ton pouce que tu mordillais. Que tu mordilles souvent.

Dans le lit, je me rapproche de toi, je reprends la position de la cuiller et je vais rechercher le cal discret que cette manie a fait naître. Il me rassure, ce défaut de petite fille anxieuse.

Aujourd'hui encore je me demande si mon interlocuteur à Paris ce jour-là, qui était le conseiller à l'antiterrorisme de Matignon, me racontait sciemment des conneries pour m'enfumer et t'enfumer, ou si lui aussi était intoxiqué.

S'il savait que c'était une bavure de l'Unité parce qu'il en était un membre actif, s'il savait qu'il n'y avait pas plus d'attaque terroriste tchétchène à Lisbonne que de beurre en branche, s'il savait qu'on avait surtout essayé de tuer Berthet en se servant d'un de tes officiers de sécurité qui émargeait à l'Unité, Simon Polaris, ma Kardiatou, et d'un autre tueur psychopathe qui avait tué cette pauvre Amina Bâ en perdant plus ou moins les pédales.

Ce type de Matignon était un ancien de la promotion Voltaire, un diplômé de l'École de guerre. Pour l'instant, aux dernières nouvelles, il n'est pas inquiété dans le scandale de l'Unité. Mais bordel de merde, même au bout de trois mois, ça ne veut rien dire. Tout le monde enquête sur tout le monde. Je ne saurai jamais si ce mec était impliqué ou pas, et à quel niveau.

L'Unité est un cancer, écrit sans grande originalité Martin Joubert quelque part dans son manuscrit. Mais c'est un cancer dont on ne détecterait que les métastases sans jamais en trouver l'origine, ajoute-t-il. Et le plus terrifiant, remarque-t-il pour conclure, ce serait qu'il n'y ait pas ou qu'il n'y ait plus d'origine à ce cancer. Que le monstre n'ait pas de tête. Qu'il ait oublié pourquoi, pour qui il devait agir. Qu'il soit impossible d'isoler des chefs. Qu'il ressemble à ces volailles décapitées qui continuent de marcher malgré tout, par pur réflexe.

L'Unité…

Le manuscrit de Joubert est arrivé ici il y a trois

jours par la poste, en transitant par mon domicile parisien. J'ai vu que des flics l'avaient ouvert. Cachet illisible. Pas de mot d'accompagnement. Pourtant je suis certain que c'est Joubert lui-même qui l'a envoyé. Pour toi. Pour que tu en aies la primeur. Mais pour l'instant, j'ai l'impression qu'il n'y a que les *Illuminations* qui t'intéressent.

Berthet ne voulait pas l'apocalypse déclenchée par Joubert. Berthet concevait le roman de Joubert comme une assurance-vie contre l'Unité. Berthet voulait une retraite tranquille. À Lisbonne d'ailleurs, dans un appartement du Bairro Alto. Un appartement où l'on s'est aperçu qu'il avait découpé en morceaux Simon Polaris, ton officier de sécurité disparu ce fameux jour des faux Tchétchènes.

Ce n'était tout de même pas un tendre, Berthet.

Mais bon, quand on voit ce qu'a fait l'Unité, il en était un des agents les plus moraux. Je sais, le mot pourrait te paraître bizarre, mais je n'en vois pas d'autres. Plus j'écoute ou lis les *Berthetleaks*, plus j'oscille entre l'écœurement et la peur.

J'ai toujours pensé que les démocraties pouvaient fonctionner, devaient même fonctionner, de manière opaque pour se protéger dans certaines circonstances : après tout, je ne suis qu'un haut fonctionnaire moderne, c'est-à-dire que je n'ai plus beaucoup d'illusions mais que je cherche d'abord à ce que la machine fonctionne. Or là, je m'aperçois avec l'Unité que la machine a échappé à tout contrôle et depuis un bon bout de temps.

Je ne parle pas seulement d'un coup d'État en Afrique, d'un enlèvement et d'un assassinat politique à la Ben Barka, d'une déstabilisation comme celle qu'a subie Pompidou au moment de l'affaire Markovic et qui d'après Berthet est d'ailleurs de bout en bout une manip de l'Unité, non, je parle d'opérations de grande ampleur, de trucs déments pour orienter toute la société là où on veut la faire aller. Et avec une perversité incroyable.

Et ce prétentieux de Joubert qui citait Guy Debord pour commenter tout ça, évidemment…

4

Comme prévu, tu as décidé de passer, ma Kardiatou, ta journée dans la bibliothèque de la villa, à lire les *Illuminations*, les persiennes baissées. Une journée de juin pourtant ensoleillée, un peu fraîche mais avec une note de douceur à la fin, si on reste à l'abri du vent.

À quoi peux-tu penser, mon amour ? Au fait que ton ange gardien ait *aussi* été un monstre ? À ce que tu dois faire, maintenant, toi, Kardiatou Diop, ex-secrétaire d'État, ex-candidate aux élections municipales, au cœur d'un scandale qui emporte tout sur son passage, avec ta vie qui est peut-être encore menacée par des ultras de l'Unité qui voudraient partir en infligeant le maximum de dégâts, façon tireurs de la Securitate lors de la chute de Ceaușescu ?

Nous avons très bien compris tous les deux, par exemple, sans même nous en parler, que l'attentat qui a eu lieu il y a une semaine et qui a fait trois morts et une dizaine de blessés sur le passage d'un cortège qui amenait le préfet de police de Paris à une réunion avec Bobonaparte, Place Beauvau, juste avant sa démission, est l'œuvre de ces ultras devenus fous ou simplement incontrôlables.

Les images, sur les chaînes infos, avaient un faux air

des années soixante-dix en Allemagne ou en Italie : des motards au sol, des passants soignés à la terrasse des cafés, une DS5 comme une passoire, des traces de sang sur les pare-brise, l'asphalte… Années de plomb, stratégie de la tension. Que cherchent-ils, ces fanatiques ? À provoquer un tel bordel que les politiques qui ne sont pas mouillés arrêtent l'épuration et laissent l'Unité se reconstituer au cœur de l'« État profond » ?

Le préfet de police est la troisième personnalité avec le Premier ministre et la mère Tape-Dur d'un groupe informel qui tente de monter une manière de *task force* pour éteindre l'incendie, pour évaluer à quel point les institutions sont infiltrées, pour tenter de démanteler l'« État profond », justement…

Ce coup-ci, le préfet s'en est tiré de justesse, un des motards de sa propre escorte ayant tenté de l'abattre alors que la fusillade avec les attaquants, trois motos avec chacune un pilote et un tireur, était théoriquement terminée. Le motard de la police a dégainé son arme de service alors qu'un crossover avec gyrophare envoyé en urgence de l'Île de la Cité s'arrêtait au niveau de la scène du massacre pour exfiltrer le préfet qui avait une légère coupure au visage mais gardait son calme. Le pistolet du motard s'est miraculeusement enrayé avant que les flics présents ne se jettent sur lui et ne le plaquent au sol. Évidemment, ce n'était pas un motard de la police, il s'était juste présenté le matin même avec un faux ordre de mission et la consigne de remplacer un collègue malade. Collègue qu'on a retrouvé abattu chez lui, avec sa femme, ses deux enfants et même le chien, dans son pavillon de Juvisy.

Bienvenue dans la France des *Berthetleaks*.

Oui, à quoi peux-tu penser, mon amour ? Quelles options te donnes-tu, ma Kardiatou ?

Disparaître ? Réagir ? Communiquer, comme on dit aujourd'hui ?

Moi, je passe ma journée au téléphone.

J'essaie d'avoir des informations à la source.

Tout le monde pédale dans la choucroute. Personne n'ose parler. D'ailleurs, on ne sait plus à qui on parle. Ça sent l'hystérie et la panique, à quelques rares exceptions près. Le Président lui-même reste muet, trop heureux de son voyage officiel dans les pays d'Asie centrale. Il trouve urgent de ne rien décider, comme d'habitude, même si la démission de Bobonaparte est un coup dur. On dit qu'il voudrait rebattre les cartes avec une dissolution, une fois cette « histoire d'Unité », selon ses propres mots, terminée.

C'est le Premier ministre qui est à la manœuvre. On lui a reproché pendant des mois sa transparence médiatique, son manque d'autorité. On lui reconnaissait tout juste une certaine honnêteté. Aujourd'hui, c'est cette honnêteté qui rassure comme rassure l'axe informel mais assez solide qu'il forme avec la mère Tape-Dur au ministère de la Défense. Tiens, elle demande chaque jour de tes nouvelles mais tu ne veux toujours pas parler. À personne. Le Premier ministre, lui, n'appelle pas : tu l'as plutôt formidablement emmerdé quand on y songe, depuis que tu es entrée dans son gouvernement. Et que tu en es sortie avec fracas.

Entre deux coups de fil, je me plonge et me replonge aussi dans le manuscrit de Martin Joubert.

Martin Joubert, lui, qui a disparu juste après le bordel de Brévin-les-Monts.

Après la mort de Berthet.

Si Berthet avait survécu, les *Berthetleaks* ne devaient pas être connues du grand public, les *Berthetleaks* devaient juste servir de base pour étayer le manuscrit de Joubert qui les aurait fait apparaître de manière codée même si au bout du compte, ce n'est sans doute pas plus mal que tout le monde sache. Enfin, si on y survit collectivement en redevenant une démocratie, oui, ce ne sera pas plus mal.

Ils s'en sont dit des choses, en plus de quatre mois… Et c'est ce matériau brut distillé par Joubert sur le Net qui fait vaciller le pays.

Martin Joubert a été à bonne école avec Berthet, pendant leur séjour à Brive-la-Gaillarde. Non seulement ton ange gardien, ma Kardiatou, lui a raconté une chiée de trucs sur l'activité de l'Unité, mais il a dû lui apprendre quelques tours de magie barbouzarde. Berthet lui a peut-être même filé la liste de ses planques innombrables et des comptes en banque qui allaient avec. Un type qui disparaît totalement aujourd'hui, il faut qu'il soit intelligent. Intelligent et riche, capable d'être invisible sur les écrans de la surveillance électronique généralisée. Or Joubert n'est, enfin, n'était qu'un gros quinqua geignard sans pognon qui se servait jusque-là de son ordinateur simplement pour écrire sa prose et envoyer des mails ou faire le beau sur les réseaux sociaux. Berthet l'a transformé en expert, en loup, en hacker malin, en fantôme…

Je me demande d'ailleurs comment il réussissait à se taper d'aussi jolies femmes, Martin Joubert.

Cette Sylvie Marcinkovski. Ou cette Hélène Rieux, qui a vraiment la grande classe. Elles refusent de répondre aux interviews, ne balancent rien, semblent même avoir dans le regard une espèce de lueur vaguement nostalgique quand on leur parle de Joubert. Pas dégoûtées, les filles…

Et Martin Joubert, en plus, devient un héros de la gauche radicale, notamment auprès de l'ADV, tu sais, l'Alliance du Vivant, ceux que tu as dragués, ma Kardiatou, pendant la campagne de Brévin-les-Monts. Ils disent que l'existence de l'Unité prouve la validité de toutes les thèses mises en avant dans leur plaquette *Vers l'effondrement*.

Il doit jouir, avec ses fantasmes de clandestin injoignable, Martin Joubert. Un de ses thèmes favoris dans ses bouquins, ça, être injoignable. Et de fait, personne ne sait où il est. J'ai juste appris, par mes sources, qu'une dizaine d'éditeurs ont reçu, comme toi, comme nous, son manuscrit. La dizaine qui d'après Berthet n'avaient pas d'honorables correspondants de l'Unité dans leurs bureaux. Inutile de dire que les autres font la gueule. Ils passent pour des cons, et en plus ils n'éditeront pas un best-seller programmé. Même si on sait tout avec les *Berthetleaks*, le manuscrit, en plus, en dit beaucoup sur toi, Kardiatou, sur toi et Berthet, sur cet étrange amour. Et c'est une belle histoire, décidément.

La belle et la bête.

L'ange gardien.

Il n'empêche que ce scribouillard, ce rimailleur veut faire monter les enchères. Pourtant, il raconte lui-même aussi que Berthet lui a filé trois cent mille boules pour écrire ce roman-assurance vieillesse qui une fois paru aurait été un avertissement pour l'Unité : si vous me tuez, moi, ce roman où tout est vrai mais que personne ne croira sera authentifié par des documents et mes interviews avec Joubert. Les *Berthetleaks*...

On peut dire que ton ancien prof du collège Brancion a le sens des affaires. Et l'ADV qui lui tresse des couronnes... Un comble. De toute manière, les artistes désintéressés, c'est un mythe.

Un mythe romantique.

Je ne crois pas au romantisme, Kardiatou. Je crois

que le romantisme est désastreux. Je crois, ma Kardiatou, que le romantisme est éventuellement acceptable en art mais monstrueux en politique.

Ta folle histoire avec Berthet est une histoire romantique. On voit comment ça se termine. Et d'une certaine manière, l'Unité était ou est, comment faut-il en parler, une machine romantique. Cette manie du secret, cette volupté pour une poignée d'hommes de faire l'Histoire dans l'ombre à leur façon alors qu'on nous explique partout, y compris et surtout à l'ENA, que le monde est fait de grandes tendances, économiques, démographiques, géopolitiques contre lesquelles les gouvernements et encore moins les individus ne peuvent pas grand-chose, sinon essayer de les gérer en limitant la casse.

Il faudrait que j'arrive à parler à ce Losey, ce collaborateur de Bobonaparte et de tous les ministres de l'Intérieur depuis de Gaulle. Losey a été un des premiers à tomber quand Joubert a balancé les *Berthetleaks* sur les réseaux, choisissant les sites infos les plus lus, les blogs les plus influents, les agences de presse alternatives.

Vu l'ambiance, il faudrait même que j'arrive à lui parler vite. Après la rafale d'arrestations qui a suivi les événements de Brévin-les-Monts et ta démission fracassante, ma Kardiatou, il y a eu pas mal de suicides en cellule, de tentatives d'évasion malheureuses, ce qui contribue encore un peu plus à nous faire passer aux yeux du monde pour une république bananière.

Les premières et seules déclarations de Losey, lors de sa mise en examen et de sa détention préventive, étaient monstrueusement claires : « C'est moi qui ai confirmé à Berthet ce qu'il avait deviné et compris depuis Lisbonne. Oui, il y avait un complot contre

Kardiatou Diop monté par l'Unité à la demande de certains éléments du propre camp de Kardiatou Diop. Cela devait faire d'une pierre deux coups : une martyre et un discrédit durable du Bloc Patriotique et d'Agnès Dorgelles. Je tiens aussi à préciser que ceux qui m'ont arrêté sont eux-mêmes au service de l'Unité, même s'ils se refuseront à l'admettre. »

C'était il y a deux mois. Cela a été noyé dans un flot d'autres informations, d'autres scandales liés aux saloperies de l'Unité. Et on ne parle plus de Losey. Je voudrais savoir, au moins pour le complot contre toi. Si vraiment Bobonaparte est dans le coup.

Il faudrait arriver à trouver un moyen de rencontrer Losey.

J'appelle.

J'appelle encore.

J'appelle partout.

Le téléphone à l'oreille, je regarde les hortensias bleus dans le jardin. Avec les gendarmes dehors, ça fait ton sur ton.

Et puis vers trois heures de l'après-midi, j'apprends que Losey a fait une crise cardiaque. Et un autre pote de promo, à l'Intérieur, m'assure en plus, ironie du sort, que c'est *vraiment* une crise cardiaque. Losey avait un cholestérol à faire péter le compteur. Le stress de l'incarcération. Le surpoids. Losey avait passé sa vie à manger de la choucroute.

« Et à être un des grands manitous de l'Unité, lui fais-je remarquer.

— C'est une autre histoire, ça. En plus, il avait l'air moins pire que les autres si on en croit les *Berthetleaks*.

— Moins pire que les pires salopards, c'est quand même être un salopard, non ?

— Sans doute. Mais je t'assure que trois services

différents ont demandé trois autopsies de Losey avec chacun ses propres légistes. C'est une mort tout ce qu'il y a de naturel. C'est pas de pot, ça tombe très mal, mais c'est naturel. Sinon, tu sais que plus ta Kardiatou fait sa recluse, plus elle monte dans les sondages. La DCRI est formelle.

— La partie de la DCRI qui émargeait à l'Unité ou l'autre ?

— L'autre, mon petit camarade, l'autre… Ces bons vieux RG qui vont serrer la main des paysans ou manger avec les maires de chefs-lieux de canton… S'il y avait des élections présidentielles demain, Kardiatou Diop gagnerait pratiquement au premier tour. Les sondages dans la presse vont sortir dans quelques jours… Les gens sont effrayés, écœurés, désorientés. Et elle, dans l'histoire, c'est Jeanne d'Arc. Le recours, la miraculée. Elle est suivie par ce nul de Premier ministre, mais d'assez loin. Et puis le Bloc, aussi, avec Agnès Dorgelles, mais elle est en baisse…

— Oui, enfin, c'est quand même Agnès Dorgelles qui a gagné à Brévin-les-Monts, en mars, malgré l'attentat.

— Pas de grand-chose… Et Brévin-les-Monts n'est pas la France, mon vieux. Surtout depuis les *Berthet-leaks*. Bon, je te laisse. Ici l'ambiance est bizarre, électrique. Il n'y a pas encore de successeur désigné du ministre démissionnaire.

— Bobonaparte ?

— C'est Diop qui l'appelle comme ça, non ?

— Oui.

— Marrant.

— Dis-moi, et les rumeurs qui font de la mère Tape-Dur celle qui regrouperait pour un moment assez court Beauvau et la rue Saint-Dominique, histoire de crever l'abcès, c'est sérieux ?

— Tu es bien renseigné, dis donc. C'est vrai que Diop est un peu la protégée de la mère Tape-Dur et que comme toi et Diop…

— T'occupe pas de ma vie sentimentale, et rencarde-moi, plutôt.

— Oui, on en parle, effectivement… Ça devient une hypothèse de plus en plus probable. Pour atomiser l'"État profond".

— Vous n'avez pas encore repéré Martin Joubert, sinon ? »

J'entends un soupir au bout du fil.

« Rien du tout. Berthet était doué. Et Joubert devait être un bon élève. »

Il raccroche.

Je me passe les mains sur le visage.

Je jette un instant un regard dans la bibliothèque.

Tu lis toujours les *Illuminations*. Assise, sculpturale, dans un fauteuil Voltaire dépenaillé. Un pantalon de toile, un polo marin, une jambe interminable repliée sous tes fesses. Tu as les pieds nus.

D'abord, tu ne sens pas ma présence.

Tu as ta moue, ma Kardiatou, ton adorable moue. Et puis tu relèves le visage vers moi. Tu me souris, mais d'un pauvre sourire que je ne te connaissais pas avant que toute cette folie ne commence.

Le manuscrit de Joubert est posé sur un bureau de mon grand-père, qui date des années trente avec ses grosses boules de chrome en guise de poignées. Je faisais mes devoirs de vacances dessus quand j'étais enfant.

Tu n'y touches pas vraiment, à ce manuscrit. Mais tu sais en grande partie ce qu'il y a dedans. On y parle de ta vie. Seulement, l'angle est différent et doit te paraître étrange.

C'est le point de vue de l'ange gardien.

De Berthet.

C'est peut-être ce qui te gêne, toi qui t'es toujours flattée d'avoir maîtrisé ton destin, ma Kardiatou. Ta vie filmée par une caméra que tu n'avais jamais repérée. Une caméra qui t'aimait.

Je te convaincs de venir manger quelque chose.

Tu te lèves, tu sembles épuisée, mais tu gardes ta démarche de gymnaste, ta cambrure, et tu donnes encore et toujours cette impression que tu es amie avec l'air, avec l'espace depuis les origines du monde. Port de tête altier et cul rebondi qui roule sous tes pantalons de tailleur comme dans un rêve mouillé d'adolescent. Et avec toi, je retrouve mes rêves mouillés d'adolescent.

Si tu savais comme j'aime quand tu avances dans les couloirs d'un bâtiment officiel, un hall d'aéroport ou que tu danses au Maloya, la boîte black de la rue La-Boétie, jusqu'à l'épuisement. Des paparazzi à Smartphone t'ont d'ailleurs surprise plusieurs fois et tu as eu droit à des articles crapoteux, ensuite, dans la presse d'extrême droite qui dénonçait la ministre communautariste préférant s'éclater avec la caillera de banlieue plutôt que de potasser ses dossiers. Avec en prime des commentaires lourdingues sur le fait que c'est bien connu, les Noirs, ils ont la danse dans le sang, même quand ils ont fait de grandes écoles.

Et puis j'aime que tu transposes cette aisance quand nous faisons l'amour, ma Kardiatou, ma Kar-dia-tou, quand c'est ton corps qui apprend au petit garçon coincé du boulevard de la Reine que le sexe, c'est aussi un art du mouvement, une gymnastique au sol à la fois sensuelle, précise et rêveuse.

Nous déjeunons dans la véranda. Le jardin est magnifique et clair, de cette clarté presque trop vive des belles journées sur la Côte d'Opale. Nous mettons nos lunettes noires. Les pins font une barrière protectrice. On se croirait dans un cocon vert, on ne voit qu'un bout de toit de la maison voisine, un petit manoir dans le genre anglo-normand balnéaire. Tu touches à peine au melon avec son jambon San Daniele, un de tes plats préférés, pourtant.

Tu demandes un verre de vin.

J'hésite à cause des cachets que tu prends. Tu soulèves tes lunettes sur ton front et tu me regardes, comme tu devais regarder les adultes, quand tu étais l'adolescente brillante et rebelle des Courées Rouges, ce regard qui exprime si bien une lassitude légèrement excédée et qui signifie que tu sais très bien ce que tu fais.

Un parfum d'air salé entre dans la véranda par une baie entrouverte et je pense que ce pourrait être un été merveilleusement banal où toi et moi nous nous aimerions tranquillement entre les baignades frissonnantes, les courses de char à voile, les après-midi à se dorer dans les oyats sur des serviettes un peu rêches.

Tu ne parles pas, sauf une fois :

« Je te trouve sévère avec Denis Clément, enfin je veux dire Martin Joubert. C'était un très bon prof, très humain et pas démago. Et puis tu oublies que dans cette histoire, il n'a rien demandé et qu'on lui a tué un pote… Comment s'appelait-il, déjà ?

— Alexandre Guivarch.

— C'est ça. Et il est mort parce que lui et Joubert ont refusé de faire ce bouquin dégueulasse que lui avait commandé Delrio. Je n'ai pas pleuré quand j'ai su que Delrio avait cramé avec ses potes skins, tu sais ? »

Je sais. Je sais aussi, c'est dans le manuscrit, que c'est Berthet qui avait incendié le SNBar, avec la complicité de Joubert. Joubert qui voulait se venger. Joubert qui voulait sans doute aussi, par le feu, en terminer symboliquement avec sa vie ancienne d'écrivain raté. Il venait de se faire larguer par sa compagne, Hélène Rieux. Il était aux abois. Peut-être aurais-je réagi comme lui dans des circonstances semblables. Ou peut-être pas. Mais il a vu en Berthet une porte de sortie, un moyen de brûler ses vaisseaux. Au SNBar, il s'était rendu complice d'un massacre. Et même si c'était un massacre d'ordures finies, cela signifie qu'il n'y a plus de retour possible pour Joubert.

Le bouquin que Joubert et Guivarch avaient refusé de faire était quand même paru, au moment des fêtes de fin d'année, sous la signature d'un autre mercenaire de la plume.

À feu et à sang, enquête sur le génocide français de l'insécurité. Une saloperie immonde, un montage dégueulasse de tous les faits divers les plus crapoteux.

Derrière cette opération, d'après Joubert, il n'y avait pas que ce crypto-nazi qui se défonçait au rock identitaire d'Anton Delrio. Il y avait aussi Gruber et son think tank *Menaces et Ripostes.* Évidemment, on ne peut rien prouver. Et puis à côté de ce qui se déballe sur l'Unité ces temps-ci, on a un peu oublié cette histoire vomitive, on a oublié le succès effrayant du bouquin avec plus de deux cent mille exemplaires, on a oublié son racisme assumé et le fait que la polémique qu'il avait suscitée dans les médias n'avait pas arrangé la branlée électorale de la majorité aux municipales avec notamment les douze villes de plus de trente mille habitants raflées par le Bloc Patriotique dont évidemment Brévin-les-Monts par Agnès Dorgelles elle-même.

Le psy passera te voir, Kardiatou, comme chaque jour, en fin d'après-midi. Mais je sais qu'aucune chimie, aucune thérapie ne pourra soigner ton *post-traumatic stress disorder* que le psy t'a diagnostiqué, comme si Brévin avait été ton Afghanistan.

Je te connais, ma Kardiatou. La seule chose qui te ferait sortir de cette dépression larvée, c'est l'action.

La contre-attaque…

5

Et maintenant, ma Kardiatou, mon amour noir, tu te lèves de table, tu as à peine touché à ton assiette.

« Je n'ai plus envie de lire aujourd'hui. Rimbaud me fait presque mal. Dis, tu retrouveras mon édition, celle que m'avait offerte Berthet ?

— Je ferai mon possible, Kardiatou. Elle doit être quelque part dans ton bureau, au ministère.

— Je ne retournerai jamais là-bas. J'ai envie d'une sieste. Viens dormir avec moi, s'il te plaît. J'ai besoin de te sentir derrière moi. »

Nous sommes déjà dans la chambre, nous nous déshabillons, nous nous allongeons dans la pénombre, j'entre en toi presque naturellement. Nous jouissons ensemble, très vite. Tu dis quelque chose en sérère d'une voix déjà ensommeillée, ce n'est pas la formule magique mais il y a une note de douceur à la fin et je suis encore en toi quand tu t'endors, ma Kardiatou, mon amour.

Et je repense à Brévin-les-Monts.

À l'élection.

Quand tu t'es déclarée officiellement, comme on l'avait prévu, à Brévin, ça a été tout de suite une ambiance épouvantable. La presse locale, *La Mon-*

tagne en tête, exprimait des réserves à peine polies et expliquait que ça allait encore ajouter à la confusion dans une ville qui avait besoin de sérénité, surtout. Il n'y avait que *L'Écho*, le dernier quotidien communiste du coin, pour trouver que ça clarifierait les choses, que tu serais le coup de pied dans la fourmilière, la bouffée d'air frais. Mais la tonalité générale était à la méfiance et à la suspicion. Un climat pourri, donc, dès le départ.

Black, jeune, parachutée au milieu d'un nid de serpents.

On était début décembre quand on s'est rendu la première fois là-bas, pour tâter le terrain par nous-mêmes. Un premier aperçu…

Toi, Nouara et moi.

Pratiquement dans l'incognito le plus complet. Tu n'as pas voulu d'officier de sécurité.

« On n'est pas en Sicile, merde, et Brévin-les-Monts, ce n'est pas Palerme, tout de même ! »

Tu ne dis pas souvent de gros mots, ma Kardiatou, sauf pour te cacher à toi-même ton énervement, ta peur, et te prouver que tu as raison.

Mais tu avais tort, en l'occurrence, et tu avais peur. Moi aussi, j'avais peur : j'avais des ambitions pour toi mais je n'avais pas envie de cette campagne municipale. Une sale intuition. Tu étais instrumentalisée, tu te croyais assez forte pour retourner cette instrumentalisation à ton profit, nous en avions discuté avec Nouara et puis d'autres membres de ton cabinet, parmi eux beaucoup d'anciens de CitéRépublique, ton association. Les avis étaient partagés mais ta volonté, ton énergie avait emporté l'adhésion de tous, sauf de moi mais je t'ai caché du mieux que j'ai pu mes réserves, je ne voulais pas me servir de notre liaison nouvelle pour te faire changer d'avis contre la majorité de tes collaborateurs. Et d'ailleurs, je n'y aurais pas réussi. Tu as aussi ton côté inflexible, ma Kardiatou, inflexible et buté, jusqu'à l'entêtement.

Il avait fallu prendre un train interminable depuis la gare d'Austerlitz jusqu'à celle de Brive-la-Gaillarde. Un train à l'ancienne, presque désert. Nous étions dans un compartiment de première classe et nous étions à peu près les seuls dans le wagon. Dès Châteauroux, les portables et les tablettes ont eu du mal à trouver du réseau. Il n'y avait pas de voiture-bar.

La neige tombait et c'est Nouara qui a dit que ça lui rappelait un film fantastique d'André Delvaux, mais elle ne se rappelait plus le titre.

« *Un soir, un train* », as-tu marmonné, le menton posé sur ta main, en regardant la neige, la nuit et tout ce néant. Tu avais ta moue de petite fille, celle qui avait aussi séduit Berthet ce jour de septembre 1992.

Et tu as continué, sur un ton mi-figue mi-raisin :

« C'est bien vu, mais ce n'est pas forcément un bon présage, Nouara ! Tu te souviens vraiment de ce film ? C'est avec Yves Montand. Le train s'arrête au milieu de nulle part, ils descendent, le train repart sans eux et ils marchent dans une plaine interminable jusqu'à ce qu'ils comprennent qu'ils sont morts parce que en fait le train a déraillé. »

Je ne sais pas comment ni quand vous aviez vu ce film. À Roubaix dans un ciné-club de lycée ou lors de vos études parisiennes, dans les studios du Ve arrondissement ? Votre cinéphilie me surprenait toujours. Je crois que pour vous, c'est un refuge, en fait.

Quand tu refuses de soigner tes insomnies avec du Stilnox, Kardiatou, tu es capable de regarder trois ou quatre films d'affilée sur les chaînes de vidéos à la demande. Moi, je n'avais jamais entendu parler de

Delvaux, le cinéaste en tout cas, et je sais juste qu'*Un soir, un train* n'existe pas en DVD parce que j'ai voulu le voir ensuite, moi aussi. Pour comprendre ce que Nouara et toi ressentiez exactement, cette nuit-là.

Il n'y a qu'une vieille télé au Touquet, sans bouquet satellite ni lecteur de DVD. Je me dis que ce serait peut-être une bonne idée de faire venir tout ça de Lille, que tu puisses satisfaire ta boulimie de films, pour reprendre ton souffle et t'oublier un peu. Rimbaud est sans doute trop fort pour ça, comme ces médicaments dont les effets secondaires dépassent les bienfaits.

Cette nuit de décembre, nous avons eu plus de trois heures de retard. Une biche rendue folle par la neige avait percuté la motrice du côté d'Argenton-sur-Creuse. Et cela accentuait encore la ressemblance avec *Un soir, un train*, d'après Nouara :

« Ne descendons surtout pas voir ce qui se passe », a-t-elle dit en souriant. Tu as souri aussi et je me suis senti exclu de votre complicité, de votre histoire commune de gamines issues de l'immigration qui ont décidé de tout lire, de tout voir, sans distinction, parce qu'il vous fallait avoir la plus grande culture possible pour vous en tirer, pour surmonter tout ce qu'une société mettait d'obstacles entre vous et la réussite dont vous rêviez.

Nous avions prévu de finir le parcours Brive-Brévin en voiture de location. On ne pouvait pas faire autrement depuis la fermeture de la ligne TER, deux ans plus tôt. Cela a été une de tes promesses électorales de la faire rouvrir, cette ligne. Pour désenclaver Brévin-les-Monts. Le ministre des Transports, le patron de la SNCF, le président du conseil régional t'avaient tous assuré qu'ils feraient leur possible, surtout pour battre Agnès Dorgelles.

« Pourquoi alors, me disais-tu, ai-je cette sensation d'être envoyée au casse-pipe alors qu'ils sont tous *si* gentils avec moi, ces hommes blancs de plus de cinquante ans, diplômés et progressistes, hein ? Mais je vais les surprendre là où ils espèrent en secret me voir m'effondrer. Leur gadget va leur exploser au visage. Je n'ai pas fini de les emmerder si je suis élue et ils le savent très bien. »

Cette promesse sur la ligne TER avait achevé d'emporter l'adhésion des écolos de Brévin qui ont décidé de te soutenir et de se mettre sur ta liste. La route nationale à deux voies qui reliait Brive à Brévin était une tueuse, une tueuse encombrée jour et nuit avec des poids lourds qui traversaient les villages en plein centre et écrasaient en moyenne trois gosses par an. Et vu l'état de tes soutiens réels, sur le terrain, à Brévin et le rapport de force avec tes opposants, les écolos, ce n'était pas du luxe.

Quand nous sommes arrivés à Brive, l'agence de location de voitures, dans une rue en contrebas d'un grand hôtel à l'abandon depuis longtemps, était fermée. Il a fallu que j'appelle dix fois le numéro de la réservation avant qu'un type daigne enfin répondre et nous dise d'une voix désagréable qu'il allait arriver. Il faut dire qu'il était déjà dix heures du soir.

On a attendu dans un de ces bars qui sont les derniers ouverts à cette heure et où vont échouer tous ceux, dans les villes de cinquante mille habitants, qui n'ont pas envie de rentrer chez eux avec leurs démons, qui préfèrent encore l'aléatoire fraternité du zinc quitte à se construire la réputation, vite faite dans les sous-préfectures hivernales, d'être des ivrognes patentés.

En attendant le loueur, j'ai commandé un whisky pour moi parce que je ne savais pas quoi boire. Nouara et toi avez pris des Martini, ce qui n'était pas non plus vos boissons habituelles : le patron « ne servait plus de chaud ». Formica partout, néon aussi glacial que le temps dehors, juke-box antédiluvien.

« Il y en avait un comme ça à Roubaix, au Carillon, tu sais le bistrot en face de l'usine Motte. Il existait encore de ton temps, ce juke-box ? » as-tu demandé à Nouara en mordillant la rondelle de citron de ton Martini.

Et le visage fatigué de Nouara, au teint presque gris, s'est éclairé et elle a dit oui, qu'il existait encore mais qu'elle n'avait jamais osé entrer au Carillon avec ses copines, que ça ne se faisait pas. Cela ne les empêchait pas de regarder par la vitre l'étrange machine lumineuse et déjà démodée, à l'époque des Walkman et des CD.

« On était plus affranchies que les petites Arabes coincées dans ton genre, nous les Sénégalaises, a dit Kardiatou en riant. Viens, je vais te montrer comment ça marche. »

Et vous vous êtes levées, vous avez échangé au bar une pièce de un euro contre une de cinq francs que le patron avait gardée pour cet usage. Vous avez sélectionné un disque et la chanson la moins adaptée qui soit aux circonstances est sortie du juke-box. C'était *Un été de porcelaine* de Mort Shuman.

Il y a quinze ans à peine
Il y a quinze ans déjà
Ma mémoire est incertaine
Mais mon cœur lui n'oublie pas

D'incroyables tronches nous regardaient, sans hostilité d'ailleurs, depuis les tables et le bar. Il y a même un type encore en bleu de travail qui vous a fait, à Nouara et à toi, un clin d'œil et a levé son ballon de rouge à votre santé.

On entendait sans les voir deux joueurs de billard dans une arrière-salle.

Je sais maintenant qui étaient les joueurs.

Ils n'habitaient pas très loin de la gare, rue Alsace-Lorraine. Ils avaient été mis au courant de ton arrivée car l'un des deux avait encore quelques contacts fiables dans les ministères, ma Kardiatou. Peut-être Losey, justement. Ils voulaient voir si rien ne t'arrivait dans cette gare au cœur de l'hiver, poignante avec son monument aux morts pour les cheminots fusillés, fleuri en permanence.

Ils s'appelaient Berthet et Joubert, les joueurs de billard, évidemment.

Le loueur est enfin arrivé dans le bistrot. Il soufflait dans ses mains avec exagération pour nous montrer l'effort démesuré qu'on lui demandait. Nouara a voulu s'excuser, expliquer le retard, le Paris-Brive, la neige, la biche d'Argenton-sur-Creuse mais tu as posé ta main sur son bras et Nouara s'est tue. Il n'y avait pas à s'excuser, on n'y était pour rien. Il n'y avait pas à s'excuser auprès d'un type dont c'était le boulot, tout ça parce que vous auriez continué à traîner un complexe de fille black ou arabe qui a toujours un peu l'impression d'être coupable de tout et d'être à la place où elle est par effraction. Nouara a compris. Elle s'est interrompue.

On a eu droit à une BMW série 1, ce qui m'a rendu nerveux parce que la propulsion arrière sur des routes enneigées, ce n'est pas ça.

Je conduisais prudemment, tu étais à côté de moi, tu posais ta main sur ma cuisse et Nouara, à l'arrière, affectait de ne rien voir et ne cessait de consulter sa tablette, d'envoyer des SMS avec son Blackberry ou de passer des coups de fil. On a mis encore plus de trois heures pour faire la route. Il y avait des voitures qui avaient terminé sur les bas-côtés, des ouvriers de la DDE en tenue orange qui essayaient de se battre contre le blizzard, des motards de la CRS de Limoges qui faisaient signe de ralentir avec des bâtons lumineux.

À Brévin, nous avons pris nos trois chambres réservées dans le Mercure construit près de l'église Saint-Marcel, célèbre pour ses stalles sculptées du XVIIe. On ne les aura jamais vues, ma Kardiatou, ces stalles. Nous n'aurons pas eu de temps pour le tourisme. On aurait peut-être dû. Elles représentent des démons, des goules, des monstres divers comme autant de mauvais présages.

Nouara a encore fait semblant de rien quand elle m'a croisé, plus tard, dans un couloir, et que je rejoignais ta chambre.

Nous n'avons pas fait l'amour, ma Kardiatou, cette nuit-là. Nous nous sommes juste endormis en cuiller alors que passait sur l'écran plat, son coupé, un film en noir et blanc :

« C'est quoi ? ai-je demandé machinalement

— *Monsieur Smith au Sénat* de Frank Capra. C'est bien, tu sais, Capra », as-tu dit juste avant de sombrer dans le sommeil.

Le vieux maire nous a reçus, toi, Nouara et moi dans son bureau de l'hôtel de ville, le lendemain matin. Il avait l'air vraiment très vieux mais il a été clair :

« Vous ne serez pas soutenue par la plupart des caciques du parti à Brévin, madame. J'en suis désolé mais vous apparaissez comme une parachutée, ce que vous êtes d'ailleurs. Et une parachutée honnête, ce qui leur fait encore plus peur. Ils ont tous des affaires de corruption sur le dos, je ne vais pas vous l'apprendre. Ils voudraient arranger ça tranquillement entre eux, ils vous détestent autant qu'Agnès Dorgelles. Encore plus, car vous êtes missionnée par leur propre parti. »

Il s'est arrêté. Il avait la gorge nouée. Une voix de fumeur, rauque avec, dans certains mots, un chevrotement, comme une ébauche de sanglot retenu. Mais peut-être était-ce simplement dû à des années de tabagie, de prises de parole en public.

« Nom de Dieu, j'ai connu certains de ces hommes depuis l'enfance ! Ils ont été mes élèves, mes copains. On a chassé ensemble, on a passé des vacances ensemble, je suis le parrain de leurs mômes… À l'époque où les mines marchaient encore, ils étaient mineurs de fond, porions au mieux ou ouvriers à la Bagagerie Limousine, encore une boîte qui a fermé. C'étaient des hommes durs, honnêtes, qui voulaient un monde meilleur et se battaient pour ça. Je me souviens du jour où on a pris la mairie aux maîtres des forges, comme on disait, il y a trente-cinq ans. Quand on est entré pour la première fois dans la salle du conseil municipal en se disant, c'est nous, maintenant, qui allons changer Brévin. Fini le paternalisme, enfin le socialisme. Nom de Dieu, que nous est-il arrivé ? »

Sa détresse était visible, non feinte. Son menton tremblait. Il a tenté de se calmer en posant les mains bien à plat sur le buvard de son bureau.

« Que *leur* est-il arrivé ? lui as-tu dit avec une douceur apaisante, ma Kardiatou, en posant ta propre main sur la sienne, veinée de bleu, tachée par ce que ma grand-mère appelait des fleurs de cimetière. Vous n'y êtes pour rien, monsieur le maire. Vous n'êtes impliqué dans rien... »

Il a eu l'air surpris par ton geste. Et Nouara et moi aussi d'ailleurs. Mais j'ai compris qu'il l'attendait, ce geste, comme une absolution. J'ai vu aussi, mais je commençais déjà sérieusement à m'en rendre compte, que tu étais une sacrée politique, en fait, ma Kardiatou, c'est-à-dire que ce geste était à la fois sincère et calculé, sans que toi-même tu fasses forcément la part des choses.

Le mentir vrai, la qualité première des grands dans ce métier.

Et que c'est sans doute ce geste qui a mis définitivement le maire de ton côté, l'a fait parler avec encore plus de sincérité et jeter ce qu'il lui restait de soutiens pour toi dans la bataille. Cela n'a pas suffi, évidemment.

Quand tu as retiré ta main après un temps qui m'a semblé très long, il a passé la sienne, hésitante, dans ses cheveux blancs clairsemés. Il ressemblait vaguement au philosophe Michel Serres, y compris par l'accent. Il avait été instituteur, gardant ses classes en même temps qu'il était maire, jusqu'à la retraite. L'archétype du socialiste laïcard à l'ancienne.

« J'aurais dû voir. J'aurais dû comprendre. Et j'aurais dû passer le relais plus tôt à des types honnêtes, plus jeunes. Ne pas me trouver encore dans ce bureau à plus de quatre-vingts ans. Normalement, le socialisme, c'est la jeunesse, non ? J'ai laissé de mauvaises habitudes s'installer. Je ne pouvais pas imaginer que certains de mes adjoints allaient oublier aussi vite d'où ils venaient et se mettre à aimer l'argent, et de cette manière... Vous savez que j'en ai deux en prison et cinq mis en examen... »

Il faisait allusion aux scandales qui avaient porté Brévin à la une des journaux, ce qui, par ricochet, n'avait pas amélioré l'image de marque du parti au pouvoir. Entre leurs problèmes à Marseille et ceux dans le Pas-de-Calais, les socialistes avaient de plus en plus de mal à affronter l'opposition de droite sur le terrain de la morale. Alors ils t'ont choisi toi, ma Kardiatou, la tornade noire, le joker, celle que certains avaient même prévu de sacrifier au sens propre du terme.

À Brévin-les-Monts, en moins de cinq ans, il y avait eu d'abord le scandale de la société immobilière mixte chargée de revendre les maisons de mineurs au fur et à mesure que leurs occupants retraités, qui étaient locataires, cassaient leur pipe. Les mines, quand elles avaient fermé, avaient revendu pour une bouchée de pain leur parc immobilier à la mairie et au conseil général. L'État avait mis la main à la poche, à condition que ce soit une façon de maintenir de l'habitat social. Tu parles.

C'étaient de jolies maisons dans de jolies cités, rien de commun avec l'alignement triste des corons du Nord. Il suffisait de presque rien pour en faire des résidences secondaires pour les Anglais, les Parisiens ou même les gens de Limoges.

Et ce « presque rien » avait eu lieu.

Et tout le monde s'était sucré. Des élus, des entrepreneurs, des promoteurs. Les mis en examen se défendaient en disant qu'ils avaient relancé l'activité économique avec le tourisme.

Notamment avec le projet Brévin-Mémoire. Les mines aménagées comme un parc de loisirs dédié au tourisme industriel. Cela n'avait jamais vraiment eu le succès escompté. Les anciens mineurs, transformés en guides ou en gentils mineurs déguisés comme au temps de *Germinal*, s'étaient sentis humiliés. C'était certains d'entre eux que l'on retrouvait sur la liste du Bloc Patriotique pour les élections. D'anciens socialistes, d'anciens syndicalistes. Sans compter que là encore, Brévin-Mémoire avait généré plus de pots-de-vin et de rétro-commissions que de visiteurs et d'emplois.

Maintenant, on commençait aussi à parler du scandale des sous-sols. Des centaines de kilomètres de galeries abandonnées où s'accumulait du gaz, du méthane qui pouvait peut-être devenir utilisable. Des sociétés s'étaient montrées intéressées par l'exploitation. Il fallait des permis, des licences pour procéder aux premières explorations. Et les mêmes élus avaient monnayé, encore une fois, leur complaisance. Très cher.

Le vieux maire avait les yeux brillants. Fatigue, émotion, dégoût.

Il a repris de sa voix exténuée, après nous avoir demandé la permission de fumer :

« Brive, c'est "le riant portail du Midi" et Brévin c'est "la laborieuse révoltée", comme disent les guides de la région. Sauf que "la laborieuse révoltée", elle a un taux de chômage de 37 %, avec des pointes à 60 % dans les quartiers. C'est drôle, enfin drôle si je puis dire, mais 37 %, c'est exactement le score d'Agnès Dorgelles ici, aux dernières présidentielles. Et dire qu'on n'a même pas d'Arabes, à peine quelques dizaines de familles turques dans le quartier du Morjac… Comme la Dorgelles se présente aussi ici, vous allez avoir affaire à forte partie. Tâchez qu'elle ne prenne pas la ville, s'il vous plaît, Madame la Secrétaire d'État… Si elle gagne, c'est comme si tout ce que j'avais mis d'énergie dans la politique n'avait servi à rien. Comme si ma vie elle-même n'avait servi à rien. Vous pourrez compter sur les jeunes socialistes d'ici et de Brive pour vous prêter main-forte. Ils sont écœurés par leurs aînés et sont entrés de fait en dissidence. Je vous ai trouvé une permanence comme le parti me l'a demandé, juste en face de l'hôtel de ville. Elle a déjà été taguée deux fois, depuis qu'on sait que ce sera la vôtre, alors qu'il n'y a même pas encore vos affiches. Je vous passe les slogans et les tracts anonymes et dysorthographiques dans les boîtes aux lettres. J'ai honte pour Brévin.

— Si c'est sur le fait que je suis une négresse, as-tu souri, je suis habituée. »

Il a allumé une autre cigarette à la précédente. Je me suis fait la remarque que je ne connaissais plus grand monde qui fumait des gitanes sans filtre.

Il t'a souri avec une sorte de bonté mélancolique et on a retrouvé un instant le visage de l'homme qu'il avait dû être à l'époque où il était un instit plein d'enthousiasme et un maire persuadé qu'il allait changer la vie de ses administrés. Il y avait une photo sur le bureau, de lui, plus jeune, où il serrait la main de François Mitterrand.

« Vous êtes courageuse, madame. Si vous perdez, le parti va vous déchiqueter. Vous n'êtes pas du sérail. J'ai fait ce que j'ai pu depuis que le bruit de votre candidature a couru. Et notre entrevue m'encourage à en faire encore plus même si ce "plus" ne sera pas grand-chose. Les écologistes ne présenteront pas de listes, vous le savez. Plus surprenant, les communistes de mon conseil n'en présenteront pas non plus. Ils veulent juste le même nombre de conseillers et d'adjoints qu'ils avaient avec moi sur votre liste. Vous avez la cote avec eux, dites donc… »

Tu as dû, forcément, repenser à Jason Vandekerkove. Au jeune homme blond qui t'avait tout appris.

Repenser à Malo-les-Bains. À ta découverte simultanée, confondue, de l'amour et de l'engagement politique. Aux réseaux que tu avais gardés, à la tombe ouverte d'un jeune homme, à une Internationale qui retentit dans le cimetière de Lille Sud, l'année de ton bac.

« Sinon, la droite classique, ici, est groupusculaire. Non, ceux qui vont vous poser problème, c'est la liste de mon ex-adjoint à l'urbanisme, Morvan. Il n'a pas l'investiture du parti puisque c'est vous qui l'avez, mais il a une certaine popularité à Brévin et encore de solides réseaux, notamment dans les associations d'anciens mineurs qui ne lui en veulent même pas de ses trois mises en examen et de sa villa avec piscine à Beaulieu-sur-Dordogne. Ou alors, c'est parce qu'ils savent que Morvan peut trouver du travail pour les enfants à la municipalité, au département ou à la région dont il est aussi un élu. Toujours cette terreur du chômage. Et puis, vous allez avoir à faire au Bloc, évidemment, avec Agnès Dorgelles qui fait les marchés depuis plus longtemps que vous et qui a pris une certaine avance, je suis désolé de vous le dire. Elle ne parle que de fierté ouvrière, de la trahison de la gauche. Son numéro 2 est d'ailleurs le fils d'un ancien mineur, marié avec une Turque de Mordac. Vous voyez, plus rien n'est simple, aujourd'hui. »

Et il a eu un long silence avant de conclure :

« Pour être honnête, madame, je suis incapable de vous dire si ceux qui ont tagué votre future permanence sont des excités de Morvan ou du Bloc. »

6

Berthet, lui, le savait déjà, ma Kardiatou.

Depuis qu'il était installé à Brive, il rencontrait régulièrement Stanko dans un restaurant d'Aubazine, assez loin de Brévin.

Berthet aimait les paysages de la région, souvent somptueux mais sachant garder une note de douceur à la fin. Il se souvenait en sillonnant les départementales de ses missions dans le coin, d'une lecture de Toulet, toute une après-midi, au bord de la Dordogne. Il se sentait vieux. Il espérait que son plan avec Martin Joubert allait lui assurer une sortie honorable et définitive pour échapper aux griffes de l'Unité. Je pense, ma Kardiatou, que ces deux hommes qui ont compté dans ta vie devaient s'entendre de mieux en mieux au fur et à mesure qu'ils se connaissaient davantage. Une similitude entre l'écrivain et l'agent secret qu'ils avaient tous les deux ressentie avant même de se rencontrer. Ou encore cette coïncidence qui avait fait choisir Joubert par Berthet comme mémorialiste alors qu'ils s'étaient croisés vingt ans plus tôt sans se voir à Roubaix, et parfois même croisés de très près comme lors de l'épisode des *Illuminations* au collège Brancion.

Les premières constatations de la police, à propos de

leur séjour dans la maison de la rue Alsace-Lorraine, viennent d'arriver dans la presse. Elles indiquent que Berthet et Joubert s'étaient organisés une petite vie de couple presque parfaite. La cave, qu'ils avaient insonorisée, servait de stand de tir et de salle de gymnastique. Joubert a dû suer un peu, ce qui ne pouvait pas lui faire de mal.

Une des chambres était bourrée de matériel informatique avec des logiciels qui leur permettaient de surveiller tous les réseaux sans se faire repérer, de récupérer des dossiers sensibles sur les sites les plus sécurisés, ces dossiers qui apportent maintenant les preuves irréfutables de ce qui est avancé dans les *Berthetleaks*. Berthet avait retourné les propres armes de l'Unité contre elle-même pour te sauver et se sauver lui-même, s'il le pouvait. Il n'aimait pas les geeks de l'Unité, mais il était devenu un vrai champion.

Les enquêteurs ont aussi trouvé chez eux beaucoup de journaux et de livres de poésie. Ils pensent que de temps en temps, Berthet allait se taper une prostituée nigériane à Limoges, ville aussi célèbre pour sa porcelaine que pour ses bordels. Tu te rends compte, comme avec Amina Bâ, que Berthet ne pouvait plus faire l'amour qu'avec des filles noires.

Ton ange gardien sublimait, tu ne crois pas, ma Kardiatou ?

À Brive, Joubert et lui se faisaient passer pour des journalistes qui rédigeaient un bouquin sur la vie dans une ville de province pendant une longue période. Pour comprendre la France d'aujourd'hui. Une espèce de documentaire ethnologique sentimental et impressionniste. C'est ce qu'ils avaient raconté en tout cas dans les bars et les restaurants, notamment chez Adem, un bar-restaurant turc où ils avaient pris leurs habitudes et où ils avaient laissé un excellent souvenir de francs buveurs et de joyeux compagnons.

Finalement, pour être tranquille, Berthet avait déjà fabriqué une première fausse identité pour Joubert. Joubert dans son manuscrit a l'air de dire qu'il était heureux, enfin, comme en apesanteur. Quelques notations nostalgiques sur Hélène Rieux, des pleurnicheries sur cette femme qu'il ne méritait pas. Et effectivement, Joubert ne méritait pas Hélène Rieux, à mon avis, mais tu ne veux pas, ma Kardiatou, que je critique trop ton ancien prof.

Stanko, lui, restait à Brévin la plupart du temps depuis que la candidature d'Agnès Dorgelles était déclarée. Il avait choisi un hôtel plus modeste que notre Mercure. Un Formule 1 sur la route de Bergerac, à la sortie de la ville. Il organisait la campagne d'Agnès sur le terrain, et ça il savait faire. Il aimait le faire, même. Ce type était et n'est heureux que dans l'action. C'est bien son seul point commun avec toi, mon amour, ma Kardiatou.

À l'occasion, parce que la violence était sa came, Stanko montait des expéditions contre ceux qu'il appelait « les gauchistes de l'Alliance du Vivant » dans leur village du plateau, au-dessus de Brévin. En même temps, Stanko avait affaire à forte partie lorsqu'il organisait ses attaques de nuit contre les fermes des membres du groupe ou lors des conseils villageois organisés autour d'un feu, sur la place de la petite mairie. Ce n'étaient pas des babas cool efféminés qui imprimaient des brochures à la con que Stanko trouvait en face de lui et de ses trois gars des GPP qu'il avait fait venir de Paris, en treillis noir avec battes de base-ball.

Non, c'étaient des anciens antifas qui s'entraînaient

encore de manière intensive quand ils ne donnaient pas des cours du soir aux gamins, ne cultivaient pas leurs terres ou ne faisaient pas fonctionner leur épicerie coopérative. Sans compter des jeunes paysans du cru qui avaient tiré sur les agresseurs avec des fusils de chasse chargés de gros sel, pour donner un coup de main à l'ADV. Mais tout ça maintenait Stanko en forme. Même si Agnès Dorgelles, qui avait peur qu'il ne fasse tout foirer par un scandale, faisait la gueule et lui demandait de se calmer, en tout cas de ne pas se faire prendre.

Les journaux de droite titraient sur le cercle vicieux des provocations entre les anarcho-autonomes de l'ADV et des bandes de nervis venus d'on ne sait où, peut-être instrumentalisés par la police de Bobonaparte. Bref, on renvoyait dos à dos agresseurs et agressés alors que la présence de l'ADV à Brévin-les-Monts se limitait à la vente de produits bios et des livres qu'ils imprimaient sur le plateau quand ils se rendaient une fois par semaine, le samedi, au marché de Brévin où la population locale pouvait acheter des titres comme *Vers l'effondrement* ou *Théorie de l'imaginaire anticapitaliste* au milieu des jus de pomme et des confitures de noix sans additifs.

Si Stanko et Berthet se voyaient régulièrement dans ce restaurant d'Aubazine, c'était parce que Stanko était reconnaissant à Berthet de lui avoir mis la puce à l'oreille sur la possibilité d'un complot contre Agnès Dorgelles, au sein même du Bloc Patriotique.

Et effectivement, il y avait eu une ébauche de complot contre Agnès Dorgelles. Monté par Samain, le vieil ennemi, le chef de la fraction catho intégriste et racialiste du Bloc Patriotique. Samain avait recontacté ses relations chez d'anciens mercenaires croates qu'il avait connus au moment de la guerre en ex-Yougoslavie, quand ce fou de Dieu version Christ-Roi avait fait le coup de feu contre à la fois les Serbes et les « bosnioules ». L'idée, c'était qu'il arrive un accident à Agnès pendant la campagne électorale. Genre un attentat que l'on aurait pu mettre sur le dos de l'ADV ou d'autres excités gauchistes. Un truc qui présenterait Agnès Dorgelles en martyre victime de la cause ferait gagner la mairie au Bloc Patriotique de manière certaine tout en éliminant définitivement du jeu la fille du vieux chef. À charge pour Samain de redonner ses vraies couleurs au Bloc Patriotique, celles de l'époque du père, Roland Dorgelles, qui ne faisait pas, lui, dans la modernité, l'avortement et les entourages de pédés aux idées vaguement nationales-prolétariennes.

Alors, pour contrer Samain, Stanko avait utilisé, comme d'habitude pour les missions délicates, quelques Deltas de confiance, des membres de sa section occulte des GPP, anciens des REP et des RIMA comme lui.

Ils étaient allés voir un des Croates recontactés par Samain. Il tenait un garage du côté de Chilly-Mazarin. Stanko et ses gars avaient utilisé à peu près tous les outils existants, une bonne partie de la nuit, pour le torturer. Avant de lui écraser la tête avec le pont élévateur. Stanko avait pris des photos de chaque étape. Puis il les avait envoyées à Samain avec un message assez simple : « S'il arrive quelque chose à Agnès, vous pouvez toujours finir comme un garagiste croate. » Et Samain s'était calmé aussi vite. C'était en janvier. Agnès Dorgelles, ensuite, avait pu faire campagne en toute sécurité avec son mari, Antoine Maynard, dans son sillage. Bien entendu, elle n'était au courant de rien.

Je ne sais pas si tu as lu dans le manuscrit de Joubert

ce passage ou celui où Berthet confie après trois ou quatre déjeuners sa fascination pour Stanko pendant que l'ancien skin, l'ancien para lui racontait toutes ses horreurs autour d'un foie gras poêlé.

Ton ange gardien. Obsédé par les filles noires et faisant ami-ami avec un tueur fasciste patenté.

Nom de Dieu.

Je me demande comment s'en tirera Stanko quand paraîtra le roman de Joubert, même s'il apparaît sous un autre nom, même si Joubert a dû travestir la réalité, ou l'exagérer…

Pour remercier Berthet, du coup, Stanko le renseignait sur ce qu'il entendait en ville, à Brévin. Et il racontait que ce n'était pas d'eux, au Bloc Patriotique, que pourrait venir le danger pour Kardiatou. Enfin, pas un danger vital, en tout cas. Juste les habituelles embrouilles de campagne électorale. Ça, Stanko ne pourrait pas faire autrement, c'était son boulot après tout et Berthet disait qu'il comprenait, que c'était de bonne guerre mais qu'il se réservait le droit de répliquer si ça dépassait les bornes.

« Mais tu lui trouves quoi, à cette fille ? » demandait Stanko qui maintenant tutoyait Berthet, en se retenant de dire « à cette bamboula » car Stanko devait bien sentir que ça, ça ne passerait pas malgré la sympathie mutuelle qui naissait entre les deux hommes. Alors Berthet répondait gentiment mais fermement que ça ne regardait pas Stanko, qu'on n'allait pas gâcher les crêpes Suzette en se vautrant dans des complications psychologiques et des explications à n'en plus finir.

Et d'ailleurs, ce qu'il y avait entre toi, ma Kardiatou, mon sang, ma sœur, ma Sérère, et Berthet, est-ce que Berthet lui-même le savait au juste ? De l'amour, sans doute, mais ce mot veut tout dire et finalement ne dit rien du tout, ou pas grand-chose. Surtout en ce qui concerne Berthet.

« En revanche, répétait Stanko à chaque entrevue, il y a ce Morvan qui est furieux contre le parachutage de Diop. Ce sont des types de Morvan, sa permanence taguée régulièrement. Des employés municipaux aux espaces verts qui sont les obligés de Morvan car ils pensent que c'est lui qui va succéder au vieux maire. Ces enflures essaient de nous faire porter le chapeau, en plus, en surjouant dans le racisme. Je leur casserais bien la gueule car ils nous nuisent et puis aussi parce que ça te ferait plaisir, mais Agnès Dorgelles me demande de mettre la pédale douce, d'être discret. Je n'ai même plus le droit de m'amuser avec les petits pédés de l'Alliance du Vivant, alors tu vois, tu seras obligé de le faire toi-même. Parce que ce n'est pas pour dire, mais l'entourage de ta protégée, si ça chauffe vraiment, c'est pas des costauds. Beaucoup de gonzesses, des étudiants socialistes et des militants communistes qui ne sont plus de première jeunesse. Je ne te parle même pas des écolos. Les végétariens, ça n'a pas de sang... »

Et Berthet l'avait fait lui-même, effectivement.

À la sortie d'un entraînement de rugby de l'Entente Brévinoise, au stade Léon-Blum, une équipe moyenne constituée essentiellement par les employés de la ville. Berthet avait ciblé les trois gugusses au service de Morvan, qui quittaient toujours le stade ensemble, dans un utilitaire Fiat Scudo aux armes de la municipalité.

Berthet avait provoqué un accrochage sur la rocade, à l'endroit où commence la zone commerciale. Il était dix-neuf heures, il faisait nuit, on était en février. Tout ce petit monde s'était arrêté sur la bande d'arrêt d'urgence. Il y avait encore des plaques de neige bleuie par la lune. Les trois employés municipaux étaient descendus en roulant des mécaniques vers la voiture de Berthet, volée quelques heures plus tôt à Terrasson. On les avait retrouvés au matin, frigorifiés, derrière les barrières de sécurité. Vivants mais mal en point. Ils avaient des fractures multiples aux quatre membres et à la mâchoire. Ils n'ont pas pu jouer de la saison, ce qui n'a pas fait grande différence pour l'Entente Brévinoise. Ils ont juste raconté qu'ils avaient vu descendre de la voiture qui les avait emboutis un grand type en cagoule qui leur avait fracassé la tronche avec un cric à une vitesse incroyable.

Berthet, lui, avait ensuite continué sa route jusqu'à Brévin, avait garé la voiture volée dans le parking souterrain de la place Pierre-Bérégovoy parce qu'il n'y avait pas de caméras de surveillance.

Berthet s'était même offert le luxe, d'après Joubert, de prendre un verre au bar du Mercure et de sentir son cœur battre plus vite, non pas à cause de l'adrénaline qui ne serait pas encore retombée, mais parce qu'il t'aurait entrevue montant dans un ascenseur, en compagnie de Nouara.

Et c'est comme ça que Berthet aurait repéré la tueuse.

La tueuse de l'Unité.

En regardant mélancoliquement la rue enneigée à travers la vitre fumée du bar. Berthet a reconnu la silhouette sur le trottoir, tout de suite, malgré les années. Une fille qu'il avait connue autrefois, une certaine Desmoulins. Joubert dit dans son manuscrit qu'elle ressemblait à France Dougnac. Je ne connaissais pas France Dougnac. Toi, toujours aussi cinéphile, tu m'as dit depuis que c'était l'actrice qui jouait dans *Coup de tête*, un film de Jean-Jacques Annaud avec Patrick

Dewaere. Un film qui montrait à quel point les enjeux de pouvoir étaient aussi féroces dans une petite ville de province qu'au niveau national. Dans *Coup de tête*, la ville s'appelle Trincamp mais cela aurait pu être aussi bien Brévin-les-Monts, sauf qu'à Brévin on préférait le rugby au foot.

Berthet ne s'était pas levé pour la suivre. Desmoulins était une rusée, elle l'aurait repéré.

Et puis, Desmoulins ne devait pas être seule. Pour une opération comme ça, l'Unité mobilisait le plus souvent une équipe de plusieurs agents. Il valait mieux être discret. Mais Berthet, maintenant, avait un avantage. Il savait à qui il avait affaire. Elle et son équipe devaient être au courant que Berthet serait à un moment ou à un autre dans le coin puisqu'on avait dû la briefer sur toi et lui, ma Kardiatou, sur votre étrange histoire.

Mais Desmoulins n'avait pas repéré Berthet.

C'était elle qui devrait attendre de le voir surgir pour passer à l'action. Berthet avait donc obtenu ce soir-là un coup d'avance, comme les blancs aux échecs. Berthet avait tristement médité sur l'ironie du sort en se rappelant que c'était lui, après l'histoire de Domme, qui avait sûrement sauvé la mise à Desmoulins au sein de l'Unité en ne la chargeant pas dans le rapport. Tout ça pour une histoire de détestation commune du Formica rouge qui l'avait rendue sympathique à Berthet. Berthet s'était souvenu aussi du plan à trois avec Couthon, quand les deux hommes et elle avaient baisé toute une nuit.

Avant toi, ma Kardiatou, quand ton ange gardien pouvait encore bander pour une femme blanche.

Tu savais que ce serait difficile, ma Kardiatou, cette élection. Tu ne savais pas en plus que c'était un piège. Berthet le savait. Berthet, depuis sa base de Brive, quand il ne racontait pas sa vie à Joubert, avait rassemblé les pièces du puzzle.

Toi, tu faisais des allers-retours incessants avec ce train toujours en retard entre Paris et Brive, puis la route dangereuse, toujours encombrée, vers Brévin. Tu essayais de trouver un espace politique entre Morvan qui jouait la légitimité locale et Agnès Dorgelles qui misait sur la lutte contre la corruption des partis officiels, la trahison des classes populaires par la gauche.

Le vieux maire se bougeait, il faisait les marchés et les cages d'escaliers à tes côtés, sa gitane au bec. Tu dénonçais la démagogie d'Agnès, tu l'accusais de faire naître la tension. Tu lui imputais les attaques contre les gens de l'Alliance du Vivant, tu t'es fait photographier avec eux. On t'a traitée de gauchiste, de Parisienne bobo. Tu insistais, tu disais que ce que faisait l'ADV, dans les villages du plateau, c'était une expérience intéressante, qu'il fallait, pourquoi pas, y penser pour Brévin. À mon avis, c'était une erreur de ta part même si tu avais raison sur le fond. Mais il ne s'agit pas d'avoir raison sur le fond pour gagner en politique, sinon, ça se saurait.

Il y a encore eu des tracts abjects dans les boîtes aux lettres. Des montages photos, où on te voyait dans des partouzes avec des membres du gouvernement. D'autres clichés, pris sous des angles défavorables, quand tu « faisais ta négresse » à l'Assemblée ou que tu dansais au Maloya. Des blogs putrides ont fleuri, des pages Facebook également, avec le même contenu dégueulasse. On y parlait de ton frère camé, Boubacar, qui tirait une peine de cinq ans fermes au centre de détention de Bapaume, dans le Pas-de-Calais. On disait que tu t'étais prostituée pour assurer tes études à Sciences-Po. On trouvait des michetons bidon qui auraient été tes clients réguliers. C'étaient des *fakes*, évidemment, nos avocats attaquaient chaque fois, mais la rumeur enflait.

Certains soirs, dans ta chambre du Mercure, tu devais pleurer : tu ne voulais pas m'ouvrir et je restais alors à boire au bar de l'hôtel avec Nouara qui me regardait tristement, assise sur un tabouret voisin, devant le garçon à l'air perpétuellement épuisé avec ses gros cernes sous les yeux. À moins que les barmen, par une sorte de bizarre phénomène mimétique, ne reflètent l'état physique et moral de leurs clients du moment.

On est aussi allé fouiller dans la gestion de ton association CitéRépublique. On parlait d'abus de bien social.

Tu as demandé en vain au Premier ministre de te soutenir. Il te répondait oui, bien sûr, je vais venir mais qu'il fallait que tu comprennes qu'on avait besoin de lui ailleurs, dans de grosses villes menacées, comme Paris, Lyon, Lille… J'ai essayé avec son chef de cabinet qui me répondait comme on répond à un perdant. Je sentais qu'il avait hâte de raccrocher comme si j'étais contagieux, comme si le fait de parler trop longtemps avec un type qui avait choisi le mauvais cheval pouvait déteindre sur lui.

La seule qui ait répondu présent, pour toi, ce fut la mère Tape-Dur mais son capital de popularité était assez limité. Elle a pourtant fait ce qu'elle a pu lors d'une réunion électorale à la salle des fêtes Georges-Guingouin, une réunion à l'assistance très clairsemée.

J'avais l'impression que l'on perdait pied, qu'on allait dans le mur. La mère Tape-Dur t'a fait la bise quand elle est remontée à l'arrière de sa DS6, le soir même, après un dîner rapide et triste à l'auberge du

Bon Fermier. Elle t'a aussi serrée contre elle, franchement, et elle t'a murmuré : « N'oubliez pas tout ce que la gym vous a appris, Kardiatou. On répète l'enchaînement des milliers de fois et le jour de la compétition, ça passe. » Mais tu as dû voir, comme moi, dans son regard, cette lueur de doute, d'incertitude qui n'était pourtant pas son genre.

Des signes ne trompaient pas. On avait un QG informel en dehors de la permanence, le Central Bar, dans une avenue piétonnière. Le patron nous a expliqué à un moment que ça le gênait pour les affaires, ces discussions incessantes, qu'il devait faire attention avec la clientèle. On a changé pour un troquet où les communistes avaient l'habitude de se réunir, près de l'antenne locale de *L'Écho*, le seul quotidien qui t'était vraiment favorable et publiait ton carnet de campagne en dernière page tout en t'accordant des interviews tous les trois jours.

Morvan paradait.

Agnès Dorgelles paradait.

Plus la date du premier tour approchait, le 8 mars, plus je sentais que ça n'accrochait décidément pas. Mais on faisait comme si. On serrait les dents. Les sondages donnaient obstinément Agnès Dorgelles en tête, très haut, autour de 40 %.

Au coude à coude, à 25 %, toi et Morvan.

Mais quand je demandais les chiffres bruts à une copine de promo qui bossait chez Opinionway, il y avait en fait un avantage de deux ou trois points pour Morvan. On pouvait espérer, au mieux, que tu serais qualifiée pour une triangulaire mais ce serait faire gagner Agnès Dorgelles de manière presque certaine. Et si tu te retirais, tu serais obligée d'appeler à faire barrage au Bloc Patriotique et, de fait, à soutenir Morvan, un mis en examen à répétition, un corrompu. Tu passerais soit pour une ambitieuse prête à faire gagner le Bloc par orgueil, soit pour une femme sans conviction qui soutenait celui contre qui elle faisait campagne, la veille encore, au nom de la morale.

Les deux mâchoires du même piège à cons.

7

Berthet, lui aussi, était de plus en plus présent à Brévin.

Il multipliait les déguisements, il était toujours tout près de nous, tout près de toi. On ne voyait rien, évidemment. Il ne relâchait la surveillance qu'une fois qu'il était certain que tu t'étais couchée. Dans ces journées épuisantes, voir les persiennes de ta chambre du quatrième se refermer, c'était comme une note de douceur à la fin. Berthet avait piraté depuis belle lurette nos agendas électroniques. Il connaissait nos rendez-vous aussi bien que nous.

Berthet rentrait à Brive dans la nuit, à sa « base » de la rue Alsace-Lorraine. Avec Joubert, ils analysaient les données, les croisaient avec des infos, des rumeurs, ils prenaient la température des menaces sur les blogs, sur Facebook, sur les sites infos genre *Boulevard Atlantique* très favorables à Agnès Dorgelles.

« Ce ne sont pas les articles qu'il faut lire, excusez-moi pour les vôtres, Joubert. Mais les commentaires sur les "fils" comme vous dites.

— Ne me parlez plus de ça, j'avais l'impression d'un bain de boue chaque fois, Berthet. Vous n'imaginez pas le degré d'infamie. On dirait que l'anonymat couplé à l'idée d'être lu par quelques centaines de personnes décuple leur imagination dans le dégueulasse, le raciste, le scato. J'ai souvent réfléchi à la comparaison que l'on a faite entre ce genre de commentateurs sur ces forums et l'abondant courrier que recevaient les Kommandanturs pendant l'Occup'. Elle n'est pertinente que jusqu'à un certain degré. La dénonciation par lettre n'était lue que par un ou deux responsables. Là, en dénonçant, en calomniant, vous gardez la sécurité de l'anonymat mais en plus vous devenez la vedette d'un jour, vous avez un public qui vous soutient, voire qui va chasser en meute avec vous avant que vous vous fassiez gicler par le modérateur. Ou pas, si celui-ci trouve que vous attirez de nouveaux lecteurs en flirtant avec l'injure raciale, le harcèlement ou la diffamation.

— Je sais, dit Berthet. J'ai surveillé depuis l'apparition du Web 2.0 tout ce qui pouvait se dire sur Kardiatou. Pour le principe, alors qu'ils ne représentaient aucun danger effectif dans la vie réelle, pour me soulager, j'ai décidé de m'en exploser deux ou trois. J'ai tracé les IP. Et c'est comme ça que je découvrais qu'un suprématiste blanc était un maigrelet boutonneux de dix-huit ans ou que la jeune femme sexy qui voyait des Juifs partout était un retraité des postes.

— Vous avez fait quoi ?

— Je leur ai fait peur. Je sais bien faire peur. C'est dans mes cordes, la peur. Pneus crevés, coups de téléphone nocturnes, parfois un cassage de gueule ou des photos prises dans un lieu de drague gay et distribuées aux voisins… Ça les a calmés un moment, parfois définitivement. Ça m'a fait du bien, pour tout vous dire. »

À Brévin, Berthet gardait son coup d'avance sur Desmoulins. Il connaissait ses méthodes, il la voyait aussi rôder dans les rues, sur le marché. Il faisait attention en la suivant, elle était très forte et il y avait sûrement d'autres éléments de son équipe qui la couvraient.

Il avait quand même fini par les repérer, les membres de son équipe, lors d'un marché du samedi. Deux jeunots qu'il ne connaissait pas. Mais aux yeux d'un vieux de l'Unité comme Berthet, il n'y avait pas de doute : leur façon de se mouvoir, leur absence/présence au monde et la figure géométrique invisible qu'ils formaient avec Desmoulins sous les halles, un triangle qui se resserrait et permettait de se refermer comme une nasse si besoin était tout en enregistrant le maximum de visages, cela appartenait aux techniques de base de l'Unité.

Berthet eut, en les localisant, l'impression de se revoir, il y avait si longtemps, au moment de l'affaire Goldman. Il avait à peu près leur âge, il croyait encore à l'Unité, à la nécessité des missions qu'on lui confiait. Tuer un terroriste qui s'en tirait trop bien. C'est Berthet qui avait trouvé le nom « Honneur de la police » pour le commando. Losey l'avait félicité. Merde. Pas de quoi être fier, comme disait ce rouge de Joubert.

Un autre genre de Losey, plus cynique encore, avait expliqué aux jeunots que c'était une bonne chose de t'éliminer, ma Kardiatou, que cela aurait des conséquences positives à long terme. Ou, songeait Berthet, peut-être que cette génération-là n'avait même plus besoin de prétextes, d'excuses, de motifs.

Desmoulins, elle, c'était autre chose. Elle n'avait plus d'illusions. Comme Berthet. Mais là, c'était une question d'âge. Une mission, c'était une mission, ça rapportait de l'argent. Et le reste n'avait pas d'importance. Tu étais la faiblesse de Berthet, ma Kardiatou. Tu lui importais plus que tout. Cela explique sans doute pourquoi les choses se sont déroulées de cette manière, ensuite.

La crainte de Berthet, c'était que Desmoulins puisse saboter une de nos voitures de campagne. Il vérifiait chaque soir celles des militants qui te transportaient. Il ne trouvait rien.

Puis Joubert raconte que Berthet a eu une info, une info précise sur le déroulement de l'attentat souhaité par l'Unité.

L'Unité, ou ses donneurs d'ordres, voulait du spectaculaire.

Du marquant.

L'accident de la route, ce ne serait pas suffisant. Une carcasse de bagnole sur la route Brive-Brévin aurait quelque chose de trop banal. Une civière, ta silhouette déjà disparue sous les couvertures dorées du SAMU, cela serait presque trop abstrait. Et puis l'accident de voiture, cela n'allait pas de soi pour faire de toi une victime de tes adversaires. L'enquête serait longue pour déterminer s'il y avait eu sabotage ou non.

Non, il fallait que les caméras soient là, que des coups de feu éclatent. Que tu meures en direct, mon bel amour, que l'on puisse repasser indéfiniment les images en boucle, sur toutes les chaînes, de ta mort violente.

Avec cet attentat, surtout, il fallait qu'on puisse accuser le Bloc d'avoir une milice secrète armée à son service, ce qui était vrai avec les Deltas de Stanko même si, en l'occurrence, ils n'y seraient pour rien. Discréditer durablement le Bloc, parti factieux, parti de tueurs. L'interdire, avec un peu de chance. Jouer à la grande quinzaine de l'antifascisme en peau de zob. Ressouder la République sur ton cadavre.

Parce que c'était la politique du moment, la ligne déterminée par à la fois l'Unité et ses commanditaires, que ce soit Bobonaparte ou d'autres. Parfois l'Unité favorisait la fortune politique du Bloc, parfois elle s'arrangeait pour casser la machine quand elle lui semblait monter trop vite en puissance. Comme en 98, lorsque l'Unité avait manipulé pas mal de monde pour aboutir à la scission entre Roland Dorgelles et Louise Burgos. J'aurais préféré penser que l'Unité n'était qu'un instrument, même monstrueux, aux mains d'hommes politiques qui changeaient de tactique, mais depuis les *Berthetleaks*, je n'en suis plus du tout certain.

D'où était venue l'info sur ce que voulait te réserver l'Unité ?

Berthet, d'après le manuscrit de Joubert, n'a rien voulu lui dire de précis. On peut se demander pourquoi puisque Berthet balançait tout à Joubert. Ou peut-être voulait-il protéger quelqu'un jusqu'au bout au sein de l'Unité ? Surtout que dans l'idée de Berthet, le livre de Joubert ne signifiait pas la fin de l'Unité, seulement un moyen pour que l'Unité lui foute la paix, une fois que le complot contre Kardiatou aurait été déjoué.

Joubert, lui, pense que c'est ce fameux Losey, l'informateur de Berthet, qui a d'ailleurs fait partie des premiers arrêtés dans l'entourage de Bobonaparte comme si on avait voulu l'empêcher de faire des confidences trop précises. Mais nous ne pourrons pas le savoir, ma Kardiatou, Losey nous a quittés, Berthet nous a quittés, et Joubert est désormais invisible.

À un moment, Berthet a songé à éliminer préventivement Desmoulins et ses deux boys qui logeaient dans un appartement anonyme du quartier du Morjac comme en d'autres temps, lui, Couthon et Desmoulins avaient préparé une opération dans un HLM de la banlieue du Mans.

Desmoulins, qui devait avoir une cinquantaine bien

tassée, passait-elle son temps libre à baiser avec les deux jeunots ? Elle avait l'air bien conservée quand Berthet la regardait de loin prendre un thé au Central, avec une allure de bourgeoise élégante dans un manteau en cachemire Éric Bompard, en lisant *Le Monde*. Elle gardait une petite toque en fourrure qui lui donnait un air acidulé et mutin, renforcé par des rides aux coins des yeux.

Sauf que, croyait savoir Berthet, elle avait certainement un flingue dans son sac à main — était-elle toujours fidèle comme Berthet au Sig-Sauer P220 ? Et un autre, plus léger, dans la poche de son manteau, un Tanfoglio 22, par exemple. Sans compter un poignard de commando Kastinger, ou une baïonnette belge M7, glissée dans le haut de ses bottes Dior aux talons interminables.

Mais en éliminant l'équipe de Desmoulins prématurément, Berthet provoquerait une réaction de l'Unité qui en enverrait une autre et, en plus, il laisserait forcément des traces et l'Unité mettrait le paquet pour l'éliminer, ce coup-ci.

Il valait mieux, donc, faire avec Desmoulins. Il restait en terrain relativement connu avec elle.

Toujours d'après les infos reçues par Berthet, dans la mesure où les sondages indiquaient que plus ça allait, plus des incertitudes grandissantes pesaient sur ta présence au second tour, Morvan commençant à te distancer largement, l'attentat devrait avoir lieu très vite, avant le 8 mars, date du premier tour. Te tuer, toi, une candidate éliminée par les urnes, ne représenterait plus aucun intérêt. Ce serait à la limite redondant. Ton martyre devait être celui d'une candidate qui *aurait pu* gagner, d'une candidate à qui « on » n'a pas laissé courir sa chance, le « on » devant être représenté par les extrémistes du Bloc Patriotique aux yeux des électeurs.

Alors pour la première et dernière fois de sa vie, Berthet a commis une erreur d'appréciation.

Berthet a eu la certitude, ma Kardiatou, que Desmoulins agirait lors de l'émission spéciale que te consacrerait France 3 Limousin, le 4 mars. Et c'est vrai que cela paraissait le moment rêvé. La chaîne régionale recevait une fois chaque candidat de cette manière, avec un décrochage national. Donc avec beaucoup, beaucoup de spectateurs potentiels. Comme c'était maintenant la mode, on filmait l'arrivée de l'invité dans les couloirs avant qu'il n'aille, le temps du journal, dans une loge pour se faire maquiller et intervenir ensuite.

Berthet pensait que ça se jouerait là, dans ce couloir.

Il rêvait de ce couloir.

Il en faisait des cauchemars.

Dans la maison de la rue Alsace-Lorraine, les gémissements de Berthet réveillaient Martin Joubert. Joubert allait à la chambre de Berthet. Il frappait. Berthet ne répondait pas. Joubert entrait quand même, la trouille au ventre sans savoir s'il avait peur pour lui, pour Berthet, pour eux deux.

Joubert voyait Berthet assis dans son lit, torse nu, le dos plaqué contre le montant du lit, la suspension années trente allumée. Berthet avait les yeux pleins de larmes, regardait dans le vide et tenait un flingue à la main, son Sig-Sauer P220.

Joubert s'avançait doucement. Joubert parlait doucement. Il s'asseyait sur le lit, il lui retirait tout aussi doucement le Sig, le posait sur la table de nuit où se trouvait un volume des *Poésies documentaires complètes* de Mac Orlan.

« Ça va aller, mon vieux…

— Je ne veux pas qu'elle meure, Joubert. Kardiatou, c'est ma…

— Oui ? insistait calmement Joubert en espérant, enfin, avoir une définition donnée par Berthet des relations qu'il entretenait avec toi, ma Kardiatou, mon amour, depuis cette rencontre en septembre 1992, à Roubaix.

— Rien, laissez-moi, Joubert, ça va aller. Retournez dormir…

— Vous savez, moi, dormir, ça n'a jamais été mon fort… Même si ça va mieux depuis que je suis ici avec vous. On peut rester à discuter si vous voulez. Je nous remonte de la cuisine un rhum arrangé ou une boutanche de Jo Landron. Quoique le muscadet ne soit pas un vin de patrouille de nuit…

— Discuter de quoi ?

— De Kardiatou Diop, par exemple.

— Vous savez déjà tout, Joubert.

— Je ne crois pas.

— Eh bien imaginez, Joubert. Imaginez ce qui vous manque, remplissez les vides. Vous êtes romancier après tout. Vous n'avez pas tellement eu à faire travailler votre imagination jusque-là, c'est moi qui vous ai tout raconté, avec les preuves…

— Il n'empêche, Berthet, répondait Joubert toujours assis en caleçon et tee-shirt rouge "Vers l'Internationale métèque" sur le bout du lit de Berthet, ce sera un drôle de livre, ce roman tiré de vos Mémoires.

— Et alors ? Le rapport avec Kardiatou ? disait Berthet en se tamponnant les yeux avec un mouchoir en papier.

— Et alors, je vais finir par connaître tous les envers de l'histoire contemporaine en France depuis cinquante ans mais je serais incapable de dire ce qui s'est passé entre vous et Kardiatou Diop, ce jour de septembre 92 à Roubaix, ce qui s'est passé pour que vous désobéissiez à l'Unité et que vous décidiez de rester vivre près d'elle.

— Vous étiez son prof…

— Je sais…

— Et vous n'avez jamais eu d'élève qui… Comment dire…

— Qui quoi…

— Vous m'emmerdez Joubert, allez chercher ce rhum arrangé, tenez, plutôt que de jouer au con. »

Mais le rhum arrangé n'empêchait pas les cauchemars de revenir dès que Berthet refermait les yeux.

Le couloir de France 3 Limousin.

Luxe froid, moquettes épaisses, plantes vertes et œuvres d'artistes contemporains sur les murs entre les sigles de la chaîne régionale et ceux du groupe France Télévisions.

Berthet voyait Desmoulins surgir là, après être restée planquée dans une loge, et tirer sur toi, ma Kardiatou puis disparaître dans la panique générale. Il voyait le sang sortir de tes lèvres, à peine plus sombre que ta peau, il te voyait qui toussait, il me voyait pleurer sur toi, il voyait Nouara en position fœtale dans un coin sans que l'on sache si elle avait été touchée ou pas, il voyait aussi des journalistes blessés, couverts de sang.

Puis Berthet, dans son rêve, revoyait aussi Desmoulins. Elle était dans une rue voisine, récupérée par une moto conduite par un des jeunots sur un itinéraire de repli. Un itinéraire constitué de plusieurs relais possibles à chaque étape, comme sur un arbre de probabilités. Avec autant de véhicules, motos ou bagnoles, qui attendaient. Chaque étape serait choisie au dernier moment en fonction de la vitesse avec laquelle réagiraient les forces de police et le type de dispositif qu'elles établiraient.

Berthet était bien placé pour savoir que les agents de l'Unité, dans ce genre d'opération, ou bien étaient tués sur le coup ou bien n'étaient jamais rattrapés. Les plans Épervier, les plans Milan, les plans Hibou, non seulement les agents les connaissaient par cœur, connaissaient leurs actualisations les plus récentes mais on leur faisait même faire des exercices de simulation sur ordinateur avec les forces de police en présence dans une région donnée. Un logiciel qui ressemblait à un jeu vidéo, pour bien passer entre les mailles de n'importe quel filet, mis à jour en permanence. L'Unité, toujours avide de pognon, avait même pensé créer une version commercialisable pour le grand public, avait confié autrefois Losey à Berthet. Comme pour les drogues mises au point dans les labos, qui se retrouvaient à l'occasion chez les dealers. Cela s'était peut-être fait finalement, mais je n'en sais rien, pour moi les jeux vidéo, ma Kardiatou, c'est terra incognita.

Berthet, finalement, avait parlé avec Joubert de cet attentat plus que probable, il lui avait exposé les paramètres, tout ce qu'il savait de Desmoulins. Il s'était repassé la carrière de la tueuse. Avec Joubert, ils avaient visionné et revisionné des images d'attentats célèbres, sur des plateformes connues et sur d'autres qui ne l'étaient pas du tout, réservées aux services secrets, verrouillées, codées mais que Berthet « craquait » avec un art consommé. Elles offraient des angles de vue inédits sur les événements. Dallas 63, comme vous ne l'avez jamais vu. Et Berthet réussit à convaincre Joubert comme pour mieux se convaincre lui-même.

Cela ne pouvait avoir lieu que le 4 mars, à dix-neuf heures trente quand tu arriverais dans le couloir menant aux loges et aux studios de France 3 Limousin.

Seulement, la veille au matin, un de tes déplacements a aussi été suivi par une télévision, certes pas en direct. C'était une chaîne parlementaire du câble, qui réalisait un documentaire dont le titre serait *La Bataille de Brévin-les-Monts*. L'équipe avait prévu de suivre les trois principaux candidats, Morvan, Dorgelles et toi depuis leur déclaration de candidature jusqu'à la fin de l'élection. On s'était habitué à leur présence. Berthet avait vérifié, dès qu'il avait eu connaissance du projet, le pedigree de chacun de ses membres. Ils n'étaient pas liés à l'Unité, de près ou de loin. Ils t'étaient même plutôt favorables, ma Kardiatou. Le réalisateur du documentaire avait été ton condisciple à Sciences-Po, dans une promo qui t'avait précédée d'un an. On avait dîné avec lui à l'auberge du Bon Fermier.

Ce matin-là, le 3 mars, tu devais visiter l'école Marceau-Pivert, discuter avec les élèves dans les classes mais aussi avec les enseignants et les parents autour d'une table ronde. L'école Marceau-Pivert se trouvait dans le quartier de Larche, l'autre quartier populaire de Brévin-les-Monts, avec Le Morjac. Le Bloc Patriotique y avait atteint plus de 49 % lors des dernières présidentielles.

Berthet nous a suivis à distance. Il y avait toi, Nouara, le vieux maire et moi quand nous sommes descendus du Peugeot 807.

L'équipe de quatre personnes de la chaîne parlementaire est sortie juste derrière nous d'un autre monospace.

Deux flics municipaux bedonnants nous attendaient pour nous escorter et ont salué le vieux maire chaleureusement. Il y avait aussi quelques militants et des membres du SO de la CGT locale au cas où.

Nous avions trois cents mètres environ à marcher

jusqu'à l'école Marceau-Pivert car elle se trouvait dans une zone piétonne consacrée aux activités sportives et socioculturelles du quartier. L'école était au bout d'une rue assez large bordée par la médiathèque de quartier, un centre social, des locaux d'associations et la piscine. Cela ressemblait à tous les coins de ce genre dans les cités rénovées, avec des bâtiments sans style, aux murs vaguement saumon et aux baies vitrées qui avançaient sur la rue par des sortes de bow-windows aux formes anguleuses. Le tout était bordé des deux côtés par les sempiternels thuyas.

Pour Berthet, c'était presque de la routine. Il marchait derrière nous, au milieu des quelques habitants, des curieux ou des sympathisants qui suivaient notre petit cortège. On n'allait plus tarder à découvrir son allure, à Berthet, ce jour-là : un type en jean et en flight, avec un catogan gris et des lunettes fumées, genre éducateur qui a fait 68. Lui qui affectionnait le look britannique, ça a dû le chagriner de mourir dans cette panoplie.

Un « Vas-y Kardiatou ! » fusait de temps à autre. Il y avait aussi quelques applaudissements.

En cet instant précis, on pouvait même imaginer, ce que fait Joubert dans son manuscrit, que Berthet était plutôt en train de réfléchir à ton rendez-vous du lendemain dans les locaux de France 3 à Limoges. D'y réfléchir froidement, d'oublier ses cauchemars récurrents. Qu'il se repassait le plan des locaux et des environs dans sa tête, les angles de tir possibles, le moyen de prévenir le truc juste avant mais pas trop tôt non plus pour que tout le monde soit convaincu, en regardant sa télé, qu'il y avait bien eu une tentative d'attentat.

N'intervenir qu'au tout dernier moment.

C'était dangereux pour toi mais en même temps,

c'était le seul moyen pour que cela ne se reproduise jamais car on ne pourrait plus faire autrement que de te confier une protection digne de ce nom. Celle que tu demandais en vain à Bobonaparte, qui te répondait que tu devais financer toi-même ta protection, que tu étais, à Brévin, une candidate et non un membre du gouvernement.

Joubert avait même fait remarquer à Berthet le soir précédent, alors qu'ils buvaient un Côte-Rôtie de Jean-Michel Stéphan sur une salade de magrets fumés pour ce qui fut, sans qu'ils le sachent, la dernière soirée qu'ils devaient passer ensemble, que si Berthet réussissait son coup, non seulement tu serais sauvée mais qu'on pouvait espérer un retournement de situation en ta faveur grâce à l'indignation générale. Que tu pourrais te retrouver maire de Brévin-les-Monts en coiffant tout le monde au poteau.

Et cette perspective heureuse, alliée au merveilleux vin de Jean-Michel Stéphan, avait détendu Berthet, sans doute plus que de raison. Cela explique pourquoi il voyait ce matin-là, en marchant vers l'école, un monde dangereux, comme d'habitude, mais d'un danger qu'on pouvait vaincre, que lui en tout cas pouvait vaincre pour te sauver et se sauver lui-même. Il attendait le lendemain soir avec une certaine impatience mêlée d'une anxiété maîtrisée.

Nous aussi, nous nous sentions bien.

Je te regardais marcher, ma Kardiatou, ma Sérère souple, toujours de cette démarche de gymnaste, toujours avec ce profil tellement pur qu'il me fait un peu mal car il me renvoie à la peur de te perdre. Je te revoyais, nue dans la chambre du Mercure où nous avions encore fait l'amour au petit matin, et je me sentais heureux.

On entendait tout proche les cris des enfants dans la cour de l'école encore cachée par les arbres. Tu devais arriver au moment de la récréation. On aurait de bonnes images de toi au milieu des élèves. Le ciel était bleu, d'un bleu que nous n'avions pas vu depuis des semaines, des mois, depuis le début de la campagne électorale en fait. Même le vent léger dans les thuyas avait quelque chose de doux, enfin.

Nous avancions dans le matin calme, on devinait dans l'air comme une promesse, plus si lointaine, du printemps à venir. Je suis sûr que nous pensions tous dans le groupe, toi, Nouara, moi, le vieux maire, que finalement, nous avions fait une bonne campagne, qu'il fallait savoir mener une bataille jusqu'au bout, jusqu'à la dernière minute d'ouverture des bureaux de vote. Que rien n'était perdu. Que l'on ne savait jamais.

Le vieux maire a écrasé sa gitane.

Un oiseau s'est envolé.

Je me suis dit que je ne connaissais pas le nom des oiseaux.

Je t'ai regardée. Tu avais ton écharpe qui menaçait de tomber.

J'ai avancé la main. Pour la remonter.

J'ai vu une veine qui battait à la base de ton cou. J'ai eu envie de t'embrasser là.

Et puis l'enfer s'est déclenché.

Les images, ensuite, sont connues. Enfin, une partie.

Même si, quand je les revois, quand je nous revois, j'ai l'impression que tout cela a duré beaucoup, mais alors beaucoup plus longtemps.

Il y a d'abord eu ce type avec un catogan gris qui s'est jeté sur toi.

Berthet.

Qui t'a littéralement couverte de son corps une fois sur le sol.

Et le premier coup de feu a éclaté, presque simultanément, depuis le toit de la piscine.

Berthet avait repéré, presque trop tard, le reflet d'une lunette de visée.

C'était Desmoulins. Elle avait pris position dès la fin de la nuit, avec un FR-F2.

La balle de 7'62 a fait exploser la tête de Nouara, qui marchait juste derrière toi. Je sais désormais que j'aurais bien du mal, tout comme le psy, à te convaincre, ma Kardiatou, qu'elle n'est pas morte à ta place. Tous les discours ne peuvent rien contre l'évidence d'un rapport balistique.

Berthet, tout en essayant de te maintenir à l'abri alors que tu gigotais, a sorti son Sig-Sauer P220 et a tiré au jugé vers le toit de la piscine en vidant les neuf cartouches de son chargeur.

J'ai senti les projectiles qui sortaient de son arme passer tellement près de mon oreille que ça m'a crevé le tympan.

J'ai eu une sensation de douleur, j'ai perdu l'équilibre, je suis tombé, j'ai vu ce qu'il restait du visage de Nouara.

Je n'ai pas vomi, j'ai juste eu envie de pleurer et j'en ai absurdement voulu à l'ENA, au boulevard de la Reine, à mon éducation, de ne jamais avoir été préparé à ce genre de choses.

Mon oreille me faisait un mal de chien, j'entendais le monde comme dans une radio mal réglée : des cris interrompus par des bourdonnements, des paroles affolées, hachées par des parasites.

Je voyais Berthet te couvrir et je me dis maintenant que c'est la seule fois qu'il t'a serrée contre lui, qu'il t'a sentie chaude et vivante, qu'il a retrouvé une odeur d'adolescente passée près de lui, un jour de septembre 1992, à Roubaix.

Un nouveau tir est parti du toit de la piscine.

Il a touché Berthet qui restait obstinément plaqué sur toi.

Berthet s'est cabré, Berthet a gémi, Berthet a craché du sang.

Il voulait remettre un chargeur dans la crosse de son Sig. Il avait du mal.

Il y a encore eu un tir en provenance du toit de la piscine.

Il a fait éclater un pavé à quelques centimètres de la masse que tu formais avec Berthet. Un éclat lui a écorché le visage, au niveau de la pommette.

Vouloir t'atteindre à tout prix rendait Desmoulins imprécise.

Je ne devinais de toi ma Kardiatou qu'un mouvement confus puis tu as cessé de bouger et j'ai eu peur que tu ne sois touchée à ton tour.

Tu m'as juste dit, par la suite, que tu avais entendu Berthet t'appeler par ton prénom, que tu avais eu l'impression qu'il te connaissait depuis toujours, qu'il caressait tes cheveux, et que sa voix était restée égale même quand la deuxième balle de Desmoulins l'a touché et que tu as senti l'impact dans son corps collé au tien.

Berthet qui avait enfin réussi à recharger son Sig a de nouveau ouvert le feu vers le toit de la piscine. Plus posément cette fois.

J'ai croisé son regard derrière ses lunettes fumées. Il me criait quelque chose et je n'entendais rien. Et puis un gros poids est tombé sur moi. C'était un des deux flics municipaux. Ni l'un ni l'autre n'étaient armés et ils n'avaient pu faire quoi que ce soit sinon appeler dans leurs talkies-walkies.

Sur les images du documentaire, qui commencent seulement à être lâchées par la police, à cause de la pression médiatique, on voit que tout le monde se couche ou se sauve dès le premier coup de feu et on ne distingue plus qu'un petit groupe à terre.

Nouara, morte, une flaque rouge autour de ses cheveux bouclés.

Berthet, le dos en sang, te couvrant, mon amour, et moi, bloqué par le flic municipal qui a un gros trou dans son blouson bleu.

Le caméraman, qui semble avoir compris ce qui se passe, change brusquement d'angle et filme vers le toit de la piscine.

Aussitôt, deux autres coups de feu, l'objectif s'étoile et le caméraman tombe. La caméra ne filme plus qu'une jardinière et le bas d'un thuya.

Les images ne montrent donc pas ce que moi j'ai vu.

Pendant que Desmoulins tire sur le caméraman, Berthet, une épaule fracassée, se relève.

Desmoulins aussi a changé de position, elle s'est mise debout. À découvert.

Elle veut ta peau et il lui faut absolument un angle nouveau, juste une petite fenêtre de tir malgré le bouclier humain que crée Berthet.

J'enregistre presque machinalement le contraste entre sa tenue de bourgeoise BCBG en tailleur-pantalon, escarpins et chignon, et la masse barbare du FRF2 entre ses mains.

Berthet et elle se font face.

Desmoulins est surprise que Berthet soit déjà debout. Fasse toujours écran entre toi et elle.

Moi, je rampe vers toi, ma Kardiatou qui hurle sans arrêt depuis que tu as vu le corps de Nouara.

On entend des sirènes de police. Je les reconnais avec

soulagement malgré mon oreille qui semble ne plus vouloir trouver la bonne fréquence.

Le vieux maire et le policier municipal survivant ont sur la fin de l'attentat des témoignages concordants, sinon, on aurait pu avoir du mal à les croire.

Moi je ne voyais plus rien sauf toi, j'essayais de te calmer, tu étais couverte du sang de Berthet, je t'embrassais, j'étais fou de joie que tu sois en vie mais tu continuais à hurler, hurler, hurler.

Je n'ai donc pas vu Berthet et Desmoulins se faire face.

Berthet, un bras immobilisé avec le sang qui gouttait sur le sol, tenant de l'autre le Sig braqué vers Desmoulins.

Desmoulins, le chignon aux mèches qui s'échappaient, sur le toit de la piscine avec un FRF2 à lunette qu'elle commençait à épauler.

Position en surplomb, fusil de précision.

Avantage Desmoulins.

Le vieux maire et le flic municipal prétendent que Berthet et Desmoulins se seraient souri. Oui, souri.

« C'était mieux avant, non ? aurait crié Desmoulins.

— Je ne crois pas, non, aurait répondu Berthet. Finalement, non… »

Avant de se tirer dessus simultanément.

Les deux détonations se sont confondues.

Berthet est mort sur le coup, une balle en plein cœur.

Desmoulins a survécu un peu plus longtemps. Elle a laissé tomber le FRF2, s'est pliée en deux, s'est redressée difficilement en se tenant le ventre et a fait demi-tour.

La police l'a retrouvée seulement une demi-heure plus tard dans un local technique de la piscine, lovée sur elle-même, dans une grande flaque de sang.

8

Les semaines passent au Touquet, dans la pinède.

Juillet arrive et la pluie tombe à nouveau sur la Côte d'Opale. Tu sais que sur les plages du Nord, l'été dure un quart d'heure, ma Kardiatou. Une odeur de terre et de résine vient se mêler au parfum salé de l'air, avec une note de douceur à la fin.

Les choses dans le pays semblent rentrer dans l'ordre. Plus vite qu'on ne le pensait. La mère Tape-Dur fait le grand ménage, depuis qu'elle concentre sous sa responsabilité Beauvau et la Défense.

Les informations concordent, d'où qu'elles viennent. L'Unité se désagrège à vue d'œil. Les arrestations continuent, dans les milieux les plus inattendus : on a vu tomber des chanteurs de rap qui pourtant se faisaient régulièrement condamner pour des paroles contre la police, des journalistes en vue qui trustaient les talk-shows et les piges de luxe dans la presse, comme cet expert électoral, prof à Sciences-Po avec qui j'ai débattu quand j'étais parfois invité à la télé avant de devenir ton chef de cabinet.

Tu as souri, toi qui souris si peu depuis quelques mois, quand tu as appris son arrestation. Tu te souvenais de lui, comme prof. Plutôt hautain, vieux beau gosse, qui adorait séduire les étudiantes, et les étudiants aussi à l'occasion, quand il les emmenait boire un verre au Basile. Tu n'étais jamais explicitement rejetée, mais tu n'étais pas invitée non plus. Tu n'avais pas les codes.

Les aurais-tu eus, tu n'avais pas vraiment le temps, il te fallait prendre ton service dans le McDo sur le boulevard Saint-Michel. Berthet surveillait de loin, comme d'habitude. Lui qui aimait la bonne bouffe ne s'est jamais tapé autant de menus *Giant* qu'à cette époque. Et tu découvriras, ma Kardiatou, lorsque tu liras le manuscrit que c'était Berthet, le client qui te proposa, au début de ta deuxième année, en disant qu'il trouvait que tu avais une démarche de gymnaste, un autre boulot, moins prenant, mieux payé. Vendeuse dans une boutique Adidas rue Notre-Dame-des-Victoires, dans le IIe, où l'on trouvait tout ce qui te rappelait tes années d'entraînement et de compétition : des chaussons, des justaucorps et de la magnésie dont l'odeur te ramenait à Roubaix, dans ton club de La Flamme, au quartier des Trois-Ponts.

Bien sûr, tu t'es d'abord méfiée, tu as cru à un dragueur. Le propriétaire de la boutique, à l'époque, était juste une petite main de l'Unité dont les locaux servaient occasionnellement de planque ou de lieu d'interrogatoire. Tu fus une des vendeuses les mieux payées de Paris, et aux horaires miraculeusement élastiques. Tu te disais que tu avais de la chance, que c'était ta fameuse baraka…

Joubert raconte que Berthet aimait ton look complètement neutre de ces années Sciences-Po, qui paradoxalement te rendait encore plus sexy à ses yeux : tu portais invariablement un jean, des tee-shirts blancs, des ballerines et des dreadlocks que tu agrémentais à peine de quelques perles de couleur. Tu avais compris que tu ne pourrais pas concourir avec les petites gravures de mode à fort pouvoir d'achat qui te servaient de condisciples, que tu risquerais à chaque instant la faute de goût. Alors d'instinct, tu avais deviné que la simplicité serait un moyen de te rendre presque invisible et de pouvoir observer les comportements pour les adopter progressivement. C'était un bon calcul.

Tu avais peur de leur mépris, même involontaire, ma Kardiatou, ma Sérère orgueilleuse alors que finalement, c'est toi qui les méprisais beaucoup plus quand tu comparais ta vie aux Courées Rouges avec celle de ces enfants des beaux quartiers à qui tout avait été donné d'emblée et qui trouvaient ça normal.

Oui, l'Unité semble se dissoudre. Mais peut-être, effectivement, est-ce seulement à vue d'œil. Peut-être s'est-elle repliée sur un noyau dur, dans les entrailles d'un « État profond » que l'on n'a pas réussi à atteindre. Mais désormais, on saura. Rien ne sera plus comme avant ou tout au moins, rien ne sera plus *tout à fait* comme avant.

Les *Berthetleaks* ne tombent plus depuis quelques jours. Joubert doit en garder sous le coude, au cas où on le retrouverait. Trois éditeurs, d'après mes infos, continuent à se battre pour son manuscrit. Joubert est virtuellement riche. Est-ce que cela suffira à le calmer, pour qu'il cesse de vouloir faire son héros des temps modernes, son « lanceur d'alerte » comme on dit aujourd'hui ?…

Ta cote de popularité continue à grimper. Le Président parle de dissoudre l'Assemblée nationale. Il pourrait l'annoncer lors de sa rencontre avec les journalistes le 14 juillet. Avec la mère Tape-Dur pour diriger une éventuelle majorité élargie au centre, sur fond d'unité nationale pour sauver la République. L'actuel

Premier ministre n'a pas démérité mais il faut changer de tête. Donner l'impression que le pouvoir politique en place a bien pris conscience de la gravité de la situation. Une façon, aussi, pour l'Élysée de reprendre la main après avoir frôlé le chaos.

Tout cela, toute cette agitation politique, toutes ces tractations commencent à t'intéresser de nouveau, il y a quelque chose de félin, d'acéré, qui est revenu dans tes gestes. Je le vois aussi à une certaine lueur dans ton regard, à une modification imperceptible de ta voix. Le psy aussi a l'air content, même s'il continue à dire que tout cela est fragile.

Un signe qui ne trompe pas : tu t'es remise à lire la presse, à consulter les sites infos sur Internet, à voyager sur ta tablette. Rimbaud perd du terrain.

Tu as même pris la mère Tape-Dur au téléphone, ce matin. La conversation a d'abord tourné autour de ta santé, puis insensiblement, vous avez commencé à parler de la situation politique. Tu as mis le haut-parleur sur ton Smartphone. Je redeviens ton premier conseiller, tu as davantage besoin de mes avis que de mes caresses. Non, je suis injuste, je devrais me réjouir. C'est ce que je souhaitais. Tu redeviens, presque malgré toi, un animal politique. Ce que t'a dit la mère Tape-Dur est d'ailleurs sans équivoque :

« Vous devez y penser, Kardiatou, sérieusement, vous devez y penser. Je suis trop vieille, pas assez charismatique. Cette fois-ci, le parti vous soutiendrait, et pas comme la corde soutient le pendu. C'est vous ou rien, à vrai dire. Et ça tombe bien que ce soit vous. Vous avez les épaules. Et si c'est la droite qui gagne avec un Bloc Patriotique encore assez fort, on risquerait de se retrouver avec un des gouvernements les plus réactionnaires depuis Pétain. Non, je n'exagère pas.

Vous êtes le dernier recours. Les municipales ? Brévin ? C'est oublié, les municipales ! Vous avez vu le chamboulement créé par les *Berthetleaks* ? Toutes les cartes sont rebattues. »

Quand elle a raccroché, tu m'as regardé. J'avais compris. On se comprend très vite, maintenant, ma Kardiatou. Dans l'amour comme dans la politique. Qui sait si on ne mélange pas un peu les deux, d'ailleurs, qui sait si notre couple en serait encore un s'il n'y avait pas cette addiction aux jeux du pouvoir comme à une drogue. Même si à Brévin-les-Monts, nous avons connu l'horreur d'une overdose, même si je sais que le nom de Nouara restera tabou désormais.

On n'a pas eu besoin de préciser les choses.

La mère Tape-Dur te propose de conduire les probables élections législatives. Avec Matignon à la clef. J'ai repensé au chef de cabinet du Premier ministre, celui qui m'avait parlé comme si j'étais un pestiféré quand j'insistais pour que le chef du gouvernement vienne te soutenir en se déplaçant à Brévin-les-Monts.

Brévin-les-Monts. Oublier Brévin-les-Monts. Comme d'autres ont su oublier Palerme.

« Tu te rappelles, tu avais ironisé sur une comparaison avec Palerme ? »

Tu te rappelles.

Je sais les images qui passent devant tes yeux. Je sais que ce sont les mêmes que celles qui passent aussi devant les miens.

Les jours qui ont suivi l'attentat.

Tu avais semblé avoir encaissé le choc, sur le moment. On était revenu par un avion spécial de l'aéroport de Brive-la-Gaillarde/Vallée de la Dordogne. Comme à Lisbonne, six mois plus tôt. Il y avait des flics partout.

Enfin.

C'est là que j'ai pris la mesure de notre incroyable vulnérabilité sur le plan de la sécurité, dans cette campagne. On nous avait laissés littéralement à poil. Bloc Patriotique, Alliance du Vivant, dissidents socialistes de Morvan, autant de dangers potentiels, réels ou supposés. Tu t'étais retrouvée dans une situation à risques. Les journaux l'ont souligné, se sont étonnés. Les premières rumeurs ont circulé sur le Net, mais rien de vraiment sérieux. Tout le monde parlait de complotisme à la petite semaine. On s'interrogeait sur l'identité du mystérieux sauveur.

Plus pour longtemps.

Moi, j'étais inquiet pour toi, pour ton état qui a changé dès que nous nous sommes retrouvés dans le Falcon 50. Tu n'as plus rien dit. Tu t'es même murée dans le mutisme le plus total, ne répondant pas à mes questions les plus anodines. Je luttais contre la douleur de mon tympan crevé et il a fallu que je serre les mâchoires au décollage et à l'atterrissage.

À Paris, tu as refusé toutes les demandes d'interviews, tu es restée enfermée dans les mansardes qui te servaient de secrétariat d'État. Tu n'as pas répondu au Premier ministre. On t'a annoncé que tu ne pourrais pas te rendre à l'enterrement de Nouara qui aurait lieu entre les deux tours, à Roubaix. Problèmes de sécurité. Je crois que sans que tu le dises, ça t'a soulagée. Tu ne voulais pas affronter la foule, la famille. Tu te sentais coupable, absurdement coupable.

Le premier tour était quatre jours plus tard. J'ai honte mais j'ai espéré un retournement de tendance. Je voulais te demander de redescendre à Brévin-les-Monts, pour que tu te fasses voir. Je n'osais pas. Tu étais complètement verrouillée. On commençait dans les médias à mettre en accusation le Bloc Patriotique. Je voyais une occasion rêvée pour toi. J'enrageais. Je me rendais à peine compte que tu sombrais nerveusement, ma Kardiatou.

Nous avons eu chacun notre façon de réagir. Toi, tu voyais les morts, le flic municipal, le caméraman, Berthet et Nouara bien entendu. Moi je voulais oublier dans l'action.

Le soir de notre retour de Brévin, dans ton logement de fonction, un appartement sans charme rue de la Convention, près d'une annexe du Quai d'Orsay, je t'ai vue épuisée t'endormir comme une masse après avoir avalé deux Stilnox. Tu as fui dans le sommeil. Tu n'as plus voulu entendre parler de rien. J'ai eu un mal fou à te réveiller le lendemain matin. Tu as sommeillé dans la DS4 quand on s'est rendu au ministère. On a eu droit à deux autres voitures avec gyrophares. L'officier de sécurité qui conduisait a croisé mon regard dans le rétroviseur. Il était à la fois interrogatif et attristé. Lui aussi devait trouver que ça faisait beaucoup depuis Lisbonne.

Mais trois jours avant le premier tour et trois jours après l'attentat, Joubert lançait le premier *Berthetleaks*, via des agences de presse alternatives en France, en Angleterre, en Allemagne et en Italie.

On a pu établir qu'il avait disparu aussitôt qu'il avait appris l'attentat et que Berthet y était passé. C'était un enregistrement brut de décoffrage. Berthet y racontait de sa voix chaude, posée, le complot dont tu étais victime. Il prononça pour la première fois le nom de l'Unité. Il indiquait l'identité de la tueuse, Desmoulins, il racontait les missions qu'il avait accomplies avec elle, précisant les dates et les cibles. C'était vérifiable, aisément. Il balançait des donneurs d'ordres probables au sein de l'entourage de Bobonaparte, en épargnant Losey qui fut quand même emporté par la tourmente. Les journalistes se sont jetés dessus comme la misère sur le pain. Agnès Dorgelles aussi d'ailleurs.

Elle a magistralement dégagé l'étreinte médiatique et les soupçons. Elle a parlé d'un système qui se dévorait lui-même. Résultat, elle est arrivée en tête au premier tour, avec moins que prévu mais tout de même 32 %. Tu es arrivée en troisième position, avec 24 % et seulement dix-sept voix derrière Morvan.

Dans l'appartement, rue de la Convention, j'ai été seul à regarder la soirée électorale. Il y avait encore le vieux bellâtre de Sciences-Po sur la Cinq. Il avait l'air tendu. J'avais mis ça sur le compte du score de l'extrême droite, je sais maintenant que c'était parce que le premier *Berthetleaks* était tombé et qu'il commençait à avoir des sueurs froides en se disant qu'un jour ou l'autre on allait s'apercevoir qu'il avait été grassement payé pour faire partie d'un directoire chargé de la prospective au sein de l'Unité.

Toi, le soir du premier tour, tu t'es couchée à sept heures et demie en regardant *Conte d'été* de Rohmer sur un lecteur de DVD puis tu t'es endormie très vite.

Moi, j'appelais Brévin, Brévin m'appelait. J'avais toujours mal à l'oreille malgré les antalgiques.

On te suppliait de descendre.

Il fallait recompter les voix.

Il était certain que Morvan avait bourré les urnes.

Je disais que j'allais voir ce que je pouvais faire. Le vieux maire implorait presque avec des sanglots dans sa voix de fumeur. Mais tu n'as pas voulu bouger. Ni le lendemain, ni les jours qui ont suivi. Dans l'entre-deux-tours, tu t'es rendue mécaniquement à ton secrétariat d'État sous haute protection.

Les *Berthetleaks* ont alors commencé à tomber, deux, trois par journée. L'atmosphère déjà pourrie des municipales a viré au cauchemar pour l'ensemble des partis de gouvernement, sauf le Bloc qui a tout de suite exploité la chose.

Toi, à chaque révélation, tu t'enfonçais un peu plus en toi-même. Non seulement à cause des révélations elles-mêmes mais aussi parce que le rôle de Berthet se précisait et que tu commençais à pressentir la vérité, l'étrange vérité sur le rôle de ton ange gardien. Je t'ai suppliée de voir un psy, de descendre à Brévin, de ne pas insulter l'avenir. Tu ne répondais pas, tu faisais des exercices au sol, pendant des heures, et comme j'insistais trop, tu as dit :

« Descendre pour soutenir Morvan ? Rédige plutôt un communiqué et écris que j'appelle à faire barrage au Bloc Patriotique. Tu n'ajoutes pas, évidemment, que j'appelle à faire barrage au Bloc Patriotique pour laisser passer une ordure corrompue jusqu'à la moelle. »

Chaque *Berthetleaks* en plus rendait plus crédible la thèse de l'attentat organisé contre toi au sein de notre propre camp par cette Unité. Je voyais que tu ne savais plus ce qui l'emportait chez toi, le dégoût, la peur ou le désespoir. Tu pleurais quand nous faisions l'amour, tu me griffais le dos, tu jouissais très vite puis tu me repoussais.

Le deuxième tour a vu la victoire de justesse d'Agnès Dorgelles et celle d'une soixantaine de maires dont douze dans des villes de plus de trente mille habitants, le fleuron étant la reprise de Lancrezanne, cent vingt mille habitants, dans le Sud-Est. Une ville que le Bloc avait déjà conquise en 1995 mais où il s'était montré au-dessous de tout. Les électeurs oublient vite. Tu as encore tenu quinze jours à ton secrétariat d'État. Mais les *Berthetleaks* continuaient de tomber, l'État vacillait, tu as décidé de démissionner et nous sommes arrivés ici.

« J'ai envie d'aller à Wimereux ! » dis-tu soudain alors que nous épluchons la presse dans la véranda.

La pluie tombe, légère. Elle fait un bruit presque joyeux.

« Sur les traces de ton premier amour ? De ta première fois ? De Jason Vandekerkove ? »

Tu te raidis imperceptiblement, tu me regardes…

« J'ai lu le manuscrit de Joubert. Et puis j'ai fait le lien avec cette photo que j'ai aperçue une fois, dans ton portefeuille.

— Il raconte tout ça, Martin Joubert ?

— Tu devrais le lire. Le lire vraiment. Pas seulement le feuilleter. D'ailleurs le manuscrit sortira probablement en même temps qu'auront lieu les élections législatives.

— C'est… c'est comment ?

— Très flatteur, finalement. On te reconnaîtra. Il parle aussi de Berthet.

— Mon ange gardien. Mon sauveur. »

Tu dis ça d'un ton très neutre, le plus neutre possible.

« Oui, ma Kardiatou, vraiment, tu devrais le lire. Finalement, c'est une belle histoire.

— Je n'ai pas envie de… de la lire. Je préfère que ce soit toi qui me racontes. »

Tu te lèves, tu viens t'asseoir sur mes genoux, dans le fauteuil en rotin, tu passes tes mains derrière mon cou. Tu m'embrasses. J'ai la gorge serrée.

« Tu ne veux plus aller à Wimereux ?

— Si, tu me raconteras là-bas. Puisque tu as lu Joubert, tu sais qu'il y a un excellent restaurant dont je n'ai pas profité il y a vingt ans. »

Alors, c'est à une table du restaurant de l'hôtel Océan que je t'ai raconté, ma Kardiatou, ma Sérère définitive, ma pulsation, la fin de cette histoire, ou plutôt son début lumineux. La marée haute aux vagues vertes ramenait comme pour nous faire signe des morceaux de soleil, et de gros nuages blancs. On voyait en contrebas trois voitures de gendarmerie. Et dans la salle, il y avait en plus quatre pandores en civil qui s'étaient contentés d'eau minérale et d'un plat léger. Moi, je sentais comme la présence de fantômes autour de moi. Le tien et celui de Jason Vandekerkove dans une chambre, alors que vous étiez si jeunes, et celui de Berthet, à une table du fond, buvant son cognac.

Quand nous sommes entrés dans la salle, vers une heure, il y avait du monde. Un murmure s'est levé, des convives se sont penchés les uns vers les autres et t'ont désignée d'un mouvement de tête. J'ai senti en toi une infime réticence que tu as surmontée en reprenant ton maintien de gymnaste et ton port de tête de princesse sérère.

On te voyait beaucoup dans les journaux, tu devenais le symbole des victimes de cette Unité, de cette nouvelle loge P2, qui avait noyauté le pays et commis les pires abjections depuis trente ans. De plusieurs tables, des applaudissements sont partis, deux ou trois « Bravo, madame ! ».

Maintenant, il est trois heures, la salle est déserte. Un des gendarmes en civil est parti fumer sur la terrasse et discute avec ses collègues en uniforme.

On n'entend plus que la mer.

« Alors, m'as-tu demandé en reposant ta deuxième tasse de café, alors raconte-moi Berthet, raconte-moi comment tout a commencé. »

Et je suis revenu, pour toi, à Roubaix, tel que je

l'avais découvert dans le manuscrit de Martin Joubert. Je suis revenu le 28 septembre 1992.

L'automne 92 fut tout à fait exceptionnel, dans le Nord. Très beau, très chaud. Et Roubaix prenait des airs de ville du Sud quand le vieux tramway rouge, le Mongy, en faisant jouer son avertisseur, fendait la foule compacte de la Grand-Rue, où les boubous, les voiles et les djellabas dominaient.

Berthet avait eu un contrat sur un imam des Courées Rouges, celui de la mosquée de la rue Socrate. Comme d'habitude, bien dans l'esprit retors de l'Unité, c'était un coup pourri, un coup à deux bandes où un innocent devait mourir. L'imam était un modéré. Berthet, en l'éliminant habilement, justifierait une rafle dans les milieux intégristes. Il l'a étranglé dans son appartement au-dessus de la mosquée, en fait un ancien garage station-service. Il a laissé une revendication bidon en arabe qui annonçait que les Cellules Combattantes de la Vraie Foi avaient exécuté un porc sioniste qui collaborait avec la France, acceptait la persécution des élèves voilées à l'école et ne prêchait pas le djihad qui aiderait les martyrs musulmans assiégés dans Sarajevo.

Berthet s'est ensuite replié dans le dédale des ruelles qui forment le quartier des Courées Rouges. Il avait parfaitement le plan en tête. Il était arrivé à Roubaix une semaine avant et avait pris une chambre dans le seul hôtel correct, un Alliance que l'on trouve dans l'avenue qui mène à la gare.

Au bout de trois cents mètres, pas essoufflé le moins du monde, il a retrouvé une courée désaffectée qu'il avait repérée et où il avait changé de tenue avant d'exécuter l'imam. Il est entré et est allé jusqu'à la maisonnette du fond. Il y avait une jolie lumière bleue qui contrastait avec l'aspect délabré du lieu. À l'intérieur de la maisonnette, des colonnes de lumière poussiéreuse tombaient verticalement car le toit était troué en plusieurs endroits et le soleil à son zénith.

Il a vite retiré son déguisement : jean, baskets douteuses, blouson de skaï, perruque et moustaches noires, lentilles teintées. Dehors, on entendait déjà des sirènes de police. Il a estimé à dix minutes le temps qu'il lui restait avant que le quartier ne soit bouclé. Il retrouva, dans le sac de voyage qu'il avait laissé derrière des planches pourries, ses mocassins Weston, son costume Hugo Boss, sa cravate Hermès jaune. Il a ajouté une paire de lunettes en écaille avec des verres neutres comme à son habitude. Il a repris l'attaché-case vide qu'il avait posé à côté du sac de voyage. Il a entrevu son reflet dans un éclat de miroir qui traînait sur le sol. Il avait retrouvé une allure de cadre sup', ce qui était voulu depuis le départ. Il a jeté les autres fringues dans l'espèce de puisard qui se trouvait au milieu de la courée.

Quand il a débouché sur l'avenue de la Gare, il a eu droit à un contrôle d'identité par deux flics étonnés de voir un type habillé comme ça sortir des Courées Rouges. Ce jour-là, Berthet s'appelait Étienne Boulard et il expliqua qu'il venait de la filature Van Moellen où Paris l'avait envoyé pour une mission d'étude sur des modernisations dans l'organisation du travail. Berthet s'est montré affable et horrifié quand on lui a donné la raison du contrôle d'identité. Les flics n'ont pas cherché plus loin. La soumission générale de l'ensemble de la société aux décideurs économiques était déjà bien avancée en 1992.

Berthet est revenu à l'hôtel Alliance. Il avait décidé, conformément au protocole de l'Unité, de rester encore quelques jours sur Roubaix, pour assurer un éventuel suivi de l'affaire. Si, par malchance, on s'intéressait de trop près à lui, on confirmerait du côté de la filature Van Moellen la parfaite véracité de ses dires. L'Unité avait ses alliés dans la place, évidemment.

Dire que si Berthet était reparti le soir même, il ne t'aurait pas rencontrée, Kardiatou…

Il était trois heures de l'après-midi quand il a retrouvé sa chambre de l'hôtel Alliance. Joubert explique que dans une ville comme Roubaix, en pleine semaine, le silence d'un tel endroit a quelque chose de métaphysique. On y reconnaît la sensation même de cette vie fantôme qui a poursuivi Berthet pendant toute sa carrière à l'Unité. Un quadrilatère impeccable, aseptisé. Une manière de géométrie du néant. Comme chaque fois qu'il venait d'exécuter une mission, Berthet avait envie de baiser. Mais pas de Desmoulins sous la main, et les prostituées, ce serait trop risqué alors que tous les flics de la métropole lilloise étaient sur les dents après la mort de l'imam.

Berthet s'est branlé rapidement, mécaniquement, sans évoquer de visages ou de corps particuliers. La vie fantôme, toujours. Il s'est allongé après s'être versé la mignonnette de Jack Daniel's trouvée dans le minibar dans un verre plein de glaçons. Il a un peu lu de Paul Valéry, dont le recueil *Charmes* était sur la table de nuit.

Ô récompense après une pensée
Qu'un long regard sur le calme des dieux,

et il s'est endormi, profondément, pendant deux heures.

Quand Berthet s'est réveillé, le ciel par la fenêtre était toujours aussi flamand, d'un bleu vif, avec de gros nuages blancs, pommelés et brillants.

Un peu comme celui d'aujourd'hui, à Wimereux, tu vois, ma Kardiatou ?

Berthet s'est senti étonnamment bien.

Il confie à Joubert que c'est peut-être une illusion rétrospective mais qu'il a eu un pressentiment. Il a ouvert la porte-fenêtre et il a vu en se penchant sur la droite que le soleil embrasait, au bout de l'avenue, la verrière de la gare. Quelque chose s'est dénoué au plus profond de lui, il s'est senti joyeux d'une joie sans emploi. Il a trouvé que la verrière de la gare devenue éblouissante était le signe que la beauté pouvait surgir partout, même au cœur de cette ville sinistrée, laide jusqu'à en être émouvante.

Berthet est sorti dans l'avenue. Il voulait se fondre dans tout ça. Il a offert sa gorge au soleil, il avait envie de rire comme un idiot. Mourir en cet instant lui aurait été parfaitement égal, et même cela l'aurait rendu heureux car il n'aurait jamais imaginé un tel accord avec le monde, ou alors il avait oublié celui du petit garçon qui entrait un matin des années cinquante dans la cour de l'école Pierre-Larousse quand l'automne laissait des écharpes de brume dans les marronniers roux.

Berthet voulait préserver cet instant de grâce. Il a remonté lentement l'avenue vers la gare, vers la verrière lumineuse. La circulation s'était faite plus dense et le bruit des klaxons lui rappelait d'autres villes, des villes du Sud avec des ports et la mer. Berthet a eu l'impression, fugitive, que si ça se trouvait, il y avait la mer derrière la gare et il regretta de ne pas savoir écrire un poème. Mais l'instant se suffisait à lui-même, il décida de le garder pour lui, de ne pas en parler à Losey, par exemple, qui pourtant aurait sans doute compris ce genre de choses.

Le buffet de la gare avait sorti sa terrasse. Berthet

s'y est installé, après avoir acheté la presse. Il a bu deux ou trois Jenlain pression et lui qui n'aimait pas la bière plus que ça, d'habitude, a eu l'impression qu'elles étaient délicieuses.

Et c'est à ce moment-là qu'il t'a vue, ma Kardiatou.

Tu étais de l'autre côté du rond-point que forme l'avenue quand elle arrive à la gare. Tu étais accompagnée de deux copines, deux Asiatiques. Tu faisais déjà presque ton mètre quatre-vingts, tu étais moulée dans un ensemble en jean, tu avais des lunettes de soleil, tes tresses serrées retombaient sur tes épaules.

Et tu as eu un geste, un seul geste, à quoi tout cela tient, ma Kardiatou, qui a bouleversé Berthet. Définitivement.

Il n'a pas su expliquer pourquoi à Joubert.

Tu étais face au soleil, pour traverser le rond-point, et tu as mis ta main en visière au-dessus de tes lunettes afin de voir si tu pouvais passer. Et puis, comme si tu voulais défier la fortune, éprouver ta chance, forcer ton destin, tu t'es élancée malgré la circulation.

C'est comme cela, par les hurlements apeurés de tes copines, au milieu des crissements de freins et des klaxons paniqués, que Berthet a appris ton prénom.

« Kardiatou, t'es folle ! »

Le rond-point franchi, tu t'es retrouvée à quelques mètres de lui. Il a vu le grain de ta peau très noire, les cernes au-dessous de tes yeux car tu avais relevé tes lunettes de soleil dans tes cheveux pour te moquer de tes deux copines restées de l'autre côté, et surtout, surtout, Berthet a même pu sentir ton odeur adolescente, transpiration et eau de Cologne, et il ne devait plus jamais retrouver de sa vie une sensation aussi puissamment érotique.

Puis tu as remonté sur ton épaule la lanière du sac

kaki qui te servait à transporter tes affaires de classe et tu as éclaté de rire en faisant signe à tes copines de te rejoindre.

Berthet, quand il a bien été obligé de parler de cette rencontre à Losey, puis à Joubert, a une explication étrange qui sent la dérobade. Il dit que pendant toute sa semaine de préparation et de repérages à Roubaix, il a comme d'habitude lu beaucoup de choses sur la ville. Des extraits des fameux dossiers de l'Unité, des articles, des livres d'histoire. Berthet avait ainsi appris que la ville de Roubaix partageait avec les quartiers nord de Marseille, la banlieue lyonnaise et deux départements de la couronne parisienne des indicateurs sur l'économie, la santé et la sécurité qui flirtaient dangereusement avec ceux du tiers-monde. Malgré ta radieuse désinvolture de ce jour-là, ma Kardiatou, la documentation de Berthet disait statistiquement que tu avais déjà fumé ton premier joint, que tu avais une chance infime d'avoir ton bac et que tu connaîtrais le chômage dès ta sortie du système éducatif.

Et Berthet a décidé de faire mentir les statistiques. Tu l'as bien aidé, tu étais de toute manière déjà très brillante et décidée. Mais tu sais comme moi que des filles brillantes et décidées, dans les quartiers, il y en a qui finissent dans les tournantes, les mariages forcés, les boulots pourris, les maternités à répétition qui clouent à la maison.

Je crois, moi, que Berthet a refusé de laisser l'époque massacrer ton corps de jeune fille, ce corps qu'il ne posséderait jamais en faisant l'amour avec toi. Berthet était un membre de l'Unité. Berthet savait que le déterminisme n'existait pas, qu'il suffisait d'une poignée d'hommes décidés, sans pitié, sans morale pour changer dans l'ombre le cours des événements.

Demain, s'ils le désiraient, si ça arrangeait des intérêts supérieurs, ils transformeraient Roubaix, ou une autre ville, en champ clos d'émeutes ethniques et après-demain, ils feraient cesser ces mêmes émeutes qu'ils auraient provoquées. Ils se prenaient pour Dieu, avec un pouvoir illimité merveilleusement confondu avec la transparence démocratique.

Je crois, moi, que Berthet, ce jour-là, alors que tu t'éloignais dans le soleil de fin d'après-midi et que tu lui laissais une sensation de perte presque insupportable, a décidé que c'était à son tour, pour cette Sérère gracile de quatorze ans, à la silhouette de gymnaste, de devenir un Dieu, mais un Dieu d'amour et de compassion. Il était enfin arrivé quelque part, Berthet.

Oui, ma Kardiatou, voilà ce que je crois.

Et tu peux pleurer comme j'ai moi-même envie de pleurer parce que je sais bien, hélas, qu'un tel amour, un amour comme celui de Berthet, je vais mettre toute ma vie à essayer de te le donner et que je ne suis même pas certain de réussir, Ô ma Kardiatou, ma pulsation, ma Kar-dia-tou.

ÉPILOGUE

1

Berthet rêve.

Sa tombe est merveilleusement bien placée, dans un cimetière au bord de la mer, sur une falaise blanche, en Normandie.

C'est Losey, quand il a appris ce qui s'était passé à Brévin-les-Monts et dans le très court intervalle de temps entre ces événements et sa propre arrestation dans son bureau pourtant discret de la place Beauvau, qui a organisé les funérailles de Berthet.

Losey s'est souvenu que Berthet aimait beaucoup *Le Cimetière marin* de Valéry.

Losey n'a pas pu trouver de place à celui de Sète.

Mais celui-là n'était pas mal, finalement.

Berthet trouve aussi.

2

Martin Joubert est riche. Martin Joubert ne s'appelle plus Martin Joubert ni même Denis Clément. Martin Joubert vit dans un appartement sans style particulier, dans une rue en pente, sur la colline du Pirée, presque au sommet. Martin Joubert n'a plus besoin d'anxiolytiques. Il boit du café frappé. Cela lui suffit bien. Martin Joubert est même surpris par l'indifférence sereine dans laquelle le laisse le succès fou de son roman. Quand Martin Joubert écrit encore, il n'écrit plus que des poèmes.

Martin Joubert a l'intention de finir sa vie là. De sa terrasse, on voit le port et les ferries qui partent pour les îles. Martin Joubert passe ses journées à regarder à la jumelle tous les touristes qui montent à bord et qui en descendent. Martin Joubert se dit que peut-être il verra un jour Hélène Rieux qui partira avec un autre pour Paros.

Martin Joubert n'en éprouve aucune amertume. Souvent, Martin Joubert pense aussi à Berthet, à tout ce que Berthet lui a appris.

Martin Joubert espère que comme lui, Berthet, là où il est, voit désormais la mer tous les jours.

C'est quand même ce qu'il y a de plus important, dans une vie.

Et dans une mort.

3

C'est le Jour des Morts, justement et il fait un vrai temps de Toussaint. Ce qui est, somme toute, logique.

Mais dans ce petit cimetière de Normandie, presque toutes les tombes sont oubliées. En contrebas des falaises, la mer grise s'agite. Nous sommes très tôt le matin.

Une C6 noire encadrée par deux Peugeot 4008, noires également, s'arrête sur le chemin gravillonné, près de la grille rouillée. Des portières claquent.

Beaucoup d'hommes avec des cheveux rasés, des lunettes fumées, des oreillettes. Un couple sort de la C6.

La femme attire forcément les regards.

Elle est grande, elle marche comme on danse, elle est noire et sa silhouette est encore allongée par un long manteau beige en cachemire. L'homme reste un peu en retrait. La femme va jusqu'à la tombe de Berthet. Elle penche sans peine sa longue silhouette flexible et dépose un bouquet très simple, un bouquet de houx vert et de bruyères en fleur, évidemment.

Elle reste un long moment. On ne pourrait dire si elle prie. L'homme à côté d'elle pose sa main sur son bras.

« Il faut y aller, Kardiatou. »

Ils reviennent vers les voitures.

Un des officiers de sécurité s'efface pour laisser monter la femme dans la C6 :

« Je vous en prie, madame le Premier ministre. »

DU MÊME AUTEUR

Aux Éditions Gallimard

L'ANGE GARDIEN, 2014. Folio Policier n° 790

LE BLOC, 2011. Folio Policier n° 707

Aux Éditions de La Table Ronde

JUGAN, 2015

SAUF DANS LES CHANSONS, 2015

UN DERNIER VERRE EN ATLANTIDE, 2010

MONNAIE BLEUE, La Petite Vermillon n° 319

LES JOURS D'APRÈS. Contes noirs, La Petite Vermillon n° 353

Aux Éditions Mille et Une Nuits

PHYSIOLOGIE DES LUNETTES NOIRES, 2010

LA MINUTE PRESCRITE POUR L'ASSAUT, 2008

COMME UN FAUTEUIL VOLTAIRE DANS UNE BIBLIOTHÈQUE EN RUINE, 2007

BIG SISTER, 2004

Aux Éditions des Équateurs

EN HARMONIE, 2009

Aux Éditions Baleine

À VOS MARX, PRÊTS, PARTEZ !, 2009

Aux Éditions Syros (collection Rat Noir)

NORLANDE, 2013

LA GRANDE MÔME, 2007

Aux Éditions de L'Archipel

DERNIÈRES NOUVELLES DE L'ENFER, 2013

Composition Nord Compo
Impression Novoprint
le 23 février 2016
Dépôt légal : février 2016

ISBN 978-2-07-046830-0./Imprimé en Espagne.

294115